DONGSUH MYSTERY BOOKS 47

A CASE OF NEED

긴급할 때는

제프리 허드슨/홍준희 옮김

동서문화사

옮긴이 홍준희(洪俊喜)
서울대 영문과 졸업. 서울대대학원 영문학 전공. 서울대법대, 성균관대, 한양대 강사 역임. 옮긴책 크리스티 《애크로이드살인사건》 체이스 《미스 블랜디시의 위난》 등이 있다.

DONGSUH MYSTERY BOOKS 47

긴급할 때는

허드슨 지음/홍준희 옮김
초판 발행/1977년 12월 1일
중판 발행/2003년 1월 1일
발행인 고정일/발행처 동서문화사
창업 1956. 12. 12. 등록 16-345(윤)
서울강남구신사동540-22 ☎ 546-0331~6 (FAX) 545-0331
www.epascal.co.kr

*

이 책의 출판권은 동서문화사(동판)가 소유합니다.
의장권 제호권 편집권은 저작권 법에 의해 보호를 받는 출판물이므로
무단전재와 무단복제를 금합니다.

편찬·필름·제작 일체 「동판」 자본으로 이루어짐에 따라
출판권 소유권자 「동판」에서 제조출판판매 세무일체를 전담합니다.
사업자등록번호 211-90-02201
ISBN 89-497-0128-6 04840
ISBN 89-497-0081-6 (세트)

긴급할 때는
차례

월요일 10월 10일 …… 11
화요일 10월 11일 …… 143
수요일 10월 12일 …… 238
목요일 10월 13일 …… 317
금요일·토요일·일요일 10월 14일·15일·16일 …… 398
후기——월요일 10월 17일 …… 407

부기 …… 414

의학도 마이클 크라이튼 …… 427

등장인물

존 벨리 병리의(病理醫)
쥬디스(쥬디) 존의 아내
아더 리(아트) 산부인과의
베티 아더의 아내
J.D. 랜돌(조슈어) 심장외과의
이블린 랜돌의 후처
카렌 랜돌의 딸
윌리엄 랜돌의 아들
피터 랜돌의 동생
버블스 아처의 여자친구
안젤라 허딩 버블스의 친구. 간호사
로먼 존즈 그룹사운드 지퍼즈 멤버
샌더슨 링컨 병원 병리연구실 주임
릴랜드 웨스턴 시립병원 주임 병리의
조지 블래드포드 ⎫
조지 윌슨 ⎬ 변호사
피터슨 보스턴 경찰국 살인과 부장

월요일 10월 10일

1

 심장외과의들은 하나같이 모두 마음에 들지 않는다. 콘웨이도 예외는 아니다. 오전 8시 30분, 그는 초록빛 수술복에 모자를 쓴 차림 그대로 발소리를 거칠게 내며 병리연구실로 뛰어들어와 마구 화를 냈다. 콘웨이는 화가 나면 이를 꽉 물고 그 사이로 새어나오는 억양없는 단조로운 목소리로 지껄여댄다. 얼굴이 시뻘개지고 관자놀이에 자주색 반점이 나타나 있다.
 "얼빠진 녀석들!" 콘웨이는 잇새로 토해내듯이 말했다.
 "터무니없는 바보들이야!"
 그는 주먹으로 벽을 쾅쾅 쳤다. 캐비닛 속 병들이 소리를 냈다.
 우리는 모두 무슨 일이 있어났는지를 알았다. 콘웨이는 하루에 두 번 심장 절개수술을 한다. 첫 번째 수술은 6시 30분에 시작된다. 그런데 두 시간 뒤 그가 병리연구실에 나타날 때는 꼭 한 가지 이유밖에 없다.

"어쩌면 그렇게도 솜씨가 없는 녀석이지!"

콘웨이는 휴지통을 힘껏 걷어찼다. 휴지통은 소리내어 바닥을 굴러갔다.

"그런 녀석은 내버려둘 수 없어!"

콘웨이는 얼굴을 찡그리며 신(神)을 부르듯 천장을 뚫어지게 올려다보았다. 신은 우리와 마찬가지로 벌써 몇 번이나 이 말을 들었다. 그는 언제나 이처럼 화를 내고, 똑같이 이를 악물고, 벽을 쾅쾅 치고, 점잖지 못한 욕설을 한다. 콘웨이는 언제나 재상영되는 영화처럼 늘 똑같은 짓을 되풀이했다.

그의 노여움은 어떤 때는 흉곽외과의에게로 돌려지고, 어떤 때는 간호사들에게로, 또 어떤 때는 심장기사들에게로 향했다. 그러나 이상하게도 콘웨이 자신을 탓한 적은 한 번도 없었다. 그는 계속 잇새로 욕을 퍼부었다.

"내가 백 살까지 산다 해도 제대로 돼먹은 마취의를 찾아볼 수 없을 거야. 절대로 없어! 아암, 없고말고! 모두 얼빠진 바보 멍텅구리야!"

우리는 서로 얼굴을 마주보았다. 이번에 그에게 당하는 것은 허버트였다. 대개 1년에 4번쯤 허버트가 책임을 지게 된다. 여느 때 그와 콘웨이는 아주 친했다. 콘웨이는 더할 수 없는 찬사로 그를 칭찬하며 블래이엄 병원의 손델릭보다도, 메이요 병원의 루이스보다도, 어느 누구보다도 뛰어난 마취의라고 입에 침이 마르도록 칭찬했다.

그러나 허버트 랜즈먼은 1년에 4번 DOT의 책임을 문책당했다. 'DOT'란 수술대 위에서 환자가 수술 도중 죽는 것을 이르는 외과의들 사이의 은어다. 심장수술에서는 드문 일이 아니다. 대부분의 외과의 경우 15퍼센트, 콘웨이같이 뛰어난 외과의 경우에도 8퍼센트는 일어나게 마련이다.

프랭크 콘웨이는 뛰어난 외과의였으므로, 재주가 있고 기술이 좋아 DOT 8퍼센트의 외과의였으므로 까닭없이 마구 화를 내고 물건을 부수어도 모두 꾹 참고 있었다. 언젠가는 그가 병리실의 현미경을 걷어차서 1백 달러나 되는 손해를 냈다. 그러나 아무도 눈 하나 깜짝하지 않았다. 콘웨이는 DOT 8퍼센트의 외과의였기 때문이다.

물론 보스턴의 외과의들 사이에서는 그가 어떻게 '살인율'이라고 불리는 DOT율을 낮추는지에 대해 이러쿵저러쿵 소문이 나돌고 있었다. 콘웨이는 귀찮은 환자를 피해왔다고 한다. 제리 케이스[1]를 피해왔다는 것이다. 절대로 새로운 방법에 손대지 않았으며, 위험이 따르는 방법은 결코 채용하지 않는다는 것이었다. 물론 그런 식으로 말하는 것은 전혀 잘못된 일이다. 콘웨이는 뛰어난 외과의였기 때문에 '살인율'이 낮았던 것이다. 간단한 일이다.

그가 인간적으로 가엾은 사람이었다는 것도 이유가 되지 않는다.

"도무지 어떻게 할 수 없는 멍텅구리야!"

콘웨이가 소리쳤다. 그는 못마땅한 태도로 방 안을 둘러보았다.

"오늘 당번이 누구지?"

"나일세" 하고 내가 말했다.

나는 그날 병리진(病理陣)의 고참이었다. 모든 일이 나를 통해 처리되어야 하는 것이다.

"수술대가 필요한가?"

"필요해."

"언제?"

"오늘밤."

콘웨이는 언제나 그랬다. 밤이 된 뒤 자정이 지날 때까지 죽은 환자를 해부하는 일이 가끔 있었다. 자신을 벌하려는 것 같기도 했다. 그의 레지던트들조차 그 자리에 입회하지 못하게 했다. 그가 해부하면서 울더라고 말하는 사람도 있었다. 킬킬 웃더라고 말하는 사람도 있었다. 그러나 진상은 아무도 모른다. 오로지 콘웨이만이 알고 있는 것이다.

"데스크에 말해 두겠네" 하고 나는 말했다. "수술실을 하나 준비해 두라고."

"부탁하네." 그는 테이블을 쾅 내리치며 말했다. "네 아이의 어머니였네."

"준비해 놓도록 사무실에 말해 두지."

"심실(心室)을 시작하기 전에 심장이 멎었네. 싸늘해졌어. 35분 동안이나 마사지를 했지만, 반응이 없었어. 전혀……."

"이름이 뭔가?"

내가 물었다. 사무처리상 이름이 필요한 것이다.

"맥퍼슨. 맥퍼슨 부인."

콘웨이는 방에서 나가려다 문 앞에서 걸음을 멈추었다. 다리가 앞으로 구부정하게 굽은데다 어깨가 축 늘어져 있었다.

그는 말했다.

"생각하고 싶지 않아. 네 아이의 어머니라네. 그녀의 남편에게 뭐라고 하지?"

그는 외과의들이 곧잘 하듯 손바닥을 자기 쪽으로 향하게 하여 두 손을 들고 자신을 배신한 손가락을 나무라듯 들여다보았다. 그렇게 말해도 좋으리라.

"이젠 늦었어. 피부과의가 될걸 그랬군. 피부과 환자 가운데 죽는 사람은 없으니까."

그리고 나서 그는 힘껏 발로 문을 걷어차 열고 연구실을 나갔다.

우리만 남자, 얼굴이 파랗게 질린 1년 된 레지던트가 물었다.

"그는 언제나 저렇습니까?"

"그렇네" 하고 나는 대답했다. "언제나 저렇다네."

나는 창 밖으로 얼굴을 돌려 10월 가랑비 속을 천천히 움직여 가는 러시아워의 자동차와 사람 행렬을 바라보았다. 만일 콘웨이의 행동이 그가 환자를 죽게 할 때마다 보이는 일시적인 마음의 휴식 같은 것으로 오직 자신을 위한 것임을 알지 못했다면 그를 동정할 수도 있었을 것이다. 그로서는 필요한 행동이었겠지만 실험실의 우리는 대부분, 환자를 죽게 하면 프랑스어로 된 크로스워드 퍼즐에 정신을 쏟음으로써 괴로움을 달랜 댈러스의 데릉이나, 거리로 나가 머리를 깎은 시카고의 아처처럼 해주었으면 하고 바랐다.

콘웨이는 연구실의 공기를 마구 휘저어놓았을 뿐만 아니라 우리 일도 늦어지게 했다. 특히 오전에는 성가셨다. 우리는 척출표본(剔出標本)을 만들어야 했으므로 시간이 없었던 것이다.

나는 창문으로 등을 돌리고 다음 표본을 집어들었다. 실험실의 작업은 신속히 행해지도록 짜여져 있다. 병리의는 허리 높이만한 긴의자 앞에 서서 표본을 조사한다. 우리 앞에는 마이크가 하나씩 천장에서 늘어뜨려져 있어 발로 페달을 밟아 조작할 수가 있다. 손을 쓰지 않아도 되는 것이다. 뭔가 할 말이 있을 때는 페달을 밟고서 마이크에 대고 말하여 테이프에 녹음한다. 그러면 나중에 사무원이 그것을 타이핑하여 차트[2]를 만든다.

나는 지난주부터 담배를 끊으려고 했는데 이 표본이 내 결심을 한층 더 굳혀주었다.

그것은 폐 한군데에 파묻힌 하얀 덩어리였다. 핑크빛 카드에 환자 이름이 적혀 있었다. 이 환자는 지금 흉부를 절개한 채 OR(수술실)에 있다. 외과의들은 수술을 중지하고 실험실의 dx[3]를 기다리는 중이었다. 양성종양이면 한쪽 폐만 제거해도 된다. 그러나 악성이면 폐를 모두 드러내고 임파선을 절제해야만 한다.

나는 발로 바닥의 페달을 밟았다.

"환자 A0-452336. 조제프 매누슨. 표본은 오른쪽 폐 상부엽(上部葉) 일부. 크기는——"

나는 페달에서 발을 떼고 그 크기를 쟀다.

"——세로 5cm, 가로 7.5cm. 폐조직은 연한 핑크빛으로 바삭바삭하게 마르고 공기가 담겨 있음(4). 흉막 표피는 매끄럽고 광택이 있으며, 섬유나 유착(癒着)현상을 보이지 않음. 출혈이 조금 있음. 내부에 흰색 이물질이 있음. 크기는——"

나는 이물덩어리의 크기를 쟀다.

"지름 약 2cm. 절단된 표면은 백색으로 딱딱해 보임. 분명히 보이는 섬유의 피막은 없으며 주위의 조직이 조금 파괴되어 있음. 인상(印象), 폐암. 악성일 우려가 있음. 전이에 대해서는 불명. 이상. 존 벨리."

나는 흰색 덩어리를 한 조각 잘라내어 얼렸다. 덩어리가 아무것도 아닌지 악성종양인지 분명히 알아내는 방법은 단 한 가지뿐, 현미경으로 검사하는 것이다. 조직을 얼리면 곧 얇은 표본이 만들어진다. 보통 경우 현미경을 위한 슬라이드를 만들려면 고정액에 예닐곱 번 담가야 하므로 적어도 6시간, 때로는 며칠이 걸리게 된다. 외과의들은 그것을 기다리고 있을 수가 없었다.

조직이 딱딱하게 얼자 나는 마이크로톰*[1]으로 섹션을 만들어 슬라이드에 붙여 현미경 쪽으로 가지고 갔다. 하이드라이에 가져갈 필요도 없었다. 로파워의 대물렌즈로 폐조직의 그물과 같은 막이 혈액과 공기 사이의 가스를 교환하기 위해 아주 작은 폐포낭으로 형성되어 있는 것이 보였다. 흰 덩어리는 역시 종양이었다.

나는 바닥의 페달을 밟았다.

"현미경 검사 동결 섹션. 흰 덩어리는 주위의 조직을 침범한 미분화 종양세포들로 보임. 세포는 불규칙하게 농염(濃染)된 많은 핵과 무수한 세포핵의 유사분열을 나타내고 있음. 다핵거세포(多核巨細胞)가 몇 개 있음. 명확하게 세포막으로 보이는 것은 없음. 의견, 초기 악성폐암. 주위의 섬유에 눈에 띄게 탄분침착(炭粉沈着)이 생겼음."

'탄분침착'이란 폐 속에 탄화물이 쌓인 현상이다. 탄소를 삼키면 담배연기든 도시의 매연이든 몸 밖으로 내보낼 수가 없다. 탄소는 폐 속에 남는다.

전화가 울렸다. 우리가 30초 안으로 결과를 알리지 않았기 때문에 스캔런이 수술실에서 초조해 있을 게 틀림없다. 스캔런도 다른 외과의들과 똑같다. 수술을 하지 않으면 행복하지 못한 것이다. 병리연구실에서 보내올 보고를 기다리는 동안 자신이 절개한 커다란 구멍을 들여다보고 서 있는 일을 견뎌내지 못하는 것이다. 그는 표본을 떼어내어 스틸 용기에 담아 조수가 그것을 우리에게 보여주기 위해 외과 병동에서 멀리 떨어진 병리연구실까지 가져와야 한다는 것을 계산하려고 하지 않는다. 스캔런은 또 병원에는 그 밖에 11개의 수술실이 있어 그곳에서 오전 7시부터 11시까지 쉴새없이 수술이 행해지고 있음을 생각하지 않는다. 이 시간에는 4명의 레지던트와 병리의가 일하고 있지만, 표본은 자꾸만 밀릴 뿐이다. 그들이 우리가 진단을 잘못해도 괜찮다고 생각한다면 모르지만, 우리로서는 어쩔 도리가 없다.

그들은 그러한 위협을 무릅쓰려고 하지 않는다. 다만 콘웨이처럼 투덜거리고 싶어할 뿐이다. 기분을 전환시킬 수가 있기 때문이다. 아무튼 외과의는 모두 강박관념의 콤플렉스에 사로잡혀 있다. 정신과의에게 물어보라.

나는 전화기 쪽으로 걸어가면서 한쪽 고무장갑을 벗었다. 손에 땀이 배어 있었다. 나는 바지 뒤에 손을 쓱쓱 닦고 수화기를 집어들었다. 우리는 전화기를 조심스럽게 다루지만, 안전을 기하기 위해 날마다 알코올과 포르말린으로 깨끗이 닦고 있다.
"벨리일세."
"벨리, 어찌되었나?"
나는 콘웨이의 일이 있었던 뒤라 그를 좀 놀려주고 싶었으나 그만두고 간단하게 말했다.
"악성일세."
"그럴 줄 알았지" 하고 스캔런은 마치 병리연구실에서 한 일이 모두 시간낭비였다는 것처럼 중얼거렸다.
나는 전화를 끊었다. 나는 담배 생각이 간절했다. 아침식사 때 한 대 피웠을 뿐이었다. 여느 때 나는 하루에 두 대를 피운다.
내 테이블로 돌아오니 표본이 셋이나 기다리고 있었다. 간장과 담낭과 충수였다. 다시 장갑을 끼려고 하는데 구내전화기 벨이 울렸다.
"벨리 선생님이시지요?"
"무슨 일이야?"
구내전화기는 성능이 아주 좋다. 보통 목소리로 방 안 어디에서 이야기해도 교환수에게 들린다. 새로 온 레지던트가 감도(感度)가 높은 것을 모르고 가까이 가서 큰 소리로 고함치기 때문에 마이크는 천장에 닿을 만큼 높이 달아놓았다. 고함을 치면 저쪽 교환원의 귀에 요란하게 울리기 때문이다.
"벨리 선생님, 부인께서 전화입니다."
나는 얼른 대답하지 않았다. 쥬디스와 나 사이에는 미리 양해가 되어 있어 오전에는 전화를 걸지 않기로 하고 있다. 나는 1주일에 엿새, 우리 병리진 중 한 사람이 병이라도 났을 때는 이레 동안 꼬박 아침 7시부터 11시까지 손을 놓을 수가 없다. 아내는 언제나 이 약속을 굳게 지켜주었다. 조니가 세발자전거를 타다가 트럭 꽁무니에 부딪쳐서 이마를 열다섯 바늘이나 꿰맸을 때도 전화를 걸지 않았었다.
"알았소, 받지."
나는 내 손을 바라보았다. 장갑을 절반쯤 끼다 만 채였다. 나는 장갑을 벗고 전화기 앞으로 돌아왔다.
"나요."
"당신이에요?"
아내의 목소리는 떨리고 있었다. 나는 오랫동안 아내의 이런 목소리를 듣지 못했다. 아내의 친정아버지가 돌아가신 이래로 듣지 못했다.
"왜 그러오?"
"존, 아더 리가 지금 전화를 걸어왔어요."
아더 리는 우리 친구인 산부인과의로, 우리 결혼식의 들러리였다.
"무슨 일이 있었소?"
"당신을 만나고 싶대요. 사건이 일어난 모양이에요."
"사건?"
나는 되물으면서 레지던트 한 사람에게 내 테이블의 일을 좀 맡아서 처리해 달라고 눈짓해 보였다. 외과 표본을 그대로 내버려둘 수는 없는 것이다.
"잘 모르겠어요" 하고 쥬디스가 말했다. "하지만 지금 경찰서에 있대요."
나는 처음에 뭔가 잘못되었을 거라고 생각했다.
"확실하오?"
"네. 지금 그에게서 전화가 걸려왔어요. 존, 뭔가 그의······."
"모르겠소. 나도 전혀 모르오."
나는 수화기를 어깨로 받치고 다른 한쪽 장갑을 마저 벗어 안쪽에 비닐을 입힌 휴지통에 던져넣었다.
 "곧 가보겠소. 걱정할 것 없소. 아마 별일 아닐 거요. 또 술을 마셨나 보군."
 "알았어요" 하고 아내는 낮은 목소리로 말했다.
 "걱정하지 마오, 쥬디." 나는 같은 말을 되풀이했다.
 "알겠어요."
 "곧 다시 알려주겠소."
 나는 전화를 끊고 가운을 벗어 문 옆 나무못에 걸었다. 그런 다음 복도를 따라 샌더슨의 방으로 갔다. 샌더슨은 병리연구실 실장이었다. 언제 보아도 훌륭해 보이는 사나이로, 이제 48살인데도 관자놀이 언저리에 흰머리가 희끗희끗 섞이기 시작했다. 턱이 굳세 보이고 사려깊은 얼굴이었다. 이것은 그로서도 마음에 걸리는 일일 것이다.
 "아트가 유치장에 있답니다" 하고 내가 말했다.
 샌더슨은 검시해부보고서를 훑어보고 있는 참이었다. 그는 파일을 덮었다.
 "어째서?"
 "모르겠습니다. 가서 만나보고 오겠습니다."
 "나도 함께 갈까?"
 "아닙니다. 나 혼자 가는 편이 좋겠습니다."
 "전화해 주게" 하고 샌더슨은 몸을 절반쯤 내 쪽으로 돌리며 말했다. "사정을 알게 되거든."
 "알았습니다."
 샌더슨은 고개를 끄덕였다. 내가 방을 나올 때 그는 또다시 파일을 펴놓고 보고서를 읽기 시작했다.
 이 소식을 듣고 놀랐을지도 모르지만, 그는 얼굴에 나타내지 않았다. 표정을 바꾸는 일이 없는 것이다.

나는 병원 로비에서 주머니에 손을 넣어 자동차열쇠를 찾으며 문득 아더가 어느 경찰서에 있는지 모르는 것을 깨닫고 쥬디스에게 전화를 걸어 물어보기 위해 접수구로 갔다. 접수계 아가씨는 성품이 좋은 금발 소녀 샐리 플랑크*2로, 그녀의 이름은 언제나 레지던트들 사이에 농담거리가 되었다. 나는 전화로 쥬디스를 불러내어 아더가 어디 있는지 물었다. 그녀도 알지 못했다. 물어보는 것을 생각해 내지 못한 모양이다. 그래서 아더의 아내 베티에게 전화를 걸었다. 베티는 스탠포드 대학에서 생화학학위를 받은 아름답고 머리좋은 여자였다. 몇 년 전까지 하버드 대학에서 연구를 하고 있었는데, 셋째아이가 태어나자 대학을 그만두었다. 그녀가 이성을 잃은 모습을 본 건 조지 코백스가 술에 취해 그들의 집 가운데뜰에서 소변을 보았을 때뿐이었다.

베티는 충격을 받은 듯한 목소리로 대답했다. 아더는 상가(商街)인 찰즈 거리 경찰서에 있다고 했다. 그는 그날 아침 막 출근하려던 참에 집에서 체포되었던 것이다. 아이들이 모두 겁먹고 있어 학교를 쉬게 했는데 어떻게 해야 좋을지 모르겠다며, 그들에게 뭐라고 이야기하면 좋겠느냐고 물었다.

나는 '뭔가 잘못된 모양이라 말하는 게 좋겠다' 이르고 전화를 끊었다.

나는 의사들이 자동차를 세워둔 주차장에서 폴크스바겐을 꺼내 번쩍번쩍하는 캐딜락이 죽 늘어서 있는 사이를 빠져나왔다. 대형자동차는 모두 임상의(臨床醫) 소유이다. 병리의는 병원에서 급료를 지불받기 때문에 이처럼 번쩍거리는 자동차를 살 수 없다.

8시 45분이었다. 보스턴에서는 한창 붐비는 러시아워로 말할 수 없이 혼잡한 시간이다. 보스턴은 교통사고율이 로스앤젤레스보다 높아 미국에서는 단연 최고다. EW[5]의 인턴 누구에게 물어보아도 알 수 있다. 병리의에게 물어봐도 좋다. 우리는 검시해부에서 자동차사고에 의한 외상을 많이 보았다. 미친사람처럼 운전하는 이들이 많다. 죽은 시체들이 실려올 때 EW에 앉아 있으면 전쟁이 일어난 게 아닐까 생각될 정도다. 쥬디스는 이것을 욕구불만 때문이라고 말한다. 아더는 보스턴 시민이 가톨릭이어서 차도를 건널 때 신께서 지켜주신다고 생각하기 때문이라고 언제나 말했지만, 그는 성격이 비뚤어져 있다. 언젠가 의사들의 모임에서 어떤 외과의가 대시보드의 플라스틱 인형 때문에 얼마나 많은 사람들이 눈을 다치는가 하는 이야기를 했었다. 사람들은 충돌사고가 일어나면 앞으로 고꾸라지며 6인치의 마돈나에게 눈을 찔린다. 흔히 있는 일이다. 그러나 아더는 이 이야기를 듣고 그처럼 우스운 말은 처음 듣는다고 말했다.

  그는 눈물이 날 만큼 웃었다. 그는 몸을 구부리고 웃으며 말했다.
  "종교로 장님이 되었어! 종교로 눈이 멀었군."
  그 외과의는 플라스틱 정형수술을 하고 있었는데도 이 이야기의 유머를 이해하지 못했다. 아마도 짜부라진 눈 속을 너무나 많이 고쳤기 때문일 것이다. 아무튼 아더는 배를 안고 웃었다.

  모였던 사람들은 대부분 그가 웃는 것을 보고 놀랐다. 허풍스럽고 버릇없다고 생각했다. 거기에 모인 모든 사람들 가운데 이 우스갯소리가 아더에게 있어 어떤 의미를 지녔는지 이해할 수 있었던 이는 나 혼자뿐이었을 것이다. 그가 신경을 너무 소모시키고 있었음을 알아차린 것도 나 혼자뿐이었다.

  아더는 나의 친구로 의과대학에 다닐 때부터 줄곧 친하게 교제해 왔다. 머리가 좋고 재주 있는 의사이며 자신이 하는 일이 옳다고 믿고 있었다. 대부분의 임상의와 마찬가지로 자아가 너무 강해 얼마쯤 독재적인 경향도 보였다. 무엇이 가장 좋은 일인가 하는 것을 알고 있다고 생각하지만, 어떤 경우든지 누구에게나 기대할 수 있는 일은 아니다. 좀 지나칠지도 모르지만, 나는 그를 나무랄 수가 없다. 그는 아주 중요한 일에 몸을 바치고 있다. 아무튼 우리들 가운데 누군가가 중절수술을 해야만 하는 것이다.

나는 그가 언제부터 그 일을 시작했는지 모른다. 아마 산부인과 레지던트를 끝낸 직후였을 것이다. 중절은 그리 어려운 수술이 아니다. 숙련된 간호사라도 아무 위험 없이 할 수 있다. 다만 한 가지 걸리는 점이 있다.

위법인 것이다.

나는 그것을 처음 알았을 때의 일을 잘 기억하고 있다. 병리실의 몇몇 레지던트가 아더에 대해 수군거리는 소리를 들었던 것이다. 그들은 분명 임신중절인 D&C(소파) 환자를 많이 받고 있었다. D&C는 갖가지 증상——월경불순, 월경통, 중간기의 출혈——때문에 행해지고 있었는데, 상당히 많은 경우 수술할 때 임신인 증거가 보였다. 레지던트들은 젊어서 입이 가볍기 때문에 나는 걱정되었다. 나는 곧 연구실에서 우스갯소리를 해서는 안 되며, 그런 농담으로 한 의사의 평판이 크게 떨어지게 된다고 말했다. 그들은 곧 그런 말을 하지 않게 되었다. 그런 다음 나는 아더를 만나러 갔다. 나는 그를 병동 식당에서 찾아냈다. 내가 먼저 말을 꺼냈다. "아트, 마음에 좀 걸리는 일이 있네."

그는 도우넛과 커피를 마시고 있었는데, 아주 기분이 좋아 보였다. 그는 웃었다.

"산부인과와 관계되는 병은 아니겠지?"

"그런 게 아닐세. 몇몇 레지던트들이 자네가 지난달 임신이 확실한 6명의 환자에게 중절수술을 했다고 말하더군. 자네는 다른 사람들이 알도록 그런 수술을 했나?"

기분 좋던 그의 태도가 금방 사라졌다.
"그래, 그들이 알았네."
"이런 일이 세상에 드러나면 의사회에서 귀찮은 일이 생긴다는 것을 자네도 알겠지?"
그는 고개를 내저었다.
"아무 일도 일어나지 않네."
"모두들이 어떻게 생각하는지 알고 있나?"
"알고 있네" 하고 그는 말했다. "내가 중절수술을 해준다고 생각하고 있지."
그의 목소리는 낮아서 거의 알아들을 수 없었다. 그는 나를 뚫어지게 쏘아보았다. 그 눈을 보자 나는 이상한 기분이 들었다.
이윽고 그가 다시 말했다.
"좀더 잘 의논하는 편이 좋겠군. 오늘 저녁 6시쯤 한잔하지 않겠나?"
"좋지."
"그럼, 주차장에서 기다려주게. 그리고 오후에 시간이 있으면 좀 보아주었으면 하는 케이스가 있는데……."
"그러지."
나는 그다지 내키지 않는 듯이 대답했다.
"이름은 수잔 블랙. 번호는 A0-221365일세."
나는 그 번호를 종이 냅킨에 받아쓰면서 어떻게 번호까지 기억하고 있을까 이상하게 생각했다. 의사는 환자에 대해 많은 것을 기억하고 있지만, 차트 번호를 기억하는 일은 거의 없다. "그 차트를 잘 봐주게. 그리고 내게 이야기하기 전에는 아무에게도 말하지 말게."
나는 무슨 까닭인지 잘 모르는 채 연구실로 돌아왔다. 그 날은 해부가 있었으므로 4시가 지나서야 좀 한가해졌다. 나는 기록실에 가서 수잔 블랙의 차트를 꺼냈다. 그리고 그것을 얼른 훑어보았다. ——그다지 나쁜 것은 아니었다. 그녀는 아더의 환자로, 맨 처음 병원에 온 것은 20살 때였다. 이 도시 보스턴 대학 1학년생이었다. 그녀의 CC[6]는 월경불순이었다. 질문한 결과 그녀가 최근 풍진에 걸렸다는 것, 그 뒤 피로가 심했다는 것, 그리고 학교의사에 의해 단핵세포증다증의 검진을 받았다는 것이 밝혀졌다. 그녀의 말에 따르면 약 이레 내지 열흘마다 불규칙적인 출혈이 있었으며, 정상적인 출혈은 없었고, 이런 상태가 두 달 동안 계속된 데다 여전히 피로가 심하고 졸음이 끊임없이 왔다고 한다.

진찰 결과 가벼운 열이 있을 뿐, 특별히 이상한 점은 발견되지 않았다. 혈액검사는 헤마토크리트[7]가 조금 낮았을 뿐, 정상이었다.

아더는 월경불순을 바로잡기 위해 소파를 명했다. 1956년의 일로, 아직 난포 호르몬 요법은 쓰이고 있지 않았다. 자궁은 정상이었고, 종양이나 임신의 징후도 없었다. 그녀에게는 이 요법이 잘 들었던 모양이다. 그 뒤 3개월 동안 치료를 받아 월경은 정상적이 되었다.

아주 흔한 증상이었다. 병이나 감정의 자극이 여성의 생리적 주기를 어긋나게 해서 월경불순을 가져온다. 그런데 소파 치료가 그 주기를 정상적으로 돌려놓았다.

나는 어째서 아더가 그녀의 차트를 보라고 했는지 이해할 수가 없었다. 그리하여 조직에 대한 병리보고를 확인했다. 그것은 샌더슨 의사가 한 것이었다. 기록은 짧고 간단했다.

'육안적(肉眼的) 인상, 정상. 정밀검사, 정상.'

나는 차트를 제자리에 넣어두고 연구실로 돌아왔다. 연구실로 돌아와서도 나는 아직 그 케이스가 어떤 의미를 갖는지 알 수가 없었다. 나는 여러 가지 자질구레한 일들을 끝내고 시체해부보고서를 쓰기 시작했다.

무엇이 내게 슬라이드를 생각나게 했는지는 나로서도 알 수 없다. 여느 병원과 마찬가지로 링컨 병원도 병리 슬라이드를 파일로 만들어 보존하고 있다. 모두 보존해 두었으므로 한 환자의 현미경 슬라이드를 20년 내지 30년 전으로 거슬러올라가서 다시 조사할 수가 있다. 슬라이드는 도서관 목록 카드처럼 정리되어 직사각형 상자 속에 넣어 두었다. 그런 상자들이 방 하나 가득 찰 만큼 있었다.

나는 그 상자 가운데 하나를 찾아 1365호 슬라이드를 꺼냈다. 라벨에 차트 번호와 샌더슨 의사의 머리글자 서명이 있었다. 그리고 큰 글씨로 'D&C'라고 씌어 있었다. 나는 슬라이드를 현미경실로 가지고 갔다. 거기에는 현미경 열 대가 길다랗게 줄지어 있었다. 그중 한 대가 비어 있어 나는 그 현미경에 슬라이드를 끼우고 들여다보았다.

곧 눈에 비쳤다.

조직은 확실히 자궁에서 긁어낸 것이었다. 증식기에 있는 실로 정상적인 자궁내막을 보여주었는데, 염색(染色)을 보고 나는 눈을 커다랗게 떴다. 슬라이드는 쳉켈 포르말린 법으로 염색되어 있어 모두 밝은 청색과 녹색으로 빛났다. 이것은 특수한 진단이 필요한 경우에 쓰이는 염료로 여느 때는 잘 쓰지 않는다.

보통 경우에는 핑크와 보랏빛이 나는 헤마토키실린 에오신 법이 사용된다. 거의 모든 조직 표본이 이 염료로 염색되고, 그 밖의 경우에는 특수염료를 썼다는 것을 기록하도록 되어 있었다.

그러나 샌더슨은 슬라이드가 쳉켈 포르말린으로 염색되었음을 기록해 두지 않았다.

나는 얼른 슬라이드가 바뀌지 않았나 생각했다. 그래서 라벨의 필적을 들여다보았다. 샌더슨의 필적이 틀림없다. 그런데 어찌된 일일까?

그 밖에 또 있을 수 있는 일이 곧 머릿속에 떠올랐다. 샌더슨이 잊어버리고 보고서에 특수염료를 썼음을 기입하지 않았을지도 모른다. 또는 두 개의 슬라이드를 만들어 하나에는 헤마토키실린 에오신을 쓰고, 또 하나에는 첸켈 포르말린을 썼는데, 첸켈 쪽만 보존되었을 수도 있다. 그렇지 않으면 무언가 잘못된 것인지도 모른다.

그러나 어느 경우를 생각해 보아도 납득되지 않았다. 나는 여러 가지로 생각한 끝에 저녁 6시가 되기를 기다려 주차장에서 아더를 만나 그의 자동차에 탔다. 그는 병원으로부터 좀 떨어진 곳에서 이야기했으면 좋겠다고 말했다. 그는 자동차를 몰면서 말했다.

"그 차트를 읽었나?"

"읽었네. 퍽 흥미있더군."

"표본도 조사했나?"

"물론. 그건 진짜인가?"

"수잔 블랙에게서 떼어낸 거냐고 묻는 건가? 그렇지 않네."

"좀더 주의해야겠더군. 염료가 틀려 있었어. 그렇게 되면 어떤 귀찮은 일이 생길지도 모르네. 그 슬라이드는 어디서 가져왔나?"

아더가 빙그레 미소지었다.

"표본장수가 가져온 '정상 자궁내막'의 슬라이드지."

"누가 바꿔쳤나?"

"샌더슨이. 그 무렵 우리는 아직 이 일에 익숙하지 못했네. 가짜 슬라이드를 넣고 '정상'이라고 기입하자는 건 그의 아이디어였네. 물론 지금은 훨씬 잘하고 있지. 샌더슨은 정상 표본을 손에 넣을 때마다 슬라이드를 몇 개 더 만들어 보관하고 있다네."

"알 수 없는 일이로군" 하고 나는 중얼거렸다. "샌더슨이 이런 일을 자네와 함께 하고 있다니……."

"그렇다네. 몇 년 동안 함께 일해 왔지."

샌더슨은 아주 현명하고 다정하며 올바른 사람이었다.

이윽고 아더가 다시 말을 이었다.

"알겠나? 그 차트는 모두 가짜일세. 나이는 분명 20살이었지. 그리고 풍진에 걸려 있었네. 월경이 불순한 것도 사실이지만, 그것은 임신했기 때문이었네. 축구시합이 있었던 주말에 서로 결혼하기로 한 사랑하는 남자와 잠자리를 같이했는데, 우선 대학을 졸업하고 싶었기 때문에 아기가 방해된 셈이지. 게다가 다행히도 임신 3개월 안에 풍진에 걸렸네. 그녀는 머리가 뛰어나게 좋지는 않았지만, 풍진에 걸리면 어떻게 되는가 하는 정도는 알고 있었네. 나를 찾아왔을 때 그녀는 무척 걱정스러운 얼굴이었지. 한참 동안 말을 못하고 머뭇거리더니 이윽고 모든 사실을 털어놓고 중절을 부탁했네.

나는 몹시 놀랐네. 나는 그때 막 레지던트를 마친 때여서 크지는 않았지만 그런 대로 이상(理想)을 갖고 있었지. 그녀는 마치 미친 사람처럼 이성을 잃고, 세상이 그녀 주위에서 허물어지기라도 하는 듯이 행동했네. 확실히 허물어져가고 있었지. 그녀의 머릿속에는 다만 학교를 그만두어야 한다는 것과 기형아일지도 모르는 사생아의 어머니가 되어야 한다는 것밖에 없었네. 아주 좋은 아가씨여서 나는 그녀를 가엾게 생각했지만, 안 된다고 거절했네. 동정은 가지만 손쓸 수가 없노라고 말일세.

그러자 그녀는 나에게 임신중절이 위험한 수술이냐고 묻더군. 처음에 나는 자신이 할 생각인 모양이구나 싶어 위험하다고 대답했네. 그러자 노스엔드에 2백 달러만 주며 수술해 주는 사람이 있다는 것을 안다고 말하더군. 해병대에서 위생병으로 있었던 사나이였네. 내가 해주지 않는다면 그 사나이에게 부탁하겠다고 그녀는 말했지. 그리고 나서 그녀는 내 진찰실을 나갔네."

아더는 깊이 한숨을 내쉬며 머리를 저었다.

"그날 밤 나는 우울한 기분으로 집에 돌아갔네. 나는 그녀를 미워했지. 의사로서의 내 새로운 계획을 방해했기 때문이네. 그녀는 일생의 계획을 세우고 있던 내 생활을 방해한 걸세. 그녀가 한 말이 내 마음을 무겁게 내리눌렀네. 나는 잠을 이루지 못하고 밤새도록 생각했지.

 그녀가 어떤 지저분한 뒷골목 방으로 들어가 자기에게 상처를 입혀 어쩌면 죽일지도 모르는 기분나쁜 사나이를 만나고 있는 모습이 눈에 떠올랐네. 나는 아내와 1살짜리 갓난아기를 생각하며 참으로 행복하다고 여겼지. 인턴으로 있을 무렵 비전문가로부터 중절을 받아 새벽 3시쯤 출혈을 하며 응급실로 뛰어든 여자아이를 여러 번 본 생각이 머리에 떠오르더군. 그리고 대학시절의 경험도 생각났네. 베티와 둘이서 월경을 6주일 동안이나 기다린 일이 있었지. 아무리 조심해도 어떤 때 임신을 하게 되는지 알 수가 있어야지. 흔히 있는 일로, 그런 일이 죄가 되어서는 안 되네."
나는 담배를 피우며 아무 말도 하지 않았다.
"나는 밤중에 일어나 부엌 벽을 바라보고 커피를 여섯 잔이나 마시며 생각했지. 그리고 아침이 되자 법이 옳지 않다는 결론에 이르렀네. 의사는 그다지 칭찬받을 수 없는 여러 가지 방법으로 신의 역할을 해낼 수 있지만, 이것은 그런 일과 다르네. 훌륭한 일일세. 나는 괴로워하는 환자를 만나 내 힘으로 구할 수 있는데도 거절한 셈일세. 내가 고민한 것은 바로 그 때문이었지. 그녀를 구해주기를 거절한 거였네. 앓는 사람에게 페니실린을 거절하는 것과 마찬가지로 나쁜 일일세. 그와 마찬가지로 잔혹하고 어리석은 짓이지. 이튿날 아침 나는 샌더슨을 만나러 갔네. 나는 그가 여러 면에서 진보적인 생각을 가졌음을 알고 있었지. 나는 그에게 사정을 설명하고 중절수술을 해주고 싶다고 말했네. 그는 자기가 병리검사를 하여 뒤처리를 해주겠다고 하더군. 그때부터 시작된 것일세."

"그때부터 줄곧 중절수술을 했단 말인가?"

"그렇지. 이유가 충분하다고 생각될 때는 해주었네."

우리는 노스엔드의 작은 술집으로 갔다. 그곳은 이탈리아 사람과 독일인 노동자들로 가득 차 있었다. 아더는 혼자 떠들어댔다. 참회하는 심정이었던 모양이다. 그는 말했다.

"나는 이따금 생각한다네. 만일 이 나라의 종교 감정이 크리스천 사이언스 파[3]에 의해 지배되고 있다면 의사나 약은 어찌될 것인가 하고. 물론 옛날에는 이렇다할 영향이 없었겠지. 약이 아직 유치하고 효능도 별것 아니었으니까. 그러나 페니실린과 항생물질 시대에 크리스천 사이언스 파의 세력이 강하다면 어찌될 것인가? 약의 공급을 반대하여 압력을 가하는 사람들이 있다면 어찌될 것인가? 이런 사회에서 어떤 환자에게 쓸, 죽을 필요 없이 간단히 낫는 약이 있다는 것을 알았다고 하세. 아마 이런 약을 다루는 무시무시한 암시장이 생기겠지. 가정요법으로는 약의 분량을 지나치게 쓰기 쉽고, 암시장의 약은 위험하네. 그 때문에 많은 사람들이 수습할 길 없는 상태에 놓이게 되리라는 생각이 들지 않나?"

"자네가 무슨 말을 하려는 것인지 알겠네. 그렇지만 나는 사지 않을 걸세."

아더가 이야기를 계속했다.

"좀더 들어보게. 도덕은 과학기술과 손을 맞잡고 나가야 하네. 만일 사람이 도덕을 지키다 죽을 것인가 또는 도덕을 배반하고 살 것인가 선택해야 하는 입장에 놓인다면, 어떤 경우이든 사는 쪽을 택할 걸세. 요즘 사람들은 중절수술이 안전하고 간단하다는 것을 알고 있네. 시간이 많이 걸리는 어렵고 위험한 수술이 아님을 알고 있지. 간단하다는 것을 알고 있으므로 그로써 얻어지는 행복을 구하려는 것일세. 그들은 당연한 일로서 그것을 요구하네. 그리하여 어떻게든 목적을 이루고 마네. 돈이 많은 사람이면 푸에르토리코나 다른 외국으로 갈 것이고, 돈이 없는 가난한 사람은 해병대 출신 위생병에게 부탁하겠지. 어떤 방법이든 찾아내어 중절을 할걸세."
"아트! 그건 위법일세!"
아더는 빙그레 웃었다.
"자네가 그토록 법률에 경의를 표하고 있는 줄은 몰랐는걸."
이것은 나의 과거와 관계 있는 빈정거림이었다. 나는 칼리지를 나와 법과에 들어가서 1년 반 동안 공부했다. 그러나 법률이 현실과 맞지 않는다는 것을 깨닫고 의학으로 옮겼다. 그 동안 육군에 입대해 있었다.
"그러나 이건 달라" 내가 반박했다. "만일 잡히면 형무소에 들어가게 되고 의사면허도 취소될 걸세. 그건 자네도 알고 있겠지?"
"나는 해야 할 일을 하고 있을 뿐이네."
"바보 같은 말은 그만두게!"
"나는 자신이 옳은 일을 하고 있다고 확신하네."
나는 그의 얼굴을 보고 진심임을 알았다. 그리고 시일이 지나면서 나도 '중절'이 가장 인간적인 해결책인 몇 가지 케이스에 직접 맞닥뜨렸다. 아더는 그런 케이스를 처리해 주었다. 나는 샌더슨 의사를 도와 병리부문의 증거를 은폐하는 일에 끼여들었다. 우리는 의사회 위원에게 알려지지 않도록 모든 일을 빈틈없이 처리했다. 링컨 병원의 의사회 위원은 각 부의 부장들과 차례로 일을 맡는 6명의 의사로 이루어져 있었으므로 필요한 일이었다. 의사회 위원의 평균 나이는 61살로, 언제나 3분의 1이 가톨릭 신자였다.
물론 그 비밀이 엄중하게 지켜진 것은 아니었다. 많은 젊은 의사들이 아더가 하는 일을 알고 있었지만, 그가 중절을 할 것인가 어떤가 결정하는 데 신중한 태도를 취했기 때문에 거의 모두 그에게 찬성하고 있었다. 만일 용기가 있었다면 그들도 대부분 중절수술을 해주었을 것이다.

아더의 행위에 찬성하지 않는 의사도 몇 사람 있었는데, 만일 그들이 배짱만 있었다면 아더를 밀고했을지도 모른다. 호이플이며 글룩 같은 옹졸한 자들로, 그들의 종교는 연민과 상식을 인정하고 있지 않았던 것이다.

나는 오랫동안 호이플이며 글룩 같은 이들 때문에 걱정했다. 그러나 차츰 그들을 무시하고, 그들의 의미있는 눈초리와 나무라는 듯한 표정을 대수롭지 않게 생각하게끔 되었다. 어쩌면 이것이 실수였는지도 모른다.

왜냐하면 아더가 경찰에 잡힌 지금, 만일 그가 파면되면 샌더슨과 나도 파면될 것이기 때문이다.

경찰서 가까이에는 자동차를 세워둘 만한 곳이 없었다. 네 블록이나 더 갔다가 나는 아더가 무슨 일로 체포되었는지 알아보기 위해 급히 되돌아왔다.

2

나는 몇 년 전 육군에 복무할 때 도쿄에서 MP(헌병)로 있었는데, 그 경험이 나에게 많은 것을 가르쳐주었다. 그때는 점령시대의 끝 무렵이라 MP는 거리에서 사람들이 가장 싫어하는 대상이었다. 흰 헬멧과 군복을 입은 우리는 그 나라에서 사라져가는 군대 권위의 잔재를 대표하고 있었다. 긴자에서 정종이나 위스키로 곤드레가 된 미국인은 우리에게 있어 거북한 군대생활에 대한 불만과 반발의 상징이 되었다. 따라서 우리는 우리를 보는 어떤 사람에게나 도전했으므로 내 친구 가운데 싸움에 말려든 사람이 적지 않았다. 그 가운데 한 친구는 한쪽 눈을 칼에 찔려 장님이 되었다. 그리고 또 한 친구는 살해되었다.

물론 우리는 무장하고 있었다. 나는 지금도 처음으로 권총이 지급되었을 때의 일을 지금도 기억하고 있다. 고참대위가 우리에게 이런 말을 했다.

"너희들은 권총을 가졌다. 그런데 나는 절대로 권총을 쓰지 말라고 충고하겠다. 비록 정당방위로 나쁜 술주정뱅이를 쏘았다 해도 나중에 알고 보면 그의 숙부가 하원의원이든가 장군인 경우가 있는 것이다. 권총은 언제나 다른 사람들한테 보이게끔 지니되, 반드시 홀스터에 넣어두는 것이 좋다. 잊지 말도록!"

결국 우리는 모든 일을 위협만으로 처리하도록 명령받았던 것이다. 우리는 그 방법을 배웠다. 모든 경찰관들이 어떻게 사람들을 겁주는지 배웠다.

나는 찰즈 거리의 경찰서에서 무뚝뚝하게 생긴 경감과 마주앉자 그때의 일이 생각났다. 그는 내 두개골 깨기를 즐기는 것처럼 나를 올려다보았다.

"뭐지요?"

"리 의사를 만나러 왔습니다" 하고 나는 말했다.

그는 빙그레 웃었다.

"그 중국인은 드디어 벌받을 때가 온 것이오, 안됐지만."

"나는 리 의사를 만나러 왔습니다."

나는 같은 말을 되풀이했다.

"만날 수 없습니다."

그는 책상 위로 눈길을 돌리며 귀찮다는 듯이 그 위에 놓인 서류를 뒤적거렸다.

"무슨 일인지 설명해 줄 수 있겠습니까?"
"아니, 설명할 생각이 없습니다."
나는 펜과 수첩을 꺼냈다.
"당신 배지의 번호가 몇 번인지 가르쳐주겠소?"
"당신이 뭐요! 돌아가시오, 만날 수 없소!"
"당신 배지 번호를 물으면 가르쳐주어야 할 의무가 있다고 법률에 정해져 있소."
"그렇소?"

나는 그의 윗옷을 보고 숫자를 써넣는 척했다. 그리고 문을 향해 걷기 시작했다.

"바로 밖에 전화 부스가 있더군요."
"그래서요?"
"당신 아내는 그 배지를 어깨에 꿰매붙이느라고 많은 시간을 들였겠지요. 그러나 떼는 데는 10초면 충분하오. 면도칼을 쓰면 옷이 상하지도 않지요."

그는 책상 저쪽에서 벌떡 일어났다.

"대체 무슨 볼일이오?"
"나는 리 의사를 만나러 왔소."

경감은 나를 뚫어지게 쏘아보았다. 내가 그를 강금시킬 수 있을지 어떨지는 모르지만, 그런 일이 있을 수 있다는 건 아는 모양이었다.

"그의 변호사요?"
"그렇소."
"그럼, 처음부터 그렇게 말해 주면 좋잖소."

그는 책상서랍에서 열쇠뭉치를 꺼냈다.

"따라 오시오."

그는 나를 보고 빙긋 미소지었으나 눈에는 아직 적의가 담겨 있었다.

나는 그 뒤를 따라갔다. 그는 아무 말도 하지 않았으나 두어 번 혀를 찼다. 한참 뒤 어깨 너머로 내게 말했다.

"이처럼 조심했다고 나를 나무랄 수는 없소. 살인은 살인이니까."

"그렇지요." 나는 대답했다.

아더는 깨끗한 방에 수용되어 있었다. 정돈이 잘되어 있어 그다지 냄새도 나지 않았다. 사실 보스턴의 유치장은 미국에서 가장 깨끗하다. 깨끗해야 하는 것이다. 많은 유명인이 이 유치장에 들어갔었다. 시장이며 관리들이. 더러운 유치장에 처넣고 다음 선거에 출마할 때 깨끗한 선거를 하라고 말할 수는 없지 않겠는가!

그것은 이치에 맞지 않는 생각이다.

아더는 침대에 걸터앉아 손가락 사이의 담배를 들여다보고 있었다. 돌바닥이 담배꽁초와 재로 더럽혀져 있었다. 우리가 복도를 걸어가자 그는 얼굴을 들었다.

"존!"

"10분뿐이오."

경감이 말했다.

나는 감방으로 들어갔다. 경감은 내 등 뒤의 문을 잠그고 철책에 기대섰다.

"고맙소. 가도 좋소" 하고 내가 말했다.

그는 나를 흘끗 쳐다보더니 열쇠뭉치를 절그럭거리며 그 자리를 떠났다.

우리 둘만 있게 되자 나는 아더에게 물었다.

"몸은 괜찮나?"

"괜찮네."

아더는 몸차림이 단정하고 키가 자그마한 사나이로 옷에 대한 기호가 아주 까다로웠다. 샌프란시스코 출신이며 그의 집안에서 많은 의사와 변호사가 나왔다. 어머니가 미국인이어서 그다지 중국인 같지 않았다. 피부는 황색이라기보다 올리브색에 가까웠고, 눈꼬리에 주름살이 없었으며, 머리카락은 연한 갈색이었다. 몹시 신경질적이어서 쉴새없이 손을 움직이는 것을 보면 오히려 라틴계 사람인 것처럼 여겨진다.

지금 그의 얼굴은 창백하고 긴장되어 있었다. 일어나서 감방 안을 서성거리는 동작도 초조하고 딱딱했다.

"잘 와주었네, 존."

"무슨 말을 묻거든, 나는 자네 변호사를 대신해서 왔다고 했으니까 알아서 대답하게. 그래서 겨우 들어올 수 있었지. 변호사에게 연락했나?"

나는 수첩을 꺼냈다.

"아니, 아직."

아더가 대답했다.

"왜 전화하지 않았나?"

"글쎄……."

그는 이마를 문지르고 손가락으로 눈을 비볐다.

"아무것도 생각할 수가 없어. 뭐가 뭔지 도무지 모르겠네."

"자네 변호사의 이름을 가르쳐주게."

나는 그의 변호사 이름을 수첩에 적어넣었다. 그는 훌륭한 변호사를 두고 있었다. 언제든 필요할 때가 있으리라고 생각했던 모양이다.

"됐네. 돌아가는 길에 내가 전화하지. 그런데 무슨 일인가?"

"살인이라네."

아더가 대답했다.

"그런 모양이더군. 어째서 나에게 전화했나?"

"자네는 이런 일을 잘 알고 있으니까."

"살인에 대해서 말인가? 나는 아무것도 모르네."

"자네는 법률을 공부했잖나."

"겨우 1년일세, 그것도 10년 전 일이지. 학교도 제대로 나가지 않았고, 배운 것도 전혀 기억하고 있지 못하네."

"존, 이것은 의사의 문제이자 법률의 문제일세. 양쪽에 걸쳐 있네. 자네 도움이 필요해."

"처음부터 이야기해 보게."

"존, 나는 하지 않았네. 정말 하지 않았어. 나는 그 처녀에게 절대로 손대지 않았네."

그의 걸음걸이가 점점 빨라졌다. 나는 그의 가슴을 움켜쥐고 그를 잡아세웠다.

"좀 앉게. 그리고 처음부터 이야기해 주게. 천천히, 차근차근."

그는 머리를 내저으며 담배를 뱉어버렸다. 그리고 곧 다음 담배에 불을 붙여물고 나서 말하기 시작했다.

"그들은 오늘 아침 집에서 나를 체포했네. 7시쯤에. 곧장 이리로 끌고 와 질문을 시작했지. 처음에는 형식적인 질문이라고 하더군. 그런데 점점 태도가 달라지는 걸세."

"몇 사람이던가?"

"둘. 셋일 때도 있었네."

"위협하던가? 때리던가? 라이트로 눈을 비추던가?"

"아니, 그런 짓은 하지 않았네."

"변호사에게 전화해도 좋다고 하던가?"

"그러더군. 하지만 그건 훨씬 나중이었네. 헌법에 보장되어 있는 내 권리에 대해 설명할 때였지."

그는 언제나처럼 쓸쓸해 보이는 빈정거리는 미소를 지었다.

"처음에는 일반적인 질문뿐이기에 변호사를 부를 생각이 없었어. 나는 아무 잘못도 저지르지 않았네. 그녀에 대한 말을 꺼낸 것은 한 시간이나 지난 뒤였지."

"그녀가 누군가?"

"카렌 랜돌."

"카렌이라면 그……."

"J D 랜돌의 딸이지."

아더는 고개를 끄덕이며 말했다.

"좋지 않게 됐군."

"그들은 내가 그녀를 알고 있는가, 환자로서 만난 일이 있는가 하는 문제부터 질문을 시작했네. 나는 그녀가 1주일 전에 진찰을 받으러 온 일이 있다고 대답했지. 월경이 없다고 왔었거든."

"얼마 동안?"

"4개월."

"그들에게 그 기간을 이야기했나?"

"아니, 그들은 묻지 않았네."

"잘했군."

"그들은 그녀가 나를 찾아온 용건에 대해 자세히 알고 싶어했네. 그녀가 그런 증상만 말했는지 어떤지 알고 싶어하더군. 그녀의 태도가 어땠는지에 대해서도 알려고 했네. 나는 말할 수 없다고 했지. 환자는 의사를 믿고 털어놓은 것이니까. 그러자 그들은 화제를 바꾸더군. 내가 어제 저녁 어디에 있었는지 알고 싶다는 거였네. 나는 링컨 병원에서 저녁 회진을 마친 다음 공원을 거닐었다고 대답했지. 그들은 내가 진찰실로 되돌아갔는지를 묻더군. 나는 돌아가지 않았다고 대답했네. 그들은 어젯밤 공원에서 나를 본 사람이 있는지 물었네. 나는 아무도 기억나지 않으며 내가 아는 사람은 하나도 만나지 못했다고 대답했지."

아더는 담배를 씹었다. 그의 두 손이 떨리고 있었다.

"그 다음부터 그들은 나를 다그치기 시작했네. 분명 다시 돌아가지 않았느냐? 회진을 끝낸 다음 무엇을 했느냐? 지난주 진찰이 있은 뒤 분명 카렌 양과 만난 일이 없느냐? 나는 무엇 때문에 그런 질문을 하는지 알 수가 없었네."

"무엇 때문이던가?"

"오늘 아침 4시 카렌 랜돌을 그녀의 어머니가 메모리얼 구급 병동으로 데려갔다는군. 심한 출혈을 하고 있어——그녀는 실제로 빈혈상태였지——실려왔을 때는 실혈(失血)에 의한 쇼크 상태였다네. 나는 그들이 어떤 조치를 했는지 모르지만, 아무튼 그녀는 죽었네. 경찰은 내가 어젯밤 그녀에게 중절수술을 해주었으리라 생각하고 있네."

나는 씁쓰레하게 미소지었다. 그런 일은 있을 수 없는 것이다.

"어째서 그들은 그렇게 믿을까?"

"도무지 대답해 주지 않았네. 나는 몇 번이나 물었지만. 그녀가 헛소리를 하다가 메모리얼에서 내 이름을 입에 담았는지도 몰라. 나로서는 알 수가 없네."

나는 머리를 가로저었다.

"아트, 경찰은 전염병을 두려워하듯 잘못 체포하는 것을 두려워하고 있네. 자네를 체포하여 확증을 알아낼 수 없으면 수많은 사람의 목이 떨어지거든. 자네는 훌륭한 직업을 가진 시민의 한 사람일세. 돈도 없고 친구도 없는 주정뱅이 부랑자가 아니야. 자네가 법률적인 조언을 받을 수 있다는 것을 그들은 아네. 뭔가 확증을 잡고 있지 않다면 그들은 자네를 용의자로 생각하지 않을 걸세."
아더는 초조한 듯이 손을 저었다.
"아니, 그들이 얼빠진 자들인지도 몰라."
"물론 얼빠진 자들이지만, 그런 것을 모를 만큼 바보는 아닐세."
"그러나 그들이 어떤 증거를 쥐고 있는지 짐작할 수가 없네."
"알 수 있을 텐데?"
"아니, 모르겠네. 상상도 할 수가 없어."
나는 언제 그가 대답할 것인가 생각하면서 그를 지켜보았다. 언젠가는 꺼내야 할 일이다. 그는 내가 빤히 쳐다보고 있는 것을 알아차리자 얼른 말했다.
"그렇지 않네!"
"뭐가 말인가?"
"나는 하지 않았네. 그런 눈초리로 보지 말게." 그는 다시 앉아 손가락으로 침대를 두들기며 말했다. "술을 마시고 싶군."
"술은 잊어야 하네."
"알고 있네."
"사람을 사귀는 교제상으로만 해야지."
나는 덧붙여 말했다.
"도를 넘기지 말고."
"나는 성격과 평소 습관 때문에 재판을 받는 걸세."
"자네는 재판 같은 건 받게 되지 않아. 그렇게 되고 싶지는 않겠지?"
그는 코웃음을 쳤다.
"카렌 양이 왔을 때의 이야기를 해주게."
내가 말했다.
"별로 할 이야기가 없네. 그녀는 중절을 부탁하러 왔지만 임신 4개월이었기 때문에 나는 맡지 않았네. 어째서 맡을 수 없는지 설명하고, 이미 시기를 놓쳤다는 것과 지금 중절하려면 배를 절개해야 한다는 것을 설명해 주었지."
"알아듣던가?"
"그런 것 같았네."
"자네의 기록에는 어떻게 썼나?"
"아무것도 쓰지 않았네. 파일을 펴지도 않았었지."
나는 한숨을 쉬었다.
"잘못했군. 어째서 기록을 남기지 않았나?"
"그녀는 치료를 받으러 온 게 아니었기 때문일세. 내 환자가 된 게 아니었지. 앞으로 또 만나게 될 일이 없으리라고 생각했기 때문에 파일을 펴지도 않았던 걸세."
"그것을 어떻게 경찰에 설명할 텐가?"
"존! 그녀가 나를 체포케 하려고 왔다는 걸 알았더라면 나는 여러 가지 다른 방법을 취했을 걸세."
나는 담배에 불을 붙이고 몸을 뒤로 젖혔다. 차가운 돌이 머리에 닿았다. 귀찮은 사건임은 이미 뚜렷해졌다. 그러므로 아무것도 아닌 아주 조그마한 일도 아더의 경우에는 중대한 의미를 갖게 되는 것이다.
"누가 그녀를 자네에게 보냈다고 생각하나?"
"카렌 말인가? 피터겠지."
"피터 랜돌?"
"물론. 그는 그녀가 뭐든지 의논하는 의사였네."
"누가 보냈는지 그녀에게 묻지 않았나?"
아더는 언제나 이런 일에는 빈틈이 없었다.
"묻지 않았네. 그녀는 너무 늦은 시각에 온데다 나는 이미 지쳐 있었거든. 게다가 그녀는 단도직입적으로 이야기를 꺼냈지. 똑똑한 여자로 쓸데없이 빙 둘러 말하지 않았네. 나는 이야기를 듣고 중절 수술을 하기에는 너무 늦은 것이 분명했으므로 피터가 나에게 사정을 설명하도록 보낸 거라 생각했네."
"어째서 그렇게 생각했나?"
그는 어깨를 한 번 으쓱해 보였다.
"어쩐지 그렇게 생각되었네."
나는 도무지 납득이 가지 않았다. 그가 나에게 모든 사실을 이야기하고 있지 않는 게 분명했다.
"랜돌 집안의 다른 누군가가 자네를 찾아온 일은 없었나?"
"그게 무슨 뜻인가?"
"내가 한 말 그대로일세."
"그런 일은 아무 관계도 없을 텐데."
"있을지도 모르지."
"없었네." 그는 잘라말했다. "정말로 없었네."
나는 깊이 숨을 내쉬고 담배를 빨았다. 나는 아더가 일단 마음을 정하면 무슨 일이 일어나도 꿈쩍하지 않는다는 것을 알고 있었다.
"알겠네, 아트. 그럼, 그녀에 대한 이야기를 좀더 해주게."
"무엇이 궁금한가?"
"전에 그녀를 본 일이 있나?"
"없네."
"어떤 모임에서 만난 적도 없나?"
"없었네."
"그녀의 친구를 도와준 일이 있나?"
"없네."
"어떻게 그처럼 단언할 수 있지?"

"글쎄…… 그러나 그런 일이 있을 리 없네. 그녀는 아직 18살밖에 되지 않았네."
"그도 그렇군."
아마 아더의 말이 맞을 것이다. 그가 중절수술을 하는 것은 대개 20대 끝무렵에서 30대에 걸친 결혼한 여자라는 것을 나는 알고 있었다. 가끔 예외도 있기는 했으나, 젊은 여자와는 관계를 갖고 싶지 않다고 말했었다. 나이가 든 여자는 훨씬 안전하고 입이 무거우며 현실적이다. 그러나 나는 요즈음 그가 젊은 여자들도 맡게 되었다는 사실을 알고 있었다. 결혼한 여자들에게만 해주는 것은 차별주의라는 것이었다. 그는 농담과 진심이 반쯤 섞인 어조로 그렇게 말했었다.
"그녀는 어떻던가? 자네 진찰실에 있었을 때 말일세. 자네가 보기에 어떻던가?"
"좋은 아가씨 같더군. 아름답고 지성적이며 몸놀림이 아주 보기좋았네. 조금 전에도 말했듯이 말을 에둘러 하지 않았지. 내 방에 들어와 앉더니 무릎에 손을 포개고 곧 본론을 꺼냈네. '무월경'이라는 의학용어도 쓰더군. 의사 집안에서 자랐기 때문이겠지."
"초조해 하던가?"
"그렇네. 하지만 누구나 다 그렇지. 그 때문에 진단하기가 어렵다네."
무월경의 감별 진단은, 특히 젊은 여성의 경우 신경성이 병의 큰 원인이 될 수 있다. 여자는 가끔 신경적인 이유에 의해서 월경의 주기가 늦어지기도 하고 없기도 하는 것이다.
"임신 4개월이었다고?"
"그보다 조금 못 된 듯했네. 몸무게가 늘었더군."
"얼마나?"
"7킬로쯤."

"진단에 의한 것은 아니겠지?"
"물론이지. 그러나 그렇게 보였네."
"자네는 그녀를 진찰했나?"
"아니, 진찰하겠다고 했으나 그녀가 거절했네. 그녀는 중절하기 위해서 나를 찾아왔다가 내가 거절하자 곧 돌아갔지."
"어떻게 할 생각인지 말하던가?"
"물론. 어깨를 조금 흠칫해 보이면서 말하더군. '모두에게 이야기하고 아이를 낳아야겠어요'라고."
"그래서 다른 데 가서 수술하리라고는 생각지 못했군."
"그렇다네. 그녀는 아주 지성적이어서 사물의 이해와 판단이 뛰어난 것으로 보였고, 내 설명도 잘 알아들은 것 같았네. 그런 경우 나는 언제나 이렇게 설명해 주지. 안전한 중절수술이 어째서 불가능한지, 어째서 아기를 낳을 결심을 해야 하는지……."
"분명히 그녀는 마음이 달라진 모양이군."
"그런 것 같았네."
"어째서일까?"
아더는 웃었다.
"그녀의 부모님을 만난 일이 있나?"
"아니" 하고 나는 대답했다. 그리고 이때다 싶어 얼른 물었다.
"자네는?"
그러나 아더는 내 수단에 말려들지 않았다. 그는 나를 빤히 바라보며 의미있는 희미한 미소를 지어 보였다.
"나도 만난 적이 없네, 한 번도. 그러나 이야기는 들었지."
"어떤 이야기?"
그때 경감이 돌아와 열쇠를 자물쇠에 집어넣으며 말했다.
"시간이 됐소."

"5분만 더 주시오."
내가 말했다.
"시간이 됐소."
"베티와 이야기했나?"
아더가 물었다.
"물론. 그녀는 잘 있네. 여기서 나가는 대로 곧 전화를 걸어 자네 일은 걱정할 것 없다고 말하지."
"틀림없이 베티는 걱정할 걸세."
아더가 말했다.
"쥬디가 함께 있으니 걱정할 것 없네."
아더는 서글픈 듯 입술을 일그러뜨렸다.
"괜한 걱정을 끼쳐서 미안하군."
"괜찮네."
나는 문을 열고 밖에서 기다리는 경감을 흘끗 쳐다보았다.
"경찰은 자네를 무작정 붙잡아 둘 수 없네. 오후쯤엔 나갈 수 있을 걸세."
경감이 바닥에 침을 뱉었다. 나는 아더와 악수했다.
"그런데 시체는 지금 어디 있나?"
"메모리얼에 있겠지. 하지만 벌써 시립병원으로 옮겨졌을지도 모르네."
"알아보지. 아트, 조금도 걱정할 것 없네."
내가 감방에서 나오자 경감이 뒤에서 문을 잠갔다. 그는 앞장서서 걸어가는 동안 아무 말도 하지 않았는데, 복도로 나오자 입을 열었다.
"부장님께서 만나고 싶어하시오."
"좋소."

"꼭 이야기하고 싶다고 하셨소."
"안내해 주시오" 하고 나는 말했다.

3

 녹색 페인트가 다 벗겨져가는 문에 '살인과'라고 씌어 있고, 그 밑에 '피터슨 부장'이라는 등사로 밀어서 만든 명함이 붙어 있었다. 부장은 짧게 깎은 허연 백발에 태도가 민첩하고 분명하며 다부지게 생긴 사나이였다. 그는 나와 악수하기 위해 책상을 돌아나왔다. 오른쪽 다리를 절었으나 감추려고 하지 않았다. 오히려 그것을 과장하듯 다리를 질질 끌며 바닥에 소리를 냈다. 경찰관은 군인들처럼 부상을 자랑으로 삼는 수가 있다. 피터슨의 부상이 자동차 사고로 생긴 것이 아님은 누구나 알 수 있었다.
 '아마도 저 부상은 총탄에 맞아 생긴 것이겠지'라는 생각을 하고 있을 때——종아리에 칼을 맞는 일은 좀처럼 없다——그가 손을 내밀며 말했다.
"피터슨 부장입니다."
"존 벨리라고 합니다."
 그의 손은 따뜻했으나 눈이 싸늘하고 날카로웠다. 그는 나에게 손으로 의자를 가리키며 앉기를 권했다.
"경감이 이제까지 당신을 본 일이 없다기에 만나보고 싶었습니다. 우리는 보스턴의 형사변호사라면 대부분 다 알고 있습니다만……."
"법정변호사가 아닙니까?"
"물론 법정변호사지요."
 그는 내가 뭐라고 말하기를 기다리는 듯이 나를 빤히 쳐다보았다.

나는 아무 말도 하지 않았다. 짧은 침묵이 지나자 이윽고 피터슨이 말했다.

"어느 사무실에 소속되어 계시나요?"

"사무실?"

"그렇습니다."

"나는 변호사가 아닙니다. 어째서 나를 변호사라고 생각하셨지요?"

그는 놀란 모양이었다.

"당신이 경감에게 준 인상은 그렇지 않았는데요."

"인상?"

"그렇습니다. 당신은 그에게 변호사라고 말했습니다."

"내가 말입니까?"

피터슨은 두 손을 책상 위에 놓으며 말했다.

"그렇습니다."

"누가 그러던가요?"

"경감이 그렇게 말했습니다."

"그럼, 그가 잘못 안 겁니다."

피터슨은 의자에 등을 기대며 빙긋이 웃어 보였다. 서로 화를 내는 건 그만두고 대화를 즐겨보자는 뜻의 미소였다.

"당신이 변호사가 아니라면 그를 만나게 하지 않았을 텐데요……."

"그랬겠지요. 그러나 경감은 나에게 이름도 직업도 묻지 않았습니다. 면회인으로서의 서명도 요구하지 않았지요."

"아마 얼떨떨했던 모양이군요."

"있을 수 있는 일이지요. 그 경감이라면."

피터슨이 알맹이 없는 텅 빈 미소를 지어 보였다. 나는 그가 어떤

타입의 경찰관인지 알았다. 그는 무슨 말이든 하고 싶은 대로 내버려 두어야 할 때와 마구 호통치고 고함쳐야 할 때를 알고 있었다. 그리고 상대를 다 알기 전까지는 외교관처럼 정중하게 행동했다.
"그래서요?"
그는 간신히 말을 꺼냈다.
"나는 리 의사의 동료입니다."
그는 놀란 듯했지만 얼굴에 나타내지는 않았다.
"의사라고요?"
"그렇습니다."
"당신네 의사들은 확실히 단결이 잘되어 있군요"
그는 여전히 미소지으며 말했다. 아마 그는 이 2분 동안에 지난 2년보다 훨씬 많은 미소를 지었을 게 틀림없다.
"그렇지도 않습니다."
나는 말했다.
그의 얼굴에서 미소가 사라지기 시작했다. 아마도 오래 쓰지 않았던 근육이 피로해진 모양이었다.
"당신이 의사라면 나쁜 말은 하지 않겠습니다. 그러나 리 의사에게 접근하지 않는 게 좋을 겁니다. 소문이 나면 당신도 일을 할 수 없게 될 테니까요."
"어떤 소문입니까?"
"재판에서 생기는 평판 말입니다."
"재판이 열릴까요?"
"그렇습니다." 피터슨이 말했다. "소문이 나서 당신은 환자를 잃을 것입니다."
"나는 환자를 보지 않습니다."
"연구를 하십니까?"

"아니오, 나는 병리의지요."

그는 내 말을 듣자 곧 반응을 나타냈다. 의자에서 몸을 앞으로 내밀다가 얼른 알아차리고 다시 등을 기댔다.

"병리의로군요······."

"그렇습니다. 병원에서 일하며 해부도 하고 검사도 합니다."

피터슨은 한참 동안 잠자코 있었다. 뭔가 골똘히 생각하면서 손등을 문지르더니 책상으로 눈길을 떨어뜨렸다. 한참 뒤 그가 다시 말했다.

"당신이 무엇을 할 생각인지는 알 수 없습니다. 그러나 우리는 당신의 손을 빌릴 필요도 없이 리 의사가 한 일을······."

"그것은 아직 모릅니다!"

"당신은 알고 있을 것입니다."

피터슨은 고개를 세게 저으며 말했다.

"모릅니다."

"당신은 의사가 사실이 아닌 억울한 죄로 체포되면 손해배상을 얼마나 청구할 수 있는지 아십니까?"

"1백만 달러지요."

내가 대답했다.

"50만 달러라고 해둡시다. 금액은 아무래도 좋으니까. 어느 쪽이든 마찬가지입니다."

"그의 유죄가 확실하다는 말입니까?"

"확실합니다."

피터슨은 다시 미소지었다.

"리 의사는 당신을 증인으로 부를 수가 있습니다. 그것은 우리도 압니다. 당신은 배심원들을 속이려고 당신들 전문인 과학적 증거를 늘어놓으면서 어떻게든 얼버무리려고 하겠지요. 그러나 사실을 속일 수는 없습니다. 사실을 움직일 수는 없습니다."
"그 사실이란 게 뭐지요?"
"한 젊은 여자가 위법인 중절수술을 받고 출혈이 심해 오늘 아침 보스턴 메모리얼 병원에서 죽었습니다. 간단하고 뚜렷한 사실입니다."
"그래, 리 의사가 그 수술을 했단 말입니까?"
"증거가 있습니다."
피터슨이 조용히 말했다.
"확실한 증거겠지요? 리 의사는 지위도 있고 명성도 있으니……"
이때 비로소 피터슨이 억누르고 있던 심정을 털어놓았다.
"자, 들어보십시오. 그 처녀를 어떻게 생각합니까? 10달러짜리 매춘부로 생각합니까? 훌륭한 가정에서 자란 아가씨입니다. 젊고 아름다우며 얌전한 아가씨가 무참하게 살해된 겁니다. 그러나 그녀는 록스벨리의 산파나 노스엔드의 수상한 의사에게 보인 게 아닙니다. 상식 있고 돈에 부자유하지도 않은 그녀가 그런 짓을 했을 리가 없습니다."
"어떤 이유로 리 의사가 했다고 생각하시지요?"
"그런 일은 당신과 아무 관계없습니다."
나는 어깨를 으쓱했다.
"리 의사의 변호사도 똑같은 질문을 할 겁니다. 그것이 그의 임무니까요. 그때도 대답할 수가 없다면……."
"대답할 수 있습니다."
나는 기다렸다. 피터슨이 어느 정도로 머리가 잘 돌아가고 얼마만큼 교묘하게 초점을 피하는지 호기심을 가지고 기다렸다고 해도 좋을 것이다. 그는 나에게 아무것도 말할 필요가 없다. 더 이상 한 마디도 말할 필요가 없는 것이다. 무슨 말이든 하면 그것은 그의 실수가 된다. 이윽고 피터슨이 말했다.

"그녀는 병원에 실려갔을 때 쇼크 상태여서 의식이 또렷하지 못했으며 거의 혼수상태에 가까웠습니다. 따라서 그녀가 무슨 말을 했다 하더라도 증거로는 빈약합니다."

"그 말을 했을 때 그녀는 아직 혼수상태가 아니었습니다. 그 말은 훨씬 전에 했습니다."

"누구에게?"

"그녀의 어머니에게 말했습니다."

피터슨은 만족한 듯이 미소지었다.

"그녀는 어머니에게 리 의사가 했다고 말했습니다. 병원에 갈 때였지요. 그녀의 어머니는 이 사실을 선서하고 증언할 것입니다."

4

나는 피터슨의 흉내를 내려고 했다. 아무 표정도 보이지 않으려고 애썼다. 다행히도 의사는 늘 그런 훈련을 쌓고 있다. 환자가 하룻밤에 열 번이나 성교를 한다고 해도, 자기 아이를 찔러죽이는 꿈을 꾼다고 해도, 날마다 보드카를 1갈론씩 퍼마신다고 해도 절대로 놀란 표정을 보이지 않도록 훈련되어 있다. 어떤 일에도 놀라지 않는 것이 의사라는 직업에서 성공하는 비결의 하나이다.

"그랬었군요."

내가 말했다.

피터슨은 고개를 끄덕였다.

"믿을 수 있는 증인입니다. 분별 있는 나이인데다 사회적 지위도 있으니 경솔한 말을 할 리가 없습니다. 게다가 아주 미인입니다.

틀림없이 배심원들에게 강한 인상을 줄 겁니다."

"그럴 테지요."

"나는 이제 아무것도 감추지 않고 다 이야기했습니다." 피터슨이 말했다. "당신이 리 의사에게 특별히 관심을 갖는 까닭을 설명해 주시겠습니까?"

"특별히 관심을 갖는 건 아닙니다. 그는 내 친구입니다."

"그는 변호사를 부르기 전에 당신을 불렀습니다."

"전화는 두 번밖에 허용되지 않으니까요."

"그렇습니다. 그러나 누구나 다 변호사와 아내에게 걸지요."

"내게 이야기하고 싶었던 모양이지요."

"물론 그랬겠지요. 그러나 문제는 왜 그랬는가 하는 점입니다."

"나는 법률을 공부한 적이 있습니다. 의학뿐만 아니라."

"법학사이신가요?"

"아니오."

피터슨은 손가락으로 책상 가장자리를 쓰다듬었다.

"무슨 말인지 잘 모르겠군요."

"몰라도 상관없습니다. 그런 일은 아무래도 좋으니까요."

"당신도 이 일과 어떤 관계가 있는 건 아닙니까?"

"나는 어떤 일이 벌어졌는지도 모릅니다."

"그것은 관계가 있다는 뜻입니까?"

그는 나를 살피는 듯한 눈으로 지켜보았다.

"당신은 퍽 고집이 세군요, 벨리 씨."

"의심이 많지요."

"그렇게 의심이 많다면 어째서 리 의사가 한 일이 아니라고 믿으십니까?"

"나는 피고의 변호사가 아닙니다."

"당신도 알겠지만, 누구나 잘못을 저지를 수 있습니다. 의사도 마찬가지입니다."
피터슨이 말했다.

10월 보슬비 속으로 나오자 나는 '좋지 않은 때에 담배를 끊으려고 했구나' 생각했다. 피터슨이 내 기력을 꺾은 것이다. 나는 담배를 두 대 피우고 새 담배를 사기 위해 약국으로 걸어갔다. 나는 그를 무턱대고 강한 척하려는 어리석은 사람일 거라고 생각했었다. 그러나 그는 어느 쪽도 아니었다. 만일 그의 말이 사실이라면 혐의는 충분했다. 비록 유죄가 되지 않는다 해도 피터슨이 문책당하는 일은 없을 것이다.

피터슨은 곤란한 입장에 놓였다. 아더를 체포하는 것도 위험한 일이었고, 또 혐의가 충분한데 체포하지 않는 것도 위험했다. 그는 결단내리지 않으면 안 되었다. 그래서 결단을 내렸다. 따라서 이제는 끝까지 신념을 밀고 나가려고 할 것이다.

그리고 피터슨에게는 달아날 길이 있다. 만일 사태가 좋지 않은 방향으로 나가면 모든 책임을 랜돌 부인에게 돌릴 수가 있는 것이다. 의사들이 곧잘 쓰는 DHJ[*4]를 구실로 내세우면 된다. 결국 증거가 충분했다면, 체포한 것이 옳은지 그른지에 관계없이 증거에 의해 행동한 만큼 정당하다고 보여질 것이다[(8)]. 그렇게 볼 때 피터슨의 입장은 단단하다. 그는 도박을 하고 있는 게 아니다. 만일 아더가 유죄가 되어도 피터슨은 아무 영예를 얻을 수 없지만, 만일 아더가 무죄라 하더라도 그에게는 책임이 없다. 그는 임무를 다했을 뿐이니까.

나는 약국으로 들어가 담배 두 갑을 사고 몇 군데 전화를 걸었다. 우선 나의 연구실에다 오늘은 들어가지 못한다고 말했다. 다음에는 쥬디스를 불러내어 아더의 집으로 가서 베티 옆에 함께 있으라고 부탁했다. 그녀는 아더를 만났냐고 물었다. 내가 만났다고 대답하자 그녀는 다시 그가 어떻더냐고 물었다. 나는 아무 걱정할 것 없으며 한 시간쯤 지나면 풀려나올 수 있을 거라고 대답했다.

나는 언제나 아내에게 아무것도 감추지 않는다. 몇 년 전 미국 외과의사협회 회의에서 카멜론 잭슨이 한 것 같은 조그마한 일을 한두 가지 감추었을 뿐이다. 그 전해 봄 그들이 이혼했을 때 충격을 받았던 것처럼 쥬디스가 카멜론의 아내 때문에 또 충격을 받으리라는 것을 알았기 때문이다. 그들의 이혼은 우리 동료들 사이에서 말하는 의학적인 이혼으로 일반 세상사람들의 예와 전혀 달랐다. 카멜론은 언제나 바쁘게 열심히 일하는 정형외과의로, 병원에서 먹고 자며 집에서 식사하지 않는 일이 가끔 있었다. 이윽고 그의 아내는 더 이상 참을 수 없게 되었다. 처음 얼마 동안은 정형외과의를 미워했으나, 마침내 카멜론을 미워하게 되었다. 그녀는 두 아이와 더불어 매주 3백 달러를 차지했지만, 행복하지 않았다. 그녀가 진정으로 차지하고 싶었던 것은 카멜론, 의사와 인연이 없는 카멜론이었다.

카멜론도 그다지 행복하지 않았다. 지난 주일 만났을 때 그는 서로 친하게 된 간호사와 결혼할 생각이라고 말했다. 그 간호사와 결혼하면 소문거리가 되리라는 건 알고 있었지만, 적어도 '이 여자라면 이해해 주겠지' 하고 생각했던 것이다.

나는 이따금 카멜론 잭슨이나 또는 내가 아는 몇몇 그 비슷한 사람들에 대해 생각해본다. 밤늦도록 연구실에 남아야 할 때, 손을 뗄 수 없어 늦게 돌아가겠다고 집에 전화해야 할 텐데 그만한 틈도 없을 때면 특히.

나는 언젠가 아더 리와 이 일에 대해 서로 이야기를 나누었다. 그는 예의 그 빈정거리는 말투로 결론을 내렸다.

"어째서 신부가 결혼하지 않는지 나는 이제야 알기 시작했네."

아더 자신의 결혼생활은 거의 빈틈을 찾아낼 수가 없을 만큼 안정되어 있었다. 이것은 그가 중국인이기 때문이라고 생각되지만, 그것이 곧 해답의 전부는 아닐 것이다. 아더나 그의 아내는 교양이 있어 인습에 사로잡히지 않은 듯 보이지만, 둘 다 좀처럼 인습을 벗어나지 못하는 것 같다. 아더는 언제나 가족들과 함께 지내는 시간이 적은 것을 미안하게 생각하여 세 아이에게 갖가지 물건을 사주어, 아이들은 모두 응석받이였다. 아더는 아이들을 큰 자랑으로 생각하고 있다. 그가 아이들 이야기를 시작하면 그것을 그만 두게 하는 데 무척 애를 먹는다. 아내에 대한 태도는 좀더 복잡해서 도무지 종잡을 수가 없다. 아내가 충실한 개처럼 자기를 따르기를 요구하는 것처럼 보일 때도 있고, 그녀 역시 자진해서 그를 따르려 하는 것처럼 보일 때도 있다. 그렇지 않을 때의 그녀는 좀더 자신을 지키고 있다.

 베티는 내가 이제까지 본 뛰어나게 아름다운 여자들 가운데 하나이다. 목소리가 부드럽고 몸놀림이 얌전하며 몸매가 날씬하여 그녀 곁에 있으면 쥬디스는 몸집도 크고 목소리도 커서 마치 남자 같다.

 쥬디스와 나는 결혼한 지 8년이 된다. 우리는 내가 의과대학에 다니고 그녀가 스미드 대학 2학년생이었을 때 만났다. 쥬디스는 버몬트의 농장에서 자랐으며, 아름다운 여자는 누구나 다 그렇지만 아주 고집스럽다.

 나는 그녀에게 말했다.
 "베티를 부탁하오."
 "네, 걱정 마세요."
 "좀 진정시켜 주구려."
 "알겠어요."
 "그리고 신문기자가 가까이 오지 못하도록 하오."
 "신문기자가 올까요?"

"글쎄, 잘 모르겠지만 만일 있거든 가까이 오게 하면 안 되오."

그녀는 잘 알았다면서 전화를 끊었다.

나는 그 다음 아더의 변호사 조지 블래드포드에게 전화를 걸었다. 블래드포드는 수완 좋기로 이름난 변호사로서 얼굴이 널리 알려져 있었다. 블래드포드 스턴 앤드 호이틀러 변호사 사무실의 수석변호사였다. 전화를 걸었을 때 그는 사무실에 없었으므로 말을 전해달라고 부탁했다.

마지막으로 나는 보스턴 메모리얼 임상의 루이스 카에게 전화를 걸었다. 교환대에서 그를 찾아내는 데 시간이 한참 걸렸다. 그는 언제나처럼 퉁명스러운 목소리로 전화를 받았다.

"카요."

"루, 존일세."

"여, 존, 웬일인가?"

루이스 카는 언제나 이런 식이다. 대부분의 의사는 다른 동료에게서 전화가 걸려오면 틀에 박힌 인사를 시작한다. 먼저 잘 있는지 묻고 난 뒤 일은 어떠냐, 가족들은 건강하냐고 묻는다. 그러나 카는 다른 일에서도 그렇지만, 이 정해진 형식적인 인사법에도 따르지 않았다.

나는 말했다.

"카렌 랜돌 양 일로 전화한 걸세."

"그녀가 어떻게 되었는데?"

그의 목소리가 조심스러워졌다. 이것은 병원에서 지금 아무도 건드리고 싶어하지 않는 화제임이 분명했다.

"자네가 알고 있는 사실을 이야기해 주게, 들은 것 모조리."

"존, 그녀의 아버지는 이 병원의 높으신 어른일세. 나는 모든 것을 들었지만, 아무것도 못 들은 척하고 있네. 누가 알고 싶어하는 건가?"

"내가."

"개인적으로?"

"물론."

"어째서?"

"나는 아더 리의 친구일세."

"이 문제로 경찰이 그를 체포했군? 그 이야기는 들었지만 믿지 않았네. 아더는 스마트한 사나이니까……."

"루, 어젯밤 무슨 일이 있었지?"

루이스 카가 깊이 내쉬는 숨소리가 들렸다.

"굉장했네. 어떻게 설명할 수 없을 만큼 굉장한 소동이었지."

"그게 무슨 뜻인가?"

"지금은 이야기할 수 없네. 이리로 와주겠나?"

"가겠네. 시체는 지금 어디 있지? 거기에 있나?"

"아니, 시립병원으로 옮겼네."

"아직 검시해부는 하지 않았겠지?"

"모르겠는걸."

"알았네. 두 시간 안으로 갈 수 있을 걸세. 그녀의 차트를 볼 수 있겠나?"

"그건 곤란한데." 카가 말했다. "지금 그녀의 아버지가 갖고 있으니까."

"좀 볼 수 없겠나?"

"안 되겠네."

"좋네. 그럼, 조금 뒤에 만나세."

나는 전화를 끊고 10센트짜리 은화를 또 한 개 넣어 시립병원 시체수용소를 불러냈다.

접수계 직원인 앨리스가 갑상선기능감퇴증이어서 저음 바이올린을 삼킨 듯한 목소리로 시체를 인수했다고 말해 주었다.
"아직 시체해부는 안 했겠지요?"
내가 물었다.
"지금 시작하려는 참이에요."
"좀 기다려줄 수 없을까요? 입회하고 싶은데."
"어려울 거예요." 앨리스가 쉰 목소리로 말했다. "메모리얼 병원에서 아주 까다로운 의사가 와 있어요. 아무튼 급히 와보세요."
나는 서둘러 가겠노라고 대답했다.

5

보스턴에서 의사의 진찰을 받으면 세계 최고의 치료를 받는 거라고 시민들은 믿고 있다. 이것은 시민들 사이에 널리 퍼져 있는 이야기로, 여기에 반대하고 나서는 이는 거의 없다.
그러나 보스턴에서 가장 훌륭한 병원이 어디냐 하는 문제가 되면 언제나 끝없는 논쟁이 시작된다. 유력한 후보가 셋 있다. 제너럴, 블래이엄, 메모리얼. 메모리얼을 지지하는 사람들은 제너럴은 너무 크고 블래이엄은 너무 작고, 제너럴은 어디까지나 임상에 치중하고 블래이엄은 학술에 치중하고, 제너럴은 치료를 위주로 하여 연구를 희생시키고 있으며 블래이엄은 그 반대라고 말한다. 그리고 마지막으로 훈련과 지성면에서 제너럴과 블래이엄의 의사는 메모리얼의 의사에 뒤진다고 주장한다.
그러나 누가 병원 리스트를 만들든 보스턴 시립병원은 맨 끄트머리에 놓일 것이다. 나는 그 시립병원을 향해 자동차를 달려 정치가들이 '뉴보스턴'이라고 하며 크게 자랑으로 삼는 '플덴시얼 센터'를 빠져나갔다. 거기에는 고층건물, 호텔, 점포, 광장이 한데 섞여 있고, 많은 분수와 빈터가 현대적 감각을 곁들여 주었다. 그곳에서 몇 분 걸어가면 매춘지구가 나오는데, 이것은 근대적이지도 새롭지도 않았으나 '플렌시얼 센터'와 마찬가지로 그 나름의 기능을 다하고 있었다.

매춘지구는 보스턴 시립병원과 마찬가지로 흑인 슬럼가인 록스벨리 바깥쪽에 있다.

나는 자동차를 군데군데 울퉁불퉁한 도로면에 튀어오르게 하면서 '랜돌 집안과 관계없는 땅에 왔구나' 생각했다.

랜돌 집안사람들이 메모리얼에서 의사로 일하는 것은 당연하다. 랜돌 집안은 보스턴에서 전통있는 가문으로 알려져 있으며, 메이플라워호를 타고 신대륙으로 건너온 사람 중에 그 선조가 적어도 한 사람 있다고 한다. 수백 년에 걸친 의사 집안으로, 1776년에는 윌슨 랜돌이 벙커 힐에서 죽었다.

좀더 가까운 연대를 보면 이름난 의사들이 많이 나왔다. 조슈어 랜돌은 금세기 최초의 유명한 뇌외과의로, 미국에서의 신경외과 진보에 쿠싱과 맞설 만한 공헌을 했다. 그는 자아가 강하고 고지식한 사람으로, 사실인지 아닌지는 모르지만 유명한 이야기가 의사들 사이에서 전해지고 있다.

조슈어 랜돌은 그 시대 많은 외과의들과 마찬가지로 자기 밑에서 일하는 레지던트는 결혼해선 안 된다는 규칙을 만들었다. 그런데 레지던트 가운데 한 사람이 몰래 결혼을 했다. 몇 달 뒤 그 사실을 랜돌은 레지던트들을 모이게 했다. 그는 레지던트들을 한 줄로 세워놓고 말했다.

"존즈, 한 걸음 앞으로 나오게."

규칙을 어긴 레지던트는 바르르 떨면서 한 걸음 앞으로 나섰다.

랜돌은 말했다.

"자네는 결혼을 했다지?"

'결혼'이 마치 무슨 병 이름처럼 들렸다.

"네, 선생님."

"자네를 해고하기 전에 자신의 입장을 변호하여 뭔가 할 말이 있는가?"

젊은 의사는 한참 생각한 다음 말했다.

"네, 선생님. 다시는 결혼하지 않을 것을 약속드립니다."

전해오는 이야기에 따르면 랜돌은 그 대답을 아주 재미있게 생각하여 그 레지던트를 해고하지 않았다고 한다.

조슈어 랜돌 다음에는 흉곽외과의 윈슬롭 랜돌이 있다. 그리고 카렌의 아버지 J D 랜돌은 심장외과의로 심장 판막 교환이 전문이다. 나는 그와 이야기를 나누어본 적이 없지만 한두 번 보기는 했다. 숱 많은 백발에 무척 까다로워 보이는 사나이로, 주위사람들을 얕보는 느낌을 주었다. 외과 레지던트들은 훈련을 받기 위해 그의 주위에 몰려들기는 했지만 그를 두려워하고 싫어했다.

J D 랜돌의 동생 피터는 내과의로, 코몬즈 바로 밖에 병원을 갖고 있었다. 시설이 좋고 환자들의 질도 좋으며, 사실인지 어떤지는 모르지만 꽤 솜씨가 좋다는 평판이다.

J D에게는 아들이 하나 있다. 카렌의 오빠로, 하버드 대학 의학부에 다닌다. 1년 전 그가 학교에서 쫓겨났다는 소문이 있었으나, 최근에는 아무 소식도 들리지 않았다.

어딘가 다른 도시나 다른 시대였다면, 빛나는 의학적 전통이 있는 집안에 태어난 소년이 그 전통에 일생을 바치려고 하는 것이 이상하게 보일지도 모른다. 그러나 보스턴에서는 그렇지 않다. 보스턴에서는 재산 있고 전통 있는 가문이면 오래 전부터 단 두 가지 직업밖에 생각하지 않는다. 하나는 의사, 또 하나는 변호사. 그 밖에는 학자가 예외로 취급되어 하버드 대학 교수가 되면 명예로운 일로 여겨졌다.

그러나 랜돌 집안은 학자 가문도 변호사 가문도 아니었다. 그들은 의사 가문으로, 랜돌 집안사람은 누구든 의과대학을 나오면 메모리얼의 의국원(9)(醫局員)이 될 수 있다. 옛날에는 대학의 의학부나 메모리얼 병원에서 랜돌 집안사람이라면 성적이 좀 나쁘더라도 눈감아 주었다. 그러나 오랜 세월에 걸쳐 이 집안은 모든 사람의 신뢰에 보답하지 못했다. 의사들이 볼 때 랜돌 집안사람은 행운이나 큰 성공을 바라고 운명을 건 위험한 시도를 행하고 있는 듯이 여겨졌다.

내가 랜돌 집안에 대해 알고 있는 것은 이것이 거의 모두였다. 그밖에 내가 아는 것이라고는 막대한 재산이 있으며, 감독교회파의 열렬한 신자로 공공정신이 풍부하고, 세상의 존경을 모아 큰 세력을 갖고 있다는 것 정도였다.

나는 좀더 무언가를 찾아내야만 할 것이다.

병원에 이르기 세 블록 앞에서 나는 매사추세츠 거리와 콜럼버스 거리 모퉁이의 '전투'지대를 지나갔다. 밤이 되면 이곳은 매춘부와 손님 끄는 뚜쟁이와 마약환자와 협박꾼 등의 소굴이 된다.

'전투지대'란 시립병원 의사들이 그곳에서 일어난 칼부림이나 또는 권총소동으로 죽은 사람이며 다친 사람을 많이 보았기 때문에 붙여진 이름이었다.(10)

보스턴 시립병원은 세 블록에 걸쳐 흩어진 많은 건물들로 이루어진 병원이다. 1천 350개 이상의 침대를 갖추고 있는데, 거의 알코올 중독환자와 주소가 일정치 않은 부랑자들로 차 있었다. 시립병원은 그 환자들 때문에 보스턴 의사들 사이에 '쓰레기통 병원'으로 알려져 있다. 그러나 여느 병원에서는 절대로 볼 수 없는 많은 의학적 문제에 접할 수 가 있으므로 레지던트와 인턴에게는 더없이 좋은 교육 장소로 여겨졌다. 그 좋은 한 예가 괴혈병이다. 지금 미국에서 괴혈병에 걸리는 사람은 아주 조금밖에 없다. 괴혈병에 걸리려면 극단적인 영양실조와, 5개월 동안 과일을 단 한 개도 섭취하지 말아야 한다. 이런 경우는 매우 드물어 여느 병원에서는 3년에 한 사람 정도밖에 다루지 못한다. 그러나 보스턴 시립병원에서는 해마다 평균 6명의 환자를 받으며, 보통 '괴혈병 시즌'이라고 불리는 봄에 많다.

그 밖에도 몇 가지 예가 있다. 악성 폐결핵, 제3기 매독, 종기에 의한 상처, 칼에 의한 상처, 사고, 자살미수. 어떤 종류의 병이든 시립병원은 보스턴의 다른 병원보다 많은 환자를 받아들이고 있으며, 병의 상태도 악화된 경우가 많다.[11]

시립병원의 내부는 미친사람에 의해 만들어진 미로다. 지상과 지하의 끝없는 복도가 한 다스가 넘는 병원건물을 서로 연결하고 있다. 모퉁이마다 큼직한 녹색 화살표가 그려져 있어 방향을 가리켜주지만, 그다지 도움이 되지 못한다. 그것만으로는 알기 어렵기 때문이다.

나는 이 건물에서 저 건물로 복도를 따라 걸으며 레지던트로서 이 병원에 근무하던 시절을 생각했다. 여러 가지 작은 일들이 머릿속에 되살아났다. 비누——어디에서나 쓰이는 기묘한 싸구려 비누, 이상한 냄새가 나는 비누. 세면대에 매달려 있는 종이 주머니——하나는 종이 수건을 넣기 위한 것, 또 하나는 직장용(直腸用) 장갑을 넣기 위한 것이다. 병원은 절약하기 위해 장갑을 모아두었다가 빨아서 다시 사용했다. 용도에 따라 검정, 파랑, 빨강으로 하나하나 구별되어 있다. 작은 플라스틱 이름표. 나는 이 병원에서 1년을 지냈는데, 그 동안 검시관을 위해 몇 번 해부를 했다.

검시관이 사법권을 내세워 법률로써 해부를 요구하는 데는 네 가지 의학적 조건이 필요하다. 병리 레지던트들은 누구나 그 조건을 잘 알고 있다.

첫째, 환자가 폭력에 의해서든가 또는 정상이 아닌 상태로 죽은 경우.
둘째, 환자가 병원에 도착했을 때 이미 죽어 있는 경우.
셋째, 환자가 수용된 뒤 24시간 안에 죽은 경우.
넷째, 환자가 병원 밖에서 죽어 의사의 치료를 받지 못한 경우.

이런 경우에는 언제나 시립병원에서 해부를 하게 된다. 많은 도시들이 다 그렇지만, 보스턴 경찰도 따로 시체수용소를 갖고 있지 않다. 시립병원의 병리실이 있는 마로이 빌딩 2층이 검시관에게 배당되어 있다. 해부는 대부분 그 환자가 죽은 병원의 1년 된 레지던트에 의해 행해진다. 경험이 적고 아직 마음이 차분히 자리잡히지 않은 레지던트에게 있어 검시해부란 귀찮은 일거리다.

이를테면 독물에 의한 죽음이나 감전사가 어떤 것인지 잘 몰라 혹시 중대한 사실을 못 보고 지나치지나 않을까 걱정이 되기 때문이다. 해부 순서는 레지던트들 사이에 차례로 전해져 세심한 주의를 필요로 한다. 해부를 하면서 많은 사진을 찍고 메모를 하고 법정에서 해부결과의 재심사를 요구할 경우를 위해 모든 주요 장기(臟器) 조직을 보존해 두어야 한다. 물론 모든 것을 보존하려면 돈이 든다. 많은 용기와 방부제, 그리고 냉동실의 많은 공간이 필요하다. 그러나 경찰의 요구에 따른 해부에서는 이런 일이 당연하게 여겨지고 있다.

그러나 아무리 신중한 태도를 취해도 걱정이 남는다. 해부하면서도 줄곧 머릿속으로 온갖 가능성과 갖가지 경우를 생각하지 않았기 때문에 제출할 수 없는 중대한 증거를 검사측이나 피고측에서——유죄의 증거든 무죄의 증거든——요구하지나 않을까 걱정하고 있기 때문이다.

어떤 까닭으로 그곳에 있는지 벌써 옛날에 잊어버렸지만, 마로이 빌딩의 문을 들어서면 바로 앞에 작은 스핑크스 석상 두 개가 있다.

나는 이 스핑크스를 볼 때마다 마음에 걸린다. 병리실 빌딩에 스핑크스가 있으면 이집트의 미라를 만드는 방이, 또는 그와 관련 있는 무언가가 연상되기 때문이다.

나는 앨리스에게 물어보기 위해 2층으로 올라갔다. 그녀는 기분이 좋지 않았다.

"무슨 일 때문인지는 모르지만 해부는 아직 시작되지 않았어요. 요즈음은 모든 것이 엉망진창이에요. 이번 겨울에는 폐렴이 유행한다는 걸 아시지요?"

나는 알고 있다고 대답하고 나서 물었다.

"카렌 랜돌 양의 해부는 누가 하지요?"

앨리스는 불만스러운 표정으로 말했다.

"메모리얼에서 누군가가 와 있어요. 잘은 모르지만, 분명히 '헨드릭스'라고 하는 것 같았어요."

나는 놀랐다. 좀더 마땅한 사람이 해부를 맡게 되리라고 생각했기 때문이다.

"그는 안에 있소?"

나는 복도 끝을 턱으로 가리키며 물었다.

"네." 앨리스가 대답했다.

나는 시체수용실인 오른쪽 냉동실을 지나 깨끗한 글씨로 '여기서부터는 허가 없는 출입을 금함'이라고 쓴 게시판을 지나서 두 개의 회전문 쪽으로 걸어갔다. 유리창이 없고 나무로 만든 문에는 '입구' '출구'라고만 씌어 있었다. 나는 문을 밀어 열고 해부실로 들어갔다. 두 사나이가 한쪽 구석에서 이야기하고 있었다.

넓은 방이었다. 차가운 벽에 어두운 초록색이 칠해져 있었다. 천장이 낮고 바닥은 콘크리트였으며, 머리 위에 파이프가 보였다. 시설에는 그다지 돈을 들이지 않았다. 길이 6피트의 스테인리스스틸 테이블

5대가 한 줄로 놓여 있었다. 테이블은 조금 비스듬히 놓여져서 얇은 막처럼 흐르는 물이 얕은 쪽 끝에 있는 오목한 곳으로 떨어졌다. 물은 해부하는 동안 줄곧 흘러내려 피와 장기 등의 작은 부스러기를 씻어내주는 것이다. 젖빛 유리가 끼워진 창문에 장치된 지름 3피트의 큰 환기장치가 계속 돌아가고 있었다. 냄새가 밴 방에 맑은 공기를 넣어주는 장치도 계속 돌아가고 있었으며, 소나무 판자 냄새 같은 묘한 냄새가 감돌았다.

방 한쪽에 탈의실이 있어, 의사들은 거기서 옷을 벗고 외과용 초록빛 수술복으로 갈아입었다. 커다란 세면대가 4개 나란히 있고, 맨 끝 세면대에 '손 씻는 데만 사용할 것'이라고 쓴 팻말이 달려 있었다. 그 밖의 세면대는 해부기구와 표본을 씻는 데 사용되는 것이었다. 한쪽 벽을 따라 장갑, 표본병, 방부제, 시약, 사진기 등을 넣어둔 간단한 캐비닛이 죽 늘어서 있었다. 이상이 발견되면 표본으로 만들기 전에 사진을 찍어두는 것이다.

내가 들어가자 두 사나이는 문 쪽으로 눈길을 돌렸다. 그들은 맨 끝 테이블에 눕혀놓은 시체에 대해 이야기하고 있었다. 한 사람은 가펜이라는 레지던트였다. 나는 그를 조금 알고 있었다. 아주 영리하지만 좀 차가운 사나이였다. 또 한 사나이는 전혀 모르는 사람이었다. 나는 이 사나이가 헨드릭스일 거라고 생각했다.

가펜이 곧 아는 체했다.

"무슨 일로 이런 데 오셨지요?"

"카렌 랜돌 양의 해부를 보려고."

"이제 곧 시작됩니다. 당신도 갈아입겠습니까?"

"아니, 그냥 보기만 하겠네."

솔직히 말하자면 나도 수술복으로 갈아입고 싶었으나 곤란한 일이 생길 것 같아 그만두었다. 방관자의 역할을 확실하게 해내려면 수술복이 아닌 평소의 옷차림으로 있어야 하는 것이다. 해부에 직접 손을 대면, 어떤 사실이 발견되더라도 내 입장이 곤란해질 것이다.

나는 헨드릭스에게 말했다.

"아직 만난 일이 없는 것 같군요. 존 벨리라고 하오."

"잭 헨드릭스입니다."

그는 미소지었으나 손을 내밀지는 않았다. 그는 장갑을 끼고 그들 앞에 놓인 시체에 이미 손을 대고 있었던 것이다.

"이제까지 알게 된 일을 헨드릭스에게 보여주던 참입니다."

가펜이 시체를 턱으로 가리키면서 말했다.

그는 나에게 시체를 보여주기 위해 뒤로 물러섰다. 젊은 흑인 처녀였다. 가슴과 배에 누군가가 동그란 구멍을 세 개 뚫기 전에는 매력적인 아가씨였을 것이다.

가펜이 다시 설명했다.

"헨드릭스는 줄곧 메모리얼에 있었지요. 그래서 이런 것은 그다지 본 일이 없다는군요. 이를테면 이런 걸 말입니다.——이 작은 상처가 무엇인지 이야기하고 있었지요."

가펜은 살이 잘게 찢어져 있는 상처를 몇 군데 가리켰다. 그 상처는 팔과 아랫도리에 있었다.

"가시철망에 긁힌 게 아닐까요?"

헨드릭스가 물었다.

가펜이 씁쓸하게 웃었다.

"가시철망이라……."

나는 아무 말도 하지 않았다. 나는 그것이 무슨 상처인지 알고 있었다. 그리고 경험이 없는 사람은 절대로 모르리라는 것도 알고 있었다.

"언제 이리로 옮겨왔나?"

내가 물었다.

가펜은 헨드릭스를 흘끗 쳐다보았다.

"뭔가 생각나지 않소?"

헨드릭스는 머리를 가로젓고 입술을 깨물었다. 가펜이 그에게 심술을 부렸던 것이다. 나는 그를 나무라야 했을지도 모른다. 그러나 이것은 흔히 쓰이는 방법이다. 의사들에게는 짓궂은 말로 심술을 부려 골탕먹이는 것이 교육방법으로 허용되어 있다. 헨드릭스도 그것을 알고 있었다. 나도 알고 있었다. 가펜도 알고 있었다.

"이 여자는 죽은 뒤 5시간 동안 어디에 있었다고 생각하오?"

가펜이 물었다.

헨드릭스는 작은 목소리로 대답했다.

"모르겠는데요."

"잘 생각해 보시오."

"침대에 누워 있었겠지요."

"그런 일은 있을 수 없소. 이 포도빛으로 변한 것을 보시오.[12] 가만히 누워 있었다고 볼 수는 없소. 웅크리고 앉았다 뒹굴었다 했소."

헨드릭스는 다시 한 번 시체를 살펴보더니 머리를 가로저었다.

가펜이 말했다.

"시체가 발견된 곳은 더러운 물이 흐르는 시궁창 속이었소. '전투지대'에서 두 블록쯤 떨어진 찰스턴 거리의 시궁창이었지요."

"그래요?"

"그럼, 이것은 무슨 상처겠소?"

헨드릭스는 머리를 가로저었다. 언제까지 계속해도 끝이 없는 일이었다. 가펜은 마음이 흡족해지도록 그를 애먹일 수가 있었다. 나는 헛기침을 한 번 하고 말했다.

"그건 쥐가 문 거라오, 헨드릭스. 특징이 분명하지. 이빨자국이 V자로 찢겨 있잖소."

헨드릭스는 낮은 목소리로 되물었다.

"쥐가 물었다고요?"

"잘 기억해 두도록 하오." 가펜이 팔목시계를 보며 덧붙였다. "곧 CPU(임상병리검토회)가 있습니다. 오랜만에 만나서 정말 기쁘군요, 존."

그는 장갑을 벗고 손을 씻은 다음 헨드릭스에게로 돌아왔다.

헨드릭스는 아직도 총탄구멍과 쥐에 물린 자국을 들여다보고 있었다.

"다섯 시간 동안 시궁창 속에 있었단 말입니까?"

"그렇소."

"경찰관이 보지 못했습니까?"

"발견했으니까 이리로 실어왔지요."

"누가 발견했지요?"

가펜은 콧방귀를 뀌었다.

"이 여자는 초기 입속 매독에 걸린 일이 있소. 이 병원에서 치료를 받았었지요. '호트튜브'치료를 다섯 번이나 받았소. 바로 이 병원에서."

"호트 튜브?"

"PID[13]말이오." 가펜은 말했다. "시체가 발견되었을 때 브래지어에 현금 14달러가 들어 있었소."

그는 헨드릭스를 보고 머리를 한 번 끄덕이더니 방을 나갔다. 나와 둘만 있게 되자 헨드릭스가 다시 입을 열었다.

"아직도 모르겠습니다. 그럼, 그녀가 매춘부였다는 겁니까?"

"그렇소." 나는 대답했다. "그녀는 권총으로 사살된 다음 더러운 물이 흐르는 시궁창 속에 다섯 시간이나 처박혀 있다가 시궁쥐에게 물어뜯긴 거요."

"오오!"

"흔히 있는 일이지. 언제나 그렇다오."

회전문이 열리고 한 사나이가 흰 천에 덮인 시체를 손으로 미는 운반대에 싣고 들어왔다.

그는 우리를 보고 말했다.

"랜돌?"

"그렇소."

헨드릭스가 말했다.

"어느 테이블에 놓을까요?"

"가운데 테이블."

"한가운데에 말이지요?"

사나이는 운반대를 밀고 와서 시체를 스테인리스스틸 테이블 위에 머리서부터 미끄러뜨려내렸다. 시체는 이미 굳어 있었다. 그는 재빨리 천을 벗겨서 차곡차곡 개더니 운반대 위에 놓았다. 그리고 그는 한 장의 서류를 내밀며 말했다.

"서명해 주십시오."

헨드릭스가 서명했다.

"나는 이런 일에 익숙지 못합니다." 헨드릭스는 나에게 말했다.

"이렇듯 법률에 관계된 일에 말입니다. 아직 한 번밖에 해본 일이 없거든요. 그것도 업무상 사고로 작업 도중 머리를 맞고 죽은 사나이였습니다. 그러나 이런 일은 처음이어서······."

"그런데 어떻게 이번 일에 뽑혔소?"

"운이 좋았던 겁니다. 웨스턴 선생님께서 하시기로 되어 있었습니다."

"릴랜드 웨스턴?"
"그렇습니다."
웨스턴은 시립병원 주임병리의로, 아마도 보스턴에서 가장 경험이 많고 우수한 병리의일 것이다.
헨드릭스가 말했다.
"그럼, 시작하겠습니다."
그는 세면대로 가서 꼼꼼히 손을 씻기 시작했다. 시체를 해부하기 전에 손을 씻는 병리의는 무언가 마음에 걸리는 일이 있다고 보아도 좋다. 그것은 외과의를 흉내내는 짓이다. 필요도 없는데 은화를 뒤집어놓는 거나 마찬가지다. 살균이나 소독에는 이미 관심이 없어진 환자를 해부하는 데 외과용 수술복──헐렁하니 큰 바지와 목이 꽉 죄고 소매가 짧은 윗옷을 입고 시간을 들여 꼼꼼히 손을 씻으니까.
그러나 헨드릭스의 경우는 마음을 차분히 가라앉히기 위해 시간을 들이는 것 같았다.
해부는 결코 기분좋은 작업이 아니다. 특히 죽은 사람이 카렌 랜돌처럼 젊고 아름다운 여자일 경우는 한층 더 견딜 수 없는 기분이 된다. 그녀는 금발을 흐르는 물에 적시며 반듯하게 알몸으로 누워 있었다. 아름다운 푸른 눈이 천장을 올려다보았다. 헨드릭스가 손을 씻는 동안 나는 시체를 살펴보고 피부를 만져보았다. 싸늘했으나 매끄러웠다. 그리고 하얀 살빛 군데군데에 잿빛이 감돌았다. 누가 보아도 많은 양의 피를 쏟아 죽었다는 것을 알 수 있었다.
헨드릭스는 카메라에 필름이 들어 있음을 확인한 다음 나를 비켜서게 하고 엇비슷한 각도에서 사진을 3장 찍었다.
내가 물었다.
"차트를 가지고 있소?"
"아니오, 그녀의 아버지가 갖고 있습니다. 나는 다만 외래반출 메모를 가지고 있을 뿐입니다."

"뭐라고 씌어 있소?"

"'전신과민증이 작용한 질출혈에 의한 사망'이라는 진단입니다."

"전신과민증? 어째서……?"

"모르겠습니다." 헨드릭스가 말했다. "외래병동에서 무슨 일이 있었습니까? 나는 아무것도 들은 바가 없습니다."

"그렇다면 이상하군."

나는 중얼거렸다.

헨드릭스는 사진을 다 찍은 다음 칠판 앞으로 갔다. 어느 해부실에나 대개 칠판이 비치되어 있어 병리의는 겉으로 보이는 시체의 특징, 모든 기관의 무게, 모습 등을 기록해 놓는다.

헨드릭스는 칠판에 '랜돌 K'라고 쓰고 케이스 번호를 덧붙여 썼다.

그때 한 사나이가 방으로 들어왔다. 머리가 벗어지고 등을 구부정하게 굽힌 걸음걸이로 곧 알 수 있었다. 그는 릴랜드 웨스턴이었다. 벌써 60대여서 머지않아 은퇴하기로 되어 있으며, 몸이 굽었는데도 건강하고 활발해 노쇠해진 모습이 전혀 없었다. 그는 나와 악수를 나눈 다음 헨드릭스와 악수했다. 헨드릭스는 그의 모습을 보자 마음이 놓인 모양이었다.

웨스턴은 곧 해부를 시작했다. 우선 언제나처럼 시체를 뚫어지게 쏘아보더니 뭔가 혼잣말을 중얼거리면서 시체 주위를 여섯 바퀴쯤 돌았다. 가까스로 걸음을 멈추자 내 쪽을 보며 말했다.

"보았나, 존?"

"네."

"어떻게 생각하나?"

"최근 몸무게가 불었군요." 내가 대답했다. "복부와 흉부에 줄무늬가 있습니다. 살이 너무 쪘습니다."

"그렇군. 그 밖에 또 없나?"
"있습니다. 모발의 분포가 흥미로운데요. 머리카락은 금발인데 윗입술에는 검은 털이 나 있습니다. 팔에도 그렇고. 그러나 털은 많지 않고 가늘군요."
"잘 보았네."
웨스턴은 고개를 끄덕이면서 나의 옛스승이 보여주었던 것 같은 심술궂은 미소를 빙긋 지어 보였다. 사실 웨스턴은 보스턴에 있는 거의 대부분의 병리의를 어디서든 한두 번쯤 가르쳤을 것이다.
이윽고 그가 말했다.
"그러나 자네는 좀더 중요한 것을 못 보았네."
그는 음부를 가리켰다. 음모가 깨끗이 깎여져 있었다.
"이걸 말일세."
"그러나 이 아가씨는 임신중절수술을 받았습니다. 우리는 그 사실을 알고 있습니다."
웨스턴이 엄한 어조로 말했다.
"아무도 알지 못하네. 시체해부가 끝나기 전에는 아무것도 몰라. 미리 짐작하고 진단을 내려선 안 되네."
그는 미소지어 보였다. 그리고 장갑을 끼면서 말을 이었다.
"그것이 임상의에게 남겨진 즐거움이지. 이 해부보고는 우리가 할 수 있는 한 가장 정확한 것이 되어야 하네. 틀림없이 J D 랜돌이 자세히 조사할 테니까. 그럼, 시작하세."
그는 음부를 차근차근 조사했다.
"털이 깎여진 서혜부(鼠蹊部)를 어떻게 판단하는가 하는 것이 어려운 일일세. 수술을 받은 증거라고 볼 수도 있지만, 개인적인 이유로 털을 깎는 사람도 얼마든지 있거든. 이 경우는 조그마한 상처 하나 없이 꼼꼼하게 깎여져 있다는 점에 주목해야 하네. 거기에 중요한 의미가 있네. 이처럼 살집이 좋은 부위를 수술하기 전에 깎는데 작은 상처 하나 내지 않는 간호사는 이 세상에 하나도 없을 걸세. 서둘러 급히 깎아야 하는 데다 웬만한 상처쯤은 나도 괜찮으니까. 따라서……"

"자신이 깎았다는 말씀이군요?"

헨드릭스가 말했다.

웨스턴이 고개를 끄덕였다.

"모르긴 해도 그럴 걸세. 물론 그것으로 수술을 했느냐 하지 않았느냐 하는 문제가 결정되는 것은 아니지. 그러나 잘 기억해 두어야 하네."

그는 솜씨 있게 재빨리 해부를 진행시켰다. 키를 재보니 163센티, 몸무게는 64킬로였다. 체액을 많이 잃은 셈치고는 상당히 무거운 편이었다. 웨스턴은 숫자를 칠판에 쓴 다음 메스를 넣었다.

일반적인 해부의 절개방법은 양어깨서부터 Y자 모양으로 늑골 맨 밑이 되는 몸의 중앙선까지 메스를 넣고, 그 다음 치골까지 똑바로 절개해 나가는 것이다. 그러면 피부와 근육이 세 부분으로 젖혀진다. 늑골을 잘라내면 폐와 심장이 드러나고 복부가 넓게 헤쳐진다. 그리고 경동맥의 혈관을 꼭 매어 자르고, 대장도 꼭 매어 자른 다음 기관(氣管)과 인두를 자르고, 모든 내장——심장, 폐, 위, 간장, 비장, 신장, 장을 한꺼번에 떼어낸다.

그것이 끝나면 장기를 떼어낸 시체를 봉합한다. 떼어낸 장기는 시간을 들여 조사할 수 있으며, 그 일부는 현미경 검사를 위해 잘라낸다. 병리의가 이런 작업을 하는 동안 디너[14]가 두피를 절개하고 두개(頭蓋)를 떼어낸다. 그리고 뇌를 떼어내는 허가가 내려진 경우에는 뇌도 떼어낸다.

그때 나는 문득 깨달았다. 디너가 없었다. 나는 이 사실을 웨스턴에게 말했다.

웨스턴이 말했다.

"그렇군. 이 해부는 우리들만이 하네, 우리들만이."

나는 웨스턴이 메스를 놀리는 것을 보고 있었다. 희미하게 손이 떨렸으나, 메스를 쓰는 모습이 놀라울 정도로 민첩하고 정확했다. 그가 복부를 헤치자 피가 쏟아져나왔다.

"빨리 빨아내!" 하고 그가 말했다.

헨드릭스가 빨아내는 관이 달린 병을 가지고 왔다. 복액(腹液)——혈액으로 빨갛게 물든 검붉은 액체가 빨려나와 병에 담겨졌다. 모두 3리터쯤 되었다.

"차트가 있으면 좋겠는데……" 웨스턴이 중얼거렸다. "구급병동에서 얼마쯤 수혈했는지 알 수 있으면 좋을 텐데."

나는 고개를 끄덕였다. 보통 사람의 혈액량은 약 5쿼터에 지나지 않는다. 복부에 이처럼 많은 혈액이 있는 것은 어딘가에 천공[5](穿孔)이 있음을 말해 주는 것이다.

체액을 빼내자 웨스턴은 해부를 계속하여 장기를 떼어내 스테인리스스틸 용기에 담았다. 그는 그것들을 세면대로 가지고 가서 씻었다. 그리고 우선 갑상선부터 하나씩 조사하기 시작했다.

"이상하군." 그는 갑상선을 손바닥 위에 올려놓고 달아보면서 말했다. "15그램 정도밖에 안 돼."

정상적인 갑상선은 20그램 내지 30그램이다.

"아마 정상적인 개인차겠지."

웨스턴은 다시 중얼거렸다.

그는 갑상선을 잘라 그 벤 곳의 표면을 조사했다. 아무 이상도 없었다.

그런 다음 기관에 메스를 넣어 폐 속의 분기점까지 절개했다. 폐는 보통 발그스름한 보랏빛인데 그것은 새하얬다.

웨스턴이 말했다.

"과민성 쇼크일세. 전신성이군. 무엇에 과민했을 거라고 생각하나?"

"모르겠습니다."

나는 대답했다.

헨드릭스는 메모를 하고 있었다. 웨스턴은 기관지를 폐 속까지 솜씨있게 절개하여 폐동맥과 폐정맥을 헤쳤다.

그런 다음 심장으로 옮겨서 오른쪽과 왼쪽에 두 개의 호(弧)를 그리듯 메스를 넣어 네 개의 심실을 모두 드러냈다.

"완전히 정상이야."

다음은 관동맥이었다. 거기에도 아무 이상 없었다. 자궁은 출혈로 보랏빛이 되어 있었다. 눈에 띌 만큼 크지는 않았고, 크기와 모양이 전구 같았으며, 난소에 상처 자국이 보였다. 복막의 출혈도 이것으로 설명되었다.

그러나 나는 그 크기가 납득되지 않았다. 나에게는 임신한 자궁처럼 보이지 않았다. 도저히 임신 4개월이라고는 생각할 수 없었다. 4개월이 지나면 태아는 6인치쯤 자라, 심장이 활동하고 눈과 얼굴모양도 만들어지며 골격이 형성된다. 그러므로 자궁은 눈에 띄게 커져 있을 터였다.

웨스턴도 나와 같은 생각을 한 모양이었다. 그가 말했다.

"물론 구급요법으로 옥시트신[15]을 주었겠지. 그러나 그렇다고 해도 좀 이상하군."

그는 자궁벽에 메스를 넣어 절개했다. 자궁 내부는 솜씨있고 주의 깊게 소파되어 있었다. 천공은 분명 나중에 생긴 것이었다. 그리고 자궁 내부는 반투명하게 서로 엉긴 누런색의 갖가지 덩어리로 가득차 있었다.

"닭의 기름[16]이군."

웨스턴이 말했다.

덩어리가 죽은 뒤에 생긴 것임을 뜻하는 말이었다.

그는 피와 엉긴 덩어리를 깨끗이 제거하고 소파된 자궁 내막의 표면을 면밀히 조사했다. 그리고 나서 말했다.

"전혀 지식이 없는 비전문가가 한 게 아닐세. 적어도 소파 지식을 가지고 있는 사람이야."

"천공을 빼놓으면 말입니까?"

"그렇지, 그것을 빼놓으면. 적어도 한 가지 사실은 분명해졌네. 그녀 자신이 하지는 않았네."

이것은 중요한 일이었다. 심한 질출혈은 대부분 약제나 식염수나 비누나 바느질바늘 및 그 밖의 것으로 스스로 중절을 시도함에 의하여 일어난다. 그러나 카렌 자신이 이런 소파수술을 할 수는 없었을 것이다. 전신마취가 필요한 일이니까.

나는 말했다.

"이 자궁은 임신해 있었다고 생각됩니까?"

"글쎄…… 나도 매우 의문스럽군. 난소를 살펴보기로 하세."

웨스턴은 난소를 절개하여 황체 난자가 배출된 뒤 남은 노란 반점을 찾았으나 보이지 않았다. 그러나 이 사실은 아무것도 증명하지 못했다. 황체는 3개월 뒤면 퇴화하는데, 그녀는 임신 4개월이었을 테니까.

디너가 들어와서 웨스턴에게 물었다.

"봉합해도 되겠습니까?"

"좋네. 부탁하네."

웨스턴이 대답했다.

디너는 절개한 자리를 봉합하고 시체를 천으로 쌌다. 나는 웨스턴 쪽을 보며 물었다.
"뇌를 조사하지 않습니까?"
"허가가 없다네."
검시의는 해부를 요구하더라도 뇌신경적 결함이 예상되지 않는 한 뇌의 검사를 요구하지 않는 것이 보통이다.
"그러나 랜돌 집안 같은 의사 가문이라면……."
"J D는 허락했지. 그런데 랜돌 부인이 허락하지 않았네. 뇌의 적출은 절대로 허락할 수 없다는 걸세. 자네는 그 부인을 만난 일이 있나?"
나는 고개를 저었다. 웨스턴은 무뚝뚝하게 말했다.
"굉장한 여자라네."
그는 장기로 되돌아가 소화관──식도로부터 항문에 이르기까지 조사했다. 완전히 정상이었다. 나는 그가 모든 조사를 끝내기 전에 방에서 나왔다. 보고 싶었던 것을 본 결과 해부보고가 어떻게도 해석될 수 있으리라는 사실을 알았다. 적어도 장기를 직접 눈으로 본 바에 따르면 카렌 랜돌이 확실히 임신했었다고 말할 수는 없을 것이다.
묘한 일이다.

6

나는 생명보험에 가입하는 데 무척 애를 먹었었다. 대부분의 병리의들이 애를 먹고 있다. 보험회사는 얼굴만 보고도 어깨를 으쓱한다. 폐결핵, 악성종양, 감염력이 강한 질병과 끊임없이 접해야 하는 사람이니만큼 보험회사로서는 몹시 위험한 일인 것이다. 내가 알고 있는 사람으로 생명보험에 가입하는 데 나보다 더 힘들었던 사람은 짐 마피라는 생화학자뿐이다.

마피는 젊었을 때 예일대학 축구팀에서 하프백을 맡았으며, 동부의 올스타전에도 선발되었었다. 그것만으로도 굉장한 일이지만, 마피를 알고 그의 눈을 본 적이 있는 사람으로서는 실로 경탄할 만한 일이었다. 마피는 사실 장님이라고 해도 좋을 정도였다.

그는 두께가 1인치나 되는 안경을 끼었으며, 그 무게 때문인지 머리를 앞으로 숙이고 구부정하게 걸었다. 여느 때는 이 시력도 그럭저럭 쓸모가 있었지만, 흥분하거나 술에 취하면 어디에나 마구 부딪치곤 했다.

겉모습을 보아도 마피는 결코 예일대학의 하프백이 될 수 있는 사람으로 여겨지지 않았다. 그의 비밀을 알려면 그가 움직이는 것을 보아야 한다. 마피는 발이 빠르다. 그리고 내가 아는 누구보다도 몸의 균형을 잘 잡는다. 마피가 축구를 할 때 쿼터백이 그에게 공을 보내는 작전을 몇 가지 짜서 그를 뛰게 했다. 이 작전은 대개 성공했으나, 꼭 두 번, 마피는 전혀 다른 방향으로 무섭게 달려가 자기 편 골라인으로 돌진하여 상대편으로 하여금 득점하게 해준 일이 있었다.

그는 언제나 자기에게 어울리지 않는 스포츠에 흥미를 느꼈다. 30살 때 그는 등산을 시작했다. 그는 곧 거기에 열중했으나 보험에 가입할 수가 없었다. 그래서 스포츠카 레이스로 전향하여 훌륭한 성적을 올렸지만, 언젠가 그가 탄 로터스가 트랙에서 튀어나가 네 번이나 옆으로 굴러 그는 쇄골을 여러 군데 부러뜨렸다. 그런 다음에는 스포츠보다 보험에 들어야겠다고 생각하여 모든 스포츠를 단념했다.

마피는 무엇을 하든지 빨랐다. 말을 할 때도 일일이 관사며 대명사를 쓰기가 답답한 듯 속기처럼 쏟아놓아 비서와 부하들이 얼굴을 찌푸렸다. 말뿐만 아니라 그들은 창문 때문에 언짢은 표정을 지었다. 마피는 겨울에도 창문을 활짝 열어놓는다. '나쁜 공기'에 저항하는 것이다.
 내가 보스턴 산부인과 병원 한 건물에 있는 그의 연구실로 들어갔을 때, 그 안은 온통 사과투성이었다. 냉장고 속에도 사과, 의자 위에도 사과, 책상 위에는 서류를 누르는 서진 대신 사과가 놓여 있었다.
 내가 들어갔을 때 그의 두 기술원은 연구복 속에 두툼한 스웨터를 입고 둘 다 사과를 먹고 있었다. 마피는 나와 악수하면서 말했다.
 "아내가 사과를 몹시 좋아한다네. 자네도 하나 먹겠나? 오늘은 델리셔스와 코틀랜드일세."
 "고맙지만 생각없네."
 그는 한 개 집어 옷소매로 쓱 닦아 한 입 베어물었다.
 "맛있어. 정말일세."
 "시간이 없어서……."
 "자네는 언제나 바쁘군. 언제나 바빠. 나는 자네도 쥬디도 여러 달 동안 만나지 못했네. 용건이 뭔가? 테리가 벨몬트의 1군 팀에서 가드(미식 축구에서 스크럼할 때 센터의 양쪽에 있는 선수)를 하고 있다네."
 그는 책상 위의 사진을 집어들어 내 코 밑에 내밀었다. 축구 유니폼을 입은 그의 아들이 카메라를 향해 이를 보이며 웃고 있었다. 마피를 닮아 몸집이 작지만 억척스러워 보였다.
 나는 그에게 말했다.
 "언제 한 번 시간을 내어 만나서 가족들 이야기를 하세나."
 마피는 놀라울 만큼 재빨리 사과를 먹어치웠다.
 "좋지. 브리지는 어떤가? 지난번 주말에 아내와 나는 아주 혼이 났었네. 그 전 주말에는……."
 "마프!" 나는 그의 말을 가로막았다. "난처한 일이 있네."

"위궤양이겠지." 마피는 책상 위에 있는 사과를 또 한 개 집어들며 말했다. "신경질적인 사람은 모두 그렇다네. 언제나 바쁘기 때문일세."

"실은 자네 전문에 대한 것인데……."

그는 갑자기 흥미를 보이며 희미하게 웃었다.

"스테로이드 말인가? 병리의가 스테로이드에 흥미를 보인 것은 역사상 처음일 걸세."

그는 책상 저쪽에 앉아 두 다리를 책상 위에 올려놓았다.

"이야기해 보게……들을 테니."

마피의 전문은 임신한 여자와 태아에게서 보이는 스테로이드에 관한 것이었다. 그가 보스턴 산부인과 병원에서 일하는 것은──그다지 좋은 이유가 못 되지만──현실적인 문제로서 연구자료 가까이에 있을 필요가 있었기 때문이다. 그의 경우 입원중인 산모나 이따금 그에게 할당되는 사산(死産)이 그 자료였다.[17]

"해부할 때 임신했었는지 어떤지 호르몬 테스트를 할 수 있나?"

내가 물었다.

그는 손을 바쁘게 움직여 머리를 긁적였다.

"할 수 있지. 그러나 누구에게 필요한 일인가?"

"나일세."

"그런데 임신했었는지 어떤지 해부해 보고도 모른단 말인가?"

"이 환자의 경우는 모른다네. 여러 가지로 복잡하거든."

"그런가? 정식 테스트는 아니지만 할 수 있네. 몇 달이지?"

"4개월."

"4개월? 그런데 자궁을 보고도 모르겠단 말인가?"

"마프……."

"할 수 있네. 4개월이면 가능해. 법정에 설 수는 없지만 해줄 수는 있네."
"해주겠나?"
"여기서 우리가 하고 있는 일이 그걸세. 스테로이드의 분석이지. 무얼 갖고 왔나?"

나는 무슨 뜻인지 알지 못했다. 나는 고개를 저어 보였다.

"혈액? 아니면 오줌? 어느 쪽인가?"
"혈액일세."

나는 주머니에 손을 넣어 해부할 때 수집한 혈액이 담긴 시험관을 꺼냈다. 웨스턴에게 가져가도 지장이 없겠느냐고 물었더니 상관없다고 말했던 것이다.

마피는 시험관을 받아 불빛에 비춰보았다. 그리고 손가락으로 톡톡 퉁겼다.

"2cc만 있으면 되네. 이거면 충분해. 문제없네."
"언제 알려주겠나?"
"이틀 뒤. 분석하는 데 48시간이 걸리니까. 이건 시체를 해부할 때 나온 혈액인가?"
"그렇네. 호르몬이 변질되지 않았을까 걱정스러운데……."

마피가 크게 한숨을 내쉬었다.

"벌써 잊어버렸나? 변질되는 건 프로테인뿐, 스테로이드는 프로테인이 아닐세. 간단히 할 수 있어. 알겠나? 보통 토끼로 실험할 때는 오줌 속의 맥락막인 고나드트로핀을 조사하지. 하지만 이 연구실에서는 그뿐만이 아니라 프로게스테론이나 11베타의 하이드로키실라민 화합물 중 어느 것을 조사하네. 임신하면 프로게스테론의 농도가 열 배가 되고 에스토리올의 농도는 1천 배가 된다네. 그 중 가를 측정하는 것은 어렵지 않아."

그는 기술원들에게로 눈길을 보냈다.

"이 연구실에서도 할 수 있네."
기술원 가운데 한 여자가 도전하듯 반발했다.
"전에는 정확했어요. 하지만 손가락이 동상에 걸린 뒤로는……."
"그건 구실이야!"
마피가 쓴웃음을 지었다. 그는 내게로 다시 돌아서 혈액이 담긴 시험관을 집어들었다.
"간단히 할 수 있네. 분획(分劃) 칼럼으로 분명하게 알아낼 수 있지. 하나가 실패해도 괜찮도록 부분표본을 두 개 만들어도 좋아. 그런데 누구의 것인가?"
"뭐라고 했나?"
그는 답답한 듯 내 눈앞에서 시험관을 흔들었다.
"누구의 혈액인가?"
"글쎄……뭐, 별로……."
나는 어깨를 으쓱하며 더듬거렸다.
"임신 4개월인데 확신을 가질 수 없단 말인가? 존, 옛동료에게도 말할 수 없나?"
"나중에 이야기하는 편이 좋겠네."
"알겠네, 알겠어. 깊이 알려고 하지 않겠네. 지금은 묻지 않겠네만, 이야기해 주겠지?"
"약속하네."
"병리의의 약속이라……." 그는 일어서면서 한 마디 더 덧붙였다.
"믿을 수 없는데."

7

누가 세어도 마찬가지지만, 사람의 질병에는 이름이 붙여져 있는 것이 2만 5천 가지쯤 되며, 그 가운데 치료법이 알려진 병이 5천 가지이다. 그런데도 새로운 질병을 발견하는 것은 모든 젊은 의사들의 꿈이다. 그것이 의사라는 직업에 종사하며 이름을 날리는 가장 가까운 지름길이고, 또 가장 확실한 방법이기 때문이다. 현실적으로 말해 옛날부터 알려진 질병의 치료법을 발견하는 것보다 새로운 질병을 발견하는 편이 훨씬 이득이다. 치료법은 발견해도 실험을 거치고 비판을 받고 몇 년에 걸쳐 의론의 대상이 되지만, 새로운 질병은 즉시 인정되어 받아들여진다.

루이스 카는 아직 인턴으로 있을 때, 돈의 과녁을 보기좋게 쏘아맞혔다. 다시 말해서 새로운 질병을 발견한 것이다. 그것은 좀처럼 보기드문 질병으로, 베타 분류에 영향을 주는 유전성 이질 감마그로블리네미아를 네 식구 한 가족에게서 발견했다. 그러나 질병이 무엇인가 하는 것은 중요하지 않다. 중요한 것은 루이스가 그 병을 발견하여 '뉴잉글랜드 의학잡지'에 논문을 발표한 일이다.

6년 뒤 그는 메모리얼 병원의 임상교수로 임명되었다. 언젠가는 임명될 것을 아무도 의심하지 않았었다. 누군가가 은퇴하여 자리가 비기만을 기다리고 있었던 것이다.

루이스 카는 메모리얼 병원에서 그의 존재에 어울리는 방을 가지고 있었다. 그야말로 이제 막 이름이 알려지기 시작한 내과의에게 어울리는 방이었다. 좁고 답답할 뿐만 아니라, 잡지며 텍스트며 서류 등이 가는 곳마다 수북이 쌓여 있었다. 게다가 더럽고 낡았으며, 간장(肝臟)연구소에 가까운 콜더 빌딩 한구석 남의 눈에 띄지 않는 곳에 있었다. 그리고 마지막 손질로서 그 말할 수 없이 난잡한 속에 섹시하고 영리해 보이며 접근하기 어려울 듯한 아름다운 비서가 앉아 있었다. 방의 기능이 더러움으로 상징되고 있는 데 비해 그녀는 방의 기능과 전혀 상관없는 미인이었다.

"카 선생님은 회진중이십니다." 그녀는 미소지어 보이지도 않고 말했다. "들어오셔서 기다리시라고 하셨어요."

나는 방으로 들어가 의자에 수북이 쌓인 '미국 실험생물학 잡지'를 치우고 앉았다. 한참 뒤 카가 돌아왔다. 앞이 열려진 하얀 연구실 가운——임상교수는 결코 가운의 단추를 채우는 일이 없다——을 입고 청진기를 목에 건 모습이었다. 셔츠 칼라는 닳아빠졌으나——임상교수는 급료가 그리 많지 않다——검정 구두는 반짝반짝 윤이 났다. 임상교수는 정말 말을 하는 데 있어 신중하다. 여느 때와 마찬가지로 그는 침착하고 냉정하며 태도에 빈틈이 없었다.

남의 험담 잘하는 사람들의 말을 빌면, 루이스 카는 지나치게 처세술에 밝아 남의 이목이나 창피스러움도 아랑곳하지 않고 지위가 높은 사람들에게 아첨하여 마음에 들려 한다고 한다. 많은 사람들이 그의 빠른 출세와 자신만만한 태도를 언짢게 생각하고 있었다. 루이스 카는 동그스름하니 어린아이 같은 앳된 얼굴로 뺨은 매끄럽고 장밋빛이었다. 웃으면 남자아이 같은 매력이 있어 여환자들로부터 반응이 좋았다. 그는 지금 그 미소띤 얼굴을 나에게 보였다.

"어어, 존!"

그는 비서의 방으로 통하는 문을 닫고 책상 앞에 앉았다. 나는 잔뜩 쌓인 잡지 틈으로 겨우 그를 볼 수 있었다. 그는 청진기를 목에서 떼어 작게 접더니 주머니에 넣었다. 그리고 나서 나를 쳐다보았다. 이것은 그의 버릇이다. 책상너머로 얼굴을 돌리는 임상의들은 모두 한 가지 공통점을 지니고 있다. 깊이 파고들어 알려는 눈길로 상대방을 보며, 아무 데도 나쁘지 않으면 좀처럼 차분해지지 못한다. 카도 지금 그런 눈길을 내게 보냈다.

"카렌 랜돌에 대해 알고 싶은 것이 있는 모양이군."

그는 마치 중대한 발견을 한 듯한 어조로 말했다.

"그렇다네."
"개인적인 이유에서겠지?"
"물론."
"내가 무슨 말을 하더라도 여기서 끝내는 거겠지?"
"물론."
"좋아. 그럼, 이야기하겠네. 나는 입회하지는 않았지만 줄곧 주의해 보았네."

나는 그랬으리라고 생각했다. 루이스 카는 메모리얼에서 일어나는 모든 일에 주의를 게을리하지 않는다. 어느 간호사보다도 많은 소문을 알고 있었다. 그는 그런 지식을 다른 사람들이 공기를 빨아들이듯 아주 자연스럽게 채취했다.

"그녀는 새벽 4시에 외래병동으로 실려왔네. 병원에 도착했을 때는 빈사상태에 놓여 있었지. 들것을 가지고 달려갔을 때 이미 정신을 잃고 있었네. 병상은 분명히 질출혈이었네. 체온은 화씨 102도, 팽만이 감소되었기 때문에 피부가 건조해서 호흡이 거북했고 맥박이 빨랐으며 혈압이 낮았지. 그리고 갈증을 호소했네.[18]"

카는 잠시 숨을 돌렸다.

"인턴이 그녀를 보고 교차시험[19]을 명했네. 수혈을 시작하기 위해서였지. 그는 카운트와 크리트를 위해 주사기로 채혈하여 곧 5퍼센트 포도당액을 1리터 주사했네. 그런 다음 어디서 출혈되는지 찾아내려고 했지만 알 수가 없었으므로 자궁을 수축시켜 출혈을 적게 하기 위해 우선 옥시트신을 주사하고, 질에 일시적으로 거즈를 대어 막았지. 그런 다음 인턴은 환자의 어머니로부터 그녀가 누구인지를 듣고 깜짝 놀랐다네. 그는 허둥지둥 레지던트를 불렀네. 레지던트가 수혈을 시작했지. 그리고 예방을 위해 페니실린을 대량으로 주사했다네. 그런데 운나쁘게도 그는 이때 차트를 조사해 보지 않았었지. 알레르기 반응을 확인하지 않았던 걸세."
"그녀는 감각과민[20]이었지."
내가 말했다.
루이스 카는 다시 설명을 이었다.
"더욱이 극단적이었네. 페니실린을 근육주사한 뒤 10분이 지나자 질식상태의 경축(痙縮)을 일으켜 호흡이 가빠졌지. 간신히 기록실에서 차트가 전해지자 인턴은 자신이 한 일을 깨달았네. 그래서 다시 에피네프린을 1밀리그램 근육주사했네. 반응이 없자 베나드릴 코티손, 아미노피린을 천천히 정맥주사했네. 가압 산소 마스크를 대주었으나 치아노제 현상이 나타나 경련을 일으키더니 20분 뒤에 숨졌네."
나는 담배에 불을 붙이며 내가 그 인턴이 아니어서 다행이라고 생각했다.
이윽고 카가 다시 말했다.
"그녀는 어떻게 했든 죽었을 걸세. 확실한 일은 아니지만, 병원에 왔을 때 이미 혈액을 50퍼센트 가까이 잃었다고 믿어도 될 이유가 있네. 그것이 죽음을 빨리 불러왔다고 생각되네. 쇼크 상태가 되면 손을 쓸 수가 없으니까. 아무튼 그녀를 병원에 그냥 둘 수는 없었을 걸세. 물론 그 때문에 사정이 달라지는 건 아니지만."
내가 말했다.
"그 인턴은 왜 페니실린을 주사했을까?"
"그것이 병원에서 하는 이상한 일이라네."
카가 대답했다.
"어떤 특정한 증상이 나타났을 때 취하는 당연한 조치이지. 질출혈임이 분명한 여자가 실려와 열이 높고 전염의 위험이 있는 경우, 우리는 흔히 환자에게 소파수술을 실시하고 침대에 눕힌 뒤 항생물질을 주사하네. 대개 그 이튿날이면 환자는 집으로 돌아갈 수 있다네. 물론 차트에는 '유산'이라고 기록되지."
"카렌 랜돌의 차트에도 '유산'이라고 썼었던가?"
카는 고개를 끄덕였다.
"'자연유산'일세. 우리는 언제나 그렇게 기록한다네. 그러면 경찰과 복잡한 일이 생기지 않으니까. 자신이 스스로 중절을 하거나 허가 없이 중절수술을 받은 환자가 찾아오는 일도 적지 않네. 비눗물을 너무 많이 써서 그릇 닦는 기계에 그릇을 지나치게 집어넣은 것처럼 온통 거품 투성이가 되어 실려오는 여자도 있다네. 또 심한 출혈을 하는 수도 있지. 어떤 경우든 환자는 흥분하여 엉뚱한 거짓말을 한다네. 우리는 아무 말도 하지 않고 웬만큼 치료하여 집으로 돌려보내지."
"그리고 경찰에 알리지 않는단 말인가[21]?"
"우리는 의사일세, 경찰관이 아니라. 1년에 거의 1백명쯤이나 이런 여자가 찾아오네. 그것을 일일이 보고하다가는 법정에서 증언하기에 바빠 의사노릇하고 있을 시간 없을 걸세."
"그렇지만 법률에서는……."
"물론이지." 카가 내 말을 가로막았다. "법률에 의하면 우리는 보고해야 하네. 상해사건도 보고해야 하지. 그러나 바에서 싸운 주정꾼을 경찰에 보고해도 그 결과가 어떻게 되었는지 알려오지 않는다네. 보고해야 할 일을 모조리 보고하는 구급병원은 한 군데도 없네. 그렇게 하다가는 병원을 운영해 나갈 수가 없거든."
"그러나 중절수술이라면……."
"이론적으로 생각해야 하네, 존. 이런 케이스는 '자연유산'인 경우가 많지. 그렇지 않은 경우도 꽤 있지만, 다른 방법을 취해도 별뜻이 없네. 파세로나의 엉터리 의사가 중절수술을 해주었다고 경찰에 알려보게. 이튿날 경관이 와서 뭐라고 하는지 아나? 환자는 '자연 유산'이었다고 하더라고 말한다네. 자신이 스스로 유산시켰다고 말하는 수도 있지. 아무튼 환자가 사실대로 말하지 않기 때문에 경관은 아주 기분 나빠하네. 그러면 우리가 싫은 말을 듣게 되지. 그들을 부른 것은 우리였으니까."
"그런 일이 있었구먼?"
"그렇다네. 나도 그런 경험이 두 번 있네. 두 번 다 죽을지도 모른다는 공포감에 너무 무서워 환자는 거의 미친 상태였네. 중절한 의사를 고소할 테니 경찰을 부르라고 소리치더군. 그런데 이튿날 아침 통증도 가라앉고 병원의 D&C에서 마음이 완전히 차분해져 목숨에 아무 위험이 없다는 것을 알게 되자 그때는 경찰과 관련을 갖고 싶어하지 않지. 일을 남몰래 처리하고 싶어하는 걸세. 그러므로 경찰이 왔을 때 잘못 알았다며 시치미떼는 거라네."
"그래서 자네는 허가 없이 중절수술한 의사들 뒤처리를 해주고 아무 말도 하지 않는다는 건가?"
"우리는 사람들에게 건강을 되찾아주면 되네. 의사는 가치를 판단할 수는 없어. 악질 운전수나 난폭한 짓을 하는 술주정꾼의 뒤처리를 하지만, 그들을 나무라며 운전이나 알코올에 대해 설교하는 것은 우리가 할 일이 아닐세. 우리는 다만 환자를 낫게 해줄 뿐일세."
나는 그의 말에 반박하지 않았다. 입씨름해 봐야 쓸데없는 일이라는 것을 알고 있었기 때문이다. 나는 화제를 바꾸었다.
"그런데 아트에 대한 용의는 어떻게 된 건가? 무슨 일이 있었지?"
카가 설명했다.
"그녀가 죽었을 때였네. 랜돌 부인이 미친 듯이 커다란 목소리로 마구 외쳐댔기 때문에 진정제와 수면제를 주사했네. 부인은 간신히 마음이 가라앉자 딸아이가 아더 리 의사로부터 중절수술을 받았다고 계속 말하더군. 그리고 경찰에 전화했네."
"랜돌 부인이 말인가?"
"그렇다네."
"병원의 진단은 어떻게 나왔나?"
"'유산'. 의학적으로는 그것이 옳거든. 위법 중절로 바뀌어지는 건 우리가 관계하는 한 의학적 근거로 되는 것이 아닐세. 중절수술을 받았는가 어떤가는 해부해 보면 알 수 있겠지."
"해부 결과 중절되어 있었네" 하고 나는 말했다. "자궁내막에 열상(裂傷)이 하나 있을 뿐, 상당히 좋은 솜씨였네. 익숙한 사람이 한 것이었지, 완벽하다고 할 수는 없었지만."
"아더 리와 이야기해 봤나?"
"오늘 아침 잠깐 만나봤네. 그는 하지 않았다고 말하고 있네. 해부 결과로 보아 나는 그를 믿네."
"뭔가 잘못되어……."
"아니, 그렇게 생각하지 않네. 아트만큼 기술 좋은 의사가 잘못을 저지를 리 있겠나?"
카는 주머니에서 청진기를 꺼내 초조한 손놀림으로 만지작거렸다.
"재미없게 되었군. 정말 재미없게 되었어."
"분명히 해야 하네, 루" 나는 말했다. "뻔히 알면서도 모르는 척하여 아트를 죽게 내버려둘 수는 없네."
"물론 자네 말이 맞네. 그러나 J D가 무척 흥분해 있다네."
"그렇겠지."
"어떤 조치를 취했는지 듣자 가엾은 인턴을 죽이려고 덤볐지. 나도 그 자리에 있었는데, 두 손으로 목졸라 죽이는 게 아닌가 생각했었다네."

"그 인턴은 누구인가?"

"로저 파이팅이라는 젊은 사나이일세. P&S 출신의 좋은 젊은이지."

"지금 어디 있나?"

"집에 있겠지. 오늘 아침 8시에 퇴근했으니까."

카는 까다로운 얼굴로 다시 청진기를 만지작거리기 시작했다. 조금 뒤 그가 말을 이었다.

"존, 자네는 정말 이 사건에 깊이 파고들 생각인가?"

"이런 일에 말려들고 싶지는 않아. 할 수만 있다면 지금 곧 연구실로 되돌아가고 싶네. 하지만 그렇게 할 수가 없어."

그러자 카는 천천히 말했다.

"자네 말은 이해하네만, 이 사건은 이제 어떻게 할 수가 없네. J D 가 미친사람처럼 흥분해 있거든."

"그 말은 조금 전에도 들었네."

"나는 사정이 어떻게 되어 있는지 알려주고 싶은 걸세."

카는 책상 위의 물건들을 들었다 놓았다 하면서 내 얼굴은 쳐다보지도 않았다. 이윽고 그가 말했다.

"사건은 이제 더 영향력 있는 손에 들어가 있네. 아더 리에게는 좋은 변호사가 있겠지?"

"애매한 문제가 많아. 그것을 명확하게 해두고 싶네."

"이미 우리로서는 어쩔 수가 없네." 카는 되풀이 말했다.

"누구에게로 옮겨졌단 말인가? 랜돌 집안 아니면 내가 경찰서에서 만난 그 바보들?"

"보스턴 경찰은 우수하기로 이름나 있지."

"모두 엉터리일세!"

카는 딱하다는 듯한 표정으로 나를 쳐다보며 물었다.
"자네는 무엇을 증명하고 싶은 건가, 존?"
"아트가 하지 않았다는 것."
카는 고개를 크게 내저었다.
"그것이 문제가 아닐세."
"나는 그것이 문제라고 생각하네."
"그렇지 않네. 문제는 J D 랜돌의 딸이 중절수술을 하는 의사에게 변을 당했으므로 누군가가 그 보상을 해야 한다는 사실일세. 아더 리는 중절수술을 하는 의사이네. 법정에서 그것을 증명하기는 어렵지 않겠지. 보스턴 법정에서는 배심원의 반수 이상이 가톨릭일세. 그들은 아더 리를 사회 정의에 따라 유죄로 인정할 걸세."
"사회 정의?"
카는 앉은 자세를 고치면서 말했다.
"내 말뜻을 알 걸세."
"아트에게 죄를 뒤집어씌우려 한다는 거로군."
"바로 그렇다네. 그에게 죄를 뒤집어씌울 걸세."
"그건 공식적으로 하는 말인가?"
"물론." 카가 대답했다.
"자네는 이 문제를 어떻게 생각하나?"
"중절을 해주는 의사는 언제나 위험을 무릅쓰고 있네. 법을 어기고 있으니까. 그런데 아더 리가 보스턴의 저명한 의사 딸에게 중절을 해서……."
"그는 하지 않았다고 말했네!"
카는 공허한 미소를 지어 보였다.
"그것이 무슨 소용 있겠나?"

대학을 졸업하고 심장외과의가 되기까지는 13년 걸린다. 대학의과 4년, 인턴 1년, 일반외과 3년, 흉곽외과 2년, 심장외과 2년이다. 그 동안 또 병역에 복무하여 2년 동안 일해야 한다.[22]

그처럼 먼 곳에 있는 목표를 겨냥하여 그 정도의 무거운 짐을 견디려면 여느 사람과 달라야 한다. 그는 어엿한 외과의가 될 때까지 다른 사람들로부터 따로 떨어져서 경험과 헌신을 쌓으며 전혀 새로운 사람이 되어야 한다. 어떤 의미에서 볼 때 이것도 수련의 일부이다. 외과의는 고독하다.

나는 견학실에서 유리 너머로 제9수술실을 내려다보며 이런 생각을 했다. 천장에 영사시설이 장치되어 있어 방 전체와 의사들과 수술 경과를 완전히 볼 수 있었다. 학생이나 레지던트들이 가끔 여기에 앉아서 견학했다. 수술실에 마이크가 있어 기구와 서로 맞닿는 소리, 인공호흡기의 리드미컬한 소리, 낮은 이야기 소리 등을 모조리 들을 수 있었고, 단추를 눌러 방 안 사람들과 이야기할 수도 있었다. 단추를 누르지 않으면 그 안의 소리가 들리지 않았다.

나는 J D 랜돌의 방으로 갔다가 이곳으로 왔다. 카렌의 차트를 보고 싶다고 하자 랜돌의 비서는 자기가 갖고 있지 않다고 말했다. J D 가 가지고 있는데, 그는 지금 외과수술 중이었다. 그 사실이 나를 놀라게 했다. 나는 그의 기분을 생각하며 집으로 돌아가지 않았을까 짐작했었다. 그러나 그의 마음에 그런 생각은 전혀 없었던 것이다.

비서는 수술이 끝났을 거라고 말했지만 유리 너머로 보니 그렇지도 않았다. 환자의 흉부가 절개되어 있고, 심장은 아직 절개된 채 봉합도 시작되지 않았다. 나는 수술을 방해할 수가 없었다. 차트를 보기 위해서는 다시 한 번 들르는 수밖에 없었다.

그러나 나는 잠시 그곳에서 수술 광경을 지켜보고 있었다. 심장절개수술에는 아름다운 꿈과 나쁜 꿈이 서로 얽힌 몽환적인 무언가가, 옛날이야기가 현실이 된 듯한 사람을 끌어당기는 무언가가 있다. 수술실에는 네 명의 외과의를 포함하여 열여섯 명의 사람들이 있었다. 모두들 발레에서처럼——쉬르리얼리즘의 발레에서처럼 조화된 매끄러운 동작으로 움직이고 작업하고 확인하고 있었다. 초록빛 천에 감싸인 환자는 한쪽에 심폐장치를 해놓았으므로 난쟁이처럼 보였다. 그 기계장치는 자동차만한 크기의 거대한 것으로, 강철이 반짝이고 실린더와 바퀴가 매끄럽게 돌아가고 있었다.

환자의 머리 부근에 마취의가 기구에 둘러싸여 있었다. 그 밖에 간호사가 몇 명, 기계의 다이얼과 게이지를 조절하는 심폐장치기사 2명, 조수들, 외과의들이 있었다. 나는 '어떤 사람이 랜돌일까' 하고 둘러보았으나 알 수 없었다. 수술복을 입고 마스크를 하면 모두 똑같아 보인다. 물론 그렇지만은 않다. 네 명의 외과의 가운데 한 사람이 모든 일에, 거기 있는 열여섯 명이 하는 모든 일에 책임을 갖고 있다. 그리고 그 방에 있는 열일곱 번째 사람——지금 심장이 정지되어 있는 사람에 대한 책임도 지니고 있다.

방 한쪽 구석에서 심전도가 텔레비전에 나오고 있었다. 정상적인 EKG(심전도)에서는 심장이 고동칠 때마다, 전파가 심장의 근육을 자극할 때마다 힘차게 뛰는 뾰족한 선이 나타난다. 그런데 이 환자의 심전도는 한 가닥의 선으로 이어지며, 거의 기복이 없었다. 하나의 커다란 의학적 기준에서 볼 때 환자는 죽어 있는 것이다. 나는 절개된 가슴 속의 분홍빛 폐장을 보았다. 그것은 움직이지 않았다. 환자는 숨을 쉬고 있지 않았다. 기계가 그를 위해 대신 모든 일을 해주고 있었다. 펌프를 작동시켜 혈액에 산소를 공급해 주고 이산화탄소를 빼내갔다. 이 기계는 지금과 같은 모습으로 거의 10년 동안이나 쓰여지고 있었다.

  그러나 그 방 사람들은 이 기계나 외과수술에 두려움을 느끼고 있는 것 같지 않았다. 당연한 일을 하고 있는 사람들처럼 움직였다. 아마 그 때문에 모든 광경이 환상적으로 보이는 모양이다.

  나는 시간이 지나는 것도 잊고 5분 동안이나 들여다보고 있었다. 그런 다음 견학실에서 나왔다. 밖으로 나와 복도를 걸어가는데 레지던트 두 사람이 아직도 수술모자를 쓴 채 마스크를 목에 걸고 문 앞에 서 있었다. 그들은 도넛과 커피를 마시면서 여자 이야기를 하며 즐거운 듯 웃고 있었다.

9

  로저 파이팅은 병원 근처 엘리베이터가 없는 3층 아파트에 살고 있었다. 루이스버그 스퀘어로부터 쓰레기가 모이는 비콘 빌딩 뒤쪽이었다. 그의 아내가 문을 열어주었다. 그다지 아름답지 않은 여자로, 임신 7개월쯤 되어 보였다. 얼굴색이 안 좋았다.

"무슨 일이시지요?"

"로저 파이팅 씨에게 할 이야기가 있습니다. 나는 링컨 병원의 병리의 벨리입니다."

그녀는 수상하다는 듯이 나를 훑어보았다.

"그이는 지금 막 잠자리에 들었어요. 이틀이나 일이 계속되어 지쳐 있어요. 지금부터 자려고 하는 참인데……"

"중대한 일입니다."

흰 즈크 바지를 입은 여윈 몸집의 젊은 사나이가 그녀의 뒤에 나타났다. 지쳤다기보다 말할 수 없이 초췌하여 어떤 일에 겁먹고 있는 것 같았다. 그가 물었다.

"무슨 일로 오셨습니까?"
"카렌 랜돌 양의 일로 좀 이야기하고 싶소."
"그 이야기라면 이제 그만해 주십시오. 뭐든지 다 이야기했습니다. 카 선생님과 이야기해 보시지요."
"이야기했소."
파이팅은 두 손으로 머리카락을 쓸어올리며 아내에게 말했다.
"걱정하지 않아도 되오. 커피 좀 끓여주겠소?"
그는 나를 쳐다보았다.
"커피, 어떻습니까?"
"주십시오."
우리는 거실에 앉았다. 아파트는 좁고, 싸구려 가구들마저 거의 다 망가져 있었다. 그러나 나는 마음이 편안해졌다. 나도 인턴을 끝낸지 아직 몇 년밖에 안 된다. 따라서 경제적인 불편, 긴장감, 엉망진창인 근무시간, 꼭 해야 하는 쓸데없는 일들을 잘 알고 있었다. 환자에게 아스피린을 한 번 더 주어도 좋으냐고 한밤중에 간호사로부터 걸려오는 초조해지는 전화에 대해서도 잘 알고 있었다. 그리고 아직 날이 채 밝기 전에 일어나 환자를 진찰했을 때 잘못을 저지르기 쉽다는 것도 알고 있었다. 나는 인턴이었을 때 심장이 나쁜 어떤 노인을 하마터면 죽일 뻔했었다. 이틀 동안 잠을 세 시간밖에 자지 못했다면 무슨 짓을 저지를지 모르는 일이다.
"당신이 지쳐 있다는 건 잘 알겠소."
나는 말을 꺼냈다.
"오래 있지는 않겠소."
그는 정색하며 말했다.
"아니, 괜찮습니다. 내가 할 수 있는 일이라면 뭐든 하겠습니다. 나는 지금······."

그의 아내가 커피 잔을 두 개 가지고 들어왔다. 그녀는 화난 눈초리로 나를 쏘아보았다. 커피는 진하지 않았다.

"묻고 싶은 일이 있소" 하고 나는 말했다. "그녀가 병원에 실려왔을 때의 일이오. 당신은 그때 병동에 있었소?"

"아닙니다. 막 자려던 참이었습니다. 불러서 갔지요."

"몇 시였소?"

"거의 4시가 다 되었을 때였습니다."

"그때의 일을 이야기해 주시오."

"나는 외래병동에서 가까운 작은 방에서 옷을 입은 채 잠들었습니다. 막 어렴풋이 잠들었는데 부르더군요. 점적(點滴)을 싫어하는 여자환자를 가까스로 달래놓고 온 참이었습니다. 그냥 내버려두면 한 척하고 속인답니다."

파이팅은 '후유' 깊은 숨을 뱉었다.

"아무튼 나는 일어났을 때 머릿속이 멍한 상태였습니다. 침대에서 벌떡 일어나 찬물에 머리를 풍덩 담갔다가 수건으로 닦았습니다. 병동에 가보니 그녀가 들것에 실려와 있더군요."

"의식이 있었소?"

"네. 그러나 똑똑히 응답하지 못했습니다. 얼굴이 창백하며 많은 피를 쏟고 있었지요. 열이 너무 심해서 환각에 사로잡혀 있었습니다. 이를 꼭 물고 있어 정확한 열을 잴 수 없었으나 약 화씨 102도로 보고 교차시험을 시작했습니다."

"그 밖에 어떤 조치를 취했지요?"

"간호사가 모포를 씌우고 쇼크 블로크[23]로 다리를 들게 했습니다. 그런 다음 환부를 조사했습니다. 질출혈이 분명하여 '유산'이라고 진단했습니다."

"그 출혈 말인데, 뭔가 다른 대하(帶下)가 함께 나오지 않았소?"

파이팅은 머리를 저었다.
"피뿐이었습니다."
"덩어리는 없었소? 태반이 배출된 것 같지는 않았소?"
"그냥 줄곧 피를 쏟고 있었을 뿐입니다. 옷이……."
그는 마음속으로 그 광경을 다시 한 번 되새겨보듯 방 한쪽을 응시했다.
"옷이 무척 무거웠습니다. 간호사가 벗기는 데 애먹었지요."
"그 동안 그녀는 뭐라고 말했소?"
"아니, 별로 말하지 않았습니다. 헛소리는 가끔 했습니다. '파파'라고 말한 것 같았습니다. 그녀의 아버지를 이르는 말이 아니었을지도 모릅니다. 그러나 똑똑히 들리지 않아 아무도 마음에 두지 않았습니다."
"그 밖에 또 뭐라고 말했지요?"
파이팅은 고개를 저었다.
"다만 옷을 잘라냈을 때 다시 여미려고 했습니다. '나에게 이런 짓 못하게 할 테야'라고 한 마디 했습니다. 그리고 나서 나중에 '여기가 어디지?' 하고 물었지요. 하지만 헛소리였습니다. 또렷한 말이 아니었습니다."
"출혈을 어떻게 처리했소?"
"국부에서 막으려고 했습니다. 아주 어렵고 위급한 경우였습니다. 그런데 라이트를 정확하게 비출 수가 없었습니다. 결국 거즈로 막아 출혈량을 적게 하는 데 온 힘을 기울였습니다."
"그 동안 랜돌 부인은 어디에 있었소?"
"문 옆에서 기다리고 있었습니다. 처음에는 침착한 것 같았는데, 우리가 그녀의 상태를 말하자 완전히 이성을 잃어 미친사람 같았습니다."

"그녀의 차트는 어떻게 되어 있었소? 전에도 병원에 온 일이 있었던가요?"

"처음에는 차트를 보지 못했습니다만, 나중에 보았습니다. 기록실에서 가져왔지요. 병원에는 전부터 다녔습니다. 15살 때부터 해마다 파파니코로 염색*6을 해왔습니다. 1년에 두 번 건강진단을 받고 혈액검사를 했더군요. 당연한 일입니다만, 건강관리는 충분했습니다."

"과거에 뭔가 이상한 일은 없었소? 과민증 외에 말이오."

"그것으로 충분하지 않습니까?"

파이팅은 쓴웃음을 지었다.

잠깐 동안이었지만 나는 그에게 화가 났다. 당연히 두려움을 느끼고 있어야 할 텐데, 그는 자신을 딱하게 여기는 데 흠뻑 빠져 있었던 것이다. 나는 그에게 눈앞에서 사람이 죽는 일에 익숙해져야 한다고 말해 주고 싶었다. 많은 사람이 눈앞에서 죽어간다. 그리고 잘못이 일어날는지 모른다는 것에도 익숙해져야 한다. 잘못은 언제나 일어나는 것이다. 다른 실수보다 뚜렷하게 드러나는 잘못도 있지만, 그것은 정도 문제에 지나지 않는다. 나는 그에게 만일 카렌의 과민증에 대해 랜돌 부인에게 물어 그녀가 아무 이상 없다고 말했다면 그로서는 책임을 추궁당하지 않아도 된다고 말해 주고 싶었다. 물론 그래도 카렌은 죽었겠지만, 파이팅은 책임을 추궁당하지 않았을 것이다. 그의 실수는 카렌 랜돌을 죽인 것이 아니라 우선 확인하지 않았다는 점이다. 나는 그것을 말하려고 했으나 그만두었다. 잠시 뒤 나는 다시 물었다.

"차트에 정신이상이라고 생각할 뭔가가 없었소?"

"아무것도 없었습니다."

"조금도 색다른 일이 없었단 말이지요?"

"네, 아무것도."

그는 조금 곤란한 표정을 지었다.

"잠깐만 기다리십시오. 묘한 일이 한 가지 있긴 했습니다. 6개월쯤 전 두개골을 찍은 뢴트겐 사진의 완전한 세트를 갖추도록 지시받았더군요."

"그 필름을 보았소?"

"아닙니다. 방사선과의 진단을 읽었을 뿐입니다."

"어떻던가요?"

"정상이었습니다. 병적인 점은 없었습니다."

"어째서 뢴트겐을 찍었을까요?"

"거기에 대해서는 아무 설명도 없었습니다."

"어떤 사고를 당한 게 아닐까요? 뒹굴었다든가 자동차 사고라든가 ……."

"나는 아무것도 모릅니다."

"누가 필름을 부탁했소?"

"랜돌 박사겠지요, 피터 랜돌. 그녀의 주치의였습니다."

"당신은 왜 뢴트겐 사진을 찍었는지 모른단 말이지요?"

"네, 모릅니다."

"그러나 이유가 있었을 거요."

"그렇겠지요."

그러나 그는 그다지 관심을 갖고 있는 것 같지 않았다. 그는 멍하니 커피를 들여다보다가 천천히 마셨다. 조금 뒤 그가 말했다.

"중절수술을 한 의사가 빨리 잡혀 단단히 혼이 났으면 좋겠습니다. 어떤 죄를 내리든 너무 무겁다고 할 수는 없을 것입니다."

나는 일어섰다. 그는 정신적인 충격 때문에 당장이라도 울음을 터뜨릴 것만 같았다. 이름난 의사의 딸을 진단하는 데 실수를 저질렀으니 장래가 약속된 의사로서의 생애에 어두운 그림자가 비쳤다고밖에 생각할 수 없으리라. 그 역시 노여움과 실의와 자신을 아끼는 마음에서 대신 죄를 뒤집어씌울 사람을 찾고 있었던 것이다. 그 누구보다도 그 짐을 떠맡을 사나이가 절실하게 필요했던 것이다.

"당신은 보스턴에서 자리를 잡을 생각이오?"

내가 물었다.

"그럴 생각이었습니다."

그는 일그러진 표정으로 대답했다.

나는 젊은 인턴과 헤어진 다음 루이스 카에게 전화를 걸었다. 나는 더욱 카렌 랜돌의 차트가 보고 싶어졌다. 뢴트겐 사진에 대한 것을 알아내야 한다.

"루, 자네의 도움이 또 필요해졌네."

"무슨 일인가?"

루이스는 어떤 일인지 빨리 듣고 싶은 듯 말했다.

"무슨 일이 있어도 그녀의 차트를 봐야겠네. 꼭 필요해."

"그 이야기는 이미 끝나지 않았나?"

"알고 있네. 하지만 새로운 사실이 밝혀졌네. 이 사건은 점점 더 묘하게 되어가는군. 어째서 뢴트겐 사진이……."

"존, 미안하지만 안 되겠네. 나는 자네의 힘이 되어줄 수 없다네."

"루, 랜돌이 가지고 있을지도 몰라. 그는 그것을……."

"안 되겠네, 존. 나는 오늘 하루 종일, 그리고 내일 늦게까지 이곳을 떠날 수 없네. 시간이 없어."

그는 한 마디씩 또박또박 잘라말했다. 목소리로 내기 전에 마음속에서 되풀이해 보는 것 같았다.

"무슨 일이 있었나? 랜돌이 자네에게 손을 뻗쳐 입을 막기라고 했나?"

"존, 나는 이렇게 생각하네." 카가 다시 말했다. "이 사건은 손댈 수 있는 사람에게 맡겨야 한다고. 나는 손댈 수 없네. 다른 의사들도 아마 마찬가지일 걸세."

나는 그가 무슨 말을 하고 있는지, 그것이 무슨 뜻인지 알았다. 아더는 언제나 의사들이 귀찮은 일을 피하여 교묘한 말로 살짝 빠져나가는 것을 비웃었다. 아더는 그것을 '빌라도*7 작전'이라고 불렀다.

이윽고 나는 말했다.

"알았네. 자네가 그렇게 생각한다면 하는 수 없지."

나는 전화를 끊었다.

나는 이렇게 되리라는 걸 알고 있었다. 루이스 카는 언제나 실수하지 않는 사람답게 모든 규칙을 지키고 있었다. 지금까지도 그래왔지만, 앞으로도 줄곧 그럴 것이다.

10

파이팅의 아파트에서 의학부로 가는 도중 나는 링컨 병원 앞을 지났다. 건물 앞 택시 주차장 가까이에 프랭크 콘웨이가 두 손을 주머니에 찌른 채 보도를 내려다보고 서 있었다. 다리를 벌리고 서 있는 모습에 쓸쓸함과 깊은 피로가 엿보였다. 나는 자동차를 세웠다.

"타겠나?"

"소아병원으로 가는 길일세."

콘웨이가 말했다.

그는 내가 차를 세우자 놀란 모양이었다. 콘웨이와 나는 친한 사이가 아니다. 그는 뛰어난 의사였지만, 인간적으로는 유쾌한 사나이가 못 되었다. 그는 아내에게 두 번이나 이혼당했다. 두 번째는 겨우 6개월 만에.

"소아병원이라면 마침 가는 도중이로군" 하고 나는 말했다.

사실은 그렇지 않았지만, 아무튼 나는 그를 태울 생각이었다. 그와 이야기하고 싶었던 것이다. 그가 차에 올라타자 나는 큰길 자동차 행렬 속으로 들어갔다.

"소아병원에는 무슨 볼일로 가나?" 하고 나는 물었다.

"회의가 있네. 선천성임상병리검토회의가 1주일에 한 번씩 있지. 자네는 어디로 가는 길인가?"

"누굴 좀 만나려고, 친구와 점심을 들기로 했다네."

콘웨이는 고개를 끄덕이며 좌석에 등을 기댔다. 그는 이제 35살이었다. 그는 레지던트 기간을 미국에서도 최고로 꼽히는 사람들 밑에서 순조롭게 마쳤다. 그런데 지금은 그들 중 누구보다도 뛰어났다. 아무튼 그렇게 말하고 있었다. 콘웨이 같은 사람은 속속들이 알 수가 없는 법이다.

그는 아주 짧은 기간에 크게 유명해진 의사의 한 사람으로, 정치가나 영화배우처럼 맹목적으로 충실한 팬과 맹목적으로 적대시하는 비평가를 가지고 있어 사랑을 받든가 미움을 받든가 둘 중 하나였다. 체격이 좋고, 머리카락에 잿빛이 섞였으며, 푸른 눈이 찌를 듯 날카로운데다 당당한 풍채를 갖추고 있었다.

"오늘 아침에는 미안했네."

콘웨이가 말했다.

"좀 흥분해서 말일세."

"마음쓸 것 없네."

"허버트에게 사과해야겠네. 너무 심한 말을 했어."

"그는 이해해 줄 걸세."

"그래도 마음에 걸리는군. 하지만 환자가 눈앞에서 숨을 거두는 것을 보면…… 바로 내 눈앞에서 죽어가는 것을 보면…… 자네는 이런 심정을 모를 걸세."

나는 그의 말을 시인했다.

"나는 모르네."

우리는 한참 동안 아무 말도 하지 않았다. 이윽고 내가 불쑥 말을 꺼냈다.

"부탁이 있는데……."

"좋아, 말해 보게."

"J D 랜돌에 대해 이야기해 주겠나?"

그는 얼른 대답하지 않았다.

"왜 그런 걸 묻지?"

"그냥 알고 싶어서."

"그렇지 않을 텐데……."

"글쎄……."

"아더 리가 잡힌 모양이군."

"그렇다네."

"그가 했나?"

"아니."

"확실한가?"

"나는 그의 말을 믿네" 하고 나는 대답했다.

콘웨이는 깊숙이 한숨을 내쉬었다.

잠시 뒤 그가 말했다.

"존, 자네는 어리석은 사람이 아닐세. 누군가가 이 일로 자네에게 혐의를 두었다고 하세. 자네는 부정하지 않겠나?"

"그런 일과는 관계없지."

"아마 누구라도 부정할 걸세."

"아트가 한 일이 아니라는 건 있을 수 없단 말인가?"

"있을 수 없을 뿐만 아니라, 아마도 그가 했을 걸세."
"어째서?"
콘웨이는 머리를 내둘렀다.
"자네는 이것이 어떤 사건인지 모르는군. J D는 거물일세. 그 J D가 딸을 잃었네. 마침 떳떳지 못한 짓을 한다고 생각되는 아주 적당한 중국인이 가까이에 있네. 완전한 준비물이지."
"그런 건 옛날 이야기일세. 나는 인정하지 않네."
"그렇다면 자네는 J D 랜돌을 모르는 걸세."
"그 말이 맞네"
"J D 랜돌은 아무것도 두려운 게 없는 사람이네. 돈과 권력과 명성을 갖고 있지. 갖고 싶은 것은 뭐든 손에 넣을 수 있네……가엾은 중국인의 목까지도 말일세."
나는 물었다.
"그러나 그는 무엇 때문에 그걸 갖고 싶어할까?"
콘웨이가 웃었다.
"자네는 대체 어디 있었나?"
나는 정말 모르겠다는 표정을 지었던 모양이다.
"자네는 그 일을……."
콘웨이는 내가 그 일을 모른다는 것을 알자 입을 다물었다. 그런 다음 일부러 가슴에 팔짱을 끼고 아무 말도 하지 않았다. 그는 똑바로 정면을 쏘아볼 뿐이었다.
"그래서?"
나는 이야기를 재촉했다.
"아더 리에게 듣는 편이 좋을 걸세."
"나는 자네에게 묻고 있네."
나는 얼른 말했다.

"루이스 카에게 물어보게나. 그는 이야기해 줄지도 모르지. 그러나 나는 말하고 싶지 않네."
"그럼, 랜돌에 대해 말해 주게나."
"외과의로서 말인가?"
"외과의로서, 그것으로 좋네."
콘웨이는 고개를 끄덕였다.
"외과의로서는 전혀 가치가 없네. 돌팔이의사지. 죽게 해서는 안 될 환자를 죽게 하고 있네. 젊은 환자를, 건강한 환자를 말일세."
나는 고개를 끄덕였다.
"그리고 근성이 무섭게 비뚤어져 있지. 레지던트를 골탕먹이고 애먹여 비참한 생각을 갖게 하고 있네. 숱한 우수한 젊은이들에게 일을 시키면서 이런 방법으로 그들을 억압하고 있어. 나는 알고 있네. 휴스턴에서 심장을 하기 전에 랜돌 밑에서 2년 동안 흉부를 했거든. 랜돌을 처음 만났을 때 나는 29살이고 그는 49살이었네. 언제나 바쁜 듯한 태도와 본드 스트리트에서 맞춘 옷과 프랑스에 저택을 가지고 있는 친구들에 대해 크게 떠들어댔다네. 물론 이런 것들이 그가 우수한 외과의임을 뜻하는 건 아니지만, 그를 크게 돋보이게 하고 있지. 그의 주위에 후광을 만들어 주는 걸세. 그를 훌륭한 의사로 보이게 하고 있어."

나는 아무 말도 하지 않았다. 콘웨이는 목소리를 높이고 힘센 팔을 놀리며 이야기에 열을 더했다. 나는 그의 이야기를 막고 싶지 않았다.

"문제는 J D가 낡은 타입의 의사라는 걸세. 그는 40년대와 50년대에 그로스나 채들리스나 셔클포드 같은 사람들과 외과수술을 시작했네. 그 무렵의 외과수술은 지금과 달라서 손끝의 재주가 중요했고 과학은 그다지 중요시되지 않았네. 아무도 전해질이나 화학에 대해 알지 못했지. 그리고 랜돌은 아무리 해도 그런 일에 익숙해질 수가 없었네. 새로운 교육을 받은 사람들은 다르거든. 그들은 효소와 혈청과 나트륨으로 자랐네. 이런 것은 랜돌에게 있어 귀찮기 이를 데 없는 수수께끼였지."

내가 말했다.

"그러나 그는 빛나는 명성을 갖고 있네."

"존, 윌크스 부스*8도 명성이 있었지." 콘웨이가 대답했다. "얼마 동안은."

"의사의 질투가 아닐까?"

"나는 왼손으로 그의 주위를 한 바퀴 둥그렇게 잘라 보이겠네. 눈을 가리고 말일세."

나는 웃었다.

"숙취 상태에서——" 콘웨이가 덧붙였다. "그것도 월요일에."

"인간으로서 그는 어떤가?"

"비열해. '비열하다'는 한 마디면 충분하네. 레지던트들은 그가 누군가를 십자가에 매달 때를 위한 준비로서 주머니에 해머와 못을 반 다스나 갖고 다닌다고 말하지."

"그렇게 나쁜 사람일 리가 없는데……."

"그렇지." 콘웨이는 시인했다. "그러나 랜돌의 경우는 특별해. 기분이 나쁠 때는 좀더 심하다네."

"자네 이야기를 듣고 있으니 아주 차가운 사람처럼 생각되는군."

"어디서나 볼 수 있는 하찮은 녀석일세. 그 밖에 또 레지던트들이 말하는 것이 있다네."

"그게 무언가?"

"J D가 심장을 잘라내고 싶어하는 것은, 자기가 갖고 있지 않기 때문이라는 걸세."

11

올바른 정신을 가지고 있는 영국사람이라면 누구도 보스턴에 가려는 생각 따위는 하지 않을 것이다. 1630년 무렵이면 특히 더 그렇다. 적의에 찬 미개지로 가는 긴 배여행에는 용기 이상의 것, 굽힐 줄 모르는 정신 이상의 것——미친사람 같은, 어떻게 보면 자포자기한 것 같은 열정——이 필요했다. 그 가운데서도 특히 영국사회에 대한 환멸, 화해하기 어려운 반감이 필요했다.

다행스럽게도 역사는 인간을 그 동기에 의해서가 아니라 행동에 의해 판단한다. 보스턴 시민이 자신들의 조상을 민주주의와 자유의 제창자, 독립전쟁의 영웅, 진보적 화가, 진보적 작가라고 생각할 수 있는 것은 그러한 까닭에서이다.

보스턴은 애덤즈와 리비아[*9]의 도시, 올드노스 교회와 벙커 힐을 아직도 소중히 여기는 도시이다. 그러나 보스턴에는 죄인의 목을 치는 효수대, 고문의자, 마녀사냥이 감추어져 있다. 또 한 가지 좀더 어두운 얼굴이 있다. 지금 살아 있는 사람은 아마 아무도 이런 고문도구를 본디 모습대로 강박관념, 신경과민증, 도착적 잔인성의 증거라고 보지는 않을 것이다. 이것들은 죄악, 신의 저주, 지옥의 업화(業火), 질병, 인디언…… 대개 이런 순서의 공포에 둘러싸여 있던 사회의 증거이다. 긴장과 공포와 의혹의 사회, 간단히 말하면 반동적 광신자의 사회였다.

또한 보스턴이 일찍이 늪지였다고 보는 지리적 특징도 있다. 지독하게 나쁜 날씨와 늘 습기찬 기후는 이 때문이라고 말하는 사람들도 있다. 또 그런 것은 중요하지 않다고 말하는 사람도 있다.

보스턴 시민은 과거에서 많은 것을 못 보고 지나치기 쉽다. 사회에 나와 성공한 빈민가의 아이들처럼 보스턴 시는 그 발상으로부터 멀리

월요일 10월 10일 107

동떨어져 그것을 감추려고 애써왔다. 그리하여 서민의 식민지로서 유럽의 가장 전통있고 엄격한 귀족제도 못지않은, 칭호 없는 귀족제도를 만들어냈다. 동양에서도 어깨를 나란히 할 대상이 없는 신앙의 도시로서, 과학적 사회를 이룩했다. 보스턴은 또 지나친 자기도취에 빠져 있다. 이 또한 발상에 문제가 있는 도시 샌프란시스코와 비슷한 특징이다.

이 두 도시의 불행은 어느 쪽이나 다 과거를 뿌리칠 수 없다는 것이다. 샌프란시스코는 그 폭발적이고 거친 '골드러시' 정신에서 달아나 예의바르고 동부적인 거리가 될 수 없다. 그리고 보스턴은 아무리 노력해도 청교도정신을 버리고 다시 영국적이 될 수는 없다.

우리는 모두 개인으로서, 그리고 집단으로서 과거에 연결되어 있다. 과거는 우리 몸 골격의 구조와 모발의 분포와 피부색에 나타나고 있을 뿐만 아니라, 우리가 어떻게 걷고, 서고, 먹고, 입고, 생각하는가에도 나타나 있다.

나는 이런 생각을 하면서 윌리엄 허비 새터크 랜돌을 만나러 갔다.

윌리엄 새터크는 물론이고 '윌리엄 허비[24]'라는 이름을 가진 자는 누구나 자신을 어리석은 인간으로 느낄 것이다. 그것은 나폴레옹이나 케리 그랜트의 이름을 따서 붙인 거나 같아서, 너무 크고 무거운 짐을 지워주며 도저히 맞서 싸울 수 없는 도전에 응하기를 강요하는 것이다. 인생에는 그것에 어울리게 살기 어려운 일이 얼마든지 있으며, 이름에 어울리게 살기보다 더 어려운 일은 없다.

조지 골[*10]이 그 전형적인 예이다. 그는 쉴새없이 우스갯소리와 서투른 재담에 시달리면서 대학의 의과를 나와 간장과 담낭전문 외과의가 되었다. 그런 이름을 가진 사람이 할 일은 아니었으나, 그는 태어나기 전부터 정해졌던 것처럼 이상하리만큼 확신을 가지고 그 일에 들어갔다. 어떤 의미로는 태어나기 전부터 정해져 있었던 모양이다. 몇 년 뒤 농담을 하는 사람이 거의 없게 되자 가능하면 이름을 고치고 싶어했으나 그것은 불가능한 일이었다. [25]

윌리엄 허비 새터크 랜돌은 아마 이름을 바꿀 생각을 한 일이 없을 것이다. 부담스럽기는 해도 재산이니까. 보스턴에 자리잡을 거라면 더욱 그러했다. 게다가 그는 이름의 무게를 잘 견뎌내는 것 같았다. 그는 혈색이 좋고 늠름하며 언제나 밝은 표정을 짓고 있었다. 그를 만나면 미국을 대표하는 듯한 건강한 분위기가 느껴져, 그의 방이 오히려 잘 조화되지 않아 우스꽝스럽게 보였다.

윌리엄 허비 새터크 랜돌은 의학부 기숙사인 셀라튼 홀 1층에 살고 있었다. 기숙사 거의 모든 방들과 마찬가지로 그의 방도 조금 넓었으며 1인용이었다. 확실히 내가 학생시절에 살던 4층 새장보다는 좀 넓었다. 맨 위층의 방은 싼 것이다.

벽의 빛깔이 내가 있을 때와 달랐다. 그 무렵에는 공룡 알을 연상케 하는 회색이었다. 그런데 지금은 토사물을 상상케 하는 녹색이다. 그러나 옛날과 같은 기숙사임에 틀림없다. 썰렁한 복도, 더러운 층계, 땀에 젖은 양말, 교과서, 시큼한 소독약 냄새…… 모든 것이 똑같았다.

윌리엄 랜돌의 방은 깨끗이 정돈되어 있었다. 방 안은 골동취미로 꾸며졌으며 가구는 베르사이유에서 사온 것인 듯했다. 빨간 비로드가 닳아빠지고 금빛으로 칠한 부분이 벗겨져 희미하게 옛날 모습을 보여주었다.

윌리엄 랜돌은 문에서 한 걸음 뒤로 물러서며 말했다.

"들어오시오."

그는 내가 누구인지 묻지 않았다. 한눈에 의사라는 것을 알았던 모양이다. 의사들 사이에 오래 있으면 의사를 곧 알아볼 수 있게 된다.

나는 방으로 들어가 의자에 앉았다.

"카렌에 대한 일인가요?"

그는 슬퍼하고 있는 게 아니라 다른 일에 정신을 빼앗긴 듯이 보였다. 중요한 일이 있어 돌아온 게 아니라 이제부터 나가려고 하는 것 같았다.

"그렇소 이런 때에 찾아와서 미안하지만……."

"아니, 괜찮습니다. 말해 보시지요."

나는 담배에 불을 붙이고 금빛으로 칠한 베네치아 풍 유리재떨이에 성냥을 떨어뜨렸다.

"그녀에 대해 당신과 이야기를 좀 나누고 싶소."

"좋습니다."

나는 그가 나에게 누구냐고 묻기를 기다리고 있었으나 그는 그런 것에 신경쓰지 않는 모양이었다. 그는 나와 마주보고 팔걸이의자에 앉아 다리를 포갰다. 그가 물었다.

"무엇을 알고 싶으시지요?"

"그녀를 마지막으로 만난 것이 언제였소?"

"토요일이었습니다. 카렌은 노덤프터에서 버스로 와서 점심때 조금 지나 내가 터미널로 마중나갔지요. 두 시간쯤 틈이 있어 누이동생을 집으로 데려다 주었습니다."

"그녀는 어떤 상태였소?"

윌리엄 랜돌은 어깨를 으쓱해 보였다.

"건강했습니다. 별로 색다른 점은 없었고, 무척 행복해 보였습니다. 스미스 칼리지의 일이며, 자기 방 친구들에 대해서 여러 가지로 이야기하더군요. 누이동생의 방 친구들은 모두 굉장한 여자들인 것 같았습니다. 그 밖에는 옷이며 그런 것에 대한 이야기를 했습니다."

"뭔가 걱정하는 것 같은 태도였소?"

"아니오. 그런 눈치는 전혀 없었습니다. 여느 때와 같았습니다. 물론 오랜만에 집에 돌아가는 거니까 조금 흥분했을지도 모르지요. 학교일에 대해 조금 걱정하는 것 같기도 했습니다. 우리 부모는 카렌을 마치 어린아이처럼 생각하지요. 누이동생은 그것을 못마땅하게 여겼습니다. 누이동생은 좀 ……반항적이라고 할까……."

"지난 토요일 전에는 언제 그녀를 만났지요?"

"모르겠는데요. 아마 지난해 8월 이후로 만나지 못했을 겁니다."

"그럼, 꽤 오랜만에 만난 거로군요?"

"그렇습니다. 누이동생을 만나면 언제나 즐거웠습니다. 그녀는 언제나 명랑하고 건강하며 다른 사람의 흉내를 아주 잘 냈거든요. 교수나 남자친구의 흉내를 내어 우리를 웃기곤 했지요. 거짓말이 아닙니다. 그래서 그 자동차도 손에 넣은 겁니다."

"자동차?"

"토요일 밤이었습니다." 윌리엄이 설명했다. "우리는 모두 식탁에 앉아 있었습니다. 카렌, 나, 이브, 그리고 숙부인 피터."

"이브?"

"나의 계모지요. 우리는 모두 그녀를 이브라고 부른답니다."

"다섯 분이었군요?"

"아니, 넷이었습니다."

"아버지는?"

"아버지는 병원에서 빠져나올 수가 없었지요."

아주 당연한 일처럼 말하므로 나는 특별히 캐묻지 않았다. 윌리엄이 다시 말했다.

"카렌이 주말에 자동차가 필요하다고 했지만, 이브가 허락하지 않았습니다. 밤에 외출시키고 싶지 않았기 때문이지요. 그래서 카렌은 함락시키기 쉬운 피터 숙부에게로 공격의 방향을 돌려 자동차를 빌려달라고 부탁했습니다. 숙부가 그다지 마음내켜하지 않자 카렌은 숙부의 흉내를 내겠다고 위협했습니다. 그러자 숙부는 곧 자동차를 빌려주었지요."
"숙부는 차가 없어서 어떻게 했소?"
"그날 밤 기숙사로 돌아오는 도중 내가 숙부의 집 앞에서 내려드렸습니다."
"그럼, 당신은 토요일에 카렌 양과 꽤 오래 함께 있었군요?"
"그렇지요. 1시쯤부터 9시인지 10시까지 함께 있었습니다."
"그런 다음 당신은 숙부와 집을 나왔소?"
"그렇습니다."
"카렌 양은?"
"이브와 남아 있었습니다."
"그날 밤 카렌 양은 외출했소?"
"그랬을 겁니다. 그 때문에 자동차를 필요로 했으니까요."
"갈 곳을 말했소?"
"하버드였습니다. 칼리지에 친구가 있거든요."
"일요일에 그녀를 만나보았소?"
"아니오, 토요일에 보았을 뿐입니다."
"어땠소? 당신이 함께 있을 때 그녀는 여느 때와 좀 다르게 보이지 않았소?"
윌리엄은 머리를 가로저었다.
"아니, 여느 때와 똑같았습니다. 물론 몸무게가 좀 늘어난 것 같았지만, 여자아이들은 칼리지에 가면 몸무게가 늘지 않습니까? 그애는 여름내 테니스며 수영을 하고 돌아다녔지요. 그런데 칼리지에 가더니 그것을 그만두더군요. 잘은 모르지만, 아마 그래서 몸무게가 몇 파운드 늘었을 겁니다."

그는 천천히 미소지었다.

"우리는 그 일로 동생을 놀려댔지요. 그녀가 음식이 맛없다고 불평했기 때문에 그 맛없는 음식을 몸무게가 불어날 만큼 먹었느냐며 말입니다."

"그녀는 살이 찔 체질이었소?"

"카렌 말입니까? 그렇지 않습니다. 언제나 말라빠져서 남자아이 같았지요. 그런데 갑자기 살이 불기 시작하더군요. 송충이가 누에 고치가 된 것처럼."

"그럼, 몸무게가 눈에 띄게 불어난 것은 이번이 처음이로군요?"

윌리엄은 어깨를 으쓱했다.

"잘 모르겠는데요. 솔직히 말하자면 나는 그런 것에 별로 신경쓰지 않았습니다."

"그 밖에 뭔가 깨달은 건 없었소?"

"없었습니다, 그 밖에는 아무것도."

나는 방안을 둘러보았다. 그의 책상 위에 놓인 로빈스의 《병리학과 외과해부학》 옆에 두 남매의 사진이 있었다. 둘 다 햇볕에 타서 건강해 보였다. 그는 내가 사진을 바라보는 것을 알고 말했다.

"그건 지난봄에 찍은 겁니다. 바하마였지요. 보기드물게 집안 식구가 모두 1주일 동안 휴가를 얻을 수 있었는데, 정말 즐거웠습니다."

나는 자리에서 일어나 가까이 다가가 보았다. 카렌은 매력이 넘치는 모습이었다. 피부가 햇볕에 검게 그을고, 파란 눈과 금발이 훌륭한 대조를 이루고 있었다.

"묘한 질문이오만" 하고 나는 말했다. "동생은 입술과 팔에 검은 털이 나 있었소?"

"그게 이상합니다." 윌리엄이 느긋한 목소리로 중얼거렸다. "당신이 그렇게 말하니까 생각나는군요. 토요일에 털이 조금 난 것을 보고 숙부가 면도를 하든가 기름을 바르는 게 좋겠다고 말했지요. 카렌은 발끈 성을 내며 얼굴빛이 달라지더니 곧 깔깔 웃었습니다."

"그럼, 새로운 사실이었군요?"

"그렇게 생각됩니다. 늘 나 있었는지도 모르지만, 아무튼 나는 그때까지 깨닫지 못했습니다. 왜 묻는 거지요?"

"아니, 별로……."

윌리엄은 일어나서 사진 옆으로 다가왔다.

"중절수술을 할 아이처럼 보이지는 않지요? 장난을 좋아하고 명랑하며 활발한 정말 멋진 아이였습니다. 진짜 황금 같은 마음을 가지고 있었지요. 이런 말로 비유하는 건 우스울지 모르지만, 정말입니다. 집에서 가장 나이가 어려 가족들의 마스코트였지요. 모두들 동생을 귀여워했습니다."

"이번 여름에는 어디에 있었소?"

윌리엄은 머리를 크게 저었다.

"글쎄요, 그건 모르겠습니다."

"모른다고요?"

"모른다고 해야겠지요. 케이프에 가 있었고, 프로빈스타운의 화랑에서 일한다는 말은 들었습니다만."

그는 잠시 말을 끊었다.

"그러나 거기에 오래 있지는 않았을 겁니다. 잘은 모르지만 힐에서 여름을 보냈을 겁니다. 그곳에 묘한 친구가 있었거든요. 카렌은 묘한 사람들과 사귀고 있었지요."

"남자였소? 여자였소?"

"양쪽 다 있었습니다."

윌리엄은 어깨를 으쓱해 보였다.
"하지만 확실한 것은 모릅니다. 카렌은 한두 번 무슨 말인가 하다 그 이야기를 비쳤을 뿐이니까요. 내가 그 이야기를 꺼내면 언제나 웃으며 화제를 바꾸곤 했었지요. 그애는 자신이 하고 싶은 이야기 밖에 하지 않습니다."
"누군지 이름을 말하지 않았소?"
"글쎄요…… 말했는지도 모르지만 나는 기억하고 있지 않습니다. 카렌은 이름에 대해서는 아주 엉망진창이었지요. 누구 이야기를 하든 아주 잘 아는 사람처럼 말했습니다. 성이 아니라 이름으로 부르지요. 허비니, 스스니, 앨리니, 하며 이쪽에서 들은 적도 없는 이름을 대뜸 말한답니다."
그는 싱긋 웃었다.
"언젠가 카렌이 비눗방울을 만드는 여자아이 흉내를 내던 일이 생각나는군요."
"아무튼 이름이 하나도 기억나지 않는단 말이지요?"
"네, 전혀……."
그는 고개를 끄덕이며 대답했다.
나는 그에게 작별인사를 하기 위해 의자에서 일어났다.
"피로하겠군요. 지금 무엇을 공부하오?"
"외과입니다. 얼마 전에 산부인과를 끝냈지요."
"재미있소?"
"네."
그는 무뚝뚝하게 대답했다.
"산부인과는 어디서 했소?"
나는 방을 나오려다가 물었다.
"링컨에서 했습니다."

윌리엄은 흘끗 나를 보더니 까다로운 표정을 지었다.
"그리고 당신 질문에 대답한다면, 나는 여러 번 도왔습니다. 방법을 알고 있지요. 그러나 일요일 밤에는 병원에 근무했습니다. 밤새 일했지요, 알겠습니까?"
"시간을 내주어서 고맙소" 하고 나는 말했다.
"천만에요."
기숙사를 나오자 키가 후리후리하게 크고 여윈 은발의 사나이가 내 쪽을 향해 걸어왔다. 먼 곳에서도 나는 그가 누군지 곧 알았다.
J D 랜돌은 누가 보아도 얼른 알 수 있었다.

12

태양이 가라앉기 시작하여, 앞뜰에 쏟아지는 햇살이 금빛으로 바뀌어졌다. 나는 담배에 불을 붙여들고 J D 랜돌 쪽으로 걸어갔다. 그의 눈이 나를 보자 조금 커졌다. 그러나 그는 곧 빙그레 미소지었다.
"여어, 벨리."
친밀감이 담긴 목소리였다. 그는 손을 내밀었다. 나는 그 손을 잡았다. 보송보송하게 마른 깨끗한 손. 팔꿈치에서 5센티쯤 위까지 10분 동안이나 씻은 손, 외과의의 손이었다.
"안녕하십니까, 랜돌 선생님?"
"나를 만나고 싶어했다고?"
나는 조금 미소를 지었다.
"자네가 찾아왔더라고 비서가 말하더군. 차트 때문에."
"그렇습니다. 차트 때문에 갔었습니다."
랜돌은 조용하게 미소지었다. 그는 나보다도 머리 반만큼은 더 컸다.

"분명히 해둘 일이 몇 가지 있네."
"그렇습니까?"
"함께 가세."

랜돌은 명령할 생각은 아닌 듯했으나 나에게는 그렇게 들렸다. 나는 외과의는 '사회의 마지막 귀족'이라는 말을 생각해 냈다. 하나의 상황에 대해 완전한 지배권이 주어져 있는 마지막 특권계급이다. 외과의는 환자와 의료봉사자들의 복지에 대한 모든 일에 책임지고 있는 것이다.

우리는 주차장 쪽으로 걸어갔다. 나는 문득 그가 특별히 나를 만나러 온 것 같은 생각이 들었다. 내가 여기 있다는 것을 어떻게 알았는지 알 수 없었지만, 자꾸만 그렇게 생각되어 견딜 수가 없었다. 그는 걸으면서 두 팔을 천천히 흔들었다. 내 눈길이 그 팔로 끌려갔다. 나는 팔을 흔드는 데 대한 신경전문의의 정설(定說)[26]이 생각났다. 나는 몸의 다른 부분과는 어울리지 않게 크고 두툼하며 털이 북실북실한 그의 뻘건 손을 보았다. 손톱은 외과의의 규정인 1밀리미터의 길이로 깎여 있었다. 머리도 짧게 깎았으며, 잿빛 눈은 싸늘하고 사무적이었다.

"내게 자네 이름을 말해 준 사람이 여럿 있었네."

그가 말했다.

"내 이름을 말입니까?"

"그렇지."

우리는 주차장에 이르렀다. 그의 자동차는 은빛 포르셰였다. 그는 차 옆에서 걸음을 멈추고 번쩍번쩍하게 닦아놓은 펜더에 몸을 기대었다. 그 태도는 내가 자기와 똑같이 기대는 것을 허용하지 않겠다고 말하는 듯했다. 그는 잠시 동안 말없이 내 얼굴을 뚫어지게 쏘아보았다. 조금 뒤 그는 말했다.

"모두들 자네를 높이 평가하고 있더군."

"그렇게 말씀해 주시니 기쁩니다."

"사물에 대한 분별력이 있고 양식(良識)이 있다고 말일세."

나는 어깨를 으쓱했다. 그는 다시 나에게 미소지어 보이며 말을 이었다.

"오늘은 바빴나 보구먼."

"네, 바쁜 편이었습니다."

"자네는 지금 링컨에 있다지?"

"그렇습니다."

"그곳에서도 평판이 아주 좋더군."

"열심히 하고 있습니다."

"좋은 일을 한다고 들었네."

"고맙습니다."

나는 그가 무슨 말을 하려는 것인지 전혀 짐작되지 않았다. 그러나 오래 기다릴 필요는 없었다.

"병원을 옮겨보려고 생각한 일은 없었나?"

"무슨 뜻입니까?"

"다른 병원으로 옮길 수 있을지도 모르겠네. 빈자리가 있으니까."

"빈자리요?"

"그렇다네."

"나는 지금의 병원에 만족하고 있습니다."

"지금으로서는 그렇겠지."

"네, 지금으로서는 그렇습니다."

"윌리엄 시월을 알고 있나?"

윌리엄 시월은 메모리얼의 주임병리의였다. 61살로 머지않아 은퇴할 터였다. 나는 J D 랜돌을 잘못 보고 있었던 모양이다. 이런 사람으로는 생각지 않았던 것이다.
"네, 압니다." 나는 대답했다. "잘은 모르지만……."
"그는 얼마 안 있어 은퇴하게 되네."
"터머시 스턴이 그 다음으로 훌륭한 병리의입니다."
랜돌은 하늘을 올려다보았다.
"그렇지. 그럴 테지. 그러나 우리는 대부분 그 사람에게 불만을 품고 있다네."
"처음 듣는 말인데요."
그는 희미하게 미소지었다.
"외부에는 알려져 있지 않으니까."
"당신들 대부분이 나를 주목하고 있다는 말씀입니까?"
랜돌은 신중하게 말했다.
"그렇지. 우리들 대부분이 새로운 사람을 찾고 있네. 병원을 새롭게 하기 위해 외부로부터 누군가를 부를 생각이지. 병원을 좀 개혁해 보려는 걸세."
"개혁?"
"우리는 그렇게 생각하네."
"티머시 스턴은 나의 친한 친구입니다."
"그것이 무슨 관계가 있나?"
"그를 배신할 생각은 없습니다."
"자네에게 그런 것을 시킬 생각은 없네."
"그럴 생각이 아니라고요?"
"물론."
"그럼, 내가 잘못 들은 모양이군요."
"아마 그런 모양이군."
"무슨 일인지 설명해 주십시오."

랜돌은 뭔가 생각하면서 뒤통수를 긁적였다. 나는 그가 작전을 바꾸려 하고 있음을 알았다. 그의 표정이 달라졌다.

"나는 병리의가 아닐세, 벨리. 그러나 병리의 친구가 여러 명 있지."

"티머시 스턴이 아닌 다른 의사 말씀입니까?"

"나는 가끔 병리의는 외과의보다 훨씬 많은 일을 하고 있다고 생각하네. 어느 의사보다도 말일세. 병리의는 아침부터 밤까지 하루 종일 일하고 있더군."

"그렇습니다."

"그런데 자네가 이렇게 자유로운 시간을 가졌다니 놀라운 일이네."

"무엇 때문인지 아실 겁니다."

나는 슬그머니 화가 나기 시작했다. 처음에는 매수, 이번에는 협박이다. 매수할 수 없다면 위협해서 겁이라도 주려는 속셈이다. 그러나 화가 나면서도 한편 묘한 호기심이 솟아올랐다.

랜돌은 어리석은 사람이 아니다. 무언가 두려워하지 않는다면 나에게 이런 태도를 취할 리가 없다. 나는 문득 '그가 직접 중절수술을 한 게 아닐까' 하는 생각이 들었다. 그때 그가 말했다.

"자네는 가족이 있나?"

"네."

"보스턴에 오래 있었나?"

"언제라도 떠날 생각입니다." 나는 대꾸했다. "병리표본이 보기 싫어지면 말입니다."

랜돌은 전혀 표정을 바꾸지 않았다. 꼼짝도 하지 않고 자동차 펜더에 기대선 자세를 바꾸지도 않았다. 잿빛 눈이 나를 바라보며 말했다.

"그런가."

"무슨 생각을 하고 있는지 똑똑히 말씀해 주십시오."
"아주 간단한 일이네. 나는 자네의 동기가 마음에 걸려. 우정으로 맺어진 것은 이해할 수 있네. 개인적인 애정이 얼마나 맹목적인가 하는 것도 알고 있지. 나는 아더 리 의사에 대한 자네의 헌신적인 우정을 훌륭하게 생각하지만, 이번 경우는 좀 분별이 모자란다고 보네. 자네 행동은 우정의 영역을 넘어선 것으로 여겨지네. 대체 동기가 뭔가?"
"호기심입니다. 단순한 호기심입니다. 어째서, 무엇 때문에 모든 사람이 덤벼들어 죄 없는 사람에게 죄를 덮어씌우려고 하는지 알고 싶습니다. 어째서 깊이 파고들어 사실을 밝혀야 할 사명 있는 사람들이 편견에 사로잡혀 관심을 나타내지 않는지 알고 싶은 겁니다."
랜돌은 안주머니에 손을 집어넣어 담배 케이스를 꺼냈다. 케이스를 열어 가느다란 궐련 한 개비를 집어내어 끝을 잘라낸 다음 불을 붙였다.
이윽고 그가 말했다.
"우리가 무엇을 이야기하고 있는지 분명히 해두세. 리 의사는 중절수술을 하고 있었네, 확실하겠지?"
"이야기는 당신이 하고 있습니다." 내가 말했다. "나는 듣고 있을 뿐입니다."
"중절수술은 위법일세. 외과수술도 역시 그렇지만, 그것은 환자에게 어느 정도 위험을 가져다줄 우려가 있네. 신뢰할 수 있는 의사가 하더라도 마찬가지일세. 그런데 술주정꾼⋯⋯."
나는 말참견했다.
"외국인이니 더 위험하단 말입니까?"
그는 미소지었다.
"아더 리 의사는 법률을 어기면서 중절수술을 하고 있네. 그리고 그의 평소 행위도 문제가 있네. 의사로서 윤리적으로 문제가 있네. 그런 행동은 시민의 한 사람으로서 마땅히 법정에서 처벌받아야 할 걸세. 우리가 생각하는 것은 바로 그 점이네, 벨리. 나는 무엇 때문에 자네가 남몰래 돌아다니며 내 가족들을 괴롭히고 있는지……."

"그것은 잘못 생각하신 것입니다."

"그리고 어째서 자네 자신을 모두가 싫어하는 사람으로 만드는가를 알고 싶네. 그것 말고도 해야 할 일이 얼마든지 있을 텐데. 링컨 병원은 그 때문에 자네에게 급료를 지불하는 걸세. 다른 의사와 마찬가지로 자네도 의무와 책임을 갖고 있네. 자네는 그 의무를 다하지 않고 남의 집안일에 끼여들어 남에게 괴로움을 주고 있네. 의사의 규칙을 어기고 법률을 어기고 사회의 양식에 저항하면서 정당하지 못한 사람을 두둔하려 하고 있네."

이때 내가 말했다.

"당신은 집안일이라고 하셨는데, 만일 당신 따님이 임신했다고 의논해 온다면 어떻게 하시겠습니까? 중절수술을 하는 의사에게 가지 않고 당신께 직접 의논한다면 어떻게 하시겠습니까?"

"쓸데없는 억측은 그만두게나."

"당신은 어떻게 해야 하는지 알고 있을 겁니다."

랜돌의 얼굴이 빨개졌다. 목 혈관이 풀먹인 칼라 위로 불끈 솟았다. 그는 입술을 꽉 다문 채 말했다.

"그것이 자네가 알고자 하는 목적인가? 자네는 친구라고 부르는 사나이를 구하고 싶어 내 집안에 흙칠을 할 생각인가?"

나는 어깨를 주춤했다.

"나는 당연한 말을 했을 뿐입니다. 방법은 몇 가지나 있습니다."

나는 손가락을 꼽아가며 세웠다.

"당신은 도쿄, 스위스, 로스앤젤레스, 아니면 뉴욕이나 워싱턴에 좋은 친구를 가지고 있을지도 모릅니다. 그편이 훨씬 손쉽고 빠르겠지요. 비용도 적게 들고."
그는 별안간 몸을 돌려 자동차문을 열었다.
"생각해 보십시오."
나는 계속 말했다.
"집안이름을 더럽히지 않도록 하기 위해 무슨 짓을 하셨는지 잘 생각해 보십시오."
그는 엔진을 걸고 나를 노려보았다.
"이왕 말이 나온 김에 말씀드리겠습니다. 그녀가 어째서 당신께 의논하지 않았을까 생각해 보십시오."
"내 딸은……." 그는 분노가 치밀어 떨리는 목소리로 말했다. "내 딸은 훌륭한 아이일세. 성품도 좋고 아름답지. 나쁜 일이나 불결한 생각은 전혀 하지 않아. 자네는 무슨 권리로 내 딸을……."
"그렇게 성품이 좋고 순진했다면 어째서 임신했습니까?"
그는 문을 '꽝' 닫고 기어를 넣더니 파란 연기를 뿜어내면서 달려가 버렸다.

13

집으로 돌아왔을 때 집 안은 캄캄하고 불이 켜져 있지 않았다. 그리고 아무도 없었다. 쥬디스는 부엌에 편지를 써놓고 아이들과 함께 아더의 집에 가 있었다. 나는 부엌으로 가서 냉장고를 들여다보았다. 배가 고팠으나 도무지 마음이 가라앉지 않아 차분히 앉아서 샌드위치를 만들 생각도 나지 않았다. 우유 한 잔과 남은 캐비지 샐러드로 참았지만, 집안이 너무 조용해 도무지 견딜 수가 없었다. 나는 식사를 끝내자 아더의 집으로 갔다. 그들은 우리집에서 겨우 한 블록 떨어진 곳에 살고 있었다.

아더의 집은 이 동네 다른 집들과 마찬가지로 뉴잉글랜드 스타일로 지은 당당한 벽돌건물이었다. 눈에 띄는 특징은 하나도 없다. 나는 언제나 이상하게 생각했었다. 왜 그런지 아더에게 어울리지 않는 집처럼 생각되었기 때문이다.

집 안은 음산했다. 베티가 굳어진 미소를 띠고 부엌에 앉아 태어난 지 1년 된 아기에게 무얼 먹이고 있었다. 몹시 지치고 초췌해 보였다. 여느 때는 언제나 지친 빛이 없었으며 옷차림도 빈틈없었다. 쥬디스가 함께 있었다. 우리의 막내딸 제인이 쥬디스의 치맛자락에 매달려 있었다. 제인은 몇 주일 전부터 이런 짓을 하기 시작했다.

거실에서 남자아이들이 종이 뇌관이 든 권총으로 경찰관과 도둑 흉내를 내며 노는 소리가 들려왔다. 베티가 어깨를 으쓱해 보였다.

"좀 조용했으면 좋겠지만, 그렇게 말할 수가 없군요."

나는 거실로 들어갔다. 가구가 온통 뒤집히고 엉망이었다. 팔걸이 의자 뒤에서 4살짜리 내 아들 조니가 나를 보자 손을 흔들더니 권총을 쏘았다. 방 저쪽 구석에 아더의 두 아들이 의자 뒤에 한덩어리가 되어 몸을 웅크리고 앉아 있었다. 방 안은 연기 냄새로 가득했고, 바닥에는 종이 뇌관이 여기저기 흩어져 있었다.

조니가 권총을 쏘며 외쳤다.

"맞았다!"

"맞지 않았어!"

6살짜리 앤디 리가 말했다.

"맞았다니까. 너는 죽은 거야."

"죽지 않았어!"

앤디는 불만스럽게 말하며 방아쇠를 계속 당겼다. 그러나 뇌관을 다 써버렸는지 딸깍딸깍 소리가 났을 뿐이었다. 그는 몸을 숙이고 동생 헨리 리에게 말했다.
"총알을 잴 테니까 좀 가려줘."
"알았어, 형."
앤디는 총알을 재기 시작했으나 손가락이 마음대로 움직여지지 않아 안타까워하고 있었다. 반쯤 재다 말고 권총을 겨누더니 "탕! 탕!" 하고 소리치며 계속 쏘았다.
"그런 법이 어디 있어?" 조니는 의자 뒤에 웅크린 채 소리쳤다. "넌 아까 죽었잖아!"
"너도 죽었어." 헨리가 말했다. "지금 막 쏘았으니까."
"지금 쏘았다고?"
조니는 뇌관총을 다시 세 방 쏘았다.
"그건 스쳤을 뿐이다."
"스치기만 했어?" 헨리가 말했다. "그럼, 이건 어때?"
아이들은 계속 서로 쏘아댔다. 나는 부엌으로 돌아왔다. 쥬디스와 베티가 서 있었다.
"어떻던가요?"
베티가 물었다.
나는 빙그레 미소지었다.
"누가 누구를 맞혔느냐, 누가 죽었느냐 하는 것으로 다투고 있더군요."
"오늘 무얼 좀 아셨나요?"
"모든 일이 잘될 겁니다. 너무 걱정하지 마십시오."
베티는 나에게 일그러진 미소를 보였다. 아더의 미소였다.
"네, 선생님!"
"진지하게 하는 말입니다."

"당신 말씀대로 되면 얼마나 좋겠어요."

베티는 애플 소스가 담긴 스푼을 아기 입에 넣으면서 말했다.

애플 소스가 아기의 턱으로 흘렀다. 베티는 그것을 다시 먹이려고 했다.

"조금 전에 언짢은 소식이 있었어요."

쥬디스가 말했다.

"언짢은 소식?"

"블래드포드 씨가 전화를 걸어왔더군요. 아트의 변호사 말이에요. 이 일을 맡고 싶지 않다는 거예요."

"블래드포드가?"

"네, 30분쯤 전에 전화가 왔었어요."

"뭐라고 하던가요, 베티?"

"별로…… 그냥 일이 이렇게 되었으니 맡을 수 없다고 하더군요."

나는 담배에 불을 붙이며 마음을 차분히 가라앉히려고 애썼다.

"전화를 해봐야겠군."

쥬디스가 시계를 보았다.

"5시 30분이에요. 아마 벌써……."

"아무튼 걸어보겠소."

나는 아더의 서재로 들어갔다. 쥬디스가 따라 들어왔다. 나는 총소리를 막기 위해 문을 닫았다. 쥬디스가 물었다.

"정말 무슨 일이에요?"

나는 고개를 가로저었다.

"안 좋은 일이지요?"

"아직 모르겠소."

나는 아더의 책상 앞에 앉아 블래드포드의 전화번호를 돌리기 시작했다.

"시장하시지요? 뭘 좀 드셨어요?"
"먹었소, 이리 오기 전에."
"아주 피곤해 보이는군요."
"걱정할 것 없소."
쥬디스가 책상으로 몸을 내밀었다. 나는 그녀의 뺨에 키스했다.
"아참, 그렇지!" 그녀가 갑자기 말했다. "프리츠 베르너 씨가 전화를 걸어왔었어요. 당신께 할 이야기가 있다더군요."
있음직한 일이다. 프리츠는 무슨 일에나 참견하고 나서는 사나이다. 하지만 뭔가 중요한 일을 알고 있을지도 모른다. 크게 도움이 될지도 모르는 것이다.
"나중에 전화하지."
"그리고 잊어버리기 전에 이야기해 두겠어요." 쥬디스가 다시 말했다. "내일은 파티가 있어요."
"가고 싶지 않은데."
"가야 해요. 조지 모리스예요."
나는 깜박 잊고 있었다.
"그럼, 가야겠군. 몇 시였지?"
"6시니까 조금 빨리 돌아오시면 돼요."
"그러지."
쥬디스는 부엌으로 돌아갔다.
이윽고 블래드포드의 비서가 전화에 나왔다.
"블래드포드 윌슨 앤드 서제스입니다."
"블래드포드 씨를 부탁하오."
"모처럼 거신 전화입니다만, 블래드포드 씨는 퇴근하셨습니다."
"어떻게 하면 연락할 수 있지요?"
"블래드포드 씨는 내일 아침 9시에 사무실로 나오십니다."

"그때까지 기다릴 수가 없소."

"정말 안됐군요."

"동정하지 않아도 좋소. 그를 찾아주시오. 난 벨리 의사요."

내 이름이 도움이 될지 어떨지 알 수 없었지만, 도움이 될지도 모른다는 생각이 들었던 것이다.

곧 그녀의 말투가 바뀌었다.

"잠깐만 기다려주십시오."

단속적으로 이어지는 '기다림'의 신호를 들으면서 몇 초가 지났다. '기다림'의 신호를 들으며 기다리는 것은 기계공학의 연옥에 있는 것과도 같다. 아더는 늘 그렇게 말했었다. 그는 전화를 싫어해서 꼭 필요한 경우 말고는 결코 쓰지 않았다.

비서가 다시 전화에 나왔다.

"블래드포드 씨는 지금 댁으로 돌아가시는 참입니다만, 전화를 받으시겠답니다."

"고맙소."

달각거리는 기계소리가 들렸다.

"조지 블래드포드입니다."

"블래드포드 씨? 존 벨리입니다."

"아아, 네, 무슨 일이십니까?"

"아더 리의 일로 드릴 말씀이 있습니다."

"나는 지금 막 퇴근하던 참이어서……."

"당신 비서가 그렇게 말하더군요. 어딘가 다른 데서 잠깐 만나뵈었으면 합니다, 블래드포드 씨."

그는 한순간 망설이더니 수화기에 대고 깊은 한숨을 내쉬었다. 성급한 뱀이 혀를 차는 것처럼 들렸다.

"아무 도움도 되지 못할 겁니다. 나의 태도는 분명합니다. 이 사건은 나에게 너무 벅차 힘겨워졌습니다."
"잠깐이면 됩니다."
그는 다시 생각에 잠기는 듯했다.
"좋습니다. 20분 뒤 내 클럽에서 만납시다. '트라팔가'입니다. 거기서 기다리겠습니다."

나는 전화를 끊었다. 기분나쁜 사나이다. 그의 클럽은 상가에 있었다. 시간에 맞춰 가려면 있는 힘을 다해 서둘러야 한다. 나는 넥타이를 고쳐매고 자동차가 멈춰서 있는 곳으로 급히 달려갔다.

'트라팔가 클럽'은 비콘 거리의 작고 낡아빠진 건물 안에 있었다. 힐에서 조금 내려간 곳에 있었다. 도시에 있는 직업적인 클럽과 달리 '트라팔가'는 너무나 조용하여 보스턴 시민에게도 거의 알려져 있지 않다.

나는 한 번도 들어가 본 일이 없었지만, 그 안의 모습은 상상할 수 있었다. 벽은 마호가니로 둘러쳐져 있으며 천장이 높고 더러웠다. 다갈색 가죽을 씌운 육중한 의자는 앉는 기분은 좋았으나 주름 투성이였으며, 동양 것인 융단은 닳아빠져 있었다. 분위기만으로도 회원이 어떤 사람들인지 알 수 있었다. 융통성 없고 고지식하며 나이 지긋한 사람들――남자들이었다. 나는 코트를 맡기며 '부인손님은 목요일 오후 4시부터 5시 30분 사이에 오시기 바람'이라는 무뚝뚝한 글귀가 씌어진 게시판을 올려다보았다.

블래드포드는 로비에서 나를 기다리고 있었다.

그는 키가 작달막하고 몸집이 단단한 사나이로, 빈틈없는 몸차림을 하고 있었다. 검은색 체크 무늬 옷은 하루 일이 끝난 뒤인데도 주름살 하나 없었으며, 구두는 반짝반짝 윤이 났다. 윗옷 소맷부리에서 커프스가 보기좋게 나와 있었다. 은사슬이 달린 회중시계를 몸에 지니고 있었으며, 화려하지 않고 조촐한 조끼 옷감과 파이 베터 카파*11 키가 보기 좋은 대조를 이루었다. 인명사전을 조사하지 않아도 그가 비벌리 팜즈 같은 곳에 살며 하버드 대학 법과를 졸업했다는 것, 그의 아내는 버서 출신으로 지금도 주름 스커트와 캐시미어 스웨터를 입고 진주로 몸을 장식하고 있다는 것, 그의 아이들이 글로턴과 콩코드에 다니고 있다는 것을 알 수 있었다. 블래드포드는 그 모든 것을 말없는 가운데 자신있게 드러내 보여주고 있었다.

그는 악수를 하면서 말했다.
"한잔할까 생각해 보았습니다만, 당신께서 어떠실지……."
"좋습니다."

바는 2층에 있었는데, 비콘 거리와 코몬즈를 내려다보는 길다란 창문이 달린 넓은 홀이었다. 희미하게 엽궐련 냄새가 감돌며 아주 조용했다. 몇몇 남자들이 모여앉아 낮은 목소리로 이야기하고 있었다. 바텐더는 사람들로부터 마실 것을 주문받지 않고도 잘 알았다. 물론 나는 빼놓고. 우리는 편안해 보이는 창가 의자에 앉았다. 나는 보드카 깁슨을 주문했다. 블래드포드는 바텐더를 보고 그냥 고개만 끄덕여 보였다. 마실 것을 기다리는 동안 그가 말했다.

"내가 변호를 맡지 않겠다는 데 대해 실망하셨겠지만, 솔직히 말씀드려서……."
"아니, 별로 실망하지는 않았습니다. 내가 재판을 받게 되는 건 아니니까요."

블래드포드는 주머니에 손을 집어넣어 시계를 꺼내 들여다보고 다시 넣었다. 그는 또박또박한 말씨로 말했다.
"지금으로서는 아무도 재판을 받게 되어 있지 않습니다."
"나는 그렇게 생각지 않습니다. 많은 사람들이 재판에 관심을 가지고 있습니다."

블래드포드는 초조한 듯이 테이블을 톡톡 두들기며 홀 끝에 있는 바텐더에게 눈길을 던졌다. 정신과의는 이것을 '감정의 전위(轉位)'라고 말한다.
잠시 뒤 그가 물었다.
"그것은 어떤 뜻입니까?"
"이 도시의 사람들은 모두 아더 리를 악성 성병에라도 걸린 사나이처럼 못 본 체하고 있습니다."
"당신은 여기에 어떤 음모가 있다고 생각하십니까?"
"아닙니다, 나는 다만 놀라고 있을 뿐입니다."
"내 친구 가운데 의사들은 모두 본질적으로 순진하다고 말하는 사람이 있답니다. 그러나 당신은 순진하게 생각되지 않는군요."
"칭찬하시는 겁니까?"
"아니, 관찰입니다."
"순진해지도록 애쓰겠습니다."
"솔직히 말해서 비밀도 음모도 없습니다. 나에게는 의뢰인이 많이 있고, 아더 리 씨는 그 가운데 한 사람에 지나지 않는다는 것을 잊지 말아주십시오."
"아더 리 의사입니다."
"그렇군요, 아더 리 의사……. 그는 내 의뢰인 중 한 사람에 지나지 않습니다. 나는 모든 의뢰인에게 똑같이 책임이 있고, 그 책임을 다하기 위해 온 힘을 기울이고 있습니다. 나는 오늘 오후 아더 리 의사의 사건이 언제 심리될 것인지 알아보기 위해 지구 검사 사무실로 문의해 보았습니다. 아더 리 의사의 사건은 내가 이미 맡고 있는 사건과 겹치게 되어 있더군요. 동시에 두 법정에 나설 수는 없지요. 나는 이런 사정을 아더 리 의사에게 설명했습니다."
주문한 음료가 나왔다. 블래드포드는 술잔을 높이 들었다.

"건배!"
"건배!"
나는 술잔에 입을 대고 조금 마셨다. 그리고 나서 잔을 물끄러미 들여다보았다.
"내가 이 난처한 입장을 설명하자 아더 리 의사는 양해했습니다. 그래서 나는 우리 사무실에서 온 힘을 다해 줄 좋은 변호사를 주선해 주겠다고 말했습니다. 우리 사무실에는 유능하고 경험 많은 변호사가 네 사람이나 있으므로 아마 그 가운데 한 사람이……."
"확실한 것은 아니군요."
블래드포드는 어깨를 크게 으쓱해 보였다.
"이 세상에 확실한 것은 없지요."
나는 술잔을 입으로 가져갔다. 독했다. 베르뭇에 보드카가 변명이라도 하듯 조금 들어 있었다.
"당신은 랜돌 집안과 친하십니까?"
내가 물었다.
"서로 사귀고 있습니다."
"당신이 변호를 맡지 않는 일은 그것과 관계가 있습니까?"
"물론 그렇지 않습니다." 그는 몸을 굽히며 자세를 고쳐앉았다.
"변호사가 맨 먼저 배워야 할 일은 의뢰인과 친구를 구별하는 것입니다. 가끔 그럴 필요가 생기니까요."
"특히 조그마한 도시에서는 더 그렇겠지요."
그는 미소지었다.
"항의하겠습니다."
그는 다시 술잔의 술을 조금 마셨다.
"일문제를 떠나서 말씀드립니다만, 내가 아더 리 의사에게 진심으로 동정을 느끼고 있다는 건 아실 줄 믿습니다. 임신중절은 이미 일상적인 일입니다. 많이 행해지고 있지요. 최근에 나온 통계에 따르면 미국에서 1년 동안에 행해지는 임신중절은 백만 명을 넘고 있습니다. 아주 흔한 일입니다. 현실적인 문제로서 필요한 일이니까요. 임신중절에 관한 우리의 법률은 아주 애매하고 요점이 잘못되어 있어 우스꽝스러울 정도로 엄격합니다. 그런데 의사는 그 법률보다 더 엄격합니다. 어느 병원이든 임신중절심사조차도 지나치리만큼 신중합니다. 법률의 간섭이 전혀 없는 경우에도 중절을 거부하는 것입니다. 내 의견을 말씀드리자면, 임신중절에 관한 법률을 뜯어고치기 전에 우선 의사들 사이에 퍼져 있는 공기를 바꾸어야 합니다."

나는 아무 말도 하지 않았다. 사슴뿔로 만든 칼을 종자(從者)에게 내주는 것은 예부터 전해 내려오는 의식으로, 침묵 속에서 행해져야 한다. 블래드포드는 나를 쳐다보고 물었다.

"당신은 그렇게 생각지 않으십니까?"

"물론 그렇게 생각합니다. 그러나 나에게는 당신 말이 책임을 추궁당한 사람의 변명처럼 들리는군요."

"나는 변명하려는 게 아닙니다."

"그럼, 내가 잘못 받아들인 모양이군."

"나는 놀라지 않습니다."

그는 차갑게 말했다.

"나도 그렇습니다." 나 역시 지지 않고 대꾸했다. "당신의 말은 아무 의미도 없습니다. 변호사는 에둘러 말하거나 빗대놓고 말하지 않고 곧장 요점으로 들어갈 거라고 생각했습니다만……."

"내 입장을 밝히려는 것뿐입니다."

"당신 입장은 말하지 않아도 명백합니다. 나는 아더 리 의사를 걱정하고 있는 겁니다."

"좋습니다. 아더 리 의사에 대한 이야기를 하지요. 그는, 임신중절을 벌금과 5년 이하 징역에 처하는 범죄로 보는 75년의 역사를 가진 매사추세츠 주법에 따라 기소되어 있습니다. 만일 임신중절에 의해 사람이 죽게 되면 형은 7년 내지 20년이 됩니다."

"2급 살인입니까? 계획적 살인입니까?"

"법적으로는 그 어느 것도 아닙니다. 그러나 사건이······."

"그럼, 보석으로 나올 수 있겠군요?"

"그렇게 생각됩니다. 그러나 이 경우에는 나올 수 없습니다. 검찰측은 '범죄에 의한 사망은 살인으로 간주한다'는 보통법에 적용시켜 살인용의자로 기소할 테니까요."

"과연!"

"사건이 좀더 진행되면 검찰측은 유력한 증거, 아더 리 의사가 임신중절을 해왔다는 증거를 제출할 겁니다. 카렌 랜돌이 아더 리 의사를 찾아갔다는 것, 그가 그것을 기록에 남기지 않았다는 것을 밝혀내겠지요. 일요일 밤 가장 중요한 몇 시간 동안의 행동을 설명할 수 없다는 사실도 밝혀낼 겁니다. 그리고 카렌이 아더 리 의사가 중절수술을 해주었다고 말했다는 랜돌 부인의 증언을 제출합니다.

마지막에는 증언의 신빙성이 문제가 됩니다. 지금까지 중절수술을 해온 아더 리 의사는 카렌에게 해주지 않았노라고 주장합니다. 랜돌 부인은 했다고 말합니다. 당신이 배심원이라면 누구의 말을 믿겠습니까?"

"아더 리 의사가 그녀에게 중절수술을 해주었다는 확증은 없습니다. 부인의 증언은 간접증거에 지나지 않습니다."

"공판은 보스턴에서 열립니다."

"다른 곳에서 열도록 하면 됩니다."

"어떤 이유로? 이 도시가 도덕적으로 바람직하지 못하다는 이유로 말입니까?"
"당신은 전문적인 방법론을 이야기하고 있습니다만, 나는 한 인간을 구하는 일을 이야기하고 있습니다."
"전문적인 방법에 따르기 때문에 법률은 힘을 가지고 있습니다."
"그리고 약점도 가지고 있지요."
블래드포드는 나를 살피듯이 가만히 지켜보았다.
"당신은 아더 리 의사를 구하겠다고 말하지만 그 방법은 단 한 가지, 그가 수술하지 않았다는 것을 밝히는 길밖에 없습니다. 그러려면 실제로 카렌 랜돌의 중절수술을 한 사람이 발견되어야만 합니다. 그 가망은 거의 없습니다."
"어째서지요?"
"나는 오늘 아더 리 의사와 이야기를 나누었는데, 그가 거짓말하고 있다는 확신을 가지고 돌아왔습니다. 나는 그가 했다고 생각합니다. 그가 그녀를 죽게 했다고 생각하고 있습니다."

14

집으로 돌아와보니 쥬디스와 아이들은 아직 베티네 집에 있었다. 나는 마실 것을 만들어, 이번에는 좀 독한 것을 만들어 가지고 거실에 앉았다. 말할 수 없이 지쳤으며, 마음을 가라앉힐 수가 없었다.
나는 성질이 급한 편이다. 나는 그것을 잘 알기 때문에 억제하려고 애쓰지만, 재주가 없어 늘 마음을 감추지 못한다. 그리고 사람을 그다지 좋아하지 않는다. 병리의가 된 것도 그 때문이다. 오늘 하루를 돌이켜보고 나는 너무나 냉정을 잃었음을 깨달았다. 어리석은 일이었다. 그럼으로써 얻은 것은 전혀 없으며 잃은 것뿐이다.
전화벨이 울렸다. 링컨 병원의 병리연구실 실장 샌더슨이었다. 그는 급히 말했다.

"병원 전화로 걸고 있네."

"알겠습니다."

나는 대답했다.

병원 전화는 적어도 여섯 개의 내선에 연결되어 있어 밤에는 누구든지 엿들을 수가 있는 것이다.

"그래, 어땠나?"

샌더슨이 물었다.

"흥미있었습니다. 그쪽은 어땠습니까?"

"여러 가지 일이 있었네."

나는 상상할 수 있었다. 나를 귀찮게 여기는 사람이라면 누구든 샌더슨을 기름짜듯 죄어댈 것이다. 누구나 곧 생각해 낼 수 있는 일이며 아주 자연스럽게 할 수 있는 것이다. 농담삼아 말한다면 "요즈음 자네네 부서에는 일손이 모자란다지?" 진지한 질문으로 나간다면 "벨리가 병이 났다고? 그러나 병이 아닐세. 그렇게 들었어. 하지만 병원에는 출근하지 않았지?" 그리고 인사과장의 엄한 꾸지람. "당신이 병리연구실 직원을 멋대로 쉬게 하면서 나더러 어떻게 병원 인사를 제대로 하라는 거요?" 마지막으로 병원의 높으신 어른으로부터 "우리는 배와 마찬가지로 병원을 운영하고 있소. 모든 사람에게 주어진 임무가 있고, 모든 사람이 그 임무를 수행하고 있소. 필요없는 사람은 단 한 사람도 이 배에 타지 않았소."

그들은 압력을 넣음으로써 나를 연구실로 데려오든가, 아니면 새로운 사람을 찾으라고 말할 것이다. 나는 말했다.

"제3기 매독이라고 하는 게 좋을 겁니다. 그럼, 귀찮은 말을 하지 않게 되겠지요."

샌더슨은 그 말을 듣자 소리내어 웃었다.

"너무 걱정하지 않아도 되네. 내 목은 남달리 튼튼하니까. 아직 얼마 동안은 붙어 있을 걸세."

그는 잠시 가만히 있었다. 조금 뒤 다시 말을 이었다.

"앞으로 얼마나 걸리겠나?"

"모르겠는데요. 아주 복잡합니다."

"내일 아침 와주게. 좀 이야기하고 싶네."

"좋습니다. 그때까지 좀더 알게 되겠지요. 지금으로서는 페루 사건처럼 수수께끼 투성이입니다."

"그런가? 그럼, 내일 만나세."

"좋습니다."

나는 전화를 끊었다.

그는 내가 무슨 말을 하려고 했는지 알았을 것이다. 카렌 랜돌 사건은 어딘지 앞뒤가 잘 맞지 않는다고 말하고 싶었던 것이다. 3년 전에 있었던, 혈액 속에서 백혈구가 차츰 없어지는 '무과립구증(無顆粒球症)'이라는 희한한 케이스와 비슷했다. 백혈구가 없어지면 병원체의 감염을 막을 수 없으므로, 중대한 현상이다. 거의 모든 사람들은 입이나 몸 속에 병균——포도상구균이나 연쇄상구균, 때로는 디프테리아와 폐렴균——을 가지고 있어 신체의 저항력이 떨어지면 스스로 병에 걸린다.

그 환자는 페루의 공공보건사업을 위해 일하던 미국인 의사였다. 그는 페루의 천식약을 복용하고 있었는데, 어느 날 몸에 이상을 느꼈다. 입 속이 아프고 열이 치솟아 불쾌감을 느꼈다. 그는 리마시의 의사를 찾아가 혈액검사를 받았다. 백혈구를 조사했더니 6백[27]이었다. 이튿날 그것이 1백으로 떨어지고, 그 이튿날은 0이 되었다. 그는 비행기로 보스턴에 실려와서 우리 병원에 옮겨졌다.

병원에서는 흉골에 호로 니들을 넣어 골수를 꺼냈다. 나는 그것을 현미경으로 보고 이상하게 생각했다. 골수 속에서 많은 미숙한 과립 세포가 발견되었던 것이다. 이상하기는 했으나 그다지 악질은 아니었다. 나는 무언가 잘못되었다고 생각하고 그를 진찰한 의사를 찾아갔다.

그 의사는 환자가 복용한 페루 제 약을 조사하여 백혈구의 생성을 방해한다고 해서 미국에서는 1942년부터 금지된 어떤 물질이 그 속에 들어 있음을 알았다. 그리하여 의사는 그 약이 병의 원인이라고 생각했다. 환자는 스스로 백혈구의 생성을 억제하여 병균에 감염된 것이다. 치료는 간단했다. 환자에게 그 약을 주지 말고 골수가 회복되기를 기다리면 되었던 것이다.

나는 슬라이드로 보니 골수에 두드러진 이상은 없었다고 의사에게 말했다. 우리는 환자를 보러 갔다. 그는 전과 조금도 다름없이 괴로워하고 있었다. 입 속에 궤양이 생기고, 두 다리와 등에 포도상구균이 감염되었음을 볼 수 있었다. 열이 높아 기면(嗜眠) 상태에서 가까스로 우리의 질문에 대답하였다.

우리는 그의 병이 그토록 심한데도 어째서 골수가 정상으로 보이는지 이해되지 않았었다. 오후가 되어도 수수께끼는 풀리지 않았다. 4시쯤 되자 나는 담당의사에게 골수를 채취하기 위해서 가는 주사기를 찔러넣었던 자리에 감염이 있었는지 어떤지 물어보았다.

의사는 조사해보지 않았노라고 대답했다.

우리는 환자에게 가서 흉부를 조사했다.

놀랍게도 주사기 자리가 없었다. 골수는 이 환자에게서 채취된 것이 아니었다. 간호사나 레지던트 중 누군가가, 백혈병인 것 같다고 생각되는 사나이의 골수 표본에 종이쪽지를 잘못 붙였던 것이다. 우리는 곧 그 환자에게서 표본을 채취하여 심하게 침범된 골수를 발견했다.

환자는 그 뒤 회복되었지만, 우리가 처음 병리연구실의 조사 결과를 이상하게 생각했던 기억을 나는 결코 잊지 못할 것이다.

나는 지금 그때와 똑같은 기분을 느꼈다. 뭔가가 잘못되고 비정상적이었다. 나는 그것이 무엇인지 지적할 수는 없지만, 사람들이 움직이는 방향이 저마다 달라서 '알아들을 수 없는 말을 이야기하고 있는 게 아닐까' 하는 의문이 생겼다. 나 자신의 견해는 분명했다. 아더는 유죄가 증명되기 전까지는 결백하고, 그것은 아직 증명되지 않았다.

그러나 다른 사람들은 아무도 아더가 유죄인가 어떤가 하는 일에 관심을 갖고 있지 않는 것 같았다.

나에게는 아주 중대한 일이 그들에게는 아무래도 좋은 일인 것이다. 왜 그럴까?

---

(1), (2)는 원주이고, *1, *2는 역주임.

(1) 노인병.
(2) 병원에서 환자를 진단한 결과를 적은 것. 내용은 날마다의 체온, 혈압, 맥박, 호흡 등 이른바 '생명력의 도표'로 되어 있어 '차트'라고 불리며 '카르테'라고도 한다.
(3) Diagnosis 진단.
(4) 정상 상태임.
(5) Emergency Ward. 구급병원.
(6) Chief Comlpaint. 환자가 직접 호소하는 이상(異常).
(7) 혈액의 헤모글로빈 또는 적혈구의 양을 재는 테스트.
(8) 의사들 사이에서는 이런 일이 흔히 일어난다. 예를 들어 환자가 열이 높고 백혈구가 증가하며 하복부 오른쪽에 통증을 느끼고 있다고 하자. 진단은 분명 충수염이다. 의사가 충수절제수술을 해보니 아무 이상이 없음을 알았다. 그러나 수술을 너무 서두르지 않은 한 그는 비난받지

않는다. 충수염의 징후가 뚜렷했으며, 때를 놓치면 생명이 위험하기 때문이다.
(9) 인턴 또는 레지던트. 의과대학을 나왔으나 진료가 허용되지 않고 아직 공부를 계속하는 과정임.
(10) 전에 보스턴에서 가장 심한 전투지대는 스콜라 거리였으나, 5년 전 시 건물이 들어서면서 사라졌다. 이것을 진보로 보는 사람도 있고 퇴보로 보는 사람도 있다.
(11) 흔하지 않은 증상의 환자가 많으므로 의사들은 기묘한 이야기를 꽤 많이 알고 있다. 어느 외과의가 즐겨하는 이야기 가운데 이런 것이 있다. 그가 구급환자 병동에 있을 때 자동차 사고를 당한 두 사나이가 실려왔다. 한 사나이는 한쪽 다리가 무릎에서부터 떨어져나갔고 또 한 사나이는 흉부가 으스러졌는데, 출혈이 너무 심해 처음에는 상처가 어느 정도인지 알 수 없었다. 그런데 뢴트겐으로 검사해 보니 한 사나이의 무릎 밑 다리가 다른 한 사나이의 가슴에 박혀 있었다고 한다.
(12) 죽은 뒤 시체의 밑이 되어 있던 부분에 피가 배어나오는 것. 가끔 시체의 자세를 확인하는 데 도움이 된다.
(13) Pelvic Inflammatory Disease(골반내염증성질환). 보통 임질의 원인인 나이세리아 임균이 수란관에 감염되어 생김. 임질은 인류에 가장 흔한 전염성 질병으로, 매춘부의 20퍼센트가 감염된 것으로 여겨진다.
(14) Deaner. 해부실을 관리하는 사람을 일러 예부터 쓰이는 호칭. 말을 거세시키는 사람이나 도살자가 인체해부를 맡아하던 시대부터 사용되었다. 디너는 방을 깨끗이 유지하고 시체를 관리하며 해부를 돕는다.
(15) 자궁을 수축시키는 약제. 출산을 재촉하고 자궁의 출혈을 멈추게 하는 효능이 있다.
(16) 〈부기 I 식료품점병리의〉 참조.
(17) 사산, 유산, 태반은 보스턴 산부인과 병원에서 호르몬 연구를 하는 반 다스 정도의 그룹 사이에서 서로 빼앗다시피되고 있다. 어느 그룹이 그들의 연구를 위해 다음 사산아를 가장 필요로 하는가에 대해서

이따금 격렬한 논쟁이 벌어진다.
⒅ 갈증은 쇼크인 경우에 일어나는 중요한 징후이다. 이유는 아직 알려지지 않았으나 체액을 잃어 심한 쇼크 상태에 빠질 때만 나타나 불길한 징후로 여겨지고 있다.
⒆ 백혈구 산정과 헤마트크리트 법.
⒇ 페니실린 반응을 일으키는 환자는 90퍼센트 정도이다.
(21) 〈부기Ⅱ 경찰관과 의사〉 참조.
(22) 〈부기Ⅲ 전장과 이발관 표시기둥〉 참조.
(23) 쇼크인 경우 피가 머리로 올라가도록 하는 것을 돕기 위해 다리를 들게 하는 나무대.
(24) 영국의 궁정의사. 1628년 혈액이 밀폐된 속에서 순환한다는 것을 발견하였다.
(25) 의사는 학위를 받은 뒤 이름을 바꾸면 학위가 무효가 된다. 그 때문에 대학을 졸업할 때쯤 되면 많은 의과대학 학생들이 이름을 고치기 위해 법정으로 몰려든다.
(26) 신경이 마비된 사람은 마비된 팔을 건강한 팔보다 훨씬 더 많이 흔든다.
(27) 정상적인 백혈구 카운트는 4~9천 입방 센티미터. 병균에 전염되면 이것이 두 배, 또는 세 배가 된다.

＊1 현미경으로 볼 물건을 얇게 자르는 기구.
＊2 노벨상을 받은 독일의 물리학자 막스 플랑크(Max Planck)와 성이 같음.
＊3 의학에 의존하지 않고 신앙으로 질병을 고치려는 그리스도 교의 한 파.
＊4 doing his job. 자기의 임무를 다하고 있다는 뜻.
＊5 막이나 벽이 상하여 뚫린 구멍
＊6 암인 듯한 의문이 있는 종양으로부터의 박리세포를 염색하여 암을

조기 발견하는 법. 염색 의학에 있어 가장 정확한 진단 테스트임. 그리스계 미국인 의학자 George N. Papanicolaou(1883~?)의 이름을 딴 것임.
* 7 팔레스타인을 지배하던 로마의 총독. 그가 지배하고 있을 때 그리스도가 처형되었음.
* 8 미국의 배우. 링컨을 암살했음.
* 9 두 사람 다 독립전쟁의 영웅.
* 10 Gall은 담즙.
* 11 미국 대학의 우등생들로 조직된 클럽

화요일 10월 11일

1

 눈을 뜨자 여느 날 아침처럼 느껴졌다. 나는 몹시 지쳐 있었다. 밖은 잿빛으로 차가운 비가 내리고 있어 외출하기 귀찮은 날이었다. 나는 잠옷을 벗고 더운물로 샤워를 했다. 면도를 하는데 쥬디스가 들어와 키스한 다음 아침식사를 만들기 위해 부엌으로 내려갔다. 나는 거울을 보고 빙긋 미소지으며 외과수술 스케줄이 어떻게 되어 있을까 생각하는 자신을 발견했다.
 그때 문득 생각이 났다. 오늘은 병원에 가지 않는 것이다. 모든 일이 머릿속에 되살아났다.
 나는 창문으로 다가가 유리창을 때리는 빗방울을 물끄러미 바라보았다. 나는 이때 처음으로 '귀찮은 사건에서 손을 떼고 연구실로 돌아갈까' 하는 생각을 해보았다. 병원까지 차를 몰고 가서 자동차를 주차장에 넣은 다음, 웃옷을 벗어 걸고 가운을 입고 장갑을 끼고……, 날마다 되풀이하는 이런 일들이 갑자기 그립게 생각되었다. 유혹까지도 느꼈다. 그것은 내 직업이다. 나는 그 직업에 만족하고 있다. 일이 아무리 힘들어도 괴롭게 생각하지 않았다. 그것은 내가 훈련받은 일들이었다. 훈련도 받지 않은 탐정일에 열중하여 괴로운 줄도 모르고 애쓸 필요는 없는 것이다. 차디찬 아침 햇살 속에 서자 탐정 흉내를 내는 것이 아주 어리석게 생각되었다.

그때 내가 보고 온 얼굴들이 하나씩 떠올랐다. 아더의 얼굴, J D 랜돌의 얼굴, 그리고 블래드포드의 불쾌감을 잔뜩 안겨주는 자신감 넘치는 얼굴……. 나는 내가 돕지 않으면 아무도 아더를 돕지 않으리라는 것을 잘 알고 있었다.

그것은 소름끼칠 만큼 끔찍한 의미를 지닌 일이었다.

쥬디스와 나는 아침식사가 마련된 식탁에 앉았다. 아이들은 아직도 자고 있어 우리만 먼저 들게 되었던 것이다.

그녀가 물었다.

"오늘은 무엇을 하실 예정이에요?"

"글쎄……."

나는 자신에게 그 질문을 하고 있었다. 좀더 많은 것을 찾아내야 한다. 카렌에 대해서, 그리고 특히 랜돌 부인에 대해서. 나는 이 두 사람에 대해 아직도 많은 것을 모르고 있다.

"딸부터 시작해야겠지" 하고 나는 말했다.

"어째서요?"

"나는 그녀가 성품이 좋고 명랑했다고 들었소. 모두들 그녀를 좋아했소. 아주 좋은 아가씨였다더군."

"틀림없이 그랬을 거예요."

"그랬겠지. 하지만 그녀 오빠나 아버지가 아닌 다른 누군가의 의견을 들어보고 싶소."

"어떻게요?"
"우선 스미스 칼리지에서부터 시작해 보겠소."

매사추세츠 주 노덤프턴 스미스 칼리지. 어디서 가든 지독히 시간이 많이 걸리는 외딴 곳에서 2천2백 명 젊은 아가씨들이 특별한 교육을 받고 있었다. 유료도로를 두 시간 동안 달려 홀리요크 출구까지 간 다음 다시 좁은 길을 30분이나 계속 달려 철도선을 빠져나오면 간신히 시내로 들어선다. 나는 노덤프턴이 도무지 좋아지지 않는다. 대학도시인데도 짓눌린 듯한 분위기가 감돌고 있는 것이다. 공기에서까지도 초조함과 욕구불만의 냄새를 맡을 수 있었다. 외딴 시골에 4년 동안 갇혀 있는 아름다운 2천2백 명 아가씨들의 욕구불만과 그녀들과 코를 맞대고 있어야 하는 주민들의 욕구불만이다.

교정은 아름다웠다. 가을이라 나뭇잎들이 단풍으로 물들어 있어 더욱 아름다웠다. 비가 내리는데도 아름다웠다. 나는 곧장 칼리지 사무실로 가서 학생과 교수 명단에서 카렌 랜돌이라는 이름을 찾았다. 그런 다음 교내지도를 받아 그녀의 기숙사인 헤리 홀로 향했다.

헤리 홀은 윌버 거리에 있는 흰 목조건물이었다. 40명의 학생들이 그곳에 살고 있었다. 아래층은 화려한 빛깔의 잔잔한 무늬로 통일된 거실이었는데 어리석게 생각될 만큼 여성적이었다. 헤어아이론으로 웨이브를 넣은 긴 머리와 헐렁한 바지를 입은 아가씨들이 돌아다니고 있었다. 문 옆에 접수구가 있었다.

"카렌 랜돌을 만나고 싶은데요."

나는 접수구의 젊은 여자에게 말했다.

그녀는 나를 중년의 섹스메니아로 생각했는지 놀란 표정을 지었다. 나는 다시 말했다.

"카렌의 숙부 벨리 의사라고 하오만……."

"나는 주말에 여기 없었어요. 돌아온 뒤 아직 카렌을 보지 못했어요. 카렌은 주말에 보스턴으로 갔어요."

운이 좋았다. 그녀는 분명 아무것도 알지 못했다. 다른 학생들이 아는지 어떤지는 모르지만, 기숙사 사감은 아마 알고 있을 것이다. 모른다면 곧 알게 될 게 틀림없다. 나는 되도록 사감을 피하고 싶었다.

"저기 지니가 오는군요. 지니는 카렌과 한방에 있어요."

접수구의 젊은 여자가 말했다.

검은 머리의 아가씨가 막 문으로 나왔다. 몸에 꼭 끼는 즈크 바지에 역시 꼭 맞는 남자용 스웨터를 입고 있는데도 전체적인 인상은 이상하게도 진지해 보였다. 얼굴 느낌이 다른 부분의 인상을 잊게 해주는 것이었다.

접수구의 젊은 여자가 지니를 가까이 불러 말했다.

"벨리 의사선생님인데, 카렌을 찾고 계셔."

지니는 깜짝 놀란 듯이 나를 쳐다보았다. 그녀는 알고 있었던 것이다. 나는 곧 그녀를 끌고 가서 의자에 앉혔다.

"카렌은……"

"알고 있소. 하지만 나는 아가씨와 이야기하고 싶소."

"미스 피터슨의 허가를 받는 편이 좋을 거예요."

지니는 일어나려 했다.

나는 그녀를 굳이 붙잡아 다시 앉혔다.

"허가는 조금만 기다리구려. 그보다 아가씨에게 이야기해 둘 일이 있소. 나는 어제 카렌 양의 해부에 입회했었소."

그녀는 손으로 자신의 입을 막았다.

"불쑥 이런 말을 해서 미안하오. 그러나 아가씨만이 대답을 할 수 있는 중대한 질문이 있소. 아가씨도 나도 미스 피터슨이 뭐라고 말할지 알고 있소."
"당신하고 이야기하면 안 된다고 말할 거예요."
그녀는 나를 수상하다는 듯이 살펴보았으나, 내 말에 호기심을 갖고 있다는 것을 알 수 있었다.
나는 다시 말했다.
"둘이서만 이야기할 수 있는 곳으로 갑시다."
"하지만……."
"몇 분이면 되오."
그녀는 일어나서 눈으로 복도 쪽을 가리켰다.
"남자를 방에 들어오게 하면 안 돼요. 하지만 당신은 카렌의 친척이지요?"
"그렇소."
내가 말했다.
지니와 카렌은 1층 뒤쪽 방을 함께 쓰고 있었다. 좁고 답답할 만큼 작은 방으로, 여자 냄새가 풍기는 자질구레한 물건들——남자친구의 사진, 편지, 이상한 문귀가 씌어진 생일축하 카드, 축구시합 프로그램, 리본 조각, 강의시간표, 향수병, 봉제 동물 완구 등이 흩어져 있었다. 지니는 침대 한쪽에 앉으며 나에게 의자를 권했다.
"미스 피터슨이 어젯밤 나에게 말했어요." 지니가 입을 열었다.
"카렌이 사고로 죽었다고요……. 그러나 당분간 아무에게도 이야기해서는 안 된다고 했어요. 이상해요. 내 또래의 처녀가 사고로 죽다니, 처음 듣는 일이라 아주 이상해요. 믿어지지 않아요. 아직도 믿어지지 않아요."
"같은 방에서 지내기 전에도 카렌을 알고 있었소?"
"아니에요, 우리는 학교에 와서 알게 되었어요."
"사이좋게 지내왔소?"

지니는 어깨를 살짝 움츠렸다. 그녀는 말을 할 때마다 몸을 조금 움직이는 버릇이 있었다. 그러나 그것은 거울 앞에서 연습하여 몸에 익힌 몸짓처럼 어색했다.

"나는 잘 지내왔다고 생각해요. 카렌은 1학년 학생다운 데가 없었어요. 학교를 전혀 무서워하지 않았고, 하루 종일 어디에 가 있다 오는 적도 있었지요. 주말이면 어딘지 다른 곳에서 지내기도 했어요. 강의실에는 거의 나가지 않고 학교가 싫다는 말을 자주 했어요. 그런 말은 누구나 하지만, 카렌은 진심으로 그렇게 생각하는 것 같았어요. 정말 학교를 싫어했어요."

"어째서 그렇게 생각하지요?"

"그녀의 행동으로 알 수 있어요. 강의실에 출석하지 않고 자주 학교 밖으로 나가곤 했거든요. 주말에는 부모님이 계신 보스턴으로 간다면서 나갔어요. 하지만 부모님이 계신 곳에 가지 않았어요. 그녀가 나에게 그렇게 말했어요. 카렌은 부모님을 싫어했지요."

지니는 자리에서 일어나 벽장문을 열었다. 문 안쪽에 커다란 J D 랜돌의 사진이 붙어 있었다. 사진에는 무수히 작은 구멍이 뚫려 있었다.

"카렌이 언제나 무엇을 했는지 아세요? 이 사진에 화살을 던졌어요. 이것은 그녀의 아버지예요. 외과의사라나 봐요. 밤마다 잠자기 전에 화살을 던졌어요."

지니는 벽장문을 닫았다.

"어머니에 대해서는 어떻던가요?"

"어머니는 좋아했어요. 친어머니 말이에요. 그러나 돌아가셨대요. 지금은 계모가 있다더군요. 카렌은 그 사람을 별로 좋아하지 않았어요."

"카렌은 그밖에 또 어떤 이야기를 했지요?"

"남자아이들에 대해서 자주 말했어요."
지니는 다시 침대에 앉았다.
"우리가 이야기하는 건 그것뿐이에요. 남자아이들 이야기뿐이지요. 카렌은 이 부근의 어느 사립학교에 다녔기 때문에 남자친구를 많이 알고 있었어요. 예일대학의 남자친구가 자주 만나러 왔었지요."
"특히 자주 만나는 남자친구가 있었소?"
"아마 없었을 거라고 생각해요. 남자친구들이 많았어요. 남자들이 모두 그녀를 쫓아다녔지요."
"인기가 있었나 보구먼."
"까닭이 있어요."
지니는 콧잔등에 주름을 지었다.
"지금 그녀에 대해 여러 가지 일을 말하는 건 좋지 않겠지요? 사실인지 어떤지를 잘 몰라요. 그냥 말뿐인지도 모르지요."
"어떤 일인데?"
"1학년에 처음 들어오면 서로 전혀 모르는 사이고 아무도 자기에 대해 들은 일이 없을 테니까 어떤 말이든 마음내키는 대로 하고는 시치미를 떼는 수가 있지요. 나는 고등학교 때 응원단의 리더였다고 모두에게 말했어요. 그냥 그렇게 말해보고 싶었어요. 사실은 사립학교에 다녔지만, 언제나 고등학교의 응원단 리더가 되고 싶었거든요."
"그럴 수도 있겠군."
"아주 건강한 일이잖아요?"
"카렌은 당신에게 어떤 이야기를 했소?"
"어떻게 말하면 좋을까……, 이야기라기보다 암시 같은 것이었어요. 그녀는 모든 사람에게 와일드하다는 인상을 주고 싶어했어요. 그녀의 친구들은 모두 와일드했지요. '와일드'란 그녀가 가장 좋아하는 말이었어요. 그리고 그녀는 정말 뭐든지 진짜인 것처럼 생각하게끔 만드는 재주가 있었지요. 어떤 일이든 한꺼번에 다 이야기하는 법이 없어요. 가끔 가다 조금씩 말해요. 중절에 대한 것도 그랬어요."

"중절?"

"칼리지에 오기 전에 두 번 중절을 했다고 말했어요. 믿어지지 않지요? 두 번이나 말이에요. 이제 17살밖에 안 되었는데. 내가 믿어지지 않는다고 말하자 어떻게 했는지 자세히 이야기했어요. 그래도 나는 도무지 믿어지지 않아 의심스러워했지요."

의사 집안에 태어난 여자라면 임신중절의 지식 정도는 간단히 얻을 수 있다. 따라서 이것은 그녀가 전에 임신중절수술을 받은 일이 있다는 증거가 되지 못한다.

"중절에 대해 뭔가 자세한 이야기를 했소? 어디서 중절했다고 말했지요?"

"거기에 대해서는 말하지 않았어요. 그냥 중절했다는 말만 했을 뿐이에요. 그런 말을 자주 했어요. 나를 놀라게 해주려는 것임은 알지만, 이따금 끔찍한 말을 해요. 우리가 이 방에 온 첫 주말, 아니 두 번째 주말인 토요일 밤에 카렌이 외출했다가 밤늦게 돌아왔어요. 나는 파티에 갔지요. 카렌이 형편없는 모습으로 돌아오더니 불을 끄고 침대에 누워 '좋았어, 검은 것! 참으로 기막혀!'라고 말하는 거예요. 정말 그렇게 말했어요. 난 뭐라고 대꾸해야 좋을지 알 수 없었어요. 아직 그녀를 잘 몰랐으니까요……. 그래서 아무 말도 하지 않았지요. 그저 나를 놀라게 해주려는 거겠지 생각했어요."

"그밖에 또 무슨 말을 해주었소?"

지니는 어깨를 살짝 옴츠렸다.

"생각나지 않아요. 언제나 대수롭지 않은 일이었어요. 언젠가 주말에 외출하기 전에 거울 앞에서 휘파람을 불며 '이번 주말에는 정말 남자하고 즐기고 올 거야' 하고 말했어요. 분명 그런 의미였어요. 문귀는 똑똑히 기억하고 있지 않지만."
"그래서 당신은 뭐라고 했소?"
"'즐기고 와' 하고 말했지요. 그때 나는 막 샤워를 하고 나오는 참이었는데 별안간 그런 말을 듣고 뭐라고 대답할 수 있겠어요? 그녀는 '그래, 즐기고 오겠어'라고 말했어요. 그녀는 언제나 그처럼 놀랄 만한 말을 했어요."
"당신은 그 말을 믿었소?"
"2, 3개월이 지나자 믿게 되었어요."
"그녀가 임신했다고 생각되는 점이 있었소?"
"여기 있을 때 말인가요? 아무것도 없었어요."
"확실하오?"
"그녀는 아무 말도 하지 않았어요. 게다가 필을 복용하고 있었거든요."
"그것도 확실하오?"
"네, 그렇게 생각해요. 아침마다 필에 대해 무슨 말이든 하지 않는 날이 거의 없었어요. 거기 있어요."
"어디?"
지니는 손가락으로 가리켰다.
"책상 위에 있어요. 그 작은 병이에요."
나는 일어나서 책상 앞으로 걸어가 플라스틱 병을 집어들었다. 레벨에 '비콘 약국'이라고 씌어 있었으며 용법을 타이프한 설명서는 붙어 있지 않았다. 나는 수첩을 꺼내 처방번호와 의사 이름을 써넣었다. 그런 다음 병을 열고 약을 꺼냈다. 네 알 남아 있었다.

"이것을 날마다 먹었소?"

"네."

나는 부인과의도 약리학자도 아니지만 얼마쯤 지식이 있었다. 첫째로 요즈음은 생리를 순조롭도록 돕기 위해 약국에서 피임약 필을 팔고 있다는 것, 둘째로 최초의 호르몬 양이 1일 10밀리그램에서 2밀리그램으로 줄어간다는 것을. 따라서 필은 작은 입자였다.

그러고 보니 그 필은 컸다. 표면에 아무 표시도 없이 백묵처럼 희고, 손으로 만지자 부스러질 것 같았다. 나는 그 가운데 한 개를 몰래 주머니에 넣고 나머지를 병에 다시 담았다. 조사해 보지 않아도 그것이 무엇인지 짐작할 수 있었다.

"카렌의 남자친구를 만나본 일이 있소?"

"분명하게 말하지는 않았어요. 한 사람 한 사람에 대해서는 말하지 않았어요. 같이 자니까 어떻더라는 이야기는 했지만, 그것이 누구였는지는 말하지 않았어요. 언제나 아주 단도직입적인 말을 한 마디 불쑥 하고는 슬쩍 얼버무리곤 했지요. 잠깐만요……."

지니는 일어나서 카렌의 화장대로 갔다. 화장대 거울 가장자리에 여러 장의 남자 사진이 끼워져 있었다. 그녀는 그 가운데서 두 장을 뽑아 나에게 내밀었다.

"이 남자는 그녀가 곧잘 이야기하던 사람이에요. 하지만 요즈음은 만나지 않았으리라고 생각해요. 여름에 데이트했어요. 하버드에 있대요."

그 사진의 젊은이는 축구 유니폼 차림으로 흔히 볼 수 있는 포즈였다. 번호는 71. 앞으로 몸을 숙여 한 팔을 짚고서 카메라를 노려보고 있었다.

"이름은?"

"모르겠어요."

나는 하버드와 컬럼비아의 경기 프로그램을 집어들어 선수이름을 살펴보았다. 71번은 라이트 가드인 앨런 제너였다. 나는 수첩에 이름을 적어넣고 사진을 지니에게 돌려주었다.

지니는 두 번째 사진을 나에게 건네주면서 말했다.

"이것은 좀더 최근에 만난 사람이에요. 이 사나이는 만났던 것 같아요. 카렌이 밤에 돌아와서 침대에 눕기 전에 이 사진에 키스한 일이 있었어요. 이름은 랠프였던 것 같아요. 랠프인지, 로저인지……."

그것은 번쩍번쩍 빛나는 옷을 몸에 꼭 맞게 입고 한 손에 전자 기타를 든 젊은 흑인의 사진이었다. 그는 꾸며낸 미소를 띠고 있었다.

"이 남자와는 최근에도 만났다고 생각되오?"

"네, 그렇게 생각해요. 보스턴에 나오는 그룹사운드의 한 사람이에요."

"이름이 랠프였다고요?"

"그런 이름이었어요."

"그 그룹사운드의 이름을 아오?"

지니는 어깨를 으쓱했다.

"카렌이 말해준 적이 있었어요. 한 번뿐이 아니었던 것 같은데, 기억나지 않아요. 카렌은 남자친구의 일을 비밀로 해두기를 좋아했어요. 남자친구 일이라면 뭐든지 말하는 그런 여자아이가 아니었어요. 카렌은 그런 식으로 이야기하지 않아요. 언제나 조금씩 토막토막 말했지요."

"주말에 외출했을 때 이 남자를 만났을 것 같소?"

지니는 고개를 끄덕였다.

"주말에는 대개 어디로 갔지요? 보스턴?"

"아마 그랬을 거예요. 보스턴이나 뉴헤븐이었겠지요."

나는 사진을 뒤집었다. 거기에는 '워싱턴 거리 캐진 사진관'이라고 씌어 있었다.
"이 사진을 내가 가져가도 좋겠소?"
"마음대로 하세요. 난 아무래도 괜찮으니까요."
나는 사진을 주머니에 넣고 다시 자리에 앉았다.
"당신은 카렌의 남자친구 중 누군가와 만난 일이 없소?"
"없어요. 그녀의 친구는 아무도 만나지 않았어요. ……아아, 한 번 만났어요. 여자였어요."
"여자?"
"네. 카렌이 어느 날 친하게 지내는 친구가 꼭 하루 찾아올 거라고 말하더군요. 무척 서글서글하고 아주 와일드한 친구라고 굉장한 선전을 했어요. 나는 어떤 멋진 아이가 올까 기대했었지요. 그런데 그 아이는……."
"어땠소?"
"아주 괴짜였어요. 키가 꽤 크고 다리가 아주 길었지요. 카렌은 그녀처럼 긴 다리를 갖고 싶다는 말을 자꾸 했고, 그 아이는 그냥 앉아 있기만 할 뿐 아무 말도 하지 않았어요. 확실히 아름다운 아이였어요. 하지만 정말 괴짜더군요. 마치 잠든 것 같았어요. 무슨 약을 먹었는지는 모르지만, 아무튼 이상했어요. 한 시간쯤 가만히 앉아 있더니 말을 시작하더군요. 그런데 그게 또 묘했어요."
"무슨 말이었소?"
"아주 묘해요. '스페인의 비는 주로 시궁창을 흐른다'는 말이었어요. 그런 다음 시를 지었어요. 스파게티 밭을 달리는 사람들에 대한 시였어요. 지루한 시였지요. 조금도 잘된 시가 아니었어요."
"그녀의 이름을 알고 있소?"
"기억이 잘 나지 않아요. 앤지였으리라고 생각하지만……."

"칼리지에 있는 친구였소?"
"아니에요. 젊은 처녀였지만 칼리지에 다니지는 않았어요. 직장에 나가고 있었어요. 카렌이 간호사라고 말했던 것 같아요."
"이름을 생각해 보오" 하고 내가 말했다.
지니는 난처한 표정으로 바닥을 뚫어지게 쳐다보면서 생각하더니 머리를 내저었다.
"생각이 안 나요. 별로 신경쓰지 않았거든요."
나는 그냥 지나치고 싶지 않아서 다시 말했다.
"그밖에 카렌에 대해 어떤 것을 기억하고 있지요? 조바심하는 것 같은 태도는 없었소? 뭔가 마음쓰는 일이 있는 듯하지 않았소?"
"아니오, 아주 침착했어요. 기숙사의 다른 아이들은 시험이 있는 날이면 도무지 차분해지지 않았지만, 카렌은 조금도 걱정하는 것 같지 않았지요."
"건강했었소? 마구 뛰어다니고 말도 잘했소?"
"카렌이? 농담이시겠지요. 언제나 반쯤 죽어 있는 것 같았어요. 데이트가 있는 날은 명랑하고 기운이 났지만, 그렇지 않을 때는 언제나 지친 듯했지요. 몸이 나른하며 무겁다고 늘 투덜거렸어요."
"잠은 잘 잤소?"
"네. 강의실에서도 늘 졸곤 했어요."
"많이 먹었소?"
"그다지 많이 먹지 않았어요. 식사 때도 자는 것 같았지요."
"그럼, 여위었겠구먼?"
"그런데도 살이 쪘어요. 눈에 띌 정도는 아니었지만, 꽤 뚱뚱했어요. 6주일이 지나자 어떤 옷도 입을 수 없게 되어 새로 사야 했지요."
"그밖에는 무슨 변화가 없었소?"

"꼭 한 가지 있었어요. 하지만 특별한 것은 아니었어요. 카렌은 몹시 마음썼을지 모르지만 다른 사람들은 아무도 개의치 않았지요."
"그게 무엇이었지요?"
"털이 많아졌다고 걱정하고 있었어요. 팔, 다리, 그리고 코 밑에. 다리의 털을 늘 깎아야 한다면서 투덜거렸지요."
나는 시계를 보았다. 이미 정오가 가까웠다.
"강의실에 가야겠지요?"
"괜찮아요." 지니가 말했다. "이쪽이 더 재미있어요."
"뭐가?"
"당신이 일하는 모습을 구경하는 것 말이에요."
"의사와 이야기해 본 일이 없소?"
지니는 한숨을 내쉬었다. 그녀는 얼마쯤 의기양양하게 말했다.
"나를 좋은 사람으로 생각하고 계시나 보지요? 난 어제 태어난 갓난아기가 아니에요."
"당신은 머리가 아주 좋은 아가씨라고 생각하오."
"나에게 증언을 시키고 싶으세요?"
"증언? 무슨 말이오?"
"법정에서 말이에요……, 재판할 때."
나는 지니를 가만히 바라보며 다시 한 번 그녀가 거울 앞에서 몸놀림을 연습하는 모습을 상상했다.
그녀의 얼굴에 영화의 주인공 같은 꾸민 표정이 떠올라 있었다.
"무슨 말인지 모르겠소."
지니가 말했다.
"나에게는 사실대로 말해도 괜찮아요. 당신이 변호사라는 것을 알고 있어요."
"그래요?"

"당신이 여기 온 뒤로 10분 만에 알았어요. 어떻게 알았는지 알고 싶어요?"
"어떻게 알았어요?"
"필을 집어들고 들여다볼 때 알았어요. 아주 조심스럽게 집어들더 군요. 의사의 손놀림이 아니었어요. 솔직히 말하지만, 당신이 의사가 된다면 아주 굉장한 의사가 될 거예요."
"아마 그럴 테지" 하고 나는 중얼거렸다.
지니는 내가 방을 나올 때 말했다.
"일이 잘되도록 기도하겠어요."
"고맙소."
그녀는 나에게 한쪽 눈을 찡긋 감아 보였다.

2

 메모리얼 병원 2층 뢴트겐 실에는 멋진 이름이 붙어 있었다. '방사선진단실'. 어떤 이름으로 불리든 뢴트겐 실의 내부는 어느 병원이나 마찬가지다. 벽은 흐릿한 흰색 유리로 되어 있고, 필름을 매는 작은 클립이 달려 있었다. 방이 꽤 넓어 여섯 명의 뢴트겐 기사가 한꺼번에 일할 수 있었다.
 나는 휴즈와 함께 방으로 들어갔다. 그는 메모리얼 병원 방사선과 의로, 나와는 예부터 아는 사이였다. 쥬디스와 나는 이따금 그와 그의 아내와 함께 브리지를 하곤 했다. 그들은 솜씨가 꽤 좋아서 내기를 하면 용서없었지만, 나는 아랑곳하지 않았다. 나도 때로는 용서없이 그들을 눌러주었다.
 나는 루이스 카를 보고도 아는 체하지 않았다. 도와주지 않으리라는 것을 알고 있었기 때문이다. 휴즈는 내가 카렌 랜돌의 필름을 보고 싶다고 하거나, 몇 년 전 신장수술을 하러 왔던 애거 컨의 필름을 보고 싶다고 하거나 전혀 상관하지 않는 사나이였다. 그는 곧 나를 뢴트겐 실로 데리고 갔다.

"섹스는 어떤가?"

나는 걸으면서 그에게 물었다.

방사선과의를 놀려댈 때 누구나 하는 말이다. 방사선과의가 특수부문 의사들 중 가장 단명한다는 것은 잘 알려진 사실이다. 정확한 이유는 모르지만, 뢴트겐 선에 침범되었기 때문이라는 것이 일반적인 설이다. 옛날에는 필름이 촬영될 때 의사도 환자와 같은 방에 있었다. 이렇게 여러 해를 계속하노라면 생명에 관계될 만큼의 감마선을 흡수하게 된다. 게다가 옛날에는 필름 감광도가 약해서 선명한 영상을 얻기 위해 터무니없이 많은 양의 감마선이 필요했던 것이다.

그러나 기술과 지식이 진보된 요즘에도 외설스러운 전통이 남아 있어 방사선과의들은 일생 동안 그들의 생식선에 대한 농담에 시달려야만 했다. 이 농담은 뢴트겐 선과 마찬가지로 그들의 직업에 달라붙어 있다. 휴즈는 나의 농담을 언짢은 표정도 짓지 않고 받아넘겼다.

"내 섹스는 브리지 실력보다 훨씬 낫다네."

우리가 방으로 들어가니 서너 명의 방사선과의들이 일하고 있었다. 그들은 봉투에 든 필름과 한 대의 테이프레코더 앞에 앉아 필름을 한 장씩 꺼내 환자의 이름과 촬영번호, 그리고 AP, LAO, IVP, 흉부[1] 등 어떤 필름인지 읽은 다음 필름을 흐린 유리에 대고 그들의 진단을 테이프레코더에 취입하고 있었다.

방 한쪽 벽은 긴급 환자에게 할당되어 있었다. 중환자들의 필름은 마닐라 지 봉투에 담겨 있지 않았다. 빙빙 돌아가는 회전고리에 매달려 있었다. 버튼을 눌러 보고 싶어하는 환자의 필름이 돌아오기를 기다리는 것이다. 이렇게 해놓으면 중환자의 필름을 빨리 볼 수 있기 때문이다.
 필름 보존실은 뢴트겐 실과 이어져 있었다. 휴즈가 안으로 들어가 카렌 랜들의 필름을 꺼내들고 뢴트겐 실로 돌아왔다. 우리는 유리 앞에 앉았다. 휴즈가 맨 처음 한 장을 유리에 붙였다. 그는 필름을 들여다보면서 말했다.
 "두개골 측면촬영. 어째서 찍었는지 알고 있나?"
 "모르겠네" 하고 나는 대답했다.
 나는 필름을 보았으나 거의 아무것도 알 수 없었다. 두개골 필름──두부(頭部)의 뢴트겐 사진──은 읽고 풀이하기가 어렵다. 두개골은 뼈가 복잡하게 조합되어 있어 빛과 그림자가 서로 섞여 보인다. 휴즈는 이따금 만년필 뚜껑으로 선을 더듬으면서 꽤 오랫동안 살펴보았다.
 한참 뒤 그는 말했다.
 "정상인 것 같군. 골절도 없고 이상한 석회 침착도 없고, 공기며 혈종 흔적도 없네. 동맥촬영상이나 PEG라면 좀더 잘 알 수 있을 텐데.⁽²⁾ 다른 방향으로 찍은 것을 보세."
 그는 옆에서 찍은 필름을 떼어내고 정면으로 찍은 것을 유리에 댔다.
 "이것도 정상으로 보이는군."
 "그런데 무엇 때문에 뢴트겐을 찍었을까? 자동차 사고라도 있었나?"
 "내가 아는 한 사고는 없었네."
 휴즈는 파일을 찾았다.
 "사고는 아니야. 확실해. 얼굴 사진을 찍지 않았군. 두개골 필름뿐일세."
 얼굴 사진은 안면의 골절을 살펴보기 위해 여러 각도로 촬영하는 것이다.

휴즈는 정면으로 찍은 필름을 조사한 다음, 다시 옆에서 찍은 필름으로 되돌아갔다. 그러나 역시 이상은 발견되지 않았다.

그는 사진 플레이트를 두들기며 말했다.

"아무래도 모르겠는데. 아무 이상도 없어, 아무리 찾아도."

나는 일어나면서 말했다.

"됐네. 시간을 허비하게 해서 미안하군."

나는 방을 나오면서 뢴트겐 사진이 수수께끼를 푸는 데 도움이 되었든지, 아니면 한층 더 수수께끼를 깊게 했든지 둘 중 하나일 거라고 생각했다.

3

나는 병원 로비 가까이에 있는 전화 부스로 들어갔다. 수첩을 꺼내 약국 전화번호와 처방번호를 찾아냈다. 그런 다음 카렌의 방에서 가지고 온 약을 꺼냈다.

나는 엄지손가락 손톱으로 약을 깨뜨려 손바닥에 비볐다. 곧 부드러운 가루가 되었다. 그것이 무엇인지는 분명하지만, 확인하기 위해 혀끝에 대보았다.

틀림없이 그 맛이었다. 부스러진 아스피린을 혀끝에 대보면 떫은맛이 난다.

나는 약국에 전화를 걸었다.

"비콘 약국입니다."

"링컨 병원의 벨리 의사인데, 좀 알아봐 주었으면 하는 약이 있소."

"연필을 준비하겠으니 잠깐만 기다려주십시오."

짧은 사이가 있었다.
"말씀하십시오."
"이름은 카렌 랜들. 번호는 1476673. 처방해 준 의사는 피터 랜돌."
"곧 조사하겠습니다."
수화기 놓는 소리가 들렸다. 휘파람과 책장 넘기는 소리가 들렸다.
"아, 알았습니다. 더본, 20캡슐, 75밀리그램. 용법은 진통제로 네 시간마다 복용. 두 번 조제해 갔습니다. 날짜가 필요하십니까?"
"아니오, 그것으로 됐소."
"그밖에 또 무슨……."
"아니, 고맙소. 미안하오."
"뭐, 어렵지 않은 일입니다. 괜찮습니다."
나는 천천히 수화기를 놓았다. 그녀는 무엇 때문에 피임약을 먹는 척하면서 아스피린을 먹었을까? 그리고 왜 아스피린을 월경통약이 들어 있던 빈 병에 넣어두었을까?

4

임신중절에 의해 사망하는 것은 아주 드문 일이다. 이 사실은 세상의 소란스러움과 숫자 때문에 자칫 잊혀지기 쉽다. 숫자는 세상의 소란스러움과 마찬가지로 감정적이고 부정확하다. 추정숫자는 여러 가지지만, 사람들은 해마다 거의 백만 명이 임신중절을 받고 그 결과 5천 명의 여성이 죽어가는 것으로 보고 있다. 다시 말해서 10만 명에 약 5백 명이 사망하는 것이다.

이것은 엄청난 숫자다. 병원에서의 임신중절 사망률과 비교해 보면 엄청나게 높다. 병원에서 임신중절을 받고 사망하는 사람은 10만 명에 0내지 18명으로, 가장 나쁜 경우라도 편도선 제거수술의 10만 명에 대한 17명과 거의 비슷한 위험율이다.

이 숫자로 보면, 법에 어긋나는 임신중절은 합법적인 중절수술보다 약 25배나 더 큰 위험을 안고 있다. 대부분의 사람들은 이것을 무섭게 생각하고 있다. 그러나 아더는 이 사실을 명쾌하고 신중하게 생각하여 이 숫자에서 중대한 의의를 찾아내었다. 그리고 아주 흥미있는 말을 했다. '임신중절이 언제까지나 위법으로 되어 있는 이유 가운데 하나는 너무나도 안전하기 때문이다'라고.

"숫자를 잘 생각해 봐야 하네." 그는 언젠가 말했다. "그냥 백만 명이라고 말하면 의미가 없어. 해마다 낮이나 밤이나 30초에 한 사람씩 위법인 임신중절수술을 받고 있는 셈일세. 다시 말해서 매우 흔한 수술로, 좋건 나쁜 건 어찌되었든 안전하지."

그는 자기 나름의 독특한 표현으로 '한정사망선'이라는 말을 썼다. 그가 말하는 '한정사망선'이란 해마다 그다지 눈에 띄지도 못한 채 어이없는 사고로 죽어가는 사람의 숫자를 뜻한다. 숫자로 말하자면 '한정사망선'은 1년에 약 3만 명이라고 한다. 해마다 자동차 사고로 죽는 미국인의 숫자이다.

"알겠나?" 하고 그는 말했다. "날마다 80명이나 하이웨이에서 죽고 있네. 누구나 그것을 당연한 일로 인정하고 있지. 그러니 임신중절로 날마다 약 14명의 여자가 죽는다고 해서 누가 아랑곳하겠나?"

그의 논법에 의하면 의사나 변호사들을 움직이기 위해서는 임신중절에 의한 사망숫자를 1년에 5만 명쯤 되도록 해야 한다는 것이다. 아니, 그래도 아직 부족할지 모른다. 현재 사망률로 계산하면 1년에 1천만 명이 임신중절을 한다는 말이 된다.

"따라서 나는 어떤 의미로는 사회에 나쁜 짓을 하고 있는 셈일세. 나는 중절수술로 환자를 한 사람도 사망시키지 않았으니까 사망률을 내리고 있는 것이지. 물론 내 환자에게는 좋은 일이지만, 사회 전체에는 나쁜 일이라네. 사회는 공포나 큰 죄악감을 느끼지 않으면 움직이지 않거든. 우리는 큰 숫자에 너무 익숙해져 있네. 작은 숫자로는 아무도 놀라지 않아. 만약 히틀러가 살해한 유대인이 1만 명이었다면 아무도 문제삼지 않았을 걸세."

아더는 계속해서 자신은 안전한 임신중절수술을 해줌으로써 현상 유지를 돕고, 법률을 바꾸려는 정부의 움직임을 방해하고 있다고 말했다. 그밖에도 여러 가지 이야기를 했다.

"우리나라에는 생각해야 할 일이 있네. 여자가 너무 무기력하다는 걸세. 법률을 바꿀 생각은 하지 않고, 몰래 숨어서 위법인 위험한 중절수술을 받고 있거든. 법률을 만드는 것은 남자일세. 남자는 아기를 낳지 않아. 도덕을 지키려고 해도 지킬 수 없네. 신부들만 해도 그렇지 않은가? 만약 여성 신부가 있다면, 종교도 달라질 게 틀림없네. 그러나 정치와 종교는 모두 남자들 손에 쥐어져 있고 여자는 일어서려고 하지 않아. 이것은 잘못일세. 임신중절은 여자가 하는 거네. 그녀들의 아기, 그녀들의 몸, 그녀들의 위험일세. 만약 백만 명의 여자가 자기들이 선출한 의원에게 해마다 편지를 쓴다면 조금은 움직임이 있을지도 모르지. 헛일일지도 모르지만, 뭔가 일어날지도 모르네. 그러나 여자들은 이러한 일을 하려들지 않는다네."

나는 여자들의 이 사고방식이 무엇보다도 그를 실망시키고 있다고 생각한다. 나는 이런 생각을 하면서 누구에게도 무기력하다는 말을 듣지 않을 여자 랜돌 부인을 만나러 갔다.

보스턴 시내에서 약 30분쯤 달리면 바위투성이의 해안선을 따라 고급주택지 노스 오브코하세트가 나타난다. 뉴포트를 연상시키는 곳

화요일 10월 11일

으로, 바다로 뻗은 아름다운 잔디밭이 있는 오래된 목조가옥들이 즐비하게 늘어서 있다.

랜돌 저택은 아름다운 발코니와 탑이 있는 흰 고딕식 4층 목조건물이었다. 바다로 향해 잔디밭이 비스듬히 뻗어 있고, 저택을 에워싼 땅이 5에이커는 됨직했다. 나는 긴 자갈길로 접어들어 주차장에 있는 두 대의 포르셰 옆에 차를 세웠다. 한 대는 검정, 또 한 대는 짙은 노란색이었다. 가족들이 모두 포르셰를 타는 것이다. 저택 왼쪽 차고에는 메르세데스 세단이 들어 있었다. 아마 하인들이 쓰는 자동차인 모양이다.

내가 차에서 내리며 '집사가 안내해 줄까' 생각하고 있는데, 마침 한 여자가 정면 문에서 나타나 층계를 내려왔다. 그녀는 걸으면서 장갑을 끼고 있었다. 무척 서두르는 것 같았다.

그녀는 나를 보자 걸음을 멈추었다.

"랜돌 부인이시지요?"

"네" 하고 그녀가 대답했다.

나는 특별히 어떤 모습이리라 상상한 것은 아니지만, 이런 여자일 줄은 생각지 못했다. 그녀는 키가 크고, 베이지 색 샤넬 옷을 입고 있었다. 머리는 까맣고 숱이 많았으며, 다리가 길고 커다란 눈이 아주 까맸다. 30살을 넘지 않은 듯했다. 광대뼈는 얼음 큐브(전기 냉장고로 만드는 각빙)를 깰 수 있을 정도로 단단해 보였다.

나는 몇 분 동안 잠자코 그녀를 지켜보았다. 자신이 어리석게 느껴졌으나 어쩔 수가 없었다. 그녀는 답답한 듯이 나를 재촉했다.

"무슨 일이시지요? 나는 지금 바빠요."

그녀의 목소리는 허스키했으며, 입술이 육감적이었다. 악센트가 정확하여 쓸데없는 억양이 없고, 아주 조금이지만 영국식 발음을 들을 수 있었다.

"빨리 말씀해 보세요."
이윽고 나는 입을 열었다.
"따님의 일로 드리고 싶은 말씀이 있습니다."
"내 친딸이 아니에요."
그녀는 내 옆을 지나 포르셰 쪽으로 걸어갔다.
"네, 친딸이 아닌 따님의 일로……."
"경찰에 모든 것을 다 이야기했어요. 그럼, 약속 시간에 늦어지기 때문에 이만……."
내가 다시 말했다.
"나는……."
그녀는 들을 필요도 없다는 듯이 말했다.
"당신이 누구신지 알고 있어요. 조슈어가 어젯밤 당신 이야기를 했지요. 나를 만나러 올 거라고요."
"그래서요?"
"만나러 오거든 그냥 돌려보내라고 말했어요."
그녀는 화난 척해 보이려는 것 같았으나 나에게는 그렇게 보이지 않았다. 그녀의 얼굴에는 호기심인지 공포인지 모를 표정이 떠올라 있었다. 나로서는 그것이 신기하게 생각되었다.
그녀는 자동차 엔진을 걸었다.
"안녕히 가세요."
나는 그녀 쪽으로 몸을 돌렸다.
"랜돌 씨의 명령을 지키시겠다는 거로군요."
"나는 언제나 지키고 있어요."
"그러나 언제나 그렇지는 않겠지요."
그녀는 기어를 넣으려다 말고 손을 올려놓은 채 잠자코 있었다.
"무슨 뜻이지요?"

"'랜돌 씨는 모든 것을 잘 알지 못합니다'라고 말하고 싶습니다."
"조슈어는 알고 있을 거예요."
"그가 알지 못한다는 것을 당신은 깨닫고 있습니다, 랜돌 부인."
그녀는 엔진을 끄고 나를 노려보았다.
잠시 뒤 그녀가 말했다.
"30초 안에 나가세요. 그렇지 않으면 경찰을 부르겠어요."
그녀의 목소리는 떨리고 얼굴이 새파래졌다.
"경찰을? 그건 현명하지 못한데요."
그녀의 태도가 바뀌었다. 자신감이 차츰 없어져가는 것을 알 수 있었다.
"당신은 어째서 여기 왔지요?"
"부인께서 카렌 양을 데리고 병원으로 간 날 밤의 이야기를 듣고 싶습니다. 일요일 밤의 일 말입니다."
"그날 밤에 무슨 일이 있었는지 알고 싶다면 저 자동차로 가보세요."
그녀는 노란색 포르셰를 손가락질했다.
나는 자동차로 걸어가서 안을 들여다보았다.
그것은 악몽과 같았다.
짙은 갈색이었던 자동차 안이 온통 새빨갰다. 모든 것이 빨갰다. 뒷좌석이 온통 시뻘갰다. 대시보드의 손잡이도, 핸들 군데군데도 시뻘갰다. 바닥의 깔개도 뻣뻣하게 굳어진 채 시뻘갰다.
카렌은 이 자동차 안에서 많은 피를 흘린 것이다.
"문을 열어보세요. 좌석을 만져보세요."
나는 손을 대보았다. 좌석이 축축하게 젖어 있었다.
렌돌 부인이 다시 말했다.
"사흘이 지났어요. 그런데 아직도 마르지 않는군요. 카렌이 얼마나 많은 피를 흘렸는지 알 수 있겠지요? 그것이 모두 그가 한 짓이에요."

나는 자동차문을 닫았다.

"이것은 따님의 자동차입니까?"

"아니에요. 카렌은 자동차를 갖고 있지 않았어요. 조슈어는 21살이 될 때까지 자동차를 갖지 못하게 했지요."

"그럼, 누구의 자동차입니까?"

"내 것이에요."

나는 그녀가 타고 있는 검은 포르셰를 턱으로 가리켰다.

"그 차는?"

"새 차예요. 우리는 어제 새로 샀어요."

"우리?"

"내가요. 조슈어도 찬성했어요."

"그런데 노란 차는?"

"증거로 필요할지도 모르니까 그대로 두라고 경찰이 말하더군요. 하지만 되도록 조금이라도 빨리……."

"일요일 밤에 무슨 일이 있었습니까?"

"당신께 그런 이야기를 할 의무는 없어요."

그녀는 입을 꼭 다물었다.

"물론 그렇지요."

나는 미소를 지어 보였다. 나는 그녀의 마음을 사로잡았음을 알았다. 공포가 아직도 그녀의 눈에 남아 있었다. 랜돌 부인은 나에게서 눈길을 돌려 앞유리창을 통해 똑바로 앞을 쏘아보고 있었다. 그녀는 설명을 시작했다.

"나는 집에 혼자 있었어요. 조슈어는 구급환자 때문에 병원에 있었지요. 윌리엄은 대학기숙사에 있었고요. 카렌은 데이트하러 외출

중이었어요. 오전 3시 30분쯤 자동차 경적 소리가 들렸어요. 끊이지 않고 계속 울렸지요. 나는 잠자리에서 나와 가운을 입고 아래층으로 내려갔어요. 내 자동차에 엔진이 걸린 채 불이 켜져 있더군요. 여전히 경적이 울리고 있었어요. 나는 곧 뛰어나가……그리고 카렌의 모습을 보았어요. 정신을 잃고 경적 버튼 위에 엎드려 있었지요. 여기저기 온통 피투성이였어요."

그녀는 깊이 한숨을 몰아쉬고 핸드백 속을 뒤져 프랑스 담배 한 갑을 꺼냈다. 나는 그녀의 담배에 불을 붙여주었다.

"이야기를 계속하십시오."

"이제는 할 이야기가 없어요. 나는 카렌을 옆으로 옮기고 자동차를 몰아 병원으로 달려갔지요."

그녀는 신경질적으로 입술을 움직이면서 담배를 피웠다.

"병원으로 가는 도중 나는 무슨 일이 있었는지 알려고 했어요. 스커트만 젖었을 뿐 다른 데는 괜찮았으므로 어디에서 출혈되고 있는지 곧 알아차렸어요. 그런데 카렌은 '아더 리 의사가 했어요'라고 말하는 것이었어요. 그녀는 같은 말을 세 번 되풀이했어요. 나는 오래도록 잊지 못할 거예요.' 그 가엾은 가냘픈 목소리를……."

"잠들어 있지 않았습니까? 당신께 이야기를 할 수가 있었습니까?"

랜돌 부인이 대답했다.

"네. 나는 카렌의 핸드백에서 수표장을 찾아냈어요. 가장 새로운 수표가 '현금'으로 떼어졌더군요. 금액은 3백 달러. 일요일 날짜였어요. 그래서 중절임을 알았지요."

"수표는 환금이 되었습니까? 은행에 문의해 보셨습니까?"

"물론이지요. 그러나 아직 현금으로 바꾸지는 못했더군요. 그 수표를 가진 사람은 지금 유치장에 있어요."

"흐음……"
나는 그녀의 말을 생각하면서 신음 소리를 냈다.
"이제 아셨지요? 그럼, 실례하겠어요."
그녀는 자동차에서 내려 저택 층계 쪽으로 급히 걸어갔다.
"약속이 있었던 게 아니었습니까?"
내가 물었다.
랜돌 부인은 걸음을 멈추고 나를 쏘아보았다.
"얼른 나가주세요!"
그녀는 날카롭게 쏘아붙이고 손을 뒤로 돌려 문을 쾅 닫았다.
나는 그녀의 연기를 생각하면서 내 자동차 쪽으로 돌아왔다. 훌륭한 연기였다. 실수는 꼭 두 가지밖에 없었다. 하나는 노란 자동차의 혈액량이었다. 뒷좌석에 흘린 피의 양이 너무 많아 마음에 걸렸다.
그리고 또 한 가지, 랜돌 부인은 분명히 아더의 중절수술료가 25달러라는 것을 알지 못했던 것이다. 아더는 실비만 받았을 뿐 그 이상은 절대로 청구하지 않았다. 뒤가 켕기는 떳떳지 못한 점이 조금도 없다고 스스로에게 말해 주기 위해서일 것이다.

5

'캐진 사진관'이라는 간판은 몹시 망가져 있었다. 아래쪽에 노란 글씨로 조그맣게 '여권용, 선전용, 기념사진——사진이 필요하신 분은 들어오십시오. 한 시간 서비스'라고 씌어 있었다.
사진관은 워싱턴 거리 북쪽 끝 모퉁이에 있었으며, 영화관이나 큰 백화점이 늘어선 거리에서 꽤 멀리 떨어진 곳이다. 내가 들어가자 몸집이 작은 노인과 노부인이 나란히 서 있었다.
"무슨 일입니까?"

화요일 10월 11일 169

노인은 겁에 질려 있다고 여겨질 만큼 조용히 말했다.
"부탁이 있는데……" 하고 나는 말했다.
"여권이오? 문제없소. 한 시간이면 되오. 바쁘시다면 좀더 빨리 해드리지요. 그런 일은 자주 하고 있다오."
"그래요," 노부인이 고개를 끄덕이면서 거들었다. "자주 하고 있지요."
"부탁하고 싶은 것은 그런 일이 아닙니다. 16살 된 딸의 생일축하 파티를 하는데……."
"모처럼 부탁이십니다만, 출장은 가지 않소."
"네, 출장은 가지 않는답니다."
노부인이 말했다.
"16살 된 딸의 생일축하 파티……."
"출장은 가지 않소. 안 되오"
노인이 다시 말했다.
"옛날에는 갔었지요." 노부인이 덧붙여 설명했다. "오래 전 일이에요. 하지만 아주 귀찮았어요."
나는 한숨을 내쉬었다.
"내 부탁은 어떤 일을 알아봐 주었으면 하는 겁니다. 딸아이가 아주 열중해 있는 로큰롤 그룹이 있는데, 당신들이 그들의 사진을 찍었더군요. 실은 딸아이를 깜짝 놀라게 해주려고……."
"따님이 16살이라고요?"
노인은 의심스러운 듯 물었다.
"그렇습니다, 다음 주일이면."
"우리가 그 그룹의 사진을 찍었단 말이지요?"
"그렇습니다." 하고 대답하며 나는 사진을 노인에게 건네주었다.
노인은 사진을 오래 들여다보았다. 그는 한참 뒤 말했다.

"이것은 그룹이 아니라 혼자로군요."
"그렇습니다, 그룹 가운데 한 사람이지요."
"한 사람뿐이오?"
"당신이 찍은 사진이므로 당신에게 물으면……."
노인은 사진을 뒤집어보았다.
"분명히 내가 이 사진을 찍었소. 보시오. 뒤에 우리 사진관 스탬프가 찍혀 있지요——'캐진 사진관'이라고. 우리는 1931년부터 이곳에서 일하고 있소. 돌아가신 아버지대부터지요."
"그래요."
노부인이 참견했다.
"이것이 그 그룹이오?"
노인이 나에게 사진을 내밀면서 물었다.
"그 그룹의 한 사람입니다."
"그렇겠지요."
노인은 노부인에게 사진을 건네주었다.
"이런 그룹의 사진을 찍은 적이 있소?"
"있겠지요." 노부인이 대답했다. "하지만 나는 이런 사람들을 잘 기억하고 있지 못해요."
"그룹의 이름이 뭐지요?"
"그것을 모릅니다. 그래서 당신을 찾아왔지요. 이 사진관 스탬프가 있기에……."
"그건 봤소, 장님이 아니니까."
노인은 퉁명스럽게 대답하며 몸을 굽혀 카운터 밑을 찾았다.
"파일을 좀 찾아봐야겠군. 우리는 모두 파일로 해두었다오."
노인은 사진을 여러 장 꺼냈다. 나는 깜짝 놀랐다. 그룹사운드 사진이 수십 매나 나왔다. 그는 사진을 한 장씩 넘겼다.

"아내는 전혀 기억하지 못하지만, 나는 기억하오. 한 번 보면 잊어버리지 않지요. 이 그룹을 아시오? '지미와 도우더즈'라오."
노인은 재빠른 솜씨로 사진을 넘겼다.
"'와블러스', '코핀즈', '클릭스', '스컹크스'. 이름이 귀에 남아 있소. 이상한 일이지요. '라이스', '스이치블레이즈', '윌리와 윌리즈', '저거스'……"
나는 노인이 넘기고 있는 사진의 얼굴을 보려고 했으나 너무 빨리 지나갔다.
"잠깐만!" 나는 사진 한 장을 가리키며 말했다. "그것 같군요."
노인은 묘한 표정을 지었다.
"'지퍼즈'요." 노인은 납득할 수 없는 듯 말했다. "이 그룹은 '지퍼즈'요."
나는 다섯 사나이의 얼굴을 보았다. 모두 흑인이었다. 다섯 명 모두 내가 가진 사진 속의 사나이와 똑같이 번쩍거리는 옷을 입고 있었다. 그리고 사진 찍는 것이 어색한지 다섯 명 모두 멋쩍은 듯 미소짓고 있었다.
"이름을 아십니까?" 하고 내가 물었다.
노인은 사진을 뒤집었다. 갈겨쓴 글씨로 서명되어 있었다.
"지크, 잭, 로망, 조지, 해피——이렇게 다섯 사람이오."
"고맙습니다." 나는 수첩을 꺼내어 이름을 써넣으며 물었다. "어디에 가면 이들을 만날 수 있을까요?"
"따님 생일 파티에 정말 이들을 부를 생각이시오?"
"왜, 안 됩니까?"
노인은 어깨를 으쓱했다.
"이 사람들은 불량배입니다."
"하루 저녁쯤은 괜찮겠지요."

"글쎄요……." 노인은 안심할 수 없다는 표정으로 말했다. "귀찮은 녀석들이지요."

"어디 가면 만날 수 있는지 아십니까?"

"알고말고요."

노인은 엄지손가락으로 한길 앞쪽을 가리켰다.

"밤에는 저 '일렉트릭 그레이프'에서 일하고 있소. 검둥이들이 모이는 가게지요."

"고맙습니다."

나는 작별인사를 하고 문으로 걸어갔다.

"조심하세요."

노부인이 나에게 주의를 주었다.

"조심하지요."

나는 대답했다.

"즐거운 파티가 되기를 바랍니다."

노인이 말했다.

나는 고개를 끄덕이고 문을 닫았다.

앨런 제너는 몸집이 큰 사나이였다. '빅 텐' 축구팀의 태클만큼 크지는 않았지만, 꽤 큰 사나이였다. 약 185센티의 키에 100킬로그램쯤 되어보였다.

나는 그가 연습을 마치고 딜론 필드 하우스에서 나오는 것을 붙잡았다

오후도 늦어서 태양이 가라앉아가며 솔저스 필드 스타디움과 근처의 건물——필드 하우스, 하키 링크, 인도어 테니스코트 등에 금빛 햇살을 던져주었다. 보조운동장에서는 신인 팀이 저녁 햇살 속에 황갈색 흙먼지를 일으키며 스크럼을 짜고 있었다.

앨런은 막 샤워를 했는지 짧게 깎은 검은 머리가 젖어 있었다. 젖은 머리로 밖을 돌아다녀서는 안 된다는 코치의 주의가 생각나는 듯 자꾸만 문질러댔다.

그가 식사를 끝낸 다음 공부해야 하기 때문에 시간이 없다고 하여 우리는 라스 앤더슨 다리를 건너 하버드의 기숙사 쪽으로 걸으면서 이야기했다. 한참 동안 나는 생각나는 대로 종잡을 수 없는 이야기를 지껄였다. 그는 타워즈의 레벌레트 기숙사에 있는 2학년생으로 역사를 전공하고 있었다. 그는 전공과목이 마음에 들지 않아 법과로 옮기고 싶지만, 법과는 운동선수에게 특혜를 주지 않는다고 한다. 성적을 중요시하는 것이다. 그래서 예일대학 법과로 갈까 생각중이라고 말했다. 그편이 훨씬 좋을 것이다.

우리는 윈슬롭 하우스를 지나 버시티 클럽을 향해 걸어갔다. 앨런은 축구 시즌 동안 그곳에서 점심과 저녁식사를 하고 있는 모양이었다. 식사는 나쁘지 않았다. 아무튼 기숙사의 보통 식사보다는 나았다.

나는 적당한 기회를 보아 카렌에게로 화제를 옮겼다.
"난 또 뭐라고, 당신 역시 그 때문에 오셨군요."
"무슨 말인가?"
"오늘 벌써 두 분째입니다. '흐린 유리'가 왔었습니다."
"흐린 유리?"
"카렌의 아버지 말입니다. 그녀는 그렇게 불렀었지요."
"어째서?"
"그건 나도 모릅니다. 아무튼 그녀는 그렇게 불렀습니다. 아버지에게 여러 가지 이름을 붙이고 있었습니다."
"그와 이야기했나?"
앨런은 신중하게 몸을 사리며 대답했다.

"그는 나와 이야기하러 왔었습니다."
"그래서?"
앨런은 어깨를 으쓱했다.
"돌아가달라고 말했습니다."
"어째서 그렇게 말했나?"
우리는 매사추세츠 거리로 나왔다. 거리는 자동차와 사람으로 혼잡을 이루고 있었다.
"왜냐하면 말려들고 싶지 않았기 때문입니다."
"자네는 벌써 말려들어 있네."
"농담 그만두십시오."
그는 자동차 사이를 교묘하게 빠져나가면서 길을 건넜다.
나는 다시 물었다.
"그녀에게 무슨 일이 있었는지 알고 있나?"
"나는 그 일을 누구보다도 잘 알고 있습니다. 그녀의 부모보다도 말입니다. 누구보다도 더 잘 압니다."
"하지만 말려들고 싶지 않다는 말이로군?"
"그렇습니다."
"이것은 아주 중대한 일일세. 지금 한 사나이가 그녀를 죽였다는 혐의를 받고 있네. 자네는 자신이 알고 있는 것을 나에게 이야기해야 하네."
"아시겠습니까?" 그가 말했다. "카렌은 좋은 아이였지만, 여러 가지 문제점이 있었습니다. 우리 모두의 문제점이지요. 얼마 동안은 잘되어나갔지만, 문제가 지나치게 커졌기 때문에 그것으로 끝내고 말았습니다. 그뿐입니다. 나는 함께 휘말려들고 싶지 않습니다."
나는 어깨를 으쓱했다.
"공판이 열리게 되면 피고측에서 자네를 불러내겠지. 자네에게 선서하고 증언시킬 수도 있네."
"나는 법정에서의 증언 같은 건 하지 않습니다."
"그렇게 할 수는 없네. 재판이 열리지 않도록 한다면 모르지만."
"그게 무슨 뜻입니까?"
"우리는 서로 의논하는 편이 좋다는 뜻일세."

매사추세츠 거리에서 센트럴 거리를 향해 두 블록쯤 가면, 카운터에 화면이 흐릿해진 텔레비전이 놓인 작고 지저분한 술집이 있다. 우리는 맥주 두 잔을 주문하고 기다리는 동안 일기예보를 보고 있었다. 몸집이 작고 뚱뚱하며 명랑해 보이는 남자 아나운서가 미소띤 얼굴로 내일도 모레도 비가 오겠다고 말했다.

앨런이 물었다.
"당신은 무엇 때문에 사건에 관심을 갖게 되었습니까?"
"아더 리 의사가 무죄라고 생각하기 때문이지."
그는 웃었다.
"그렇게 생각하는 사람은 당신뿐입니다."
맥주가 나왔다. 나는 돈을 지불했다. 그는 맥주잔에 입을 대고 거품을 핥았다.
"좋습니다."
앨런은 차분히 앉아 말하기 시작했다.
"이야기하겠습니다. 그녀를 처음 만난 것은 지난 4월쯤 어느 파티에서였습니다. 우리는 만나자마자 곧 친해졌습니다. 처음 만났을 때는 '예쁜 아가씨구나' 생각했을 뿐, 그녀에 대해서 아무것도 몰랐습니다. 나이가 아주 어리다는 건 알고 있었지만, 그토록 어린 줄은 이튿날 아침에야 알았지요. 나는 정말 깜짝 놀랐습니다. 16살이라고 하기에…… 하지만 나는 그녀가 아주 좋았습니다. 그녀는 하찮은 여자아이가 아니었고……."

그는 잔에 담긴 맥주를 단숨에 절반쯤 들이켰다.

"그래서 우리는 데이트를 시작한 것입니다. 그리고 그녀에 대해 조금씩 알게 되었습니다. 그녀는 여러 가지 일을 토막토막 이야기하는 버릇이 있었지요. 오래된 연속물 영화를 보는 것처럼 궁금하고 안타깝게 만듭니다. '이 계속은 다음주 토요일에 보십시오' 하는 것과 같이. 그것이 그녀의 장기였지요."

"언제부터 그녀와 만나지 않게 되었나?"

"6월입니다. 6월 첫무렵이었습니다. 나는 그녀가 콩코드를 졸업하는 날 졸업식에 가고 싶다고 말했지요. 그러자 그녀는 오는 것을 바라지 않는다고 말하더군요. 나는 까닭을 물었지요. 그 일로 그녀의 부모님에 대해서, 그리고 우리는 언제까지나 사귈 수 없다는 것을 알았습니다. 내 이름은 본디 쳄니크인데, 브루클린에서 자랐습니다. 그런 이유로 그녀가 그만 만나자고 하기에 우리는 깨끗이 키스하고 헤어졌지요. 그때는 정말 괴로웠습니다. 지금은 아무렇지도 않습니다만……"

"그 뒤 한 번도 만나지 않았나?"

"한 번 만났습니다. 확실치는 않지만 아마 7월 끝무렵이었을 겁니다. 케이프에 일이 있어 친구들과 함께 갔었지요. 그때 나는 그녀와 데이트할 때 몰랐던 여러 가지 일들을 알았습니다. 그녀가 그룹 사운드 사람들과 사귄 일 같은 걸 말입니다. 부모와 사이가 안 좋아 아버지를 미워한다는 말도 들었습니다. 전에는 알지 못했던 사실들을 알게 된 것입니다. 그리고 그녀가 중절수술을 했는데, 그녀 자신이 사람들에게 내 아이라고 말한다는 이야기도 들었습니다."

앨런은 맥주를 다 마시고 바텐더에게 눈짓했다. 나도 그와 함께 한 잔 더 주문했다.

"어느 날 스크세트에서 그녀와 우연히 마주쳤습니다. 그녀가 가솔린스탠드에서 자동차에 가솔린을 넣고 있는데 내가 자동차를 몰고 들어갔던 거지요. 우리는 잠시 이야기를 나누었습니다. 중절에 대한 소문이 정말이냐고 물었더니 그렇다고 대답하더군요. 내 아이냐고 묻자 아주 침착한 목소리로 누가 아버지인지 모르겠다고 대답했습니다. 그래서 이상한 소문을 내지 말아달라고 말하고 나는 떠났습니다. 그러자 뒤쫓아오더니 미안하다고 사과하며 다시 한 번 친구가 되어 데이트하지 않겠느냐는 겁니다. 나는 거절했습니다. 그러자 울음을 터뜨리더군요. 가솔린스탠드에서 여자아이가 울고 서 있는 모습은 정말 보기 안 좋았습니다. 난처하기도 하고. 그래서 그날 밤 함께 지내주겠다고 말했습니다."
"그래서 만났나?"
"네, 굉장하더군요. '앨런, 이렇게 해줘. 앨런 그쪽. 좀더 빨리, 앨런. 이번에는 천천히, 앨런. 땀이 너무 많이 흐르잖아.' 아무튼 잠시도 입을 다물고 있지 않았지요."
"그녀는 지난 여름 케이프에서 지냈다고 하던데……."
"나에게도 그렇게 말했습니다. 예술화랑인지 어딘지에서 일했다고 하더군요. 하지만 내가 들은 바로는 거의 비콘 힐에 있었던 모양입니다. 묘한 친구들이 여럿 있었지요."
"어떤 친구들이지?"
"잘 모릅니다. 그냥 친구들입니다."
"그중 누군가를 만나본 적 있나?"
"한 사람 만났습니다. 케이프에서 파티가 있었을 때 누군지는 기억이 나지 않지만 나를 카렌의 친구인 안젤라라는 여자에게 소개했습니다. 안젤라 해리라든가 하디라든가 하는 이름이었습니다. 아주 아름다웠는데, 좀 색달랐지요."
"그게 무슨 뜻이지?"

"그냥 색달랐다는 뜻입니다. 머리가 이상하더군요. 내가 만났을 때 그녀는 무언가에 열중해 있었습니다. 그래서 이상한 말만 했습니다. '신의 코는 괴로움의 힘을 갖고 있다'는 둥 말입니다. 도저히 이야기 상대를 해줄 수가 없었습니다. 아깝더군요. 아주 아름다운 아가씨였는데……."
"카렌의 부모를 만난 일이 있나?"
"네, 한 번 만났었습니다. 이상한 부부였습니다. 나이를 먹어 꺼칠꺼칠해진 윗입술과 따뜻한 아랫입술이었으니까. 카렌이 부모를 싫어하는 것은 당연한 일입니다."
"싫어했다는 걸 어떻게 알았지?"
"그녀가 늘 무슨 이야기를 했는지 아십니까? 부모에 대한 것뿐이었습니다. 몇 시간이나 계속했습니다. 그녀는 '흐린 유리'를 싫어했습니다. '그랜드 올드 대드'라고 부르는 일도 있었습니다. 머리글자를 합치면 'GOD'가 되지요. 계모에게도 여러 가지 이름을 붙이곤 했습니다. 이렇게 말해도 당신은 믿지 않겠지요. 하지만 이상하게도 어머니와는 아주 잘 맞았던 모양입니다. 친어머니 말입니다. 카렌이 14살인가 15살 때 세상을 떠났다고 하더군요. 그때부터 그런 행동이 시작되었다고 생각합니다."
"그런 행동이라니?"
"와일드한 행동 말입니다. 약에 대한 것이며 여러 가지 면에서 사람들이 자기를 와일드하다고 생각해 주기를 바랬습니다. 쇼킹한 일만 생각했습니다. 태연하게 약에 대한 이야기를 떠들어대며 언제나 많은 사람들 앞에서 먹곤 했습니다. 암페타민 중독에 걸렸다는 소문도 있었습니다만, 사실인지 어떤지는 모릅니다. 케이프에서는 많은 사람들이 그녀에게 별의별 일을 다 당하여 굉장한 이야기가 많습니다. 카렌 랜돌이 하지 않은 짓은 하나도 없다고 말할 정도니까요."
앨런은 얼굴을 찡그렸다.
"자네는 그녀를 좋아했나?"
"네, 좋아할 수 있었던 동안에는 좋아했습니다."
"케이프에서 만났을 때가 그녀를 마지막으로 본 것이었겠군?"
"네."
맥주가 왔다. 앨런은 잔을 들여다보며 몇 초 동안 손 안에서 빙글빙글 돌리고 있었다.
이윽고 그가 말했다.
"아닙니다. 그건 거짓말입니다."
"또 만났었나?"
그는 우물쭈물했다.
"네."
"언제였지?"
"일요일입니다. 바로 지난 일요일이었습니다."

6

앨런은 설명했다.
"점심시간이 거의 다 되어서였습니다. 게임이 끝난 뒤 있었던 파티에서 지나치게 술을 마셔서 그때까지도 덜 깨어 있었습니다. 사실 토요일의 게임에서 서투른 플레이를 했기 때문에 월요일 연습 때는 기운찬 모습을 보여야 했으므로 마음이 쓰였던 것입니다. 언제나 하는 실수를 또 저질렀기 때문에 정말 걱정스러웠었습니다.
 아무튼 나는 내 방에서 점심 먹으러 가려고 옷을 입고 있었습니다. 넥타이를 매는데 아무리 해도 자꾸만 틀려서 세 번이나 고쳐맸습니다. 정말 취기가 남아 있었습니다. 지독하게 골치가 아프고…… 그때 그녀가 들어왔습니다. 마치 내가 그녀를 기다리고 있으리라고 생각하는 것처럼 거침없이 들어왔습니다."

"기다렸던 게 아닌가?"

"가장 만나고 싶지 않았던 사람입니다. 머릿속에서 가까스로 몰아낸 참이었으니까요. 그런데 그녀가 찾아왔습니다. 훨씬 아름다워져서 말입니다. 조금 뚱뚱해진 것 같긴 했지만, 그래도 역시 아름다웠습니다. 한방 친구들은 모두 점심 식사하러 나갔고, 방에는 나 혼자 있었습니다. 그녀는 나에게 점심식사에 데려가 달라고 말했습니다."

"그래서 뭐라고 대답했나?"

"안 된다고 했습니다."

"어째서?"

"처음부터 만나고 싶지 않았기 때문입니다. 그녀는 전염병 같은 여자입니다. 누구나 다 병들게 하고 맙니다. 나는 그녀가 옆에 있는 것을 원하지 않았습니다. 그래서 나가달라고 부탁했지만 듣지 않더군요. 털썩 자리에 앉아 담배에 불을 붙이며, 우리 사이가 이제 끝났다는 건 알고 있지만 이야기 상대를 얻고 싶어서 찾아왔다고 말했습니다. 전에도 들은 말이었기 때문에 곧이듣지 않았습니다. 그래도 그녀는 나가지 않았습니다. 안락의자에 깊숙이 앉아서 나가지 않았습니다. 이야기할 수 있는 상대는 나뿐이라는 것이었습니다. 나는 마침내 항복하고 말았습니다. 자리에 앉으며 '좋아, 이야기해 봐'라고 말했습니다. 그리고 마음속으로 '나는 바보다. 틀림없이 후회할 거다. 지난번처럼 틀림없이 후회할 거다' 하고 생각했습니다. 사람에게는 누구나 다 곁에 있지 말아주었으면 하는 상대가 있습니다."

화요일 10월 11일

"어떤 이야기를 했지?"
"그녀에 대한 일이었습니다. 카렌은 언제나 자신에 대해서만 이야기했지요. 그녀 자신에 대해서, 부모님에 대해서, 오빠에 대해서……."
"오빠와는 사이가 좋았나?"
"좋았다고 할 수 있을지……, 그도 '흐린 유리'와 마찬가지로 의사 일밖에 모르는 사람이니까요. 카렌은 여러 가지 일을 오빠에게 이야기하지 않았습니다. 마약에 대해서도 말하지 않았습니다. 아무튼 나는 자리에 앉아 카렌의 이야기를 듣고 있었습니다. 그녀는 한참 학교 이야기를 하고 나서 얼마 전에 시작했다는 이상한 일을 말해 주었습니다. 하루에 두 번 30분씩 명상에 잠긴다는 것이었습니다. 마음을 깨끗하게 한다는 겁니다. 헝겊을 잉크에 담그는 것과 같은 거라고 말했습니다. 아직 시작한 지 얼마 안 되지만, 아주 멋지다고 하더군요."
"그동안 그녀의 모습은 어떻던가?"
"침착하지 못한 것 같았습니다. 앉은 자리에서 담배 한 갑을 다 피우고, 잠시도 쉬지 않고 손을 움직거렸습니다. 콩코드 학교의 반지를 꼈는데, 그 반지를 손가락에 뺐다 꼈다 빙글빙글 돌렸다 했습니다. 자리에 앉아 있는 동안 줄곧 그랬습니다."
"어째서 주말에 스미스에서 나왔는지 까닭을 말하지 않았나?"
"내가 물어보았습니다. 그랬더니 말하더군요."
"뭐라고 하던가?"
"중절하기 위해서라고 대답하더군요."
나는 자세를 바로하고 앉아 담배에 불을 붙였다.
"그 말을 듣고 자네는 어떻게 생각했나?"
앨런은 머리를 내저었다.

"믿지 않았습니다."
그는 나를 흘끔 쳐다보더니 맥주를 입으로 가져갔다.
"그녀가 하는 말은 아무것도 믿지 않게 되어 있었습니다. 하지만 그렇게 말하지는 않았습니다. 말할 수가 없었습니다. 카렌은 여전히 내 마음을 쥐고 있었으니까요."
"카렌도 그 사실을 알고 있었나?"
"그녀는 무엇이든 다 알고 있었습니다. 아무리 작은 일도 놓치지 않았습니다. 고양이처럼 본능을 활동시켰지요. 그것이 한 번도 틀리지 않았습니다. 방으로 들어와 슬쩍 둘러보기만 하고도 모든 것을 압니다. 그녀는 사람의 감정에 대해 특별한 감각을 가지고 있었지요."
"임신중절에 대해 그녀와 이야기한 일이 있었나?"
"없었습니다. 그녀의 말을 믿지 않았습니다. 그냥 흘려버리고 말았습니다. 한 시간쯤 지나자 그녀는 다시 중절이야기를 시작했습니다. 무서워서 나와 함께 있고 싶다는 거였습니다. 그녀는 무섭다는 말을 여러 번 했습니다."
"자네는 그 말을 믿었나?"
"무엇을 믿어야 할지 알 수 없어서…… 아니, 믿지 않았습니다."
앨런은 맥주를 단숨에 마시고 잔을 내려놓았다.
"대체 내가 어떻게 해야 좋았겠습니까? 그녀는 머리가 좀 이상했습니다. 그것은 모두들 알고 있었습니다. 부모님과도 다른 사람들과도 원만하게 잘되지 않았기 때문에 머리가 이상해진 겁니다. 정신이 돌아버렸습니다."
"그녀와 얼마 동안이나 이야기했지?"
"약 한 시간 반쯤이었습니다. 그리고 나서 점심식사를 하고 공부해야 하니까 돌아가달라고 말했습니다. 그러자 그녀는 나갔습니다."

"어디로 갔는지 모르나?"
"모릅니다. 내가 묻자, 그냥 웃으면서 어디로 가는지 알고 있었던 일은 한 번도 없었다고 말했습니다."

7

앨런과 헤어졌을 때는 이미 꽤 시간이 늦었으나 아무튼 피터 랜돌의 방에 전화를 걸어보았다. 그는 없었다. 내가 급한 일이라고 말하자 비서가 연구실로 전화해 보라고 일러주었다. 그는 화요일과 목요일 밤에 가끔 늦게까지 연구실에 남아 일하는 모양이었다.

나는 전화를 하지 않고 직접 찾아갔다.

피터 랜돌은 그의 가족 가운데 내가 전에 만난 적이 있는 유일한 사람이었다. 한 번인가 두 번 의사들 파티 자리에서 인사를 나누었다. 파티에 가면 언제나 그를 만날 수 있었다. 첫째로 그는 남의 눈에 잘 띄는 몸집이 큰 사나이였으며, 둘째로 그는 파티를 좋아하여 어느 파티에나 반드시 참석했기 때문이다. 그는 배가 불룩 나온 거한으로 언제나 진심으로 쾌활하게 웃어 얼굴이 새빨갰다. 줄담배를 피웠으며 술을 뒤접어쓰듯이 퍼마셨고, 참으로 즐거운 듯 이야기하므로 파티를 주최하는 여주인으로서는 꼭 필요한 사람이었다. 피터 랜돌이 있으면 어떤 파티나 곧 떠들썩해졌다. 링컨 병원의 약제주임인 게일의 아내 베티가 이렇게 말한 적이 있다.

"저분은 아주 혈통이 좋은 '사교 애니멀'이군요."

베티는 언제나 그 비슷한 말을 잘하는 여자였는데, 이 비유는 정말 옳았다. 피터 랜돌은 사교동물이었다. 사람이 모이는 곳을 좋아했으며, 대범하고, 사물에 대해 오래 집착하거나 구애받지 않았다. 그의 재치와 원만한 대인관계는 그에게 상상할 수 없을 만큼 자유를 주었다.

 이를테면 피터가 말하면 아무리 천하고 언짢은 농담이라도 웃지 않을 수 없었다. 마음속으로는 지독한 농담이라고 생각하면서도 모두들 웃었다. 부인들도 웃었다. 그는 또 다른 사람의 부인과 장난을 치고, 음료를 엎지르고, 여주인에게 창피를 주고, 불평을 늘어놓았다. 그래도 아무도 언짢은 얼굴을 하지 않았다.
 나는 그가 카렌에 대해 어떻게 이야기하는지 꼭 들어보고 싶었다.
 그의 연구실은 의학부 생화학 건물 5층에 있었다. 나는 연구실 냄새——아세톤, 벤젠, 피펫*[1]용 세제, 시약 냄새를 맡으면서 복도를 걸어갔다. 코를 찌르는 청결한 냄새다. 그의 방은 작았다. 흰 작업복을 입은 여자가 책상에 앉아 편지를 타이프하고 있었다. 눈이 번쩍 뜨일 만큼 아름다운 아가씨였는데, 그것은 내가 예상했던 일이었다. 그녀는 희미한 사투리가 섞인 말투로 물었다.
 "무슨 일이지요?"
 "랜돌 선생을 만나고 싶소."
 "약속이 있으셨나요?"
 "전화했지만 연락이 제대로 되지 않았을지도 모르겠소."
 그녀는 나를 임상의로 판단한 모양이었다. 연구실 의사가 임상의에게 보이는 얕보는 듯한 눈초리가 그녀의 눈에 떠올랐다. 임상의는 신경을 쓰지 않는다. 그들은 환자라는 더럽고 비과학적인 존재를 상대하고 있다. 그러나 연구실 의사는 그와 달리 순수하고 학문적인 세계에 살고 있다.
 "이리로 오세요."
 그녀는 일어나서 복도를 걸어갔다. 뒷굽이 없는 나무신을 신고 있었다. 말투에 사투리가 섞인 이유를 알 수 있었다. 나는 뒤따라가며 그녀의 엉덩이를 열심히 바라보다가 '작업복을 입지 않았으면 좋을 텐데' 하고 생각했다. 그녀가 어깨 너머로 말했다.
"박사님은 지금 배양실험을 하고 계십니다. 매우 바쁘십니다."
"기다려도 괜찮소."
우리는 연구실로 들어갔다. 건물 모퉁이에 있는 꾸밈없는 방으로, 주차장이 내려다보였다. 늦은 시간이라 자동차가 거의 없었다.
랜돌은 한 마리의 흰 쥐 위에 몸을 숙이고 있었다.
"브리지드, 마침 되었소." 그녀가 들어가자 피터 랜돌이 말했다. 그는 내 쪽을 보고 덧붙였다. "손님이신가?"
"벨리입니다……."
"알고 있소. 기억하고 있지."
그는 쥐를 놓고 나와 악수했다. 쥐는 테이블 위를 쪼르르 달려갔으나 끄트머리에서 멈춰서서 바닥을 내려다보며 코를 벌름거렸다.
"존……이었지요? 그래, 몇 번 만났지."
피터는 쥐를 집어올리며 웃는 얼굴을 보였다.
"지금 당신 일로 형님에게서 전화가 왔었소. 형님을 화나게 한 모양이더군요. '코찔찔이 엉터리 탐정', 형님은 당신을 이렇게 말했다오."
그는 이야기가 매우 재미있는 듯 웃었다.
"형님께서 사랑하시는 아내를 괴롭혔기 때문이오. 당신은 그녀가 미쳐버릴 만큼 흥분시켰나 보더군요."
"죄송하게 생각하고 있습니다."
"그럴 필요는 없소."
피터는 즐거운 듯이 웃었다. 그는 브리지드를 향해 말했다.
"다른 두 사람을 불러다주오. 이걸 시작해야 하니까."
브리지드가 콧잔등에 주름을 짓자 피터는 그녀에게 한쪽 눈을 찡긋해보였다. 그녀가 물러가자 그는 말했다.

"아주 귀여운 여자라오. 눈의 트레이닝을 시켜주지요."
"눈의 트레이닝?"
"그렇소."
그는 자기 배를 두드렸다.
"현대생활의 큰 함정 가운데 하나는 약한 눈의 근육이오. 텔레비전이 범인이지. 앉은 채 눈을 움직이지 않거든. 그 결과 눈에 힘이 없어지는 거요. 무서운 비극이지요. 그러나 브리지드가 예방해 준다오. 최고급 예방약이지요."
그는 행복한 듯이 크게 한숨을 내쉬었다.
"그런데 용건이 뭐요? 어째서 나를 만나고 싶어하는지 모르겠군요. 브리지드에게 볼일이 있다면 이해가 가지만, 나 같은 사람에게는……."
"당신은 카렌 양을 치료한 의사였습니다."
"그렇소."
그는 쥐를 집어들어 작은 우리 속에 넣었다. 그리고 좀더 큰 우리가 나란히 늘어서 있는 데서 또 한 마리를 찾았다.
"할 수 없는 사람들이군. 염료는 싸다고 늘 말하는데도 절대로 충분히 쓰지 않거든. 이걸 보시오."
그의 손이 갑자기 한 우리 속으로 쑥 들어가더니 한 마리의 쥐를 꺼냈다.
"꼬리가 보랏빛으로 물든 것을 모두 꺼내는 거요."
그는 쥐를 내 눈앞에 바싹 들이대고 보랏빛 부분을 보여주었다.
"이 쥐들은 어제 아침 상피소체 호르몬을 주사맞았지요. 가엾지만 이제부터 조화(造化)의 신에게 돌아가야 한다오. 쥐를 죽이는 방법을 아오?"
"조금."

"나 대신 해주지 않겠소? 나는 이것들을 죽이는 게 싫소."
"거절하겠습니다."
그는 한숨을 크게 내쉬었다.
"그렇게 말할 줄 알았소. 그건 그렇고, 카렌의 일이었지요? 나는 틀림없이 그 아이를 치료해 왔소. 무엇을 묻고 싶소?"
그는 분명 우호적이어서 뭐든 다 이야기해 줄 것 같았다.
"이번 여름 그녀가 사고를 당했을 때도 치료하셨습니까?"
"사고? 그런 일 없었는데."
여자들이 들어왔다. 브리지드까지 함께 세 명이었다. 모두 아름다웠다. 우연이었는지 아니면 미리 짜두었는지 모르지만 한 사람은 금발, 또 한 사람은 검은 머리, 다른 한 사람은 빨강머리였다. 그녀들은 피터 앞에 한 줄로 늘어섰다. 피터는 선물을 나누어줄 때처럼 한 사람 한 사람에게 미소를 던졌다. 그가 말했다.
"오늘 저녁에는 여섯 마리요. 모두 끝내고 돌아가도록. 해부기구는 내놓았겠지?"
"네" 하고 대답하며 브리지드는 의자가 세 개 놓인 긴 테이블을 손가락으로 가리켰다. 세 개의 의자 앞에는 코르크 패드, 핀 몇 개, 겸자*2가 하나, 작은 칼, 냉동용기가 있었다.
"처리용기도 내놓았나? 준비는 다 되었겠지?"
"네" 하고 다른 여자가 대답했다.
"좋아. 그럼, 시작하도록!"
여자들은 테이블 앞에 자리를 잡았다. 피터 랜돌은 나를 보며 말했다.
"아무래도 내가 해야 할 것 같군. 정말 질색인데⋯⋯ 언젠가는 이 조그만 녀석의 마지막 순간이 가엾어 녀석의 머리와 함께 내 손가락을 자르게 될지도 모르오."

"무엇을 쓰십니까?"
"설명하자면 아주 길다오."
피터는 아주 씁쓰레하게 미소지었다.
"지금 당신 눈앞에 있는 아가씨들은 쥐를 살해하는 재주와 기술을 쌓은 기술자들이오. 나는 여러 가지 방법을 시도해 보았지. 클로로포름, 목을 부러뜨리는 방법, 목을 매달아 죽이는 방법. 영국인이 좋아하는 길로틴을 조그맣게 만들어 시험해 보기도 했소. 런던의 친구가 자랑하며 보내준 거라오. 그런데 그게 언제나 살갗에 걸리더란 말이오. 그래서……."
그는 쥐를 한 마리 집어들어 찬찬히 조사했다.
"원시적 방법으로 돌아갔지요. 고기를 다루는 식칼을 쓴다오."
"농담이겠지요."
"듣기 거북하리라는 건 알고 있소. 보기에도 나쁘지만, 이게 가장 좋은 방법이오. 해부에서는 신속함이 가장 중요하니까. 그것이 실험의 필수조건이오."
그는 쥐를 세면대로 들고 갔다. 푸줏간에서 쓰는 묵직한 도마가 세면대 끝에 놓여 있었다. 그는 쥐를 도마 위에 놓고 납을 입힌 종이주머니를 수채 위에 벌려놓았다. 그런 다음 벽장으로 가서 튼튼한 나무 자루가 달린 무겁고 짤막한 식칼을 꺼냈다.
"철물상에서도 이런 것을 팔지요. 그러나 너무 스마트하게 만들어져서 곧 무뎌진다오. 나는 이것을 푸줏간에서 얻어왔지요. 아주 잘 든다오."
그는 칼날을 숫돌에 조금 간 다음 종이를 한 장 가져다 베어보았다. 종이는 보기좋게 베어졌다.
전화가 울렸다. 브리지드가 일어나 전화를 받았다. 다른 두 여자는 쥐를 죽이는 일이 미루어져 기뻐하는 것 같았다. 브리지드는 두서너 마디 이야기한 다음 피터에게 말했다.
 "렌트카 사무실인데, 자동차를 보내겠답니다."
 "잘됐군." 피터가 말했다. "주차장에 넣고 열쇠를 차일 위에 놓아두라고 말해 주오."
 브리지드가 그 말을 전하는 동안 피터는 나에게 말했다.
 "정말 혼났소. 자동차를 도둑맞았다오."
 "도둑맞았다고요?"
 "그렇소. 정말 곤란하단 말이야. 어제 일이었지요."
 "무슨 자동차였습니까?"
 "소형 메르세데스 세단이오. 다 낡은 것이지만, 내가 좋아하는 자동차였지요. 만일 할 수만 있다면……."
 그는 쓴웃음을 지었다.
 "자동차를 훔친 녀석을 자동차 도둑이 아니라 유괴범으로 체포했으면 좋겠소. 아주 좋아하는 자동차였는데……."
 "경찰에는?"
 "물론 신고했지요."
 그는 어깨를 으쓱해 보였다.
 "그다지 기대하지는 않지만 말이오."
 브리지드가 전화를 끊고 되돌아왔다.
 피터는 한숨을 쉬고 식칼을 집어들며 말했다.
 "자, 빨리 끝냅시다."
 그는 쥐의 꼬리를 잡아눌렀다. 쥐는 달아나려고 도마 위에서 몸을 주욱 폈다. 피터는 재빠른 동작으로 식칼을 머리 위로 치켜들었다가 내리쳤다. 칼날이 도마 위에 파고들며 '탁' 하는 소리가 났다. 여자들이 얼굴을 돌렸다. 피터는 머리가 잘린 채 꿈틀꿈틀하는 쥐의 몸통을 들고 있었다. 피가 쏟아졌다. 그는 쥐를 브리지드 앞으로 가지고 가서 코르크 패드 위에 놓았다. 그는 재빨리 말했다.
"1번!"
그는 다시 도마 쪽으로 가서 쥐의 머리를 종이주머니에 떨어뜨리고 두 마리째의 쥐를 골랐다.
나는 브리지드가 일하는 모습을 바라보았다. 그녀는 익숙한 손놀림으로 재빨리 쥐의 몸을 반듯하게 놓은 다음 코르크에 핀으로 꽂았다. 그리고 나서 다리에 메스를 넣어 뼈 주위의 힘줄과 살을 떼어냈다. 그 다음 몸통에서 뼈를 떼어내어 냉동용기에 담았다.
"대수롭지 않은 성과요."
피터는 다음 쥐를 도마에 올려놓았다.
"우리는 이 연구실에서 처음으로 뼈의 시험관 안 배양을 완성했다오. 우리는 분리된 뼈의 조직을 사흘 동안 살려둘 수가 있소. 가장 어려운 문제는 뼈를 재빨리 꺼내 세포가 죽기 전에 냉동용기에 넣는 거지요. 우리가 지금 하는 일은 예술이오."
"무엇을 연구하는 겁니까?"
"칼슘 대사(代謝)요. 특히 상의소체 호르몬과 갑상선 칼시트닌과 관계있는 경우를 연구하오. 이러한 호르몬이 어떻게 뼈에서 칼슘을 끌어내는지 알고 싶은 거요."
상의소체 호르몬은 갑상선에 딸린 네 개의 작은 선에 감추어져 있는데, 아직 자세히 알려지지 않은 물질이다. 상의소체가 혈액 속 칼슘 양을 조절하여, 그 농도가 혈당이나 유리지방산보다 훨씬 엄격하게 규제되어 있는 것 같다는 정도 외에 그 이상의 것은 아무도 알지 못한다. 혈액 속의 칼슘은 정상적인 신경전달과 근육수축에 필요한데 칼슘은 필요에 따라 뼈에 저장되기도 하고 뼈에서 끌어내어지기도 한다는 것이 정설이다. 만일 혈액 속의 칼슘이 너무 많으면 뼈에 저장된다. 또 너무 적을 때는 뼈에서 끌어내어진다. 그러나 이것이 어떻게 행해지는가는 아무도 모른다.
 피터가 설명을 계속했다.
 "하지만 시간에 문제가 있소. 재미있는 실험을 한 일이 있지. 개에게 측부혈행(側副血行) 회로를 연결시켰다오. 혈액을 꺼내 화학처리로 칼슘을 완전히 제거한 뒤 다시 넣었소. 이것을 여러 시간 계속하면 막대한 양의 칼슘이 제거되지요. 그런데 혈액의 칼슘 농도는 곧 조정되어 정상이 되어 있었소. 개는 굉장한 속도로 막대한 양의 칼슘을 뼈에서 꺼내 혈액 속에 주입했던 거요."
 식칼이 또다시 큰 소리를 내며 내리쳐졌다. 쥐는 몸을 꿈틀꿈틀 경련시키더니 곧 움직이지 않게 되었다. 그 쥐는 두 번째 여자 앞에 놓여졌다.
 "나는 이 일에 흥미를 갖기 시작했소. 칼슘의 저장과 방출이 어떻게 이루어지는가 하는 문제에. 칼슘을 뼛속에 저장하고 또 뼈에서 꺼낼 수 있는 것은 좋지만, 뼈는 구조가 단단하오. 분명 몇 분의 1초인가로 뼈를 조립하기도 하고 파괴하기도 할 수 있는 거요. 나는 어떻게 그처럼 할 수 있는지 알고 싶었소."
 피터는 우리에 손을 집어넣어 꼬리가 보랏빛으로 물든 쥐를 또 한 마리 꺼냈다.
 "그래서 나는 뼈의 시험관 안 배양방법을 만들어내려고 결심했소. 아무도 그런 일을 할 수 있으리라 생각지 못했소. 뼈의 대사가 너무 늦다는 것이지요. 계측이 어렵다는 말이오. 그러나 나는 성공했소. 수백 마리의 쥐를 죽이긴 했지만."
 그는 깊이 숨을 내쉬었다.
 "만일 쥐가 세계를 정복한다면 나는 전범으로 법정에 끌려나갈 거요."
 피터는 쥐를 도마 위에 올려놓았다.

"나는 언제나 나 대신 이런 일을 해줄 아가씨를 찾고 싶었소. 냉철하고 차가운 독일 여성이나 새디스트 같은 여자들. 그런데 한 사람도 없었소. 이 세 아가씨는."
그는 테이블 앞에 앉아 있는 세 사람 쪽을 보았다.
"동물을 죽이지 않아도 좋다는 조건으로 와주었다오."
"언제부터 하셨습니까?"
"벌써 7년이나 되었소. 처음에는 1주일에 반나절만 천천히 했지. 그러다 화요일마다 하게 되었소. 오래지 않아 화요일과 목요일에 했소. 그러다 주말에는 언제나 하게 되었지. 환자는 될 수 있는 한 적게 받고 있다오. 나는 이 일에 사로잡혀 있소."
"즐겁습니까?"
"뭐라 말할 수 없을 정도요. 이것은 게임이오, 기막힌 게임! 아무도 해답을 알지 못하는 수수께끼요. 그러나 주의하지 않으면 해답을 구하기에 너무 열중해 버리지요. 생화학을 하는 사람 중에는 여느 임상의보다 많은 시간 동안 일하는 사람이 있소. 자기 자신에게 매질을 하는 거지요. 그러나 나는 그런 사람이 되지는 않는다오."
"어째서입니까?"
"그런 징후가 나타날 듯하면, 밤새워 일하고 싶어지거나, 자정까지 계속하고 싶어지거나, 아침 5시부터 일을 시작하고 싶어지거나, 하면 자신에게 타이르지요. '이것은 게임이다'라고 말이오. 몇 번 되풀이 말하면 효과가 나타나 마음이 차분해지오."
식칼이 세 마리째 쥐를 죽였다.
"이제 반이 끝났군."
그는 뭔가 생각에 잠긴 것처럼 배를 슬슬 문질렀다.
"그런데 내 이야기는 이제 그만하고, 당신 이야기를 들어봅시다."
"나는 카렌 양에 대해 알고 싶습니다."

"사고에 대해서? 사고는 없었다고 했잖소. 내가 기억하고 있는 한 없었소."
"그럼, 어째서 이번 여름에 뇌의 뢴트겐 사진을 찍었습니까?"
"그 일 말이군."
그는 네 마리째의 희생물을 다정하게 쓰다듬으면서 도마 위에 올려놓았다.
"그건 정말 카렌다운 짓이었다오."
"무슨 뜻입니까?"
"그애는 나를 찾아와 '장님이 된다'고 호소했소. 얼굴빛이 달라져서 호들갑스럽게 걱정했지요. 16살짜리 여자아이가 얼마나 소란을 피울 수 있는지 당신도 알 거요. 시력이 떨어져 테니스도 할 수 없으니 어떻게 해달라는 거였소. 그래서 혈액을 뽑아 몇 가지 검진을 지시했소. 혈액을 뽑으면 누구나 다 납득을 하지요. 그리고 나서 혈압을 재고 이야기를 잘 들어주어 정말 모든 것을 빠짐없이 다했다는 인상을 주었지요."
"그래서 두개골 뢴트겐을 찍었군요."
"그렇소. 치료의 일부로서."
"잘 모르겠는데요……."
나는 말했다.
"카렌의 경우는 완전히 정신 신체 의학의 문제였소. 여성들의 90퍼센트가 그녀처럼 생각한다오. 뭔가 조그마한 일이 생각처럼 잘되지 않으면, 이를테면 테니스 같은 것이 잘 안 되면 어디가 나쁜 게 아닐까 생각하지요. 그래서 의사에게 이야기하지만, 의사는 육체적으로 나쁜 데를 발견할 수가 없소. 그러나 사실대로 말해도 본인은 만족하지 않소. 그래서 다른 의사에게로 가지요. 그리고 또 다른 의사에게로, 또 다른 의사에게로 자꾸 옮겨다니는 거요. 다정하게 손을 꼭 잡고 '당신은 아주 나쁜 상태입니다' 하고 말할 때까지 도무지 만족하지 않는다오."
그는 웃었다.
"그럼, 마음을 위로해 주기 위해 여러 가지 테스트를 했단 말입니까?"
"그렇다고 할 수 있지요. 아니, 꼭 그렇지만도 않았소. 시력이 나빠진다는 가볍지 않은 증상을 들은 이상 그냥 내버려둘 수 없었소. 안저(眼底-안구 내부의 뒷편 망막 부분)를 조사해 본 결과 정상이었지만, 그애 말로는 또렷해졌다가도 다시 흐릿해지곤 한다는 것이었소. 그래서 혈액표본을 채취하여 갑상선 기능과 호르몬 양을 테스트해 보니 정상이었소. 그런 다음 두개골 뢴트겐 사진을 찍었소. 이것도 정상이어서……, 당신도 보았겠지요?"
"보았습니다." 하고 대답하며 내가 담배에 불을 붙여물었을 때, 다음 쥐가 죽었다. "그렇지만 어째서 두개골 뢴트겐 사진이……."
"종합해서 생각해 보시오. 그 아이는 아직 어리지만 있을 수 없는 일도 아니오. 시야결손과 두통, 약간의 체중 증가, 기면 상태. 시신경과 관계있는 하수체 기능 저하일 수도 있소."
"뇌하수체 종양 말입니까?"
"그 가능성도 있지요. 하수체 기능저하증이라면 테스트로 알 수 있으리라고 생각했소. 아주 심한 상태라면 두개골 뢴트겐 사진에 뭔가 나타나지요. 그런데 아무 데도 이상이 없었소. 그녀의 마음속에 일어난 병이었던 거요."
"분명합니까?"
"그렇소."
"연구실에서 실수하는 경우도 있습니다."
"물론이오. 그래서 확인하기 위해 다시 한 번 테스트해 보려고 생각했었지요."

"그런데 어째서 하지 않았습니까?"

"카렌이 찾아오지 않았기 때문이오. 거기에 모든 일의 열쇠가 있소. 어느 날 그애는 장님이 된다고 울부짖으며 뛰어들어왔소. 1주일 뒤에 다시 오도록 간호사가 날짜와 시간을 정해주었소. 그러나 카렌은 나타나지 않았소. 아무 일 없었던 것처럼 테니스를 즐기고 있었던 거요. 모든 것은 그녀의 마음속에서 일어난 일이었소."

"당신이 진찰했을 때 월경이 있었습니까?"

"월경은 정상이라고 했소. 물론 죽었을 때 임신 4개월이었다면, 막 수태(受胎)했을 때 진찰했겠지만."

"그녀는 그 뒤 다시 오지 않았습니까?"

"안 왔소. 그애는 좀 수선스러운 데가 있었소."

피터는 마지막 쥐를 죽였다. 여자들은 모두 바쁘게 일하고 있었다. 그는 찌꺼기를 모아 종이주머니에 넣어 휴지통에 버렸다.

"겨우 끝났군."

그는 두 손을 세게 비비며 씻었다.

"시간을 내주셔서 고맙습니다."

그는 종이수건으로 손을 닦았다.

"괜찮소. 당신에게 말해 둘 일이 있소. 나는 그 아이의 숙부이기 때문이오."

나는 기다렸다.

"내가 당신과 이런 이야길 했다는 것을 알면 J D는 두 번 다시 나와 말하려고 하지 않을 거요. 누구든 다른 사람과 이야기할 때 이 사실을 잘 기억해 두시오."

"알겠습니다" 하고 나는 말했다.

"나는 당신이 무엇을 하고 있는지 모르오."

피터는 말을 이었다.

"알고 싶지도 않소. 난 언제나 당신을 양식있는 사람으로 여겨왔소. 쓸데없는 짓을 하는 건 아니겠지요?"

나는 뭐라고 말해야 좋을지 알 수 없었다. 그가 무슨 말을 하려고 했는지 모르지만, 분명 무슨 말인가 하려고 했던 것이다.

"J D는 지금 정상이라고도, 양식이 있다고도 할 수 없소. 자신의 고집에 사로잡혀 있소. 당신은 그로부터 아무것도 알아낼 수 없을 거요. 당신은 해부에 입회했겠지요?"

"그렇습니다."

"dX[3]는 어떻던가요?"

"육안으로 보아서는 확실한 것을 알 수 없었습니다."

"슬라이드는?"

"아직 보지 못했습니다."

"해부할 때 느낀 인상은 어떠했소?"

나는 머뭇거렸다. 그러나 이윽고 결심했다. 그는 나에게 솔직히 이야기해 주었다. 나도 그에게 솔직하게 말해야겠다.

"임신하지 않은 것 같았습니다."

"흐음……."

피터는 신음소리를 냈다. 그는 또 배를 쓰다듬더니 손을 내밀며 말했다.

"그거 매우 흥미있는 일이로군요."

우리는 악수를 나누었다.

8

집에 도착하자 지붕에 플래시라이트가 달린 대형 경찰차가 한길 모퉁이에 세워져 있었다. 낯익은 피터슨 부장의 짧은 머리가 곧 눈에 들어왔다. 그는 팬더에 기대서서 내가 자동차를 타고 집으로 들어오는 것을 지켜보고 있었다.

나는 자동차에서 내려 가까운 집들을 둘러보았다. 플래시라이트를 알아차린 사람들이 창문으로 내다보고 있었다.

"오래 기다리게 한 모양이군요" 하고 내가 말했다.

"아닙니다." 피터슨이 희미한 미소를 보이며 말했다. "지금 막 왔습니다. 문을 노크했더니 아직 돌아오시지 않았다고 부인께서 말하기에 여기서 기다리고 있었습니다."

빙글빙글 돌아가는 빨간 플래시라이트 속에 그의 무뚝뚝한 표정이 떠올랐다. 나를 조바심나게 하기 위해 일부러 라이트를 켜놓은 것이었다.

"무슨 일이지요?"

그는 자동차에 기대선 채 몸을 돌렸다.

"실은 당신에 대한 진정(陳情)이 들어왔습니다."

"진정?"

"네."

"누구에게서요?"

"J D 랜돌 선생."

"어떤 내용이지요?"

나는 무심코 물었다.

"당신은 그 댁 가족들에게 괴로움을 주고 있는 것 같더군요. 아들에게, 부인에게, 따님의 학교 친구에게."

"괴로움을 주었다고요?"

"그렇습니다." 피터슨은 침착하게 대답했다. "그가 그렇게 말했습니다."

"그래서 당신은 뭐라고 하셨지요?"
"조사해 보겠다고 말했지요."
"그래서 온 거로군요?"
그는 고개를 끄덕이며 희미하게 뜻없는 미소를 지었다.
플래시라이트가 마음을 초조하게 만들기 시작했다. 한길 저쪽에서 두세 아이가 우리 쪽을 보고 있었다.
"내가 뭔가 법률을 위반하기라도 했습니까?"
나는 물었다.
"그것을 이제부터 조사하려는 겁니다."
"내가 법률을 위반했다면, 랜돌 선생은 틀림없이 법정에 호소할 것입니다. 나에게 입은 손해를 입증할 수 있다고 생각한다면 말입니다. 그렇게 생각한다면 법정에 이 문제를 제출하겠지요. 그는 그것을 잘 알고 있습니다."
나는 그에게 빙긋 미소지어 보였다.
"그리고 나도 알고 있습니다."
"경찰서로 가서 이야기하십시다."
"시간이 없습니다."
나는 고개를 가로저으며 대답했다.
"강제로 구속해서 조사할 수도 있습니다."
"물론 그렇겠지요. 그러나 현명한 방법은 못 될 겁니다."
"현명한 방법일지도 모릅니다."
"그럴까요? 나는 시민으로서의 권리 안에서 행동하고 있습니다. 아무에게도 불법적인 짓을 하지 않았고, 협박한 일도 없습니다. 누구든 나와 이야기하고 싶지 않았다면 이야기할 필요가 없었겠지요."
"당신은 개인의 저택에 무단으로 들어갔습니다. 랜돌 씨 댁에 말입니다."

"미처 생각지 못했을 뿐입니다. 길을 잃어버려서 방향을 물으려고 했지요. 건물이 워낙 컸기 때문에 개인 집인 줄 몰랐습니다. 무슨 시설인가 했지요."

"시설?"

"그렇습니다. 고아원 아니면 요양소인 줄 알았지요……. 그렇기 때문에 방향을 물어볼 생각으로 자동차를 몰고들어간 것입니다. 정말 놀랐지요. 설마 거기서……."

"설마라고요?"

"우연이 아니었다고 증명할 수 있습니까?"

피터슨은 일부러 어색한 미소를 지어보였다.

"당신은 꽤 재치있는 말씀을 하시는군요."

"그렇지도 않소" 하고 나는 말했다. "그런데 저 플래시라이트를 좀 꺼주시겠습니까? 이웃사람들이 무슨 일인가 하겠군요. 경찰로부터 괴로움을 받았다고 소송을 일으킬 수도 있습니다. 서장과 검찰국과 시장에게 호소하겠소."

그는 못마땅한 표정을 지으며 창문으로 손을 넣어 스위치를 눌렀다. 라이트가 꺼졌다.

"잘 기억해 두십시오. 나중에 틀림없이 후회할 겁니다."

"잘 알고 있습니다." 나는 대꾸했다. "그러나 내가 아니면 누구든 다른 사람이 할 겁니다."

피터슨은 그의 방에서 했던 것처럼 손등을 긁었다.

"도무지 알 수가 없군요. 당신은 아주 정직한 사람이든가 완전한 바보든가 둘 중 하나인 것 같습니다."

"아마 양쪽 다일 겁니다."

그는 천천히 고개를 끄덕였다.

"아마 그럴지도 모르지요."
피터슨은 문을 열고 운전석에 올라탔다.
나는 현관을 향해 걸어가 집으로 들어갔다. 문을 닫을 때 그의 자동차가 모퉁이를 돌아가는 소리가 들렸다.

9

나는 칵테일파티에 가고 싶지 않았으나 쥬디스가 무슨 일이 있어도 가야 한다고 고집을 부렸다. 케임브리지로 자동차를 달리고 있을 때 그녀가 물었다.
"무슨 일이에요?"
"뭐가?"
"경찰이 왔었잖아요."
"나더러 손을 떼라더군."
"무슨 이유로요?"
"랜돌이 진정을 했다는구려. 인권 침해라는 거요."
"그렇게 되나요?"
"되지."
나는 그날 만난 사람들에 대해 짤막하게 이야기해 주었다. 내 이야기가 끝나자 쥬디스가 말했다.
"복잡한 것 같군요."
"아직 얼굴만 훑어보았을 뿐이오."
"랜돌 부인이 말한 3백 달러짜리 수표 이야기, 거짓말이라고 생각하세요?"
"아마 거짓말일 거요."
그녀의 질문을 받고 나는 깨달은 바가 있었다. 여러 가지 일이 차례차례 꼬리를 물고 일어났으므로 들은 이야기들을 취사선택하여 정리할 시간이 없었다. 모순되거나 납득되지 않는 점이 여러 가지 있었지만, 나는 아직 그런 일들을 논리적으로 정리하지 못했다.
 "베티는?"
 "기운이 없어요. 신문에 기사가 나서……."
 "신문에? 못 보았군."
 "조그맣게 났어요. 임신중절을 해준 의사가 체포되었다고요. 자세한 내용은 씌어 있지 않았지만, 아트의 이름이 나와 있었어요. 장난전화도 걸려왔어요."
 "심한 것이었소?"
 "네, 심했어요. 그래서 내가 전화를 받기로 했어요."
 "그렇게 해주구려."
 "베티는 마음을 돋구어 아무 일도 없었던 것처럼 행동하려 애쓰고 있어요. 그것이 좋은지 나쁜지 잘 모르겠어요. 마음이 진정될 리가 없는데……. 모든 일이 정상이 아니에요."
 "내일도 가겠소?"
 "네."
 나는 케임브리지 시립병원에서 그리 멀지 않은 케임브리지의 조용한 주택지에 자동차를 세웠다. 낡은 목조건물이 늘어서 있고, 큰길을 따라 단풍나무가 심어져 있었다. 벽돌을 깐 길이 참으로 케임브리지다웠다. 내가 자동차를 세우자 하몬드가 오토바이를 타고 달려왔다.
 노튼 프랜시스 하몬드는 의사들 사이의 새로운 관심거리였다. 그러나 그 자신은 이 사실을 알지 못했다. 그렇다면 그것으로 좋다. 알고 있다면 기분이 좋지 못할 것이다. 하몬드는 샌프란시스코 출신으로, 집안은 대대로 해운업을 해왔다고 한다. 키가 크고 금발인데다 살빛이 거무스름하며 핸섬했다. 마치 캘리포니아 생활의 선전광고가 걸어가는 것 같았다. 메모리얼 병원 레지던트 2년차인데, 우수한 실력을 인정받고 있어 머리를 귀까지 늘어뜨리고 콧수염을 길게 길러 곱슬곱슬하니 요란하게 지져도 누구 한 사람 탓하려고 하지 않았다.

하몬드나 그 또래 젊은 의사들에게 있어 중요한 점은, 그들이 체제를 거부하는 게 아니라 낡은 패턴을 깨뜨리고 있다는 데 있다. 하몬드는 그의 머리카락, 행동, 오토바이로 누군가를 적으로 돌리려는 건 아니다. 다른 의사가 그를 어떻게 생각하든 그는 조금도 마음에 두지 않는다. 그의 태도가 그렇기 때문에 다른 의사들도 비난할 수가 없다. 게다가 의사로서 뛰어나니까. 그의 겉모습이 마음에 들지 않더라도 불평할 만한 근거가 없다.

그러므로 하몬드는 아무에게도 간섭받지 않고 자신의 길을 걸어갔다. 그리고 그는 레지던트이므로 가르치는 입장에 서기도 한다. 젊은 이들에게 영향을 주게 된다. 바로 거기에 장래 의학계의 희망이 있다.

제2차 세계대전 이래 의학은 잇따라 일어난 두 갈래의 물결에 의해 큰 변혁을 겪었다. 하나는 전쟁이 끝난 뒤 바로 시작된 지식, 기술, 방법의 범람이다. 그것은 항생물질의 등장과 함께 전해질 밸런스, 단백질 구조, 유전자 기능의 지식으로 이어진다. 이러한 진보는 거의 모두 과학적이며 기술적인 것이었는데, 그 때문에 의료 실태가 근본적으로 바뀌어 1965년에는 가장 흔히 쓰여지는 4가지 약 가운데 3가지——항생물질, 호르몬(대부분 필), 트랑키라이저——가 전쟁 뒤 나온 것들이다. [4]

두 번째 물결은 최근에 일어난 것으로, 기술적 변혁이 아니라 사회적 변혁에 따른 것이다. 암이나 심장병 같은 사회병 또는 사회화된 질병이 해결되지 않으면 안 될 진지한 문제로 등장했다. 옛의사들 가운데에는 암 같은 사회병을 사회에서 떼어놓고 생각한 사람도 있어 젊은 의사 중에도 거기에 동조한 이가 있었다. 그러나 좋아하든 좋아하지 않든 의사는 전보다 많은 사람들에게 전보다 더 우수한 의료를 베풀어야 한다는 사실이 분명해졌다.

　젊은 사람들에게 새로운 길을 기대하는 것은 당연하지만, 의학세계에서는 쉬운 일이 아니다. 나이 많은 의사가 젊은 의사를 훈련시켜 학생이 교사를 그대로 닮아버리듯 비슷해지는 일이 많기 때문이다. 또 의학세계에는 세대와 세대 사이에 적대의식 같은 게 있다. 요즘은 특히 더 심하다. 젊은 사람들은 옛날 사람들보다 훨씬 많은 지식을 갖추고 있다. 그들은 과학을 좀더 잘 알고 있어 보다 깊은 질문을 하고 보다 복잡한 대답을 요구한다. 그들은 또 다른 부문의 젊은이들과 마찬가지로 옛날 사람들로부터 일을 빼앗으려 한다.

　노튼 하몬드가 주목을 받는 것도 그런 까닭에서였다. 그는 반항하지 않고 혁명에 불을 붙이고 있었다.

　그는 오토바이를 세우고 열쇠로 잠근 다음 소중한 듯이 툭툭 치더니 '화이트[5]'의 먼지를 털었다. 그리고 우리를 보았다.

"여어, 안녕하시오?"

내가 기억하고 있는 한 하몬드는 누구에게나 똑같은 인사를 한다.

"자네는 어떤가, 노튼?"

"그럭저럭 해나가고 있지요, 모든 장애를 헤치고."

그는 씁쓸하게 웃으며 내 어깨를 두드렸다.

"선전포고를 한 모양이던데요?"

"그런 건 아닐세."

"아직 상처는 입지 않았습니까?"

"찰과상을 조금."

"운이 좋았군요. 상대는 늙은 너구리의 '항문대(肛門帶)'거든요."

"항문대?"

쥬디스가 끼어들었다.
"3층 사람들이 그를 그렇게 부르더군요."
"랜돌을?"
"그렇지요."
노튼은 쥬디스를 향해 미소지었다.
"따님 일로 상당히 깊은 상처를 입은 모양입니다."
"알고 있네."
"상처입은 독수리처럼 3층을 서성거린다더군요. 그의 위세에 맞설 만한 사람이 있다고 상상할 수는 없습니다."
"나는 상상할 수 있네."
"심기가 몹시 불편한 모양입니다. 샘 칼슨까지도 당했다더군요. 샘을 알지요? 랜돌 밑에 있는 레지던트인데, 마음에 들어하는 사람이지요. 어째서 귀여움을 받는지 아무도 그 이유를 모릅니다. 샘이 머리가 좀 모자라기 때문이라고 말하는 사람도 있지요. 말할 수 없을 만큼 바보라 말입니다."
"그런가" 하고 나는 말했다.
"뭐, 그렇다더군요. 그런데 샘이 어제 당했답니다. 식당에서 치킨 샐러드 샌드위치를 먹던 참이었다더군요. 언제나 그렇듯이 또 여급사를 놀려댔겠지요. 그때 랜돌이 들어와 '여기서 뭘 하나?' 하고 물었답니다. 샘이 '치킨 샐러드 샌드위치를 먹고 있습니다'라고 대답하자 그가 뭣 때문에 먹느냐고 묻더랍니다."
"그래서 샘은 뭐라고 대답했지?"
하몬드는 싱긋 미소지었다.
"확실한 소식통으로부터 들었는데, 샘은 '모릅니다'라고 대답했답니다. 그리고는 샌드위치를 옆으로 밀어놓고 식당에서 나갔다는군요."

"배가 고픈 채로?"
내가 물었다.
하몬드는 웃으며 머리를 끄덕여 보였다.
"물론이지요. 그러나 랜돌만 나쁘다고 할 수도 없습니다. 몇십 년이나 메모리얼 병원에 있었지만 이런 일은 처음 당했을 테니까요. 처음에는 목사냥, 그리고 이번에는 또 딸이······."
"목사냥이라니요?"
쥬디스가 물었다.
"아직도 정보가 전해지지 않았습니까? 이런 일은 언제나 부인들이 맨 먼저 알게 마련인데. 약국 일로 메모리얼이 온통 떠들썩하답니다."
"뭐가 없어졌나?"
내가 물었다.
"그렇답니다."
"뭔가?"
"모르핀 앰플 1그로스입니다. 하이드모르핀, 하이드로클로라이드였지요. 모르핀 유산염보다 3배 내지 5배 강합니다."
"언제 일인가?"
"지난 주일이었습니다. 하마터면 약국직원의 목이 잘릴 뻔했지요. 마침 점심시간이어서 간호사와 잠깐 나갔었다는군요."
"아직도 그것을 찾지 못했나?"
"아직. 온 병원을 다 뒤졌지만 나오지 않았답니다."
"전에도 이런 일이 있었나?"
"네, 있었습니다, 몇 년 전에. 하지만 그때 도둑맞은 것은 앰플 2개뿐이었습니다. 이번에는 규모가 크지요."
"의사가 관계되었을까?"

하몬드는 어깨를 으쓱했다.

"누구나 생각해 볼 수 있지요. 내 생각에는 장사가 목적이 아니었나 싶습니다, 양이 너무 많거든요. 위험을 무릅써야 합니다. 시치미 뚝 떼고 아무렇지도 않은 얼굴로 외래약국에 들어가 모르핀 상자를 들고 나와야 하니까요."

"아무나 할 수 있는 일이 아니지."

"배짱이 필요합니다."

"그러나 혼자 하기에는 좀 너무 많군."

"물론입니다. 그러니까 장사가 목적이라고 여기는 거지요. 신중히 계획된 범행입니다."

"외부사람일까?"

"질문의 핵심을 건드리는군요. 내부에서 한 짓일 거라고 합니다."

"증거가 있나?"

"아무것도 없습니다."

우리는 목조건물로 이어지는 층계를 올라갔다. 내가 말했다.

"크게 흥미가 끌리는데, 노튼."

"그렇습니다."

"누군가 쓰고 있던 사람을 알고 있나?"

"외래약국에서 말입니까? 아니오. 심장외과의 여자아이 하나가 암페타민을 썼었는데 1년 전부터 끊었다더군요. 아무튼 심하게 조사를 받은 모양입니다. 옷을 홀랑 벗기고 알몸으로 만들어 바늘자국을 조사했는데, 전혀 없었습니다."

"그렇다면……"

"의사란 말입니까?"

나는 고개를 끄덕였다. 의사와 마약은 입에 담아 말하면 안 되는 화제이다. 많은 의사들이 마약상습자다. 이것은 비밀이 아니다. 의사의 자살율[6]이 높다는 사실은 이제 비밀이 아니다. 잘 알려져 있지 않은 일이지만, 의사와 그 아들은 정신병학적 증후군을 만들고 있다. 즉 아들이 마약상습자가 되고, 아버지인 의사가 아들의 요구에 응해 서로 만족하고 있는 것이다. 그러나 이런 일에 대해서는 아무도 이야기하지 않는다.

"의사는 모두 혐의가 없습니다. 내가 아는 한에서는."

하몬드가 말했다.

"누군가 그만둔 사람이 있나? 간호사나 사무원 중에서."

하몬드는 빙긋 미소지었다.

"당신은 정말 열심이군요."

나는 어깨를 으쓱해보였다.

"그 처녀와 관계가 있을 것 같습니까?"

"모르겠네."

"두 사건을 결부시킬 이유는 아무것도 없습니다." 하몬드가 말했다. "그러나 만일 하나로 결부된다면 재미있겠군요."

"그렇지."

"그야말로 완전한 상상이지만 말입니다."

"물론이지."

"무슨 일이 있으면 전화하겠습니다."

"부탁하네" 하고 나는 말했다.

우리는 문 앞까지 와 있었다. 집 안에서 갖가지 소리가 들려왔다. 술잔 부딪는 소리, 이야기 소리, 웃음 소리.

"잘 싸워야 합니다." 하몬드가 말했다. "승리를 빌겠습니다."

"나도."

"틀림없이 이길 겁니다. 그러나 포로는 만들지 마십시오."

나는 빙그레 웃었다.

"그렇게 되면 제네바 협정에 위반되겠지."
"이 전쟁은 다릅니다. 힘든 전쟁입니다."
하몬드가 말했다.

파티는 링컨 병원의 주임 레지던트 조지 모리스가 베푸는 것이었다. 모리스는 레지던트 과정을 끝내고 개업의가 되기 때문에, 말하자면 그 자신을 위한 파티였다.

훌륭한 파티였다. 그의 재력에 어울리지 않을 만큼 많은 돈이 들었을 게 틀림없다. 회사에서 새로운 제품을 내놓기 시작할 때 여는 호화스러운 파티를 연상시켰다. 어떤 의미로는 그와 같은 목적을 지닌 파티였다.

28살의 조지 모리스는 아내와 두 아이와 많은 빚을 지고 있었다. 그와 같은 위치에 있는 의사들은 모두 그렇다. 그는 지금 땅 밑에서부터 구덩이를 파서 세상에 나오려고 하는 참이다. 세상에 나가려면 환자가 필요했다, 환자의 소개자가. 진찰의뢰도 필요했다. 다시 말하면 그 지역 오래된 의사들의 호의와 도움이 필요한 것이다. 그 때문에 2백 명이나 되는 의사들을 초대하여 예산이 허락하는 한 고급 술과 식료품가게에서 구할 수 있는 물건 중 가장 고급인 카나페(슬라이스 빵을 크게 잘라 그 위에 버터, 치즈, 앤쵸비, 이크라, 아스파라거스, 달걀, 생선 등을 골고루 얹은 것. 오드블 용)를 충분히 대접해야만 했다.

나는 병리의이기 때문에 이 목적에서 본다면 초대받을 수가 없었다. 나는 모리스에게 아무것도 해줄 수가 없는 것이다. 병리의는 죽은 시체를 다루며, 시체는 진찰을 필요로 하지 않는다. 모리스가 쥬디스와 나를 초대한 것은 친한 친구이기 때문이다. 우리는 그날 저녁 파티에서 그의 유일한 친구였으리라고 생각한다.

나는 방을 둘러보았다. 큰 병원의 주요 위치에 있는 의사들이 거의 다 와 있었다. 레지던트도 있었다. 부인들도 있었다. 부인들은 구석에 모여서서 아이들 이야기를 하고 있었다. 의사들은 병원에 따라, 또는 전문분야에 따라 작은 그룹을 만들었다. 직능 단체별로 그룹이 만들어져 꽤 볼만했다.

한쪽 구석에서 에멜리가 갑상선기능 항진증에 I^{131}(요드의 방사성 동위원소)을 쓰는 요법의 이점에 대해 이야기하고 있었다. 또 한쪽 구석에서는 존스턴이 문맥대정맥문합술(門脈大靜脈吻合術)의 간정맥 압(肝靜脈壓)에 대해 이야기하고 있었다. 또 다른 한쪽구석에서는 루이스턴이 억압적 우울성 정신병[3]에 이용되는 전기충격요법이 비인도적이라는 독특한 주장을 내세우고 있었다. 부인들 사이에서도 IUD(자궁내피임)니, '수두'니 하는 말이 이따금 흘러나왔다.

쥬디스는 내 옆에 서 있었는데, 푸른빛 A라인 스카트가 그녀를 귀엽고 나이보다 젊어보이게 했다. 그녀는 스카치를 거의 다 마신 참이었는데, 분명 부인들 그룹에 끼려고 생각하는 모양이었다.

"난 가끔 생각해요" 하고 그녀가 말했다. "저 사람들이 정치이야기 같은 건 하지 않을까 하고요. 의학 이야기뿐이거든요."

나는 의사는 '무정치적'이라고 하던 아더의 말이 생각나서 빙긋 웃었다. 아더는 언제나 의사는 진정한 정치적 시야를 갖고 있지 않을 뿐만 아니라, 정치를 생각할 수가 없다고 말했다.

"군대와 같은 거지." 그는 언젠가 말했다. "정치적인 사고방식은 직업에 맞지 않는다고 생각되는 거야."

언제나와 마찬가지로 좀 과장해서 말한 것이지만, 아더의 말에는 무언가가 있었다.

아더는 사람들에게 쇼크를 주고 초조하게 만들고 부추기기 위해 무슨 일이든 허풍스럽게 과장해서 말한다. 참으로 그다운 일이다. 그러나 나는 한편 그가 진실과 허위, 진실과 과장을 구별짓는 가느다란 선에 매력을 느끼고 있는 거라고 생각한다. 끊임없이 의견을 던져 누군가 그것을 집어든 사람이 어떤 반응을 보이는지 살피려는 것이다. 취해 있을 때면 특히 더 그렇다.

내가 아는 의사 가운데 술에 곤드레가 되는 것은 아더뿐이다. 다른 의사들은 상당한 양의 알코올을 마셔도 거의 취한 모습을 보이지 않는다. 한동안 말이 많아지고 떠들썩하다가는 곧 존다. 아더는 몹시 취했을 때면 특히 화를 잘 내며, 아무도 보이지 않는 듯 거침없이 행동한다.

나는 그의 이런 버릇을 도무지 이해할 수 없다. 그리하여 얼마 동안 그것을 병리적 명정(酩酊)[7]의 한 종류이리라 생각했는데, 나중에는 다른 사람이 자제하려고 애쓸 때 마음껏 행동하고 싶어지는 자기탐닉의 한 종류라고 여기게 되었다. 그에게는 이 '탐닉'이 필요했는지도 모른다. 어쩔 수가 없었는지도 모른다. 아니면 마음대로 행동할 구실로서 스스로 '탐닉'을 구하고 있었는지도 모른다.

확실히 그는 자신의 직업을 좋게 생각하고 있지 않았다. 여러 가지 이유에서 좋지 않게 생각하는 의사는 많다. 존즈는 연구에 붙잡혀 마음대로 돈을 벌 수가 없다고 싫어했고, 앤드류스는 비뇨기과가 그에게서 아내와 행복한 가정생활을 빼앗아갔다고 싫어했으며, 피부과의인 텔서는 환자가 아니라 정신병자로 생각되는 사람들에게 둘러싸여 있다고 싫어했다. 이러한 의사들 가운데 누군가와 이야기해 보면 반드시 불만이 모습을 드러낸다. 그러나 그들은 아더와는 다르다. 아더는 의사라는 직업 그 자체에 분노를 느끼고 있는 것이다.

어떤 직업에나 그 자신과 동료를 경멸하는 사람이 있게 마련이다. 그러나 아더는 극단적이었다. 그는 마치 자신을 업신여기고, 자신을 불행에 빠지게 하고, 화를 내고, 슬퍼하기 위해 의사세계에 들어온 것 같았다.

　나는 이따금 그가 중절해 주는 것은 '동료들이 자신을 싫어하게 만들고 불쾌감을 느끼게 하기 위한 게 아닐까' 생각할 때가 있다. 이런 생각을 하는 것은 좋지 않지만, 그렇지 않다고 단언할 수도 없다. 그는 취하지 않았을 때는 임신중절에 대해 지성적인 의견을 조리있게 편다. 그러나 취하면 감정과 태도와 자세와 자기만족을 이야기한다.

　아더는 의학에 적의를 느끼고 있어, 취해 있다는 구실로 그 적의를 발산시키기 위해 술을 마시는지도 모른다. 그는 취하면 다른 의사들과 지나치게 심하다고 여길 만큼 크게 말다툼을 한다. 언젠가 그는 저니스 보고 그의 아내에게 중절을 해주었다고 말하여 아무것도 모르고 있던 저니스는 급소를 찔린 듯한 얼굴을 지었다. 저니스는 가톨릭 신자지만, 그의 아내는 그렇지 않다. 그리하여 아더는 화기애애했던 디너파티를 엉망으로 만들고 말았다.

　나도 그 파티에 있었기 때문에 그 다음 일이 걱정되었다. 며칠 뒤 아더는 나에게 사과했다. 내가 곧 저니스에게 사과하라고 말하자 그는 사과했다. 이상하게도 저니스와 아더는 그로부터 아주 친한 친구가 되었으며, 저니스는 중절에 찬성하게 되었다. 아더가 그에게 뭐라고 말했는지, 어떤 식으로 설득했는지는 모르지만, 아무튼 설득이 효과가 있었던 모양이다.

　나는 누구보다도 아더를 잘 알고 있으므로 그가 중국인이라는 사실을 중대하게 생각한다. 그의 출생과 육체적 특징이 그에게 큰 영향을 주고 있다고 나는 생각한다. 의사 중에는 중국인과 일본인이 많아 그들에 대한 우스갯소리도 많다. 그들의 에너지, 영리한 두뇌, 성공을 쫓는 열의에 대한 경계심이 담긴 농담이다. 유대인들이 듣고 있는 그런 종류의 우스갯소리이다. 아더는 중국계 미국인으로서 이 전통과 싸웠고, 또 보수적인 그의 가정과 싸웠다.

그는 반대방향으로 치달려 과격해져서 좌익에 가담했다. 그가 온갖 새로운 것을 자진해서 받아들이는 게 그 좋은 증거이다. 그는 보스턴의 산부인과의들 가운데 가장 근대적인 의료시설을 갖추고 있다. 새로운 제품이 나올 때마다 곧 그것을 산다. 이 일에 대해서도 우스갯소리가 오갔다. '새로운 것이라면 사족을 못 쓰는 동양인'이라고. 그러나 아더에게 있어서는 동기가 다르다. 아더는 전통과 습관과 인정받고 있는 방식과 맞서싸우는 것이다.

아더와 이야기하노라면 언제나 새로운 생각에 가득차 있는 듯이 여겨진다. 그는 파파니코로 염색의 새로운 방법을 생각해 냈다. 지금까지 해온 내진은 시간낭비이므로 그만두자는 것이다. 그는 배란을 나타내는 기초체온은 지금까지 발표된 것 이상으로 효과적이라고 생각하고 있다. 그리고 아무리 난산이라 하더라도 분만 때 겸자를 사용하지 말아야 한다고 생각한다. 분만할 때 전신마취법을 그만두고 많은 양의 트랑키라이저를 써야 한다고 생각하고 있다.

이와 같은 생각과 학설을 들으면 처음에는 감명을 받는다. 그러나 곧 그는 모든 기회에서 결점을 찾아내어 전통을 공격하고 있다는 사실을 깨닫게 된다.

그가 임신중절을 시작한 것은 아주 자연스러운 일이라고 생각한다. 그에게 동기를 따져물었어야 했는지도 모른다. 그러나 나는 그런 경우 언제나 잠자코 있다. 동기는 그 일의 궁극적인 결과보다 중요하지 않다고 생각하기 때문이다. 인간이 올바른 동기를 가지고도 잘못된 일을 할 수 있다는 것은 역사가 가르쳐주고 있다. 그런 경우 그는 패배한다. 그러나 잘못된 동기를 가지고 올바른 일을 할 수도 있다. 이 경우 그는 영웅이 된다.

파티에 참석한 사람들 가운데 나를 구해줄지도 모르는 사람이 있었다. 프리츠 웰너인데, 어디 있는지 알 수 없었다. 나는 계속 그를 찾앉다.

내가 만난 것은 웰너가 아니라 브레이크였다. 브레이크는 제너럴 병원의 병리의인데, 병리의로서보다 터무니없이 크고 번들거리는 동그란 대머리로 더 잘 알려진 사람이다. 얼굴이 작아 어린아이 같았으며, 귀엽게 생긴 턱과 사이가 먼 눈이 사람들의 머릿속에 그려져 있는 미래인처럼 보이게 했다. 그러나 그는 무섭게 생각될 만큼 지성적이고 냉정한 사람으로, 게임을 좋아했다. 그와 나는 여러 해에 걸쳐 기회만 있으면 어떤 게임을 하고 있다.

"하겠나?"

그는 마티니 잔을 높이 들며 나를 향해 물었다.

"좋지."

"MOANS에서 ROCKY일세"

그가 말했다.

쉬울 것 같았다. 나는 메모지와 연필을 꺼내 쓰기 시작했다. 메모지 맨 위에 'MOANS'라 쓰고, 맨 밑에 'ROCKY'라고 썼다. 그리고 그 사이를 메워나갔다.

```
    MOANS
     LOANS
      LOINS
       LOONS
        BOONS
         BOOKS
          ROOKS
           ROCKS
            ROCKY
```

2, 3분밖에 걸리지 않았다.
"몇 개지?"
브레이크가 물었다.
"아홉."
그는 빙그레 미소지었다.
"다섯으로 할 수 있다더군. 나는 일곱일세."
그는 내 메모지를 들고 가서 썼다.

    MOANS
        LOANS
            LOONS
                LOOKS
                    ROOKS
                      ROCKS
                        ROCKY

나는 주머니에서 25센트짜리 동전을 꺼내 그에게 주었다. 이로써 3번 연거푸 그가 이긴 것이다. 여러 해에 걸쳐 그는 나를 이겼다. 그리고 브레이크에게는 누구나 지고 있다.
"그런데 또 논의가 일어난 듯하네. DNA[8]와 형(型)의 논의를 아나?"
그가 물었다.
"알지."
내가 대답했다.
그는 고개를 가로저었다.

화요일 10월 11일

"분하군. 모두에게 떠드는 것이 즐거운데."

나는 마음속의 기쁨을 가까스로 감추고 그에게 미소지어 보였다.

"아시아의 젊은 세대에 대한 최근 이야기를 알고 있나? 의료거부권에 대한 이야기 말일세. 이것이 프로이트의 이론에 꼭 들어맞거든[9]."

나는 그 이야기도 들었노라고 말했다. 그는 실망한 듯했다. 그리하여 다른 상대를 찾아내기 위해 혼잡한 사람들 속으로 사라져갔다.

브레이크는 의학을 철학적으로 생각하기를 좋아한다. 그는 외과의에게 수술할 권리가 없다는 것을, 내과의에게는 그들이 죽일 수 있는 모든 환자를 윤리적으로 죽여야 한다는 것을 이론적으로 설명할 때 가장 행복해 한다. 브레이크는 '말'을 좋아해서 어린아이들이 큰길에서 소프트볼을 할 때처럼 자신이 생각한 것을 아무렇게나 마구 지껄여댄다. 그로서는 힘도 들지 않고 즐거운 일이다. 그와 아더는 곧잘 이야기를 나누었다. 지난해 두 사람은 산부인과의가 그의 도움으로 태어난 모든 아이들에 대해 날 때부터 죽을 때까지 도덕적인 책임이 있는가 없는가에 대해 4시간이나 입씨름을 했다.

나중에 생각하면 브레이크의 말은 모두 운동선수가 체육관에서 연습하는 것을 구경하는 것보다 더 쓸모없고 중요하지 않게 여겨지지만, 그때는 매력적으로 들린다. 브레이크는 상당히 독선적인 데가 있기 때문에 지상에서 가장 독선적인 직업을 가진 사람과 함께 있으면 그의 입장이 돋보이는 것이다.

나는 홀을 돌아다니면서 토막토막 들리는 우스갯소리며 대화를 들었다. 그것은 전형적인 의사들의 파티였다.

"쌍생아를 가진 프랑스 생화학자의 이야기를 들은 일 있나? 한 아이에게는 세례를 주고, 다른 한 아이는 대조표본으로 했다지 뭔가!"

"머지않아 균혈증(菌血症)이 되는데……."
"그리고 그는 돌아다녔지, 걸었단 말일세. 혈액의 PH(페하-수소지수)가 7.6이고 혈액 속의 칼륨이……."
"홉킨즈 대학 출신의 사나이가 무엇을 할 수 있다는 거지?"
"그는 이렇게 말하더군, '담배는 끊었지만, 술은 절대로 끊을 수 없어'라고."
"물론 혈액 속의 가스를 교정(矯正)할 수는 있네. 그러나 그것으로 혈액순환이……."
"그녀는 언제나 좋은 아가씨였어. 옷차림도 훌륭했고, 옷에 돈을 많이 들였던 게 틀림없어……."
"……물론 그는 언짢은 얼굴을 하더군. 그런 때는 누구나 다 싫은 얼굴을 하지……."
"……핍뇨(乏尿) 따위는 걱정하지 말게. 그는 닷새 동안이나 무뇨(無尿) 상태였는데도 살아 있었다네……."
"74살의 남자인데, 환부를 절제하고 집으로 돌아갔지요. 아무튼 성장이 느려서……."
"……간장이 몹시 비대해졌어. 그래도 간기능 장애는 없고……."
"우리가 수술해 주지 않는다면 그녀가 나가겠다고 하기에 우리는…….."
"……그러나 학생들은 언제나 말을 듣지 않아. 특별한 반응이 아니야……."
"그 아가씨는 분명 그와 의견이 달랐어."
"정말인가? 해리가 그 간호사하고 '세븐'에 갔다고? 그 금발머리하고?"
"……믿지 않아. 그 사나이는 사람이 평생 읽어도 다 읽을 수 없을 만큼 많은 원고를 잡지에 쓰고 있지……."

"……심장에 전이되어……."

"아무튼 들어보게. 이 사막 한가운데의 형무소에 종신형을 선고받은 노인이 있는데, 거기에 한 젊은이가 들어왔네. 이 젊은이는 늘 탈주이야기를 하다가 몇 달 뒤 마침내 실행했네. 그러나 1주일이 지나자 그는 간수에게 끌려 되돌아왔지. 굶주림과 갈증으로 거의 죽은 것처럼 되어서. 그는 얼마나 괴로웠는지 노인에게 이야기해주었네. 끝없이 계속되는 사막에 오아시스는커녕 살아 있는 것이라고는 하나도 없었다고. 늙은 죄수는 한참 동안 이야기를 듣고 있다가 말했네. '나도 알고 있네. 20년 전에 탈주하려고 했었으니까.' 그러자 젊은이가 말했지. '당신도 탈주를? 그럼, 내가 몇 달 동안 탈주를 계획했을 때 왜 아무 말도 하지 않았습니까? 왜 도저히 무리한 일이라고 가르쳐주지 않았습니까?' 그러자 늙은 죄수는 어깨를 한 번 으쓱하며 대답했다네. '실패를 발표하는 녀석이 있던가?'"

8시가 되자 나는 피로를 느끼기 시작했다. 프리츠 웰너가 모두들에게 손을 흔들고 떠들썩하게 지껄이면서 들어왔다. 나는 그에게 가려다가 찰리 프랭크에게 붙잡혔.

찰리는 지금 막 배를 찔린 사람처럼 고통스럽게 얼굴을 찡그린 채 몸을 앞으로 반쯤 꺾고 서 있었다. 커다랗게 뜨여진 눈이 슬퍼보였다. 모든 것이 한데 합쳐져 극적인 효과를 더해주었다. 찰리는 언제나 그렇게 보인다. 위기에 빠져 어깨를 짓누르는 무거운 짐을 견디기 어려워 바닥에 짜부라져버린 듯이 보인다. 나는 그가 미소짓는 것을 본 적이 없다.

찰리는 참으로 중대한 일을 이야기하듯 거의 한탄하는 목소리로 말했다.

"그는 어떤가?"

"누구?"

"아더 리."

"건강하네."

나는 찰리 프랭크와 함께 아더에 대해 이야기하고 싶지 않았다.

"체포되었다는 게 정말인가?"

"그렇다네."

"안됐군." 찰리는 나직이 한숨을 쉬었다.

"그러나 결국은 무사히 처리될 것으로 생각하네."

"그렇게 생각하나?"

"물론, 그렇게 생각하네."

"정말 안됐군." 그는 입술을 깨물었다. "내가 도울 수 있는 일은 없겠나?"

"별로."

찰리는 아직도 내 팔을 움켜쥐고 있었다. 나는 그가 '알아차리고 놓아주었으면' 하고 생각하며 방 한쪽 끝의 프리츠에게로 눈길을 보냈다. 찰리는 알아차리지 못했다.

"존!"

"뭔가?"

"어찌된 건가? 자네도 사건에 말려들었다고 들었는데……."

"관심이 있을 뿐일세."

"이야기해 두는 편이 좋다고 생각하는데." 찰리는 몸을 바짝 붙이며 말했다. "병원에 소문이 나 있네. 자네도 관계되었기 때문에 마음 쓰는 거라고 말일세."

"소문 같은 건 상관하지 않네."

"존, 적을 만드는 건 좋지 않아."

나는 마음속으로 찰리 프랭크의 친구들에 대해 생각해 보았다. 그는 소아과의로, 아주 평판이 좋았다. 어린 환자에게 어머니 이상으로 마음써 주어 그 심정이 환자에게 전해지는 것이었다.
"왜 그런 말을 하는 거지?"
"그렇게 느껴졌을 뿐일세." 그는 서글픈 표정을 지으며 말했다.
"그래서 어떻게 하라는 건가?"
"멀리하는 거야, 존. 추악해, 정말 추악해!"
"잘 기억해 두겠네."
"많은 사람들이 그렇게 생각하고 있네……."
"나도 마찬가지일세."
"……법정에 맡겨두는 거야."
"충고 고맙네."
내 팔을 움켜쥔 그의 손에 힘이 주어졌다.
"친구로서 하는 말일세, 존."
"알았네, 찰리, 잊지 않겠네."
"정말 추악해……."
"잊지 않겠다니까."
"그 사람들은 무슨 짓을 할지 모르네, 존!"
"어떤 사람들?"
그는 갑자기 내 팔을 놓았다. 그리고 겸연쩍은 듯 어깨를 으쓱했다.
"아무튼 자네가 가장 좋다고 생각하는 대로 하는 수밖에 없겠지."
그리고 찰리는 가버렸다.
맨 처음 해부용 시체와의 쓰디쓴 경험을 맛본 뒤 나는 병리에 흥미를 품고 있는 자신을 발견하고 깜짝 놀랐다. 나는 해부를 좋아하게 되었고, 새로운 검시해부를 할 때마다 새 시체의 냄새와 모습을 마음에서 쫓아버리는 데 익숙해졌다. 그러나 검시해부는 다른 점이 있어 이상한 매력이 느껴진다. 검시해부에서는 막 죽어 병력을 알 수 있는 사람을 다룬다. 인격이 없는 해부용 시체가 아니라 인생의 싸움을 겨루다 막 패한 사람을 다루는 것이다. 우리의 임무는 그가 왜 어떻게 패했는가를 찾아내어 같은 싸움을 하는 사람들, 그리고 우리 자신을 돕는 것이다. 그러므로 해부만을 목적으로 하여 방부제를 써서 죽은 뒤 오래도록 보관해 둔 해부용 시체와는 크게 차이가 있다. 우리 자동차가 집에 도착하자 쥬디스는 아이들을 살펴보고 베티에게 전화를 걸기 위해 안으로 들어갔다. 나는 아기보는 소녀를 그녀의 집으로 데려다주었다. 샐리라는 이름의 몸집이 작고 귀엽게 생긴 소녀로, 브루클린 고등학교 응원단을 리드하고 있었다.

프리츠 웰너는 여느 때와 같이 바에 있었다. 키가 크고 지나치리만큼 여윈 모습이었다. 머리를 짧게 깎았기 때문에 크고 검은 눈이 더욱 드러나보였다. 새가 걷는 것처럼 어색하게 걸었으며, 말을 하면 잘 들리지 않는 듯 가는 목을 앞으로 쑥 내미는 버릇이 있었다. 강한 성격은 오스트레일리아 계 혈통 내지는 예술가적인 기질에서 온 것이리라. 프리츠는 취미로 유화를 그리는데, 그의 진찰실은 언제나 흐트러져 있어 아틀리에 같은 인상을 주었다. 그러나 그는 정신과의로서, 나이든 뒤로 정신이 어딘지 이상하다고 생각하기 시작한 중년부인의 지루한 이야기를 열심히 들어줌으로써 재산을 만들었다.

그는 악수하면서 미소지었다.

"미움을 받겠군."

"나 자신도 그렇게 생각된다네."

그는 방을 둘러보았다.

"몇 번이나 설교를 들었나?"

"아직 한 번뿐일세. 찰리 프랭크에게서."

"흐음…… 그의 충고는 듣지 않는 편이 좋을 걸세."
"자네의 충고는 어떤가?"
그가 대답했다.
"부인이 오늘 밤 아주 아름다워 보이는군. 푸른색이 아주 잘 어울려."
"그렇게 전해주겠네."
"정말 아름다워. 아이들은?"
"잘 있네."
"일은 어떤가?"
"들어주게, 프리츠. 나는 도움이 필요해."
그는 낮은 소리로 웃었다.
"자네가 필요한 건 도움이 아니라 구조일세."
"프리츠……."
"자네는 여러 사람을 만났더군. 이제 모두 만났겠지? 버블스를 어떻게 생각하나?"
"버블스?"
"그렇네."
나는 대답이 막혔다. '버블스'라는 이름은 들어본 일이 없었기 때문이다.
"스트리퍼인가?"
"아니, 카렌 양과 한방에 있던 버블스 말일세."
"그녀와 한방에 있었다고?"
"그렇지."
"스미스에서?"
"아니, 이번 여름 힐에서 함께 있었지. 셋이 아파트를 빌려쓰고 있었다네. 카렌과 버블스와 또 한 아가씨는 간호사인지 뭔지 의사와 관계된 일을 하고 있었네. 사이가 좋았던 모양일세."

"버블스라는 여자의 본명이 뭔가? 무엇을 하는 여자지?"

이때 마실 것을 가지러 바에 온 사나이가 있었다. 프리츠는 방 쪽을 향해 직업적인 목소리로 말했다.

"증세가 퍽 심하군. 나에게 보내게. 내일 2시 30분쯤이면 시간이 비네."

"그렇게 하지" 하고 나는 대답했다.

"좋아. 만나서 기쁘네, 존."

우리는 악수했다.

쥬디스는 벽에 기대선 노튼 하몬드와 이야기를 나누고 있었다. 나는 그쪽으로 걸어가면서 프리츠의 말이 맞다고 생각했다. 그녀는 아름다워 보였다.

나는 문득 하몬드가 담배를 피우고 있는 것을 알았다. 물론 피워도 괜찮지만, 하몬드는 담배를 피우지 않는 사람이다.

하몬드는 마실 것도 들지 않고 천천히 담배를 깊이 빨아들이고 있었다.

내가 말했다.

"괜찮겠나? 조심하게나."

그는 웃었다.

"오늘 밤의 사회적 반항입니다."

쥬디스가 말했다.

"누군가가 냄새를 맡을 거라고 말했지만……."

"아무도 냄새로는 알 수 없습니다." 하몬드가 말했다.

아마 그 말이 옳을 것이다. 방 안은 보랏빛 연기로 자욱했다.

"게다가 굿맨[10] 앤드 질맨을 잊어선 안 되지요."

"그래도 주의하는 편이 좋아."

"생각해 보십시오." 하몬드는 연기를 깊이 빨아들이며 말했다.
"기관지원성암이 되지도 않고, 만성기관지염이 되지도 않고, 기종(氣腫)이 되지도 않고, 동맥경화적 심장병이 되지도 않고, 경변증이 되지도 않습니다. 웰니켈 코르사코프가 되지도 않고요. 훌륭하지 않습니까?"
"그러나 위법일세."
하몬드는 미소지으며 콧수염을 잡아당겼다.
"당신이 문제삼고 있는 건 중절일 텐데요, 마약이 아니라."
"한꺼번에 두 가지 십자군을 할 수는 없지."
나는 그가 연기를 들이마시고 깨끗한 공기를 내뱉는 걸 보며 문득 어떤 생각을 했다.
"노튼, 자네는 힐에 살고 있지."
"그렇습니다."
"버블스라는 여자를 알고 있나?"
그는 웃었다.
"버블스라면 누구나 다 알고 있지요. 버블스와 슈퍼헤드, 그들은 언제나 함께 있답니다."
"슈퍼헤드?"
"그녀가 지금 사귀는 남자지요. 엘레키(electric guitar의 준말)뮤지션으로 작곡가랍니다. 개 열 마리가 한꺼번에 짖는 것 같은 소리를 좋아하지요. 그들은 함께 살고 있습니다."
"그녀는 카렌 랜돌과 함께 있었다면서?"
"글쎄요, 그럴지도 모르지요. 그런데 왜 그러십니까?"
"진짜 이름은 뭐라고 하지? 버블스의 진짜 이름 말일세."
하몬드는 어깨를 으쓱했다.
"그녀가 다른 이름으로 불리는 것을 들은 일이 없는데요. 그러나 남자 이름은 알고 있습니다, 새뮤엘 아처."
"어디 살지?"
"스테이트 하우스 뒤 어느 지하실에 삽니다. 방이 꼭 자궁처럼 생겼지요."
"자궁?"
"직접 보기 전에는 믿지 않을 겁니다."
그는 말을 마치자 만족한 듯이 깊은 한숨을 내쉬었다.

10

쥬디스는 돌아오는 자동차 안에서 굳어진 표정으로 앉아 있었다. 맞댄 무릎을 두 손으로 안고서. 단단히 깍지낀 손가락마디가 하얬다.
"무슨 일이 있었소?"
"아니오, 그냥 좀 피곤할 뿐이에요."
"부인들 때문이오?"
그녀는 희미한 미소를 지었다.
"당신은 아주 유명해졌더군요. 호이트스턴 씨 부인 같은 분은 당신 이야기를 하느라고 정신이 없었어요."
"무슨 말을 물었소?"
"모두들 당신이 왜 아트를 돕느냐고 묻더군요. 친구를 위해 발벗고 나서는 것은 훌륭한 일이라고 생각하고들 있어요. 마음 훈훈하고 인도적이며 훌륭한 일이라고 말하더군요."
"흐음……"
"그러나 왜 돕느냐고 물었지요."
"내가 좋은 사람이기 때문이라고 말해 주지 그랬소?"
그녀는 어둠 속에서 방그레 미소지었다.

"그런 대답이 생각났더라면 좋았을 텐데……."

그러나 그녀의 목소리는 기운이 없고 헤드라이트 속에 떠오른 얼굴은 여위어 보였다. 잠시도 베티 곁을 떠나지 않고 붙어 있는 것은 쉬운 일이 아닐 것이다. 그러나 누군가가 해야 할 일이다.

어찌된 까닭인지 나는 학생시절과 퍼플 넬이 생각났다. 퍼플 넬은 78살 된 알콜 중독 환자였는데, 그녀가 우리의 해부용 시체가 된 것은 죽고 나서 1년이 지난 뒤였다. 우리는 그녀를 '넬'이라고 불렀다. 해부하기 쉽도록 우리는 여러 가지 취미가 좋지 않은 우스갯소리를 주고받았다. 나는 차갑고 축축하게 젖은 고약한 냄새가 풍기는 살을 베다가 그리고 피부를 걷어올리다가 그대로 도망쳐 버리고 싶은 생각이 들었던 일이 기억난다. 넬과 관련된 일을 얼른 끝내고, 그녀를 잊고, 그녀의 냄새를 잊고, 죽은 뒤 오랜 시간이 지난 살의 촉감을 잊을 수 있는 날이 빨리 오기를 바랬다. 사람들은 차츰 아무렇지도 않게 된다고 말했다. 나는 한시라도 빨리 끝내고 싶었다. 그러나 나는 해부를 끝내고 모든 신경과 혈관을 하나하나 가르쳐줄 때까지 그곳을 떠나지 않았다.

맨 처음 해부용 시체와의 쓰디쓴 경험을 맛본 뒤 나는 병리에 흥미를 품고 있는 자신을 발견하고 깜짝 놀랐다. 나는 해부를 좋아하게 되었고, 새로운 검시해부를 할 때마다 새 시체의 냄새와 '모습'을 마음에서 쫓아버리는 데 익숙해졌다. 그러나 검시해부는 다른 점이 있어 이상한 매력이 느껴진다. 검시해부에서는 막 죽어 병력(病歷)을 알 수 있는 사람을 다룬다. 인격이 없는 해부용 시체가 아니라 인생의 싸움을 겨루다 막 패한 사람을 다루는 것이다. 우리의 임무는 그가 왜 어떻게 패했는가를 찾아내어 같은 싸움을 하는 사람들, 그리고 우리 자신을 돕는 것이다. 그러므로 해부만을 목적으로 하여 방부제를 써서 죽은 뒤 오래도록 보관해 둔 해부용 시체와는 큰 차이가 있다.

우리 자동차가 집에 도착하자 쥬디스는 아이들을 살펴보고 베티에게 전화를 걸기 위해 안으로 들어갔다. 나는 아기보는 소녀를 그녀의 집으로 데려다주었다. 샐리라는 이름의 몸집이 작고 귀엽게 생긴 소녀로, 브루클린 고등학교 응원단을 리드하고 있었다. 그녀를 바래다 줄 때면 언제나 학교일이며 진학할 대학에 대한 것 등 무난한 화제를 꺼내 이야기를 나누었다. 그러나 오늘 밤 나는 오랜 동안 해외에 있다가 나이든 뒤 돌아온 사람처럼 여러 가지 일을 듣고 싶었다. 모든 것이 다르게 보였다. 아이들도 젊은이들도 우리가 했던 일을 하고 있지 않았다. 그들은 다른 도전에 응하고 다른 문제를 안고 있었다. 적어도 다른 약을 갖고 있었다. 문제는 지금도 같은 것인지 모른다. 적어도 나는 그렇게 생각하고 싶었다.

나는 겨우 그제야 파티에서 술을 좀 지나치게 마셨음을 깨닫고 아무 말도 하지 않는 편이 좋겠다고 생각했다. 그래서 샐리에게 운전시험에 합격했을 때의 이야기를 시키고는 말없이 들었다. 그녀가 이야기하는 동안 나는 스스로 비겁하다고 생각했으나 한편으로는 마음이 놓였다. 그러자 모든 것이 어리석게 생각되기 시작했다. 내가 아기보는 소녀에게 호기심을 가질 이유도 없고, 또 그녀를 알아야 할 이유도 없다. 만일 내가 알려고 한다면 틀림없이 잘못 받아들여질 것이다. 운전면허증에 대해 이야기하도록 하는 편이 안전하다. 그것이 무난한 화제다.

그런 다음 어찌된 일인지 나는 앨런 제너를 생각했다. 그리고 아더의 말이 생각났다. "이 세상에 대해 알고 싶거든 텔레비전 인터뷰 프로그램에 다이얼을 돌려놓고 소리를 없애보게."

며칠 뒤 나는 그렇게 해보았다. 이상했다. 얼굴이 움직이고 입이 움직이고 표정과 손이 눈에 띄었다. 그러나 소리는 없었다. 아무 소리도 없었다. 그들이 무슨 말을 하는지 도무지 알 수가 없었다.

나는 전화번호부에서 주소를 찾았다. 새뮤엘 F 아처, 랜든 거리 1334, 나는 다이얼을 돌렸다. 녹음 테이프의 목소리가 되돌아왔다.
"지금 돌리신 번호는 주인이 없습니다. 잠깐만 기다려 주십시오. 번호문의를 담당한 교환수가 나옵니다."
나는 기다렸다. 심장이 고동치는 듯한 리드미컬한 소리가 이어지고 나서 교환수가 나왔다.
"번호문의처입니다. 몇 번에 거셨습니까?"
"7421447."
"그 번호는 사용되지 않습니다."
"다른 전화는?"
"없습니다."
새뮤엘 F 아처는 이사했을지도 모른다. 그러나 이사하지 않았을지도 모른다. 나는 직접 가보았다. 아파트는 비콘 힐 동쪽 험한 언덕길에 세워진 다 허물어져가는 빌딩 속에 있었다. 복도에 양배추와 유아식 냄새가 풍겨나왔다. 나는 삐걱거리는 나무층계를 통해 지하실로 내려갔다. 푸른 불빛이 까맣게 칠한 문을 비춰주었다.

글씨가 씌어 있었다——'신은 스스로 성장하게 한다.'
나는 노크했다.
방 안에서 날카로운 외침 소리, 훌쩍거리는 울음 소리, 신음 소리, 그리고 부르짖는 듯한 소리가 들려왔다. 문이 열렸다. 나는 턱수염을 기르고 젖어서 물기 있는 검은 머리를 길게 늘어뜨린 20대 젊은이와 마주보았다. 즈크 바지, 샌들, 보랏빛 물방울 무늬가 든 셔츠 차림이었다. 그는 놀란 표정도 관심을 보이는 눈치도 없었으며, 표정을 전혀 바꾸지 않고 나를 바라보았다.

"무슨 일이오?"
"나는 벨리 의사인데, 자네가 새뮤엘 아처인가?"
"아니오."
"그는 여기 있나?"
"지금 바쁩니다."
"만났으면 하는데."
"친구요?"

그는 확실히 나를 의심하고 있는 모양이었다. 또 여러 가지 소리가 들려왔다. 삐걱거리는 소리, 뭔가 구르는 소리, 그리고 길게 끄는 휘파람 소리.

"그의 도움을 부탁하러 왔네" 하고 내가 말했다.

그는 약간 경계심을 늦춘 듯했다.

"지금은 형편이 나쁜데요."
"급한 일일세."
"당신은 의사입니까?"
"그렇네."
"자동차가 있겠군요?"
"물론."
"자동차 형은?"
"시보레 1965년형."
"자동차번호는?"
"211516."

그는 고개를 끄덕였다.

"알았습니다. 미안합니다. 하지만 요즈음 세상은 너무 소란스러워서요. 아무도 믿을 수가 없습니다. [11] 들어오시오."

그는 문에서 뒤로 물러섰다.

"하지만 아무 말도 해서는 안 됩니다. 내가 먼저 말할 테니까. 지금 작곡중이라 완전히 열중해 있지요. 일곱 시간이나 지났으니까 이젠 됐겠지요. 그러나 곧 난폭해진답니다."

우리는 거실이라고 생각되는 곳을 지나갔다. 침대 겸용의 안락의자와 싸구려 스탠드가 몇 개 있었다. 흰 벽에 형광도료로 기분나쁜 그림이 그려져 있었다. 자외선 램프가 그 효과를 더욱 강조해 주었다.

"와일드하군." 나는 이 표현이 맞으리라 생각하며 말했다.

"그렇습니다."

우리는 다음 방으로 들어갔다. 불빛이 어두웠다. 커다란 머리에 곱슬곱슬한 금발, 얼굴빛이 나쁜 작은 사나이가 전자악기에 둘러싸여 바닥에 웅크리고 있었다. 확성기 두 대가 벽 옆에 세워져 있었다. 테이프레코더가 돌아갔다. 우리가 들어갔을 때 얼굴빛 나쁜 사나이는 들고 있는 악기를 퉁겨 소리를 내고 있는 중이었다. 그는 우리를 쳐다보지도 않았다. 완전히 정신을 집중하고 있는 모양이었으나 동작이 둔했다.

"여기서 기다리시오." 턱수염의 젊은이가 말했다. "그에게 말하고 올 테니까."

나는 문 앞에 서 있었다. 턱수염의 젊은이가 그에게 다가가서 다정한 목소리로 말했다.

"샘. 이봐, 샘!"

샘이 그를 올려다보았다. 그리고 물었다.

"왜 그러지?"

"샘, 손님이야."

샘은 이상하다는 표정을 지었다.

"손님?"

그는 아직도 나를 알아보지 못했다.

"그래, 아주 좋아보이는 사람일세. 아주 좋은 사람 같아. 알겠어? 상냥하고 인상이 좋아."
"좋아." 샘이 천천히 말했다.
"자네의 도움이 필요하대. 도와주겠나?"
"물론."
턱수염의 젊은이가 나를 손짓해 불렀다. 나는 걸어가서 그에게 물었다.
"뭔가?"
"애시드." 턱수염의 젊은이가 말했다. "일곱 시간이 지났으니 이제 끝날 때도 됐지요. 그러니 천천히 이야기하시오."
"좋네" 하고 나는 말했다.
나는 샘과 같은 높이가 되기 위해 쭈그리고 앉았다. 샘은 공허한 눈초리로 나를 쳐다보았다.
그는 가까스로 말했다.
"나는 당신을 모르는데."
"존 벨리라고 하네."
샘은 몸을 움직이지 않았다.
"당신은 처음 보는 사람이군. 정말 처음이야."
"글쎄……." 나는 말 끝을 흐렸다.
"정말이야. 이봐, 마빈!" 그는 친구를 올려다보면서 말했다. "이런 사람 보았나? 난 처음 보는 사람이야."
"그래……. 처음이야." 마빈이 대꾸했다.
"샘, 나는 자네 친구일세" 하고 나는 말했다.
나는 그가 겁먹지 않도록 천천히 손을 내밀었다. 그는 내 손을 쥐지 않고 손가락으로 들어서 불빛에 비춰보았다. 그리고 천천히 뒤집어 손바닥을 들여다보더니 손등을 살펴보았다. 그런 다음 손가락을 한 개씩 움직여보았다.
"정말 당신은 의사로군."
"그렇네."
"당신 손은 의사의 손이야. 만져보면 알 수 있어."
"맞네."
"아주 기막히게 깨끗한 손이야."
그는 한참 동안 내 손을 꼭 쥐고, 두드리고, 손등의 털을 만져보고, 손톱을 만져보고, 손끝을 만져보았다. 이윽고 그가 말했다.
"빛나는군. 나도 이런 손을 갖고 싶어."
"자네도 가질 수 있네." 하고 나는 말했다.
그는 내 손을 놓고 자신의 손을 내려다보았다. 한참 뒤 그가 말했다.
"아니, 내 손은 달라."
"마음이 쓰이나?"
그는 이상한 듯이 나를 쳐다보았다.
"뭣하러 여기에 왔소?"
"자네의 도움을 얻으려고."
"그렇다면 좋소."
"가르쳐주었으면 하는 일이 있는데……."
나는 마빈이 앞으로 나올 때까지 이 말이 잘못되었다는 것을 알아차리지 못했다. 샘이 초조해 하기 시작했다. 나는 마빈을 밀어냈다.
"괜찮아, 샘. 걱정할 것 없네."
"당신은 짭새(형사)지?" 샘이 물었다.
"아니, 형사가 아닐세. 나는 그런 사람이 아니야, 샘!"
"아니야, 당신은 거짓말하고 있어!"
"샘은 가끔 머리가 이상해진답니다." 마빈이 말했다. "병이지요,

붙잡힐까봐 걱정하고 있는 겁니다."
 "당신은 짭새야. 더러운 형사!"
 "아니라니까, 샘. 나는 형사가 아닐세. 자네가 나를 돕고 싶지 않다면 돌아가겠네."
 "당신은 짭새야. 형사가 틀림없어."
 "아니야, 샘. 그렇지 않아."
 샘은 겨우 침착해졌다. 몸이 축 늘어지고 근육이 부드러워졌다. 나는 깊이 한숨을 내쉬었다.
 "샘, 자네에게 버블스라는 친구가 있지?"
 "응."
 "그녀에게 카렌이라는 친구가 있지?"
 그는 뚫어지게 허공을 지켜보고 있었다. 그가 대답한 것은 한참 지난 뒤였다.
 "카렌 말이군."
 "버블스는 카렌과 함께 지냈네, 이번 여름에."
 "응."
 "자네는 카렌을 아나?"
 "응."
 그의 숨소리가 거칠어지고 가슴이 크게 물결치며 눈이 커다랗게 뜨여졌다.
 나는 조용히 그의 어깨에 손을 올려놓았다.
 "진정해, 샘. 진정해야 해. 왜 그러나?"
 "카렌은……." 그는 방 한쪽 끝을 뚫어지게 노려보면서 중얼거렸다. "카렌은……아주 굉장한 아이였어."
 "샘……."
 "그애가 가장 나빴어. 가장 나빴어……."

"샘, 버블스는 지금 어디 있지?"

"나갔어. 안젤라를 만나러. 안젤라……."

"안젤라 허딩이오." 마빈이 말했다.

"안젤라와 카렌과 버블스는 이번 여름 한방에서 보냈어."

"안젤라는 지금 어디 있지?" 나는 마빈에게 물었다.

그때 샘이 펄쩍 뛰어오르며 목이 터질 만큼 큰 소리로 외치기 시작했다.

"형사다! 짭새다!"

샘은 나에게 팔을 휘둘렀으나 맞지 않자 이번에는 발로 걷어차려고 했다. 나는 그의 다리를 잡았다. 그는 쓰러지면서 전자 악기에 부딪쳤다. 높은 소리가 방 안 가득히 울려퍼졌다.

마빈이 말했다.

"소라진[12]을 갖고 오지요."

"소라진은 필요없네. 나를 좀 도와주게."

나는 샘을 붙잡아 앉혔다. 그는 전자음악을 지워버릴 듯한 큰 목소리로 외쳤다.

"짭새다! 형사다! 형사다!"

그는 발로 걷어차며 몸부림쳤다. 마빈이 끌어안으려고 했으나 헛일이었다. 샘은 바닥에 머리를 쾅쾅 부딪쳤다.

"자네 발을 그의 머리 밑에 넣게!"

마빈은 내 말을 알아듣지 못했다.

"빨리!" 나는 재촉했다.

마빈은 그제야 겨우 샘의 머리 밑에 발을 넣어 머리가 다치지 않도록 했다. 샘은 나에게 잡힌 채 계속 몸부림쳤다. 나는 갑자기 그를 놓아주었다. 그는 몸부림치기를 그만두고 자기 손을 보더니 다시 나를 보았다.

"아니, 어떻게 된 거지?"

"이제 진정이 되었나?" 내가 물었다.

"당신이 나를 놓아주었군."

나는 마빈에게 고개를 끄덕여보였다. 그는 전자악기의 플러그를 뺐다. 요란한 소리가 멎었다. 방 안이 이상할 정도로 조용해졌다.

샘은 앉음새를 고치고 똑바로 나를 쳐다보았다.

"당신은 나를 놓아주었어. 정말 놓아주었어."

그는 여전히 내 얼굴을 들여다보았다. 그는 내 뺨을 만지며 말했다.

"당신은 아름다워."

그는 나에게 키스했다.

집에 도착했을 때 쥬디스는 침대에 누워 있었으나 잠들지는 않았다.

"무슨 일이 있었나요?"

나는 옷을 벗으며 대답했다.

"키스를 받았소."

"샐리에게?" 그녀는 재미있어하는 것처럼 물었다.

"아니, 샘 아처에게."

"작곡가?"

"그렇지."

"왜요?"

"이야기하자면 길어질 텐데."

"놀리지 않을게요" 하고 그녀가 말했다.

나는 쥬디스에게 이야기해 주었다. 그런 다음 잠자리에 들어 그녀와 키스했다.

나는 다시 말을 이었다.
"이상한 기분이더군. 남자의 키스를 받아보기는 처음이거든."
그녀는 내 목에 손을 얹었다.
"마음에 들었어요?"
"아니."
"이상하군요. 난 좋은데."
그녀는 나를 끌어당겼다.
내가 말했다.
"당신은 줄곧 남자에게서 키스를 받아왔지 않소."
"가끔 좋은 때도 있어요."
"누구의 것이 좋았소?"
"당신 것."
"듣기 좋으라고 하는 말 아니오?"
그녀는 내 코 끝을 혀로 핥았다.
"아니에요, 유혹이지요."

(1) AP(anteroposterior)는 뢴트겐 선이 앞쪽에서 뒤쪽으로 지나가고 있는 필름. LAO(left anterior oblique)는 왼쪽 앞쪽을 비스듬히 지나는 필름. IVP는 요관계(尿管系)의 조영촬영으로 신장, 요기(尿器), 방광을 보여주는 필름.
(2) 둘 다 두개골 필름의 풀이를 쉽게 하는 방법이다. '동맥촬영상'은 뇌동맥에 방사선 불투액(不透液)을 채워놓은 다음 찍은 뢴트겐 사진이다. PEG(Pneumoencephalogram)는 뇌실(腦室) 내부의 대조를 분명히 하기 위해 모든 뇌척수액을 없애고 공기를 보내는 방법이다. 굉장한 고통이 따르기 때문에 마취하지 않으면 안 된다. 두 방법 모두 필요성이 뚜렷하지 않은 한 쓰지 않는다.
(3) 〈부기 Ⅳ 생략〉 참조.

⑷ 네 번째는 진통제로 쓰여지는 아스피린이며, 1853년에 만들어졌다. 아스피린은 이른바 만능 특효약이다. 고통을 덜어주고 마음을 가라앉히며, 열을 내리고 항알레르기 작용도 한다.

⑸ 〈부기 V 흰 가운〉 참조.

⑹ 정신과의의 자살율이 가장 높다. 보통 개업의의 열 배 이상이다.

⑺ 혈액 속의 알코올 농도 이상으로 취해 있는 상태. 극단적일 때에는 단 한 잔으로 광포해지는 수가 있다.

⑻ 〈부기 Ⅵ 임신중절에 대한 논의〉 참조.

⑼ 〈부기 Ⅶ 의학의 윤리〉 참조.

⑽ Goodman and Gilman : 《The Pharmacological Basis of Therapentics(치료학의 약리학적 기초)》. 의사가 쓰는 약리학 텍스트의 모범. 3백 페이지에 마리화나의 작용에 대한 논의가 있어 최근 법정심리에 널리 인용된다.

⑾ 'Narcs'라고 불리는 정부의 마약수사관은 412 또는 414로 시작되는 번호의 시보레를 좋아한다고 보스턴에서는 알려져 있다.

⑿ LSD에 대한 해독제로 널리 쓰여지며, 악성 환각증상에서 깨어나게 하는 데 사용하는 트랑키라이저이다. 그러나 STP와 같은 사이키델릭 합성물이 쓰이면 소라진은 약효를 없애지 않고 높이게 된다. 구급병동에서 LSD 환자를 다루는 의사는 이미 습관적으로 소라진을 쓰지 않는다.

＊1 극소량의 액체를 재거나 옮기는 데 쓰는 관.
＊2 기관, 조직, 기물 등을 고정시키는 데 쓰는 외과용 수술 기구.
＊3 어두운 기분에 지배되며, 염세적·회의적 인생관을 갖게 되는 정신질환의 한 유형.

수요일 10월 12일

1

한 달에 한 번, 신은 '자유의 발상지'를 가엾게 여겨 보스턴에 태양이 빛나게 해준다. 오늘이 그 날이다. 활짝 갠 맑은 하늘에 가을의 상쾌함이 넘쳐흘렀다. 나는 좋은 기분으로 잠에서 깨어나 뭔가 일어날 듯한 기대로 가슴이 부풀었다.

나는 콜레스테롤을 걱정하면서도 달걀이 두 개나 딸린 대량의 아침식사를 했다. 그리고 나서 하루의 계획을 세우기 위해 서재로 들어갔다. 나는 지금까지 만난 모든 사람의 리스트를 만들어 그 속에 용의자가 있는지 어떤지 결정하는 일부터 시작했다. 누구도 용의자라고 할 수는 없었다.

임신중절의 경우 맨 먼저 의심되는 것은 그녀 자신이다. 자신이 직접 하는 경우가 많기 때문이다. 그러나 해부 결과 카렌이 수술받을 때 마취했음이 분명해졌으므로 그녀가 한 것은 아니다. 그녀의 오빠는 방법을 알고 있었지만, 그 시간에 그는 다른 일을 하고 있었다고 했다. 나는 그것을 확인할 수 있다. 나중에 확인해 볼 생각이지만 지금으로서는 그를 의심할 이유가 없다.

기술적으로 말하자면 피터 랜돌과 JD는 둘 다 가능성이 있다. 그러나 어찌된 일인지 나는 두 사람 가운데 누가 했다고 생각할 수가 없었다.

그렇다면 아더이거나, 비콘 힐에 있는 카렌의 친구 가운데 누구이거나, 아니면 내가 아직 만나지 않아 그 존재조차 모르는 누군가일 것이다.

나는 잠시 리스트를 바라보았다. 그런 다음 시립병원인 맬로리 빌딩으로 전화를 걸었다. 앨리스는 없었다. 나는 다른 비서와 이야기했다.

"카렌 랜돌의 병리해부 차트가 있소?"

"차트 번호는?"

"그걸 모르겠소."

그녀는 귀찮은 듯이 말했다.

"번호를 모르신다면……."

"아무튼 좀 찾아봐주시오."

나는 비서의 바로 눈 앞에 카드의 파일이 있다는 것을 잘 알고 있었다. 1개월 동안의 모든 해부 차트가 알파벳과 번호순으로 정리되어 있는 것이다. 그녀로서는 전혀 어려운 일이 아니었다.

꽤 오랜 시간이 지나고 나서 그녀가 말했다.

"있습니다. '임신 3개월에 행해진 소파수술 뒤 생긴 자궁의 천공과 열상에 의한 질출혈. 제2진단은 전신과민증.'"

"알았소." 나는 쓴웃음을 지으면서 말했다. "틀림없지요?"

"여기 씌어 있는 것을 그대로 읽은 거예요."

"고맙소."

나는 묘한 심정으로 전화를 끊었다. 쥬디스가 커피를 가지고 들어오며 물었다.
"무슨 일이에요?"
"해부보고서에 카렌 랜돌은 임신했었다고 씌어 있구려."
"그래요?"
"흐음……."
"그렇지 않았나요?"
"나는 그렇게 생각지 않았소."

내가 잘못 보았을지도 모른다는 것은 알고 있었다. 눈으로 아무것도 보이지 않았으나 현미경으로 검사한 결과 증명되었을지도 모른다. 그러나 왠지 그것은 있을 수 없는 일처럼 생각되었다.

나는 마피의 연구실로 전화를 걸어 혈액 호르몬 감정이 끝났는지 물어보았다. 아직 끝나지 않았으나, 정오가 지나면 알 수 있다는 대답이었다. 나는 다시 전화하겠다고 말한 뒤 수화기를 내려놓았다.

그런 다음 나는 전화번호부를 펴놓고 안젤라 허딩의 주소를 찾았다. 그녀는 체스트너트 거리에 살고 있었다. 고급주택지다.

나는 그녀를 만나러 갔다.

체스트너트 거리는 힐 기슭 가까이 찰즈 거리를 벗어난 곳에 있다. 타운하우스, 고미술품점, 색다른 레스토랑, 작은 식료품가게 등이 있는 아주 조용한 곳으로, 주민들은 대부분 평판좋은 곳에 살고 싶지만 아직 뉴턴이나 웰즈리에 살 수 없는 젊은 직업인들——의사, 변호사, 은행가 등이었다. 이곳에는 또한 5, 60대의 옛 직업인들도 살았는데, 아이들이 다 자라 결혼했기 때문에 시내로 들어가지 않는 이들이었다. 보스턴에서 살려면 비콘 힐에 살아야 한다.

물론 학생들도 있었으나, 보통 조그마한 아파트에 서넛이 모여살았다. 방값을 지불하려면 그렇게 할 수밖에 없는 것이다. 옛날부터 살던 주민들은 학생들을 환영하는 것 같다. 그 고장에 조금이지만 색채와 젊음을 곁들여주기 때문이다. 단 '학생들이 몸차림을 단정히 하고 묘한 행동을 하지 않는다면'이라는 조건이 붙지만.

안젤라 허딩은 엘리베이터도 없는 아파트 2층에 살고 있었다. 나는 문을 두드렸다. 미니스커트에 스웨터를 입은 여위고 머리가 검은 처녀가 나타났다. 뺨에 꽃 한 송이가 그려졌으며 커다란 파란빛 안경을 쓰고 있었다.

"안젤라 허딩 양이오?"

"아니에요" 하고 그녀는 말했다. "늦으셨어요. 벌써 나갔어요. 하지만 틀림없이 전화를 걸어올 거예요."

"나는 벨리 의사요, 병리의지요."

"아, 그러세요?"

그녀는 입술을 깨물고 불안한 눈초리로 나를 바라보았다.

"당신은 버블스?"

"네. 그런데 어떻게 아셨지요?" 그녀는 손가락을 딱딱 소리내어 꺾으며 말했다. "그렇군. 어젯밤 슈퍼헤드를 만났나 보지요?"

"그렇소."

"여기저기 돌아다닌다는 말을 들었어요."

"그렇소."

버블스는 문에서 뒤로 물러섰다.

"들어오세요."

가구는 거의 없었다. 거실에 안락의자 하나, 바닥에 쿠션 둘, 활짝 열린 문 저쪽에 흐트러진 침대가 보였다.

"카렌 랜돌에 대해 알고 싶은 일이 있어서 왔소" 하고 나는 말했다.

"듣고 있어요."

"당신들은 여름 동안 여기에 있었소?"
"네, 그랬어요."
"마지막으로 카렌을 만난 것이 언제였지요?"
"몇 달 동안 만나지 않았어요. 안젤라도 마찬가지예요."
그녀가 대답했다.
"안젤라가 당신에게 그렇게 말했소?"
"네, 물론이지요."
"언제?"
"어젯밤에요. 어젯밤 우리는 카렌 이야기를 했어요. 그 이야기도 들었어요."
버블스는 어깨를 으쓱했다.
"소문은 전달되기 마련이오."
"소문?"
"서투른 중절을 했다는 소문."
"누가 했는지 아오?"
"의사가 한 사람 잡혔다더군요. 당신은 아시겠지요?"
"알고 있소."
"틀림없이 그 의사가 했을 거예요."
그녀는 어깨를 흔들며 길다란 검은 머리를 얼굴에서 쓸어올렸다. 아주 창백한 피부였다.
"하지만 잘 모르겠어요."
"모른다고?"
"카렌은 바보가 아니었어요. 잘 알아서 했을 거예요. 전에도 한 적이 있지요. 지난 여름에도 말이에요."
"중절을?"
"네. 그 뒤로는 아주 풀이 죽어 있었어요. 약을 먹고 심한 환각상태에 빠지기도 했어요. 아기 일이 마음에 걸렸던 거지요. 중절한 뒤 한동안 약을 못 먹게 하고 싶었지만, 무슨 일이 있어도 먹겠다고 고집하더니 아주 혼났었지요. 정말 굉장했어요."
"어떻게?"
"한 번은 나이프가 되었어요. 온 방안을 할퀴고 돌아다니며 벽이 피투성이라고 고함치는 거예요. 그리고 창문이 아기로 보이는지, 새카맣게 되어 죽어간다고 소리쳤어요. 정말 굉장했어요."
"당신들은 어떻게 했소?"
"그녀를 돌보았어요." 버블스는 어깨를 으쓱했다.
"당연하잖아요?"
그녀는 테이블로 손을 뻗어 병과 작은 철사로 만든 고리를 집어들었다. 그녀가 철사고리를 공중에서 흔들자 비누방울이 한 줄로 나란히 생겨 천천히 바닥으로 떨어졌다. 그녀는 그것을 가만히 지켜보았다. 비누방울은 하나씩 바닥에 부딪쳐 터졌다.
"정말 굉장했어요."
"지난 여름에는 누구에게 중절을 받았지요?" 하고 내가 물었다.
버블스는 웃었다.
"몰라요."
"그녀는 어땠소?"
"배가 불러가니까 처치하고 오겠다면서 어느 날 나가더니 방실방실 웃으면서 돌아왔어요."
"아무 문제도 없었소?"
"없었어요."
그녀는 또 비누방울들을 만들어 지켜보았다.
"아무 문제도 없었어요. ……잠깐만요."
버블스는 부엌으로 달려가더니 유리잔에 물을 따라 알약 한 개를 먹었다.
"없어졌지요? 아시겠어요?"
"그게 뭐요?"
"수소폭탄."
"수소폭탄?"
"그래요, 아시겠어요?" 그녀는 안타까운 듯 손을 흔들며 말했다.
"스피드예요, 엘리베이터예요, 제트기예요, 베니예요"
"안페타민이오?"
"메세드렌이에요."
"언제나 복용하오?"
"의사들은 모두 똑같군요." 그녀는 다시 머리를 쓸어내렸다. "질문만 하거든요."
"어디서 그걸 구했소?"
나는 캡슐을 보고 있었다. 적어도 5밀리그램은 되는 듯했다. 암거래로 팔고 있는 것은 대부분 1밀리그램이다.
"잊어주세요," 그녀가 말했다. "아셨지요? 잊어주세요."
"잊어주기를 바란다면, 어째서 내가 보는 앞에서 먹었소?"
"귀찮게 구시는군요."
"호기심이오."
"그냥 자랑해 보였을 뿐이에요."
"그럴 수도 있겠네."
"네, 그래요." 그녀는 웃으며 대답했다.
"카렌도 스피드를 했었소?"
"카렌은 뭐든지 다 했어요." 버블스는 한숨을 쉬었다. "스피드도 했어요."
내가 의아한 표정을 짓고 있었던 모양이다. 버블스는 손가락으로 팔꿈치를 쿡쿡 찌르며 정맥주사를 놓는 시늉을 해보였다. 그녀가 다시 말했다.
"그밖에는 아무도 하지 않았어요. 그러나 카렌은 뭐든지 했어요."
"그녀의 환각상태는······."
"애시드예요. 언젠가는 DMT였어요."
"나중에 어떤 느낌이 들었소?"
"지옥이에요. 아주 기운이 없었어요. 좋지 않은 환각이지요."
"줄곧 기운이 없었소?"
"네, 그래요. 여름이 다 갈 때까지. 한 번도 남자와 잠자리를 함께 하지 않았어요. 무서워하는 것 같았어요."
"확실하오?"
"네, 확실해요." 그녀가 말했다.
나는 아파트를 둘러보았다.
"안젤라는 어디 있지요?"
"외출했어요."
"어디로 갔소? 이야기를 하고 싶은데."
"그렇군요. 당신과 이야기하면 좋을 거예요."
"뭔가 곤란한 일이라도 있었소?"
"그렇지는 않아요."
"무슨 일이 있어도 이야기를 하고 싶은데······."
버블스는 어깨를 으쓱했다.
"찾을 수 있거든 이야기해 보세요."
"어디로 갔소?"
"말했잖아요? 외출했다고."
"간호사라고 들었소만?" 내가 물었다.
"네. 당신은······."

그때 문이 열리고 키가 후리후리한 젊은 여자가 방으로 뛰어들어오며 소리쳤다.

"그 녀석이 아무래도 보이지 않아. 숨어버렸어!"

그녀는 나를 보자 입을 다물었다.

"안젤라." 버블스가 내 쪽을 보고 고개를 끄덕이면서 말했다. "손님이 오셨어."

안젤라 허딩은 안락의자에 파고들 듯이 웅크리고 앉아 담배에 불을 붙였다. 짧고 까만 드레스, 까만 그물 스타킹, 그리고 에나멜 가죽으로 만든 검정 장화를 신고 있었다. 머리는 검고 길었으며, 골격이 조각처럼 보이는 고전적인 미모였다. 모델의 얼굴이었다. 나는 그녀의 간호사 모습을 머릿속에 떠올리는 데 애를 먹었다.

"카렌에 대해 알고 싶어하는 사람이 당신이군요?"

나는 고개를 끄덕였다.

"앉으세요." 안젤라가 말했다. "그렇게 긴장하실 것 없어요."

버블스가 말했다.

"안젤라, 말하지 않았어."

"코크를 좀 줘, 버블스." 안젤라가 말했다.

버블스는 잠자코 고개를 끄덕이고 부엌으로 가며 나에게 물었다.

"코크 마시겠어요?"

"아니, 고맙지만 사양하겠소."

안젤라는 어깨를 으쓱해보였다.

"좋으실 대로."

그녀는 담배를 씹어 끝을 뱉어냈다. 동작은 재빨랐지만 표정에 침착함이 나타나 있었다. 그녀는 목소리를 낮추어 말했다.

"버블스 앞에서 카렌 이야기를 하고 싶지 않아요. 틀림없이 무척 놀랄 거예요."

"카렌에 대해서?"
"네. 버블스는 그애와 아주 친했거든요."
"당신은?"
"별로 친하지 않았어요."
"어째서?"
"처음에는 나도 무척 마음에 들었어요. 카렌은 좀 와일드했지만 좋은 아이고 재미있었지요. 처음 얼마 동안 우리는 아주 잘해나갔어요. 그래서 셋이 함께 살기로 했지요. 그러다가 버블스가 슈퍼헤드에게로 가고, 나는 카렌과 둘이 남게 되었어요. 그러나 쉬운 일이 아니었어요."
"어째서?"
"카렌은 머리가 좀 이상했어요. 정신이 좀 이상했지요."
버블스가 코크를 가지고 들어왔다.
"정신이 이상한 건 아니었어요."
"너하고 있을 때는 그렇지 않았지. 너를 위해 연극을 했거든."
"네가 화를 낸 것은 카렌이……."
"그래 맞아."
안젤라는 머리를 젖히고 긴 다리를 바꾸어 포갰다. 그녀는 내 쪽을 보며 말했다.
"버블스는 지금 지미에 대해 말하는 거예요. 내가 산부인과에서 알게 된 레지던트지요."
"당신은 거기에 근무했었소?"
"네." 안젤라가 설명했다. "지미와 나는 사이가 좋았어요. 잘되어 간다고 생각했어요. 그런데 카렌이 끼여든 거예요."
안젤라는 다시 담배에 불을 붙이며 내 눈을 피했다. 나는 그녀가 나에게 말하는 건지 버블스에게 말하는 건지 분간할 수가 없었다. 분명히 그녀 둘은 의견이 맞지 않았다.

안젤라가 말했다.

"나는 그녀가 그런 짓을 할 줄은 몰랐어요. 한방에 있는 친구가 말이에요. 룰이라는 게 있잖아요."

"카렌은 지미가 좋았던 거예요." 버블스가 끼여들었다. "확실히 그를 좋아했어요. 아마 그랬을 거라고 생각해요. 72시간만요."

안젤라는 일어나서 방 안을 돌아다녔다. 그녀의 스커트는 가까스로 넓적다리를 가리고 있었다. 그녀는 눈이 번쩍 뜨일 만큼 아름다웠다. 카렌보다 훨씬 더 아름다웠다.

"너는 공정하지 못해, 안젤라."

"나는 공정해지려는 생각 따위는 하지 않아."

"네가 하는 말은 거짓말이야. 알잖아? 지미는……."

"나는 아무것도 몰라!" 안젤라가 말을 가로막았다. "내가 알고 있는 건, 지미는 지금 시카고에서 레지던트를 하기 때문에 나와 함께 있지 않다는 것뿐이야. 만약 내가……."

그녀는 말을 멈추었다.

"그럴지도 모르지." 버블스가 중얼거렸다.

이때 내가 끼여들었다.

"뭐가 말이오?"

"아니, 아무것도 아니예요." 안젤라가 말했다.

나는 물었다.

"마지막으로 카렌을 만난 것은 언제였지요?"

"잊었어요. 8월 언젠가였어요. 그녀가 학교에 가기 바로 전이에요."

"지난번 일요일에 만나지 않았소?"

"아니오." 안젤라는 방 안을 서성거리면서 말했다. 걸음걸이가 조금도 흐트러지지 않았다. "만나지 않았어요."

"이상하군. 앨런 제너는 지난 월요일에 그녀를 만났소."

"누가요?"

"앨런 제너. 그녀의 친구 가운데 한 사람이오."

"그래요?"

"그는 카렌을 만났는데, 그녀가 이리로 간다고 말했다 하오."

안젤라와 버블스가 서로 얼굴을 마주보았다. 이윽고 버블스가 말했다.

"어쩌면 그렇게 지저분하게……."

"사실이 아니오?" 나는 물었다.

"아니에요." 안젤라가 딱 잘라 말했다. "우리는 그녀를 만나지 않았어요."

"하지만 그는 분명히……."

"카렌은 틀림없이 정신이 이상했던 거예요. 언제나 그랬어요. 카렌은 언제나 마음이 자주 변했거든요. 가끔 그녀에게 '마음'이라는 것이 있을까 생각될 정도였어요."

버블스가 말했다.

"안젤라, 저어……."

"코크 한 잔 더 갖다줘." 안젤라가 명령하는 듯한 말투로 말했다. 버블스는 내키지 않는 듯 일어나 다시 코크를 가지러 갔다.

안젤라가 말을 이었다.

"버블스는 좋은 아이에요. 하지만 머리가 좀 모자라지요. 무슨 일이나 다 잘되지 않으면 싫어해요. 그러니까 카렌에게 일어난 일이 무척 마음에 걸리는 거지요."

"호오……."

안젤라는 서성거리기를 그만두고 내 바로 앞에 섰다. 몸이 굳어 있었다. 이윽고 차츰 긴장이 풀려서 침착해졌다.
"뭔가 나에게 특별히 묻고 싶은 것이 있었나요?"
"카렌을 만났는지 어떤지 알고 싶었을 뿐이오."
"아니오, 만나지 않았어요."
나는 일어났다.
"시간을 빼앗아서 미안하오."
 안젤라는 고개를 끄덕였다. 나는 문께로 갔다. 내가 나가려고 하는데 버블스가 물었다.
"그분 돌아갔어?"
 안젤라가 말했다.
"잠자코 있어."

2

 정오 조금 전에 나는 블래드포드의 사무실로 전화를 걸어 그 사무실 변호사 가운데 한 사람이 아더의 사건을 맡기로 했다는 말을 들었다. 조지 윌슨이라는 사나이였다. 내 전화가 그에게로 돌려졌다. 전화를 통해 들리는 그의 목소리는 부드러웠으며 확신에 차 있었다. 그는 5시에 나와 만나기로 약속했는데 '트라팔가 클럽'은 아니었다. 우리는 상가 술집 '클래셔 톰슨'에서 만나기로 했다.
 나는 집으로 돌아가서 점심식사를 하고 아침신문을 읽었다. 아더를 체포했다는 기사가 마침내 커다랗게 보도되어 제1면을 차지하고 있었는데, 카렌 랜돌의 죽음에 대해서는 한 줄도 실리지 않았다. 기사와 함께 아더의 사진이 실려 있었다. 눈 밑에 새디스트를 연상케 하는 검은 그늘이 져 있었다. 입은 단정치 못하게 일그러졌으며, 머리카락이 더부룩했다. 그야말로 범인의 모습에 어울리는 사진이었다.

그가 체포되었다는 것뿐 다른 내용은 없었다. 쓸 필요가 없었다. 사진이 모든 것을 말해주고 있었으니까. 생각해 보니 아주 현명한 방법이었다. 인상이 좋지 않은 사진에 대해 공판도 받기 전에 불리한 선전이라고 불평할 수는 없는 일이다.

점심식사를 한 뒤 나는 담배 한 대를 피우고 지금까지 있었던 일을 정리해 보려고 했다. 그러나 잘되지 않았다. 내가 카렌에 대해 들은 이야기에는 모순이 많고 너무도 확실치 못했다. 나는 그녀를 분명하게 알지 못하며, 그녀가 무엇을 했는지 알 수 없었다. 그녀가 임신을 하여 중절이 필요해서 주말에 보스턴에 왔었다면, 대체 여기서 무엇을 했을까?

1시에 나는 마피의 연구실로 다시 전화를 걸었다. 마피가 전화를 받았다.

"호르몬 상점입니다."

"마프, 어떻던가?"

"카렌 랜돌 말이지?"

"누군가가 물었었나 보군."

"그렇다네. 시립병원에서 지금 웨스턴이 전화를 했지. 자네가 혈액 표본을 가지고 왔더냐고 묻더군."

"뭐라고 대답했나?"

"가지고 왔다 했네."

"뭐라고 하던가?"

"결과를 알고 싶다기에 말해 주었네."

"결과는 어떻던가?"

"모든 호르몬과 대사산물의 농도가 아주 낮다. 그녀는 임신하지 않았었네. 절대로 있을 수 없는 일이야."

"그래? 고맙네."

마피는 내가 생각하는 바에 조금이나마 힘을 불어넣어주었다. 대단한 것은 아니지만 얼마쯤은 힘이 되었다.
"대체 무슨 일인지 이야기해 줄 수 있겠지, 존?"
"지금은 안 되겠네."
"약속했잖나?"
"알고 있네. 그러나 지금은 안 되겠네."
"내 입장도 좀 생각해 주게. 세일러가 싫어할 거야."
세일러는 그의 아내로 가십을 좋아했다.
"미안하지만, 지금은 말할 수 없네."
"친구에게 너무하군."
"미안하네."
"만일 아내가 나와 이혼하겠다면 나는 자네를 공동피고인으로 하겠네."

3

 나는 3시에 맬로리 빌딩 병리연구실에 도착했다. 맨 처음 얼굴을 마주 대한 사람은 웨스턴이었다. 지쳐 있는 것처럼 보였다. 그는 나를 보자 묘한 미소를 지었다.
"뭣 좀 알아내셨습니까?" 하고 내가 물었다.
그가 대답했다.
"그녀는 임신하지 않았었네."
"임신하지 않았다고요?"
"그렇지, 하지 않았어." 그는 병리보고가 들어 있는 파일을 들어올려 조사하기 시작하며 말했다. "틀림없네."
"아까 전화를 걸었더니 차트에 임신 3개월로 적혀 있다고 하던데요?"

웨스턴은 뭔가 생각하면서 물었다.

"누구와 이야기했나?"

"비서였습니다."

"뭔가 잘못되었겠지."

"그렇겠지요."

웨스턴은 나에게 파일을 건네주었다.

"슬라이드도 보겠나?"

"보고 싶습니다."

우리는 병리의의 연구실로 걸어갔다. 칸막이 여러 개가 늘어서 있는 직사각형 방으로, 병리의들은 거기에 현미경과 슬라이드를 놓고 검시 결과를 기록했다.

우리는 한 칸막이 앞에서 걸음을 멈추었다.

"그걸세." 웨스턴이 슬라이드 상자를 가리키며 말했다. "다 보고 난 뒤 자네 의견을 듣고 싶네."

그는 나를 남겨두고 가버렸다. 나는 현미경 앞에 앉아 불을 켜고 일을 시작했다. 주요 장기에 대하여 만들어진 슬라이드가 30장이었다. 6장은 자궁의 각각 다른 부분이었다. 나는 그것부터 시작했다.

그녀가 임신하지 않았었다는 것은 곧 밝혀졌다. 자궁내막이 조금도 증식되어 있지 않았다. 얇은 증식세포층과 혈관감소로 위축되어 있는 듯이 보였을 뿐이다. 나는 사실을 확인하기 위해 다른 슬라이드를 조사했다. 모두 마찬가지였다. 소파에 의한 혈전(血栓―혈관 속에서 혈액이 굳어져 된 고형물)을 볼 수 있었는데, 그것이 유일한 이상이었다.

나는 슬라이드를 보면서 그 의미를 생각했다. 그녀는 임신하지 않았는데 했다고 확신하고 있었다. 그래서 월경이 멈춰졌던 것이다.

그것으로 자궁내막의 위축상태를 설명할 수 있다. 그러나 무엇이 월경을 멎게 했을까? 나는 마음속으로 감별진단을 시도해 보았다.

그녀 나이 또래의 젊은 여자에게는 신경적 요소가 직접 영향을 준다. 학교가 시작된다거나 환경이 바뀌는 데 따른 긴장과 흥분이 일시적으로 월경을 멈추게 하는 일이 있는 것이다. 그러나 3개월이나 멎는 일은 없다. 특히 그와 함께 살이 찌며 모발의 분포가 달라지는 징후가 나타나는 일은 없다.

호르몬 실조(失調)도 생각할 수 있다. 부신기능앙진증(副腎機能昂進症), 스타인 레벤타르 징후, 방사선 조사(照射). 이런 것들 가운데 어느 것도 여러 가지 이유로 있을 수 없다고 생각되었으며, 그것을 곧 확인할 방법이 있었다.

나는 부신의 슬라이드를 현미경에 올려놓았다. 확실히 피질 위축의 증거가 있었다. 특히 속상층 세포에 뚜렷했다. 과립층은 정상인 것 같았다. 부신기능앙진증과 부신종양은 제외해도 된다.

다음에 나는 난소를 보았다. 여기서는 변화가 눈에 띄었다. 난포는 작고 미숙했으며 위축되어 있었다. 전체가 자궁내막과 마찬가지로 위축된 상태였다. 스타인 레반타르와 난소종양은 제외해도 된다.

마지막으로 나는 갑상선의 슬라이드를 현미경에 올려놓았다. 가장 약하게 확대한 것으로 보아도 선의 위축은 뚜렷했다. 노포(濾胞)가 오므라들어 있어 뒤쪽 세포는 희박했다. 분명히 갑상선 기능저하였다.

다시 말해 갑상선, 부신, 성선(性腺)이 모두 위축되어 있었던 것이다. 병의 원인은 분명하지 않았지만 진단은 명확했다. 나는 파일을 펴놓고 어떻게 기록되어 있는지 읽었다. 웨스턴이 쓴 것이었다. 간단한 기록이었다. 나는 현미경 검사도 읽었다. 그는 자궁내막의 세포층이 얇고 이상하게 보이는 것은 인정했으나 다른 기관은 '정상'으로 보앉으며, '위축상(萎縮像)에 대해서는 의문'이라고 써놓았다.
 나는 파일을 접어놓고 그를 만나러 갔다.

 웨스턴의 방은 넓고, 책장이 벽에 늘어섰으며, 잘 정돈되어 있었다. 그는 고풍스러운 시대의 산물인 육중한 책상 저쪽에 앉아 파이프를 피우며 학자다운 관록을 보여주었다. 그가 물었다.
 "어떻던가?"
 나는 망설였다. 나는 그가 일부러 사실을 감추었는지 어떤지, 아더를 매장하려는 사람들 편에 가담했는지 어떤지 알 수 없었다. 그러나 그런 일은 있을 리가 없다. 웨스턴은 이미 나이가 지긋하고 명성이 있어 매수할 수 없었을 것이다. 그리고 랜돌 집안과 특별히 친한 사이도 아니다. 보고서를 허위로 작성할 이유가 전혀 없었다.
 "그런데 현미경 조사 결과가 납득되지 않았습니다."
 나는 말했다.
 그는 조용히 파이프 연기를 내뱉었다.
 "그래서?"
 "슬라이드를 조사해 보니 매우 위축되어 있는 것 같더군요. 어쩌면 ......"
 "알고 있네, 존."
 웨스턴은 미소지어 보였다.
 "자네가 무슨 말을 하려는 건지 아네. 내게 다시 한 번 조사하도록 하고 싶은 거겠지?"
 그는 다시 미소를 던졌다.
 "다시 조사했다네, 두 번이나. 중요한 검시였기 때문에 될 수 있는 한 신중하게 했지. 맨 처음 슬라이드를 보았을 때, 나는 자네와 마찬가지로 전체적인 하수체기능저하가 세 가지 기관, 갑상선, 부신,

성선에 영향을 주었다고 생각했네. 나는 호기심이 있었기 때문에 다시 주요 장기를 조사했네. 자네도 보았겠지만, 주요 장기에는 큰 이상이 없었네."

"최근에 그렇게 되었는지도 모릅니다" 하고 내가 말했다.

"으음, 그럴지도 모르지. 그러니까 어려운 걸세. 게다가 이상조직의 발생이나 경색(梗塞)[1]현상이 있는지 어떤지 조사하기 위해 뇌를 보고 싶었네. 그러나 그건 불가능하네. 시체는 오늘 아침에 화장되었거든."

"그렇습니까?"

그는 나를 올려다보며 빙그레 미소지었다.

"앉게나, 존. 자네가 그렇게 장승처럼 서 있으면 마음이 가라앉지 않아."

내가 의자에 앉자 그는 말을 이었다.

"아무튼 나는 육안으로 보고 슬라이드로 옮겨갔네. 이번에는 좀 확신이 없었네. 그래서 오래 전 하수체기능저하 케이스를 조사하여 옛날 슬라이드를 살펴본 다음 다시 카렌 랜돌의 슬라이드로 돌아갔지. 세 번째였네. 여기까지 이르자 하수체기능저하라는 진단에 확증을 가질 수가 없었네. 보면 볼수록 확신이 없어지더군. 뇌병리 뢴트겐 사진, 혈액 호르몬 등의 확신이 필요했네. 마피에게 전화를 한 것은 그 때문이었지."

"그랬었군요."

파이프가 꺼졌으므로 그는 다시 불을 붙였다.

"그렇다네. 나는 자네가 혈액표본을 가지고 나간 이유는 에스트라지오르 테스트를 하기 위해서이며, 그렇다면 마피에게 부탁할 거라고 생각했지. 자네가 TSH(갑상선자극 호르몬)나 ASTH(부신피질자극 호르몬)나 ACT(갑상선 호르몬의 일종), 또는 도움이 되는 일이라면 어떤 테스트를 하기로 했는지 어떤지 알고 싶었네."

"어째서 저에게 전화를 하지 않았습니까?"

"전화했지만, 자네의 연구실에서는 자네가 어디 있는지 모르더군."

나는 고개를 끄덕였다. 그가 한 말은 모두 이치에 맞았다. 나는 점점 맥이 풀려가는 것을 느꼈다. 웨스턴이 다시 말했다.

"그런데 퍽 오래 전에 카렌 랜들의 두개골 뢴트겐 사진을 찍었더군. 어떻게 나와 있는지 아나?"

"아무것도 나와 있지 않았습니다. 아무 이상이 없으니까요."

웨스턴은 깊이 한숨을 내쉬었다.

"유감이군."

"그러나 흥미있는 일이 있습니다."

"뭔가?"

"뢴트겐 사진은 그녀가 시야결손을 호소했기 때문에 찍었답니다."

"존, 시야결손의 가장 일반적인 이유가 뭔지 아나?"

웨스턴이 물었다.

"모릅니다."

"수면부족일세."

웨스턴은 파이프를 입 끝으로 밀어보내 잇새에 끼웠다.

"자네가 내 입장이었다면 어떻게 했을 것 같나? 뢴트겐 사진에 아무 이상도 나타나지 않은 그런 호소를 바탕으로 하여 진단을 내리겠나?"

"그러나 슬라이드는 여러 가지 암시를 내포하고 있습니다" 하고 나는 그에게 말했다.

"암시뿐일세."

그는 천천히 고개를 가로저었다.

"이 사건은 이미 복잡해졌네, 존. 여기에 확신을 가질 수 없는 진단을 덧붙여 한층 더 복잡하게 만들고 싶지 않네. 결국 나는 진단을 변호하기 위해 법정에 소환되겠지. 그러나 내 목을 들이밀기는 싫네. 검사측이나 피고측에서 목을 내밀 각오가 선 병리의를 찾고 싶다면 그것도 좋겠지. 자료는 여기 있고 누구에게나 보이겠네. 그러나 나는 하지 않겠네. 지난 여러 해 동안의 법정경험에서 나는 한 가지 사실을 배웠다네."

"뭡니까?"

"어떤 입장을 고수하려면 어떤 심한 공격도 받아낼 수 있다는 확신이 있어야 하네. 장군에게 주는 충고처럼 들릴 걸세." 그는 미소를 지으며 덧붙였다. "법정은 결국 문화적인 전쟁터라네."

4

나는 샌더슨을 만나야 했다. 만나러 가겠다고 약속했었고, 아무래도 그의 충고가 필요해졌다. 그러나 링컨 병원 로비에 들어갔을 때, 맨 먼저 만난 사람은 해리 펄론이었다. 그는 레인코트에 모자를 이마까지 눌러쓴 차림으로 천천히 복도를 걸어왔다. 해리는 변두리인 뉴턴에서 환자를 많이 보고 있는 내과의다. 배우였던 적이 있어서 그런지 사람들을 웃기기 좋아했다. 내가 아는 체하자 그는 모자차양을 천천히 들어올렸다. 눈에 핏발이 서 있고 얼굴이 창백했다.

"고약한 감기로군." 해리가 말했다.

"누구를 만나러 가나?"

"고든. 주임 레지던트지."

그는 크리넥스 한 장을 꺼내 큰 소리로 코를 풀었다.

"감기 좀 보아달래려고."

나는 웃었다.

"솜을 삼킨 것 같은 목소리로군."

"웃을 일이 아닐세."

그가 말한 대로였다. 임상의는 누구나 병에 걸리는 것을 두려워한다. 감기가 조금 들어도 환자들에게 주는 인상이 나빠지므로, 좀 중한 병은 엄중히 비밀로 한다. 헨리는 만성 사구체신염(絲球體腎炎)에 걸렸을 때 환자들에게 알려질까 두려워 도둑처럼 한밤중에 의사를 찾아가곤 했었다.

"그다지 심한 감기인 것 같지는 않군" 하고 나는 해리에게 말했다.

"그렇게 생각하나? 좀 들어보게."

그는 또 코를 풀었다. 길게 꼬리를 끄는 안개 속의 기적 소리, 하마가 죽을 때 내는 소리 같았다.

"언제부터 그런가?"

"오늘로 이틀째일세. 이틀 동안이나 고생하고 있네. 환자가 알아차렸어."

"무얼 먹고 있나?"

"따뜻한 위스키, 바이러스에는 가장 좋은 거라네. 그러나 세상은 차갑더군, 존. 오늘 감기로 죽을 지경인데 딱지를 받았다네."

"딱지?"

"그렇다니까. 2중주차라나."

나는 웃었으나 마음 한구석에서 내가 기억하고 있어야 하는 어떤 일, 잠시 잊어버리고 있었던 어떤 일이 걱정되기 시작했다. 묘하게 차분해지지 않는 기분이었다.

나는 병리의 도서실에서 샌더슨을 만났다. 접는식 의자며 영사기며 스크린이 있는 네모진 방이었다. 여기서 병리회의가 열리고 해부를 검토한다. 회의가 자주 열리기 때문에 도서실의 책을 쓰려고 들어갈 수도 없을 정도였다.

링컨에서는 기록을 남기기 시작한 1923년부터 해부된 모든 사람들의 해부보고가 상자에 담겨져 선반에 놓여 있었다. 그때까지는 얼마나 많은 사람들이 어떤 병으로 죽는가 하는 것을 분명히 알지 못했으나, 의약과 인체지식이 발달함에 따라 아무래도 그러한 정보가 필요해졌다. 관심이 커진 증거 가운데 하나는 해부숫자였다. 1923년에는 모든 보고가 얇은 상자 하나에 다 들어갔지만, 1965년에는 기록을 모두 넣는 데 선반이 절반이나 필요했다. 지금은 병원에서 죽는 환자의 70퍼센트 이상을 해부하여 보고서를 마이크로 필름으로 만들어 보존하자는 이야기가 나오고 있다.

방 한쪽 구석에 포터블 전기 커피포트, 설탕그릇, 차곡차곡 포개어 쌓은 종이잔이 있고, '한 잔에 5센트, 반드시 지불할 것'이라는 쪽지가 매달려 있었다. 샌더슨은 커피를 끓이려고 포트를 만지작거리고 있었다. 이 포트에 대해서는 옛날부터 전해오는 말이 있다. 커피를 맛있게 끓일 수 있게 될 때까지 아무도 링컨의 병리 레지던트를 마치지 못한다는 것이다.

샌더슨이 중얼거리듯 말했다.

"나는 언젠가 이 괘씸한 기계에 감전되어 죽을 거야."

그는 플러그를 꽂았다. '직직' 하는 소리가 들렸다.

"내가 감전되지 않으면 누군가가 감전되겠지. 크림과 설탕을 넣나?"

"부탁합니다." 내가 말했다.

샌더슨은 팔을 똑바로 뻗쳐 포트를 들어 2개의 잔에 커피를 따랐다. 그는 '기계'라는 이름이 붙는 것에는 바보스러울 만큼 약했다. 그는 사람의 몸과 그 기능에 대해서는 본능적이라고 할 수 있는 훌륭한 이해력을 지녔으나 기계적인 것, 강철로 된 것, 전기기구는 전혀 다루지 못했다. 그는 언제나 그의 자동차, 그의 텔레비전, 그의 스테레오 등이 망가질까봐 걱정하며 이러한 것들을 배신자라고 생각했다.

그는 키가 크고 몸집이 늠름했다. 하버드 대학 중량 크루(보트 경기)팀에서 단정(短艇)을 저은 경력이 있었다. 그의 팔뚝과 손목은 여느 남자의 복사뼈만큼 두툼했다. 엄격하고 사려깊은 얼굴이어서 명판사나 포커의 명수가 될 수도 있을 것이다.

"웨스턴이 그밖에 무슨 말을 하던가?" 하고 그가 물었다.

"아니오."

"불만인 것 같군."

"마음에 걸립니다."

샌더슨은 고개를 저었다.

"자네는 틀린 나무에 대고 짖고 있네. 웨스턴은 누구를 위해서든 보고서를 속이는 짓은 하지 않네. 그가 확실치 못하다고 하면 확실치 못한 걸세."

"슬라이드를 조사해보고 싶지 않습니까?"

"조사하고 싶네. 그러나 그건 할 수 없네."

그가 말한 대로였다. 그가 맬로리 빌딩으로 가서 슬라이드를 보고 싶다고 하면 웨스턴은 개인적인 모욕이라고 생각할 것이다. 어떻게 그런 짓을 할 수 있겠는가.

나는 말했다.

"만약 그가 당신에게 부탁한다면……."

"어째서 그가 나에게 부탁하겠나?"

"글쎄, 그건 모르지만……."

"웨스턴은 진단을 내리고 자기 이름을 서명했네. 재판 때 또 나오지 않는 한 이 문제는 이제 끝난 걸세."

나는 우울한 심경이 되었다. 나는 이틀 동안 재판까지 가서는 안 된다고 강하게 믿게끔 되었다. 비록 무죄가 될지라도 재판은 아더의 명성과 입장과 직업을 크게 손상시킬 것이다. 따라서 재판은 막아야만 한다.

샌더슨이 물었다.

"그런데 그녀는 하수체기능저하였다고 생각하나?"

"그렇습니다."

"병인(病因)은?"

"신생물이라고 생각합니다."

"선종*1(腺腫)인가?"

"그렇게 생각합니다. 두개인두종(頭蓋咽頭腫)일지도 모르지요."

"언제부터?"

"그리 오래 되지는 않았을 겁니다. 4개월 전에 찍은 뢴트겐 사진은 정상이었습니다. 터키 안장의 비대도 파괴도 없더군요. 그러나 그녀는 분명 시야장해를 호소하고 있었습니다."

"가성(假性) 뇌종양이 아니었을까?"

가성 뇌종양은 여자와 어린이에게 흔히 일어난다. 환자는 종양의 온갖 징후를 보이지만, 사실 종양은 아니다. 스테로이드 요법의 중지와 관계가 있어 여자가 산아제한을 위해 필을 사용했을 때 일어나는 수가 있다. 그러나 내가 아는 한 카렌은 필을 사용하지 않았다. 나는 샌더슨에게 그 점을 말했다.

"뇌의 슬라이드를 볼 수 없어 유감이군" 하고 그가 말했다.

나는 고개를 끄덕였다.

"게다가 중절을 했네. 그것을 잊을 수는 없지."

샌더슨이 다시 말했다.

"알고 있습니다. 그러나 그것은 아트가 한 게 아니라는 증거가 될 뿐입니다. 그가 임신반응을 테스트해 보지도 않고 수술하지는 않을 것입니다. 테스트를 했다면 임신하지 않은 것을 알았겠지요."

"그것은 상황증거에 지나지 않네."

"알고 있습니다. 그러나 뭔가 의미는 있습니다. 스타트로서 말입니다."

"또 한 가지 가능성이 있네." 샌더슨이 말했다. "중절을 해준 자가 카렌이 임신했다고 한 말을 그대로 믿었다는 걸세."

나는 씁쓰레하게 웃었다.

"글쎄요…… 아트는 그녀를 알지 못했습니다. 한 번도 만난 일이 없습니다. 그런데 그런……."

"나는 아트를 말하는 게 아닐세."

샌더슨은 뭔가 말하기 어려운 일을 생각하는 듯 발밑을 뚫어지게 지켜보고 있었다.

"그게 무슨 뜻이지요?"

"생각을 많이 해본 일이지만……."

나는 그가 말을 계속하기를 기다렸다.

"이미 더러운 것이 잔뜩 던져졌네. 더 이상 덧붙이고 싶지 않아." 하고 그가 말했다. 나는 아무 말도 하지 않았다.

"이제까지는 몰랐던 일이네. 이런 일은 잘 알고 있다고 생각했는데, 오늘까지 몰랐던 걸세. 자네도 상상할 수 있겠지만, 의사들 사이에서 시끄러운 화제가 되어 있네. J D 랜돌의 딸이 중절로 죽었네, 의사에게 화제삼지 말라고 말해 봐야 무리지."

샌더슨은 깊이 한숨을 쉬었다.

"아무튼 이것은 여자들 가운데 한 사람이 우리 집사람한테 이야기한 말인데, 사실인지 어떤지는 잘 모르겠네."

나는 다그치지 않았다. 시간을 충분히 주리라. 나는 담배에 불을 붙이고 참을성있게 기다렸다.

"아마 거짓말일지도 모르고 소문에 지나지 않을지도 모르네." 샌더슨이 말했다. "처음 듣는 이야기인데……."

"뭡니까?" 하고 나는 참다못해 물었다.

"피터 랜돌이…… 피터가 중절을 한다는 걸세. 아주 은밀히 특별한 환자에게만 해준다더군."

"놀랍군요."

나는 의자에 털썩 앉으며 말했다.

"믿어지지 않는 일이지."

샌더슨이 말했다.

나는 담배를 깊이 빨며 생각했다. 피터가 정말로 중절을 해준다고 치고, J D가 그러한 사실을 알고 있었을까? 피터가 한 일로 생각하고 그를 엄호하고 있었던 걸까? '집안일'이라고 말한 것은 그런 의미였을까? 만일 그렇다면 어째서 아더가 끌려들어간 것일까?

그리고 피터는 어째서 그녀에게 중절을 해주었을까? 피터는 그녀가 다른 장애를 갖고 있을지도 모른다는 증거를 쥐고 있었다. 피터 정도의 의사라면 하수체종양을 생각해냈을 것이다. 그녀가 임신했다고 하며 그에게로 왔다면 그는 그녀가 전에 시야장애를 호소한 일이 있었음을 떠올렸을 것이다. 그리고 테스트를 했을 것이다.

"피터는 하지 않았습니다."

내가 말했다.

"그녀가 강요했을지도 모르지. 틀림없이 그녀는 시간이 없었던 걸세, 그 주말밖에는."

"아니, 그녀가 무리하게 부탁했어도 그는 들어주지 않았을 겁니다."

"그는 가족의 한 사람일세."

"그녀는 젊고 히스테릭했지요."

나는 피터가 한 말을 떠올리면서 말했다.
샌더슨이 물었다.
"확실히 피터가 한 게 아니라고 단언할 수 있겠나?"
"그럴 수는 없지요."
"그가 했다고 가정해 보세. 그리고 랜돌 부인이 중절에 대한 일을 알고 있었다고 생각해 보세. 카렌이 출혈로 죽어가고 있을 때 피터가 한 일이라고 부인에게 말했을지도 모르지. 랜돌 부인은 어떻게 했겠나? 시동생을 경찰에 넘겨주겠나?"
나는 그가 무슨 말을 하려는 것인지 알 수 있었다. 이것은 이 사건의 수수께끼 중 하나인 '랜돌 부인이 어째서 경찰을 불렀을까' 하는 까닭을 풀어주는 열쇠가 된다. 그러나 나는 마음에 들지 않았으므로 샌더슨에게 의견을 말했다.
"자네가 마음에 들어하지 않는 것은 피터를 좋아하기 때문일세."
"그럴지도 모르지요."
"그러나 피터든 다른 누구든 제외할 수는 없네. 지난 일요일 밤 피터가 어디에 있었는지 아나?"
"모릅니다."
"나도 모르네. 아무튼 조사해 볼 가치가 있지."
"아닙니다. 그럴 필요는 없습니다. 피터가 한 게 아닙니다. 그는 그처럼 서투른 짓을 하지 않을 겁니다. 본직인 의사가 한 일이 아닙니다."
"자네는 선입관으로 생각하고 있는 걸세."
"만일 피터가 테스트를 하지 않고 수술했다면, 아트도 했을지 모르지요." 내가 말했다.
"맞았네." 샌더슨이 차분한 목소리로 말했다. "그런 생각이 떠오른 걸세."

5

 나는 마음이 산란한 채 샌더슨과 헤어졌다. 왜 마음이 가라앉지 않는지 똑똑히 알 수가 없었다. 어쩌면 그의 말이 옳은지도 모른다. 나는 이치나 이론이야 어떻든 믿어야 할 일과 믿어야 할 사람을 처음부터 미리 정하고 있었던 것인지도 모른다.
 그러나 아직 다른 일이 남아 있었다. 사건이 법정에까지 확대되면 샌더슨과 내가 끌려들어가 우리가 중절위원회를 속여온 사실이 드러날 것이다. 아더와 마찬가지로 샌더슨과 나도 이 사건에 운명이 걸려 있는 것이다. 우리는 이 사실을 입 밖에 내어 말하지는 않았지만 내 마음 밑바닥에 언제나 깔려 있었으며, 그의 마음속에도 틀림없이 깃들어 있었을 것이다. 그리고 이것이 갖가지 일에 다른 해석을 주는 것이다.
 샌더슨의 생각은 완전히 옳았다. 우리는 피터 랜돌을 힐문할 수 있다. 그러나 우리는 어째서 그렇게 해야 하는지 그 이유를 알고 있는가? 언제든 피터에게 죄가 있다고 믿었기 때문이라고 대답할 수는 있으리라. 억울하게 무고한 죄를 뒤집어쓴 사람을 구하기 위한 적절한 조치였기 때문이라고 대답할 수는 있으리라.
 그러나 우리는 언제나 '우리 자신을 구하기 위한 조치가 아니었을까' 하고 마음쓰게 될 것이다.
 무엇을 하든 좀더 정보를 모을 필요가 있었다. 샌더슨의 말만으로는 랜돌 부인이 피터가 중절했다는 것을 알고 있었는지 아니면 단순히 그를 의심하고 있었는지 그 점이 분명치 않았다.
 그리고 또 한 가지 의문이 있었다. 만일 랜돌 부인이 피터가 중절하지 않았을까 의심하고 그가 체포되는 것을 막기 위해 경찰을 불렀다면, 어째서 아더의 이름을 말했을까? 그녀는 아더에 대해 무엇을 알고 있었을까?

아더 리는 신중한 사람이었다. 보스턴의 임신한 여자들 사이에서 그의 이름이 입에 오르내리는 일은 없었다. 그는 몇 안 되는 의사와 많지 않은 환자들에게 알려져 있을 뿐이었다. 그는 환자를 신중하게 택했다.

그가 중절을 하고 있다는 것을 랜돌 부인이 어떻게 알았을까? 그 대답을 알고 있을지도 모르는 사람이 꼭 한 사람 있었다. 프리츠 웰너였다.

프리츠 웰너는 비콘 거리에 살고 있었다. 아래층은 사무실——대기실과 책상, 의자, 소파가 있는 차분하고 넓은 방, 그리고 서재였다. 2층과 3층이 살림집으로 되어 있었다. 나는 직접 2층으로 올라가 거실로 들어갔다. 여느 때와 마찬가지였다. 창문 옆 큰 책상에는 펜, 연필, 스케치북, 파스텔 등이 가득 놓여 있고, 벽에는 피카소와 미로의 그림이 걸려 있으며, 카메라를 향해 얼굴을 찡그려 보이는 T.S. 엘리엇의 사진과, 마리앤 무어가 친구 프로이트 페트슨과 이야기하고 있는 서명이 든 초상화가 있었다.

프리츠는 바지에 헐렁한 스웨터 차림으로 깊숙한 팔걸이의자에 앉아 있었다. 머리에 스테레오의 이어폰을 쓰고 굵은 시가를 피우며 그는 울고 있었다. 눈물이 그의 매끄럽고 창백한 뺨을 타고 흘러내렸다. 그는 나를 보자 눈물을 닦고 이어폰을 벗었다.

"존, 자네는 알비노니를 들은 일이 있나?"

"아니, 없네."

"그럼, 자네는 아다지오를 몰라?"

"그래, 몰라."

"언제 들어도 슬프지." 그는 눈을 비비면서 말했다. "슬퍼서 참을 수가 없다네. 너무 아름다워서 말일세…… 앉게나."

나는 앉았다. 그는 플레이어를 끄고 레코드를 벗겨내어 주의깊게 먼지를 털고 재킷에 넣었다.
"잘 왔네, 존. 일은 어떤가?"
"흥미있네."
"버블스를 만나러 가보았나?"
"물론."
"그녀를 어떻게 생각하나?"
"혼란스러워 하더군."
"어째서 그렇게 생각하지?"
나는 웃었다.
"정신분석은 그만두게, 프리츠. 나는 진료비를 내지 않으니까."
"그런가?"
"카렌 랜돌의 이야기를 해주게."
"이 사건은 추악해, 존."
"찰리 프랭크도 그렇게 말하더군."
"그도 완전히 바보는 아닐세. 그런데 내 새로운 친구에 대해 자네에게 말했던가?"
"아니."
"훌륭한 사람이네. 아주 유쾌해. 언제고 그의 이야기를 들려주어야겠군."
"카렌 랜돌에 대해 이야기하고 싶네."
나는 이야기를 다시 본줄거리로 되돌렸다.
"그렇군."
프리츠는 깊이 한숨을 내쉬었다.
"자네는 그녀를 몰랐던 걸세, 존. 좋은 처녀가 아니었네. 전혀 그렇지 않았어. 심술궂고 거짓말쟁이며 불쾌하고 머리가 이상했지.

정신병환자와 종이 한 장 차이였네."
그는 침실로 들어가 스웨터를 벗었다. 나는 그를 따라들어가 그가 다른 셔츠를 입고 넥타이를 매는 것을 바라보았다.
프리츠가 다시 말했다.
"그녀의 고민의 근본을 더듬으면 성적(性的)인 것이었네. 어렸을 때 부모와 그다지 잘 지내지 못했지. 그녀의 아버지도 사려깊은 사람이라고 할 수는 없네. 그 여자와 결혼한 것이 좋은 증거일세. 그녀를 만나보았나?"
"지금의 랜돌 부인 말인가?"
"그렇지. 무서운 여자라네."
그는 거울 속에서 넥타이를 똑바로 고치면서 몸을 부르르 떨었다.
"자네는 카렌을 알고 있었나?"
내가 물었다.
"유감스러운 일이지만, 알았었네. 그 부모를 알았으니까. 우리가 처음 만난 것은 기막히게 훌륭한 파티에서였는데, 남작부인의……."
"카렌의 이야기를 부탁하네."
내가 말을 가로막았다.
프리츠는 쓸쓸하게 웃었다.
"카렌 랜돌이라는 아이는 부모의 정신장애를 그대로 이어받은 거나 다름없었네. 다시 말해서 부모의 환상을 현실에 실현해 보인 것이지."
"무슨 뜻인가?"
"타입을 깨뜨린 걸세. 자유로이 섹스를 했고, 다른 사람들이 뭐라고 하든 아랑곳하지 않았으며, 색다른 남자들과 데이트를 했네. 언제나 섹스로 남자를 골라잡았지. 스포츠맨이며 검둥이 같은 사람들을."

"자네의 환자였던 적이 있나?"

프리츠는 한숨을 내쉬었다.

"고맙게도 없네. 한 번 부탁받은 일이 있었지만 거절했네. 젊은 여자아이를 셋이나 맡았던 때였지. 셋으로도 지나칠 만큼 충분했거든."

"누가 그녀를 맡아달라고 했나?"

"물론 피터지. 그 집안에서 상식있는 사람은 피터뿐일세."

"카렌의 중절에 대해서 뭔가……"

"중절?"

"……알고 있겠지, 프리츠?"

프리츠는 벽장으로 가서 스포츠 외투를 꺼내 입고 칼라로 손을 가져갔다.

그는 이야기를 시작했다.

"결코 아무도 이해하지 못하지만, 순환현상이라는 게 있다네. 이를테면 심근경색처럼 누구에게나 곧 알 수 있는 하나의 패턴이지. 그 패턴을, 징후를, 고뇌를 느끼는 걸세. 눈앞에서 여러 번 되풀이하여 행해지는 것을 보고 있는 거지. 반항적인 아이는 부모의 약점을 정확하게 포착하여 그것을 이용하려고 하네. 하지만 징벌이 행해질 때는 바로 그러한 약점의 형태로 행해져야만 한다네. 일치해야 하는 걸세. 즉 누군가가 프랑스어로 질문하면 프랑스어로 대답해야 하네."

"잘 모르겠는데."

"카렌 같은 아이에게는 그 징벌이 중요했네. 그녀는 처벌받기를 갈망했네. 그 처벌은 그녀의 반항처럼 섹스에 바탕을 둔 것이어야 했지. 그녀는 분만의 고통을 맛보며 가정과 사회와 도덕에 반항한 보상을 치르려고 했네. ……딜런이 여기에 대해 아름다운 시를 썼는데, 그 시가 어딘가 있을 걸세."
프리츠는 책장을 뒤지기 시작했다.
"괜찮네." 내가 말했다.
"아니, 아름다운 시야. 자네도 틀림없이 마음에 들 걸세."
그는 또 얼마 동안 두루 찾다가 마침내 단념했다.
"안 보이는군. 괜찮네. 요점은 이런 거라네. 그녀는 고통이 필요했지만, 경험하지 못했네. 그렇기 때문에 몇 번씩이나 임신한 거지."
"확실히 정신과의 이야기답군."
"요즈음은 누구나 다 이런 식으로 말한다네."
"그녀는 몇 번 임신했나?"
"두 번. 내가 알고 있는 한에서는. 그러나 그것은 다른 환자로부터 들은 말일세. 카렌에게 위협받는다고 느끼고 있는 여자가 많다네. 카렌은 그녀들의 가치 척도, 옳고 그름의 기준을 타파했네. 그녀들에게 도전하여, 모두들 고루하고 섹스가 없고 겁쟁이며 어리석다고 말을 퍼뜨렸다네. 중년여자들 가운데 이 도전을 견딜 수 없어하는 이들이 있지. 그녀들은 무섭다고 느꼈네. 도전에 응해 자신의 입장을 지키고 카렌을 파멸시킬 만한 의견을 만들어야 했던 걸세."
"꽤 많은 소문을 들었군."
"공포를 들은 거지."
그는 시가 연기를 내뿜었다. 방은 햇빛과 파란 연기로 가득차 있었다. 그는 침대에 앉아 구두를 신기 시작했다.
"솔직히 말해서 얼마쯤 지나자 나도 카렌에게서 불쾌감을 느끼게 되었네. 그녀는 너무 우쭐하여 뱃전을 뛰어넘어 멀리 가버렸네."
"어쩔 수 없었는지도 모르지."
"그럴지도 모르네." 프리츠는 말했다. "볼기를 좀 때려줄 필요가 있었는지도 몰라."
 "그건 의사로서의 의견인가?"
 그는 미소지었다.
 "인간으로서의 안타까운 심정을 말했을 뿐일세. 만일 내가 카렌 때문에 혼난 여자들을 헤아릴 수가 있다면……."
 "나는 그런 여자들에 대해선 관심없네." 내가 말했다. "카렌의 일이 걱정될 뿐일세."
 "그녀는 이미 죽었네."
 "그래서 기뻐하는 건가?"
 "바보 같은 소리…… 어째서 그런 말을 하나?……."
 "프리츠……."
 "내가 물었네."
 "프리츠, 카렌은 지난 주말까지 중절을 몇 번 했나?"
 "두 번."
 "지난 6월에 한 번. 그리고 그전에 한 번?"
 "그렇네."
 "누가 중절을 했지?"
 "그건 모르네." 프리츠는 시가 연기를 내뱉으면서 말했다.
 "훌륭한 기술이 있는 사람이었네. 카렌은 오후에 나갔었다고 버블스가 말했네. 솜씨가 좋았고 상처도 남지 않았네."
 "그럴 테지. 아무튼 부잣집 딸이니까."
 나는 그가 침대에 걸터앉아 시가를 피우며 구두끈을 매는 것을 지켜보았다. 나는 그가 틀림없이 알고 있으리라고 생각했다.
 "프리츠, 피터 랜돌이었나?"
 프리츠는 쓸쓸하게 미소지었다.
 "알면서 왜 묻나?"

"확인할 필요가 있네."

"자네에게 필요한 것은 목 둘레에 매어 있는 튼튼한 밧줄일세. 아무튼 맞았네, 피터였지."

"J D도 알고 있었나?"

"천만에! 그는 몰랐네."

"랜돌 부인은 알고 있었나?"

"확실한 것은 모르지만, 가능성은 있지. 그러나 왠지 모르지만 모를 거라는 생각이 드는군."

"J D는 피터가 중절한다는 사실도 몰랐나?"

"알았네. 피터가 중절한다는 것은 누구나 다 아는 일일세. 그는 중절의사라네."

"그렇다면 J D는 카렌이 중절했다는 사실을 전혀 몰랐군."

"그렇네."

"랜돌 부인과 아더 리 사이에는 어떤 관계가 있나?"

"자네는 오늘 아주 엄하군."

나는 대답을 기다렸다. 프리츠는 시가 연기를 두 번 내뿜어 얼굴 둘레에 뜻있는 듯한 연막을 만들고 나에게서 고개를 돌려버렸다.

"그런가?" 내가 물었다. "언제였지?"

"지난해였네. 크리스마스 무렵이었지."

"J D는 알지 못했겠군."

"자네도 기억하겠지?" 프리츠가 말했다. "J D는 지난해 11월과 12월, 국무성에서 인도로 파견되었었네. 친선사절인지 국민보건에 관계된 일인지, 아무튼 그런 명목이었지."

"아버지는 누구였나?"

"소문은 있었지만 확실한 것은 아무도 모르네. 아마 랜돌 부인도 잘 모를걸세."

나는 또 그가 거짓말을 하고 있다고 느꼈다.

"부탁하네, 프리츠, 나를 도와주려는 건가 안 도와주려는 건가?"

"자네는 무섭도록 현명한 사나이일세."

프리츠는 일어나 거울 쪽으로 가서 흐트러진 윗옷을 바로하고 두 손으로 셔츠를 눌렀다. 그가 언제나 보이는 동작이다. 자신이 사라져 없어지지 않았다는 것을 확인하려는 듯 끊임없이 손으로 몸을 만지는 것이다. 그는 다시 말했다.

"나는 이따금 생각했네. 지금의 랜돌 부인이 카렌의 어머니였다면 좋았을 텐데, 하고. 둘 다 무서운 악녀니까."

나는 담배에 불을 붙였다.

"어째서 J D는 그녀와 결혼했나?"

프리츠는 귀찮다는 듯 어깨를 으쓱해 보이고는 손수건을 주머니에 집어넣었다. 그리고 그는 셔츠의 커프스를 소맷부리에 밀어넣었다.

"신만이 아실 걸세. 당시 굉장한 화젯거리였지. 그녀는 이름있는 집안——로드 아일랜드의 전통있는 집안에서 태어났는데, 스위스 학교에 보내졌던 걸세. 스위스 학교는 여자아이들을 못 쓰게 만든다네. 아무튼 그녀는 60대의 바쁜 외과의가 선택할 여자가 못 되었네. 그녀는 곧 살풍경한 저택에 들어앉아 있는 데 싫증을 느꼈지. 아무튼 스위스 학교는 어떤 환경에 있어도 싫증을 느끼도록 가르치고 있으니까."

그는 윗옷의 단추를 끼우고 어깨 너머로 흘끗 마지막 눈길을 보낸 다음 거울 앞에서 떠났다.

"그래서 그녀는 즐기기로 한 걸세."

"그런 생활이 얼마 동안이나 계속되었나?"

"1년 이상."

"그녀가 카렌의 중절을 주선해 주었나?"

"그렇지는 않았을 걸세. 확실한 것은 모르지만, 그렇지는 않으리라고 생각하네. 그녀가 아니라 시그니일 걸세."
"시그니?"
"그렇지. J D의 애인일세."
나는 깊이 숨을 쉬며 프리츠가 나를 놀리는 게 아닐까 생각했다. 그러나 농담은 아닌 것 같았다.
"J D에게 애인이 있었나?"
"물론. 핀란드 아가씨지. 메모리얼의 심장병 연구실에 근무했다네. 굉장한 미인이라더군."
"자네는 만나보지 못했나?"
"유감이지만, 아직."
"그럼, 어떻게 알지?"
프리츠는 수수께끼같이 알쏭달쏭한 미소를 떠올렸다.
"카렌은 그녀를 좋아했나?"
"그렇다네. 그녀들은 아주 좋은 친구였네. 나이도 비슷했고."
나는 잠자코 있었다.
프리츠는 이야기를 계속했다.
"카렌은 그녀의 어머니, 첫번째 랜돌 부인을 좋아했네. 그녀는 2년 전에 암으로 죽었지. 직장암이었다고 생각되네. 카렌에게는 큰 충격이었지. 그녀는 아버지를 좋아하지 않았지만, 어머니는 언제나 믿고 의지해 왔거든. 16살밖에 안 된 소녀가 믿고 의지하던 사람을 잃었다는 것은 큰 충격이지. 그 뒤 그녀의 행동은 대부분 잘못된 조언에 따른 것이었다고 해도 좋을 걸세."
"시그니에게서 말인가?"
"아닐세. 내가 들은 바에 의하면 시그니는 진실된 처녀이네. 카렌이 아버지를 싫어한 이유 중 하나는, 그의 성벽(性癖)을 알고 있었기 때문일세. 그는 언제나 여자친구를 갖고 있었지. 젊은 여자친구를 말일세. 처음에는 Z부인, 그리고 나서……."
"알고 있네." 나는 말을 가로막았다. 듣지 않아도 알고 있었다.
"그는 첫부인도 배신했었구먼."
"바람기일세. 바람기라고 해두세."
"그것을 카렌이 알고 있었나?"
"감수성이 예민한 소녀였으니까."
"아직 이해할 수 없는 일이 한 가지 있네. 랜돌이 그렇게 여자를 좋아했다면 어째서 재혼했을까?"
"그거야 분명하지. 지금의 랜돌 부인을 보면 누구나 곧 알 수 있네. 그녀는 그의 인생에서 빼놓을 수 없는 것일세. 그의 존재를 채색해 주는 장식품이지, 화분에 심은 열대식물. 그녀가 술이 센 것을 보면 알겠지."
내가 말했다.
"잘 모르겠는데."
그는 재미있는 듯이 나를 곁눈질해 보았다.
"자네가 매주 두 번 점심식사를 함께하는 그 간호사는 어떤가?"
"샌드라는 친구일세. 좋은 아가씨지."
나는 그가 여러 가지 일을 너무 잘 알고 있는 데 놀랐다.
"그뿐인가?"
"물론." 나는 조금 정색하면서 대답했다.
"목요일과 금요일에 식당에서 얼굴을 서로 마주 대할 뿐이라는 말인가?"
"그렇네. 우리의 일이……."
"그녀는 자네를 어떻게 생각하리라고 여기나?"
"그녀는 다만 젊은 여자로서 나보다도 열 살이나 아래일세."

"자네는 우쭐하고 있는 게 아닌가?"

"그게 무슨 뜻이지?" 나는 그가 무슨 말을 하고 있는지 알기 때문에 되물었다.

"그녀와 이야기하는 데 만족스러움을 느끼지 않나?"

샌드라는 8층 약국에 근무하는 간호사였다. 그녀는 매우 아름다웠다. 눈이 아주 크고, 허리가 가늘었으며, 걸음걸이도……

"아무것도 없네." 나는 대답했다.

"앞으로도 그럴 테지. 그래도 자네는 1주일에 두 번 그녀를 만날 걸세."

"그녀를 만나면 기분전환이 되네." 나는 말했다. "1주일에 두 번 링컨 병원의 섹시 무드 식당에서 랑데부를 하고 있는 거지!"

"그렇게 큰 소리 지를 건 없잖나?"

"큰 소리 지르는 게 아니네." 나는 목소리를 낮추어 말했다.

"알겠나, 존?" 프리츠가 다시 말했다. "남자는 이런 일을 다르게 생각하는 법일세. 자네는 그 아가씨와 이야기를 나눌 뿐, 더 이상 진전시키려고 하지는 않지. 그녀가 거기 있는 것만으로 충분한 걸세. 그녀가 자네 말에 귀기울이고, 어렴풋이 자네에게 사랑하는 마음을 품고……."

"프리츠……."

"글쎄, 들어보게. 내가 경험한 것을 이야기하겠네. 사람을 죽이고 싶은 욕망에 사로잡힌 환자가 있었지. 너무도 욕망이 강해 억제하는 데 애를 먹었네. 환자는 그 때문에 괴로워하며 끊임없이 정말 누군가를 죽일지도 모른다는 공포에 사로잡혀 있었네. 그런데 이 사나이가 중서부에서 취직을 했는데, 사형집행인이 되었네. 전기의자를 조작하는 것이 그의 일이었지. 그는 이 일에 성공하여, 그 주(州)가 시작된 이래 가장 훌륭한 전기의자 담당자가 되었네. 지금은 특허를 여러 개 가지고 있지. 조금이라도 빨리 고통을 덜 받게 처형하기 위해서 여러 가지 궁리를 하고 연구했네. 그는 죽음 연구가일세. 일거리가 마음에 들어 평생을 바치고 있네. 그는 그 일을 의사가 자신의 일을 생각하는 것과 마찬가지로 생각하고 있지. 고통을 덜어주고, 여러 가지 상태를 좋게 한다는 걸세."
"그래서?"
"내 말은 정상적인 욕망이 진실된 형태를 취하는 경우도 있고, 그와 반대되는 경우도 있다는 뜻일세. 사람은 누구나 욕망을 처리하는 방법을 발견해야만 하네."
"카렌의 이야기와 퍽 동떨어진 것 같군." 내가 말했다.
"그렇지 않아. 자네는 어째서 카렌이 어머니와 그토록 가깝게 지내면서 아버지와 멀어졌는지 생각해 본 적 있나? 어머니가 죽었을 때 어째서 그녀가 그런 행동을 취하게 되었는지 생각해본 적 있나? 왜 섹스며 마약이며 낙태를 선택했을까? 왜 아버지의 애인과 친해졌을까?"
나는 앉음새를 고쳤다. 프리츠의 말은 웅변투가 되었다.
"카렌 랜돌은 어떤 억압된 것을 마음에 품고 있어서 끊임없이 긴장된 상태로 지냈네. 그녀가 알고 있는 부모의 일에 대해 어떤 때는 수세적(守勢的)으로, 어떤 때는 공격적으로 반응을 보여왔지. 그녀가 알고 있는 사실에 반발했네. 반발함으로써 그녀의 세계를 안정시킨 걸세."
"그다지 안정되어 있었다고 할 수 없네."
"그렇네. 불쾌하고 추하게 비뚤어져 있었지. 그러나 그녀로서는 그것도 겨우 취한 행동인 걸세."
"시그니라는 여자와 이야기해 보고 싶군."
"그건 무리야. 시그니는 여섯 달 전에 헬싱키로 돌아갔으니까."

"그럼, 카렌은?"
"외톨이가 되어버렸지. 또다시 의지할 사람이 없어진 걸세. 친구도 없고, 도와줄 사람도 없어졌네. 아무튼 그녀는 그렇게 느꼈던 걸세."
"버블스와 안젤라 허딩은 어떤가?"
프리츠는 나를 가만히 쳐다보았다.
"그들이 무엇을 할 수 있겠나?"
"그녀를 구할 수 있었겠지."
"물에 빠진 사람이 물에 빠진 사람을 구할 수 있겠나?"
우리는 아래층으로 내려갔다.

6

클래서 톰슨은 1950년대에 레슬러였다. 구둣주걱처럼 납작한 머리도 상대가 다운되면 그 가슴에 대고 누르는 데 쓸모가 있었다. 몇 년에 걸쳐 그는 이 '재주'로 손님을 웃기고 돈을 벌어 젊은이들이 모이는 장소인 술집을 샀다. 경영도 아주 잘했다. 톰슨은 머리가 납작해도 어리석지는 않았다. 가게에 들어설 때 레슬링매트에 구두를 닦게 하는 눈에 거슬리는 점이라든지 벽에 걸린 그 자신의 사진에 대해 눈감아 주면 가게 분위기는 나쁘지 않았다.

내가 들어갔을 때 가게에는 손님이 딱 한 사람 있었다. 몸이 튼튼하고 옷차림이 좋은 흑인으로, 카운터 끝에 앉아서 마티니를 마시고 있었다.

나는 앉아서 스카치를 주문했다. 톰슨이 직접 셔츠 소매를 걷어올리고 털이 북슬북슬한 굵은 팔을 드러내보이며 바텐더 일을 하고 있었다.

내가 물었다.
"조지 윌슨이라는 사나이를 아시오?"
"네." 톰슨은 입술을 조금 일그러뜨리며 대답했다.
"그가 오거든 좀 가르쳐 주시오."
톰슨은 카운터 끝에 있는 사나이를 턱으로 가리켰다.
"저기 있군요."
흑인은 나를 보고 빙그레 미소지었다. 장난기가 담긴 겸연쩍은 눈길이었다.
나는 걸어가서 그의 손을 잡았다.
"실례했소. 존 벨리라고 하오."
"아니, 괜찮습니다." 사나이가 말했다. "이런 경험은 나도 처음입니다."
그는 젊었다. 20대 끝무렵이었다. 오른쪽 뺨에 난 창백한 상처자국이 귀 밑에서부터 셔츠 칼라 속으로 사라졌다. 그러나 넥타이를 만지면서 칸막이된 좌석으로 자리를 옮기자고 말했을 때 그의 눈은 차분하고 조용했다.
"그럽시다."
칸막이된 좌석으로 걸어가며 윌슨이 어깨 너머로 돌아보고 말했다.
"같은 것을 둘 더 주게, 클래셔."
카운터의 사나이가 한쪽 눈을 찡긋해보였다.
내가 물었다.
"당신은 블래드포드 사무실에 있지요?"
"그렇습니다. 1년 조금 전에 고용되었습니다."
나는 고개를 끄덕였다.
"어디나 다 마찬가지입니다." 윌슨은 계속 말했다. "드나드는 사람이 나를 볼 수 있도록 바로 코 앞에 접수구가 보이는 사물실을 주었지요. 어디나 마찬가지입니다."

나는 그의 말을 이해할 수 있었으나, 사무소에 들어간 뒤로도 몇 년 동안은 자신의 방을 갖지 못했다. 어떤 관점에서 본다면 이 청년은 행운아였으나, 그에게 그런 말을 하는 것은 좋지 않을 듯싶었다. 우리는 둘 다 어째서 그가 행운을 얻었는지 알고 있었기 때문이다. 그는 사회가 갑자기 귀중하게 다루기 시작한 '색다르다'고 할 만한 '교양있는 흑인'이었다. 지금 그의 앞길은 훤히 트이고 미래도 밝았다. 그러나 그는 역시 색다른 존재였다.

"당신은 어떤 사건을 다루어왔지요?"

"대부분 세금관계였습니다. 부동산 문제와 민사사건도 한두 건 다루었지요. 당신이 생각하시는 것만큼 형사사건이 많지는 않습니다. 그러나 나는 들어올 때 법정일을 하고 싶다고 말했습니다. 그러나 이 사건이 떠맡겨지리라고는 생각지 못했습니다."

"그렇겠지요."

"이해하실 수 있겠습니까?"

"이해할 수 있소. 죽은 말이 배당된 셈이로군요."

"그렇습니다." 그는 미소지었다. "적어도 그들은 그렇게 생각하고 있습니다."

"당신은 어떻게 생각하시오?"

"내 생각은 이렇습니다." 윌슨이 말했다. "한 사건이 결정되는 것은 법정이며, 그때까지는 아무것도 결정되어 있지 않다고요."

"작전이 있소?"

"준비를 갖추고 있습니다. 만반의 준비를 갖출 필요가 있습니다. 배심원들은 풋내기 흑인이 중국인 중절의사를 변호하는 것을 보는 셈이므로 기분좋게 생각하지 않을 테니까요."

윌슨이 말을 이었다.

"아무튼 이 사건은 나에게 있어 커다란 기회입니다."

"당신이 이긴다면 그렇겠지요."

"이길 작정입니다." 그는 당연한 듯이 말했다.

나는 문득 블래드포드가 어떤 이유에서 이 사건을 윌슨에게 맡겼든지 아주 현명한 결정이었다고 생각했다. 이 젊은이는 이기려 하고 있다. 어떤 일이 있어도.

"아트와 이야기해 보았소?"

"오늘 아침."

"어떻소?"

"무죄입니다. 나는 확신하고 있습니다."

"어째서?"

"나는 그를 알 수 있습니다." 윌슨이 말했다.

두 잔째의 스카치를 마시면서 나는 이 이틀 동안에 한 일을 요약해서 이야기했다. 윌슨은 말없이 내 이야기를 들으며 가끔 메모를 했다. 이윽고 이야기가 끝나자 그가 말했다.

"덕분에 일이 많이 생략되었군요."

"그래요?"

"당신이 이야기해 주신 것으로 우리는 사건을 해결지을 수가 있습니다. 아더 리 의사를 석방시킬 수가 있습니다."

"그녀가 임신하지 않았기 때문이오?"

그는 고개를 저었다.

"몇 가지 판례가 임신은 본질적인 요소가 아니라고 결론내렸지요. 또 태아가 중절하기 전에 이미 죽어 있었어도 관계가 없습니다."

"결국 카렌 랜돌이 임신해 있지 않았어도 아무 변함이 없단 말이오?"

"그렇습니다."

"그러나 임신반응을 조사하지 않은 경험없는 비전문가의 짓이라는 증거가 되지 않겠소? 아트는 먼저 임신반응을 테스트하지 않고는 절대로 중절을 하지 않소."

"그것이 당신의 논거입니까? 아더 리 의사는 중절의 명수로, 그처럼 익숙한 수술에서 실수를 저지를 리가 없다는 것이?"

나는 한 대 얻어맞았다.

"아니, 뭐, 그런 말이 아니라……."

윌슨이 말했다.

"아시겠습니까? 피고의 인격이나 수완을 바탕으로 변호할 수는 없습니다. 아무리 훌륭하게 열변을 토해봐야 헛일입니다."

그는 노트를 넘겼다.

"법적으로 어떻게 되어 있는지 말씀드리지요. 1845년 매사추세츠 주 일반법은, 어떤 방법에 의하든 임신중절은 위법이라고 못박았습니다. 중절환자가 죽지 않았을 때는 7년 이상의 형을 받지 않지만, 만일 죽었을 경우는 5년 내지 20년을 받도록 했습니다. 그 뒤 법은 개정되었습니다. 몇 년 뒤 임신중절이 어머니의 생명을 구하기 위해 필요한 경우는 위법이 아니라고 결정되었습니다. 그러나 이것은 이 사건에 해당되지 않습니다."

"해당되지 않지요."

"그 뒤 비엘라 사건의 판례가 나왔는데, 중절을 목적으로 하여 기구를 사용한 경우에는 그로 인해 유산이나 죽음을 가져온 증거가 없어도 범죄가 성립된다고 결정되었습니다. 이것은 중요한 일인지도 모릅니다. 검사측은 아마도 아더 리 의사가 오랫동안 중절해 왔다는 것을 밝히고 직접적인 증거가 없다는 것이 그를 무죄로 할 충분한 조건은 못된다고 주장할 것입니다."

"그런 말을 할 수 있을까요?"

"할 수 없지요. 그러나 말을 해볼 수는 있습니다. 그 결과 우리의 입장이 아주 불리해집니다."

"이야기를 계속하시오."

"그밖에 중요한 판례가 두 가지 있습니다. 중절수술을 받은 여자의 이해(利害)에 관계없이 중절을 행한 사람에 대해 법률이 어떻게 잘못되어 있는가를 보여주는 판례이지요. 우드 사건이 그 예인데, 환자의 승낙은 중요하지 않으며 중절을 정당화할 수 없다고 판결을 내렸습니다. 같은 법정에서 중절을 받은 여자가 죽은 것은 범죄를 더 무겁게 만드는 데 지나지 않는다고 결정이 내려졌습니다. 다시 말해서 이 판례에 의하면 당신이 카렌 랜돌에 대해 조사한 일들은 법적으로 말해서 모두 헛수고였습니다."

"그러나 당신은……."

"그렇습니다." 윌슨이 말했다. "나는 사건이 끝났다고 말했습니다. 그렇습니다."

"어째서지요?"

"방법은 두 가지가 있습니다. 첫째 방법은 공판이 시작되기 전에 랜돌 집안에 내가 쥐고 있는 자료를 들이대는 것입니다. 카렌의 주치의였던 피터 랜돌이 중절해 온 사실을 숨겼다고 말입니다. 그리고 카렌이 늘 옳지 못한 행동을 했으며, 그녀가 죽기 바로 직전에 한 말에는 의문스러운 점이 있다는 사실을 들이대는 것입니다. 우리는 이런 사실을 랜돌 집안에 들이대고 공판이 시작되기 전에 고소를 취하하도록 만들어야 합니다."

나는 깊이 한숨을 내쉬었다. 이 젊은이는 거친 방법을 쓰려는 것이다.

"둘째 방법은?"

"둘째 방법은 첫째의 연장으로, 법정에서의 작전입니다. 랜돌 부인과 아더 리 의사의 관계가 결정적인 요소가 될 게 분명합니다. 검사 쪽 주장은 랜돌 부인의 증언에 바탕을 두고 있습니다. 따라서 우리는 그것을 믿을 수 없는 것으로 만들어 부인의 신용을 떨어뜨려야 합니다. 배심원들이 그녀의 증언을 전혀 믿지 않게 될 때까지 그녀의 신용을 떨어뜨리는 겁니다. 그리고 카렌의 성격과 행동을 검토해야 합니다. 그녀가 마약상습자로 섹스 관계가 지저분했으며 병적인 거짓말쟁이였다는 점을 법정에 제시하는 겁니다. 카렌이 한 말은, 랜돌 부인에게 한 말이든 다른 사람에게 한 말이든 모두 진실성이 없다는 사실을 배심원들이 믿도록 해야 합니다. 우리는 또 그녀가 피터 랜돌에게서 중절수술을 두 번 받았다는 것, 아마 세 번째도 그가 했을 가능성이 크다는 것을 주장할 수 있습니다."
"나는 피터 랜돌이 한 게 아니라고 생각하오."
"그럴지도 모릅니다. 그러나 그런 건 중요하지 않습니다."
"어째서?"
"피터 랜돌은 재판에 회부되어 있지 않습니다. 그러나 아더 리 의사는 지금 재판에 걸려 있습니다. 우리는 그를 자유롭게 하기 위해 어떤 일이라도 해야만 합니다."
나는 그를 뚫어지게 쳐다보았다.
"나는 당신을 어두운 길에서 만나고 싶지 않군요."
"내가 쓰는 방법이 마음에 안 드십니까?"
그는 희미하게 미소지었다.
"솔직히 말해서 마음에 들지 않소."
"나도 그렇습니다. 그러나 우리는 '법률'의 성격 때문에 이런 방법을 취하지 않을 수 없습니다. 의사와 환자의 관계에서 볼 때 법률은 대개 의사에게 불리합니다. 지난해 이런 사건이 있었지요. 골리

클리닉의 한 인턴이 어떤 여자의 골반과 직장을 진단했습니다. 적어도 그는 그렇게 말했습니다. 그런데 여자는 그가 난폭한 짓을 했다고 호소한 것입니다. 진단할 때 간호사가 입회하지 않았으므로 증인이 없었습니다. 그 여자는 편집증과 정신분열증으로 정신병원에서 세 번이나 치료를 받았습니다. 그러나 그녀가 재판에 이겨 인턴은 마침내 불운하게도 직장을 잃고 말았습니다."
"그래도 마음에 들지 않소."
윌슨이 말했다.
"이론적으로 생각해 보십시오. 법률은 분명합니다. 옳은지 그른지 분명하게 결정을 내리는 겁니다. 법률은 검찰 쪽과 피고 쪽에 현재 행해지는 법규에 근거를 둔 어떤 패턴이나 작전을 허용해 줍니다. 유감스럽지만 검찰 쪽에나 피고 쪽에나 이 작전은 인신공격이 되지 않을 수 없습니다. 검찰은 온갖 방법을 다 동원하여 아더 리 의사를 매장하려고 들 것입니다. 변호에 임하는 우리는 카렌, 랜돌 부인, 피터 랜돌에게 철저한 공격을 가할 것입니다. 검찰 쪽에 유리한 점이라면, 보스턴의 배심원들은 중절로 고소된 사람에 대해 처음부터 적의를 갖고 있다는 점입니다. 우리에게 유리한 점은 보스턴의 배심원 가운데에는 전통있는 가문의 추문을 보고 싶어하는 자가 있다는 점입니다."
"더럽군요."
윌슨은 고개를 끄덕였다.
"아주 더럽습니다."
"다른 방법을 택할 수는 없겠소?"
"있습니다." 그가 말했다. "중절을 해준 사람을 찾아내십시오."
"재판은 언제지요?"
"다음주에 예심이 있습니다."

"공판은?"
"잘은 모르지만, 아마 2주 뒤겠지요. 이번 사건에는 우선권이 주어져 있습니다. 어떤 방법으로 얻어냈는지 모릅니다만, 상상할 수는 있습니다."
"랜돌이 압력을 넣었겠지요."
윌슨이 고개를 끄덕였다.
"만일 공판날까지 중절해 준 사람을 발견하지 못한다면?" 하고 내가 물었다.
윌슨은 씁쓸한 얼굴에 미소를 띠었다.
"나의 아버지는 목사였습니다. 노드 캐롤라이나의 롤리입니다. 아버지는 우리들 사회에서 오직 하나 교육받은 사람이었습니다. 아버지는 책읽기를 좋아하셨습니다. 나는 언젠가 아버지가 읽으시는 키츠며 셀리 같은 사람들도 모두 백인이냐고 물어본 일을 기억하고 있습니다. 아버지는 그렇다고 하셨습니다. 나는 아버지가 읽으시는 사람 가운데 흑인이 있느냐고 물었습니다. 아버지는 없다고 대답하셨습니다."
윌슨은 이마를 쓸어올렸다. 눈이 두 손으로 가려졌다.
"그러나 아버지는 침례교 목사로, 엄격한 분이었습니다. 아버지는 신의 노여움을 믿고 계셨습니다. 하늘로부터 오는 벼락이 죄인을 땅에 때려눕힌다는 것을 믿고 있었습니다. 지옥의 겁화(劫火)와 영원한 저주를 믿으셨습니다. 정(正)과 사(邪)를 믿으셨습니다."
"당신은 어떻소?"
"나는 불에 대해 불로 싸우는 것을 믿습니다."
"불이 언제나 옳다고 생각하시오?"
"아니지요. 그러나 언제나 뜨겁고 설득력이 있습니다."
"그리고 당신은 이기리라고 믿고 있소?"

윌슨은 목의 상처로 손을 가져갔다.
"그렇습니다."
"명예를 잃어도?"
"명예는 이기는 데 있는 것입니다."
"그럴까요?"
그는 한순간 나를 빤히 바라보았다.
"당신은 어째서 그렇게 랜돌 집안을 감싸려고 하십니까?"
"감싸는 게 아니오."
"내 귀에는 그렇게 들립니다."
"나는 아트가 바라는 일을 하고 있소."
"아더 리 의사는 지금 유치장에서 나오고 싶어합니다. 내가 반드시 나오게 하겠습니다. 나 외의 보스턴 사람은 아무도 그에게 손대지 않습니다. 귀찮은 일이 될 테니까요. 그러나 나는 틀림없이 그를 내놓아 보이겠습니다."
"그런데 방법이 더럽소."
"그것은 나도 알고 있습니다. 우리는 지금 크리켓 게임을 하고 있는 게 아닙니다."
그는 술잔에 남은 것을 훌쩍 마셨다.
"당신이라면 어떻게 하시겠습니까?"
"기다리겠소." 나는 말했다.
"뭘 말입니까?"
"중절한 사람이 발견되기를."
"만약 그가 발견되지 않으면?"
나는 고개를 가로저으며 대답했다.
"잘 모르겠소."
"그럼, 생각해 두십시오."

그는 술집에서 나갔다.

7

윌슨은 나를 안타깝게 만들었지만, 한편 나에게 생각할 것을 많이 남겼다. 나는 차를 몰고 집으로 돌아와 '보드카 언더 록'을 만든 다음 생각을 정리하기 위해서 앉았다. 나는 내가 이야기해 본 모든 사람들에 대해 생각하고, 아직 여러 개 질문하지 않은 중요한 문제가 있음을 깨달았다. 틈이 있었다, 커다란 틈이. 이를테면 토요일 밤 카렌이 피터 랜돌의 자동차를 타고 어디로 가서 무엇을 했을까? 이튿날 그녀는 랜돌 부인에게 뭐라고 말했을까? 그녀는 피터의 자동차를 돌려주었을까? 그 차는 지금 도난당하고 없다. 피터는 자동차를 언제 돌려받은 것일까?

나는 '보드카 언더 록'을 마시며 마음이 가라앉는 것을 느꼈다. 나는 너무 서두르고 있었다. 가끔 너무 화를 냈다. 정보보다 사람에게, 사실보다 인품에 한층 더 큰 반응을 보이고 있었다.

앞으로는 좀더 주의해야겠다.

전화벨이 울렸다. 쥬디스였다. 그녀는 아더의 집에 있었다.

"무슨 일이오, 쥬디?"

또렷한 목소리가 들려왔다.

"여보, 좀 와주세요. 밖에서 데모 같은 것을 하고 있어."

"데모?"

"데모 대 말이에요. 잔디밭에 있어요."

"곧 가겠소."

나는 곧 전화를 끊었다. 나는 코트를 움켜쥐고 자동차 쪽으로 가려다 걸음을 멈추었다. 좀더 신중하게 행동해야 한다.

나는 집으로 돌아와 급히 '글로브'의 사회부에 전화를 걸었다. 나는 아더의 집 앞에서 벌어진 데모를 보고했다. 과장된 말투로 이야기했다. 그들은 틀림없이 움직일 것이다.

그런 다음 나는 자동차를 몰았다.

내가 아더의 집에 닿았을 때 나무로 만든 십자가가 아직도 앞뜰 잔디밭에서 연기를 내고 있었다. 순찰차가 와 있고 많은 사람들이 모여 있었다. 대부분 이웃에 사는 아이들과 그 부모들이었다. 막 해가 저문 참이라 하늘은 진한 푸른빛으로 물들고, 십자가에서 피어오르는 연기가 곧장 위로 올라갔다.

나는 사람들을 헤치고 집으로 걸어갔다. 내 눈에 보이는 창문 유리들은 모조리 깨져 있었다. 누군가가 안에서 울고 있었다. 경관 한 사람이 입구문에서 나를 막았다.

"누구요?"

"벨리 의사요. 내 아내와 아이들이 안에 있소."

그가 길을 비켜주어 나는 안으로 들어갔다. 모두들 거실에 있었다. 베티가 울고 있었다. 쥬디스가 아이들을 데리고 있었다. 방에 유리조각이 가득했다. 두 아이가 다쳤으나 심하지는 않았다. 경관 하나가 베티에게 질문하는 중이었다. 그러나 조금도 진전이 없었다. 그녀는 똑같은 말만 되풀이하고 있었다.

"우리는 보호를 부탁했어요. 보호를 부탁했어요. 그토록 부탁했는데 아무도 와주지 않았어요……."

"진정하십시오, 부인."

경관이 말했다.

"부탁했어요. 우리에게는 부탁할 권리가 없나요!"

"침착하십시오, 부인."

경관은 같은 말을 되풀이했다.

나는 쥬디스가 아이들에게 붕대를 감아주는 것을 도우며 물었다.
"무슨 일이오?"
갑자기 경관이 내 쪽으로 향했다.
"당신은 누구시오?"
"나는 의사요."
"겨우 왔군."
경관은 베티 쪽으로 다시 돌아앉았다.
쥬디스는 긴장하여 얼굴이 창백했다.
베티가 다시 말했다.
"20분쯤 전에 시작되었어요. 하루 종일 위협을 받고 편지도 왔어요. 그것이 마침내 시작된 거예요. 많은 아이들이 자동차 네 대를 타고 와서 우르르 내리더군요. 십자가를 세우고 가솔린을 끼얹었더니 불을 붙였어요. 20명은 되었을 거예요. 모두 저기에 서서 '나아가라, 그리스도의 용사들'을 노래했어요. 그런 다음 우리가 창문으로 내다보는 것을 발견하고 돌을 던지기 시작했어요. 마치 악몽 같았어요."
"그 아이들은 어떻습니까? 옷차림은 좋았소? 자동차는 어떤 거였지요?"
그녀는 고개를 크게 내저었다.
"그게 무엇보다도 밉더군요. 나이도 어리고 좋은 집안의 아이들인 것 같았어요. 완고한 노인이라면 이해가 되겠지만, 아직 십대였어요. 당신에게 그 아이들의 얼굴을 보여드리고 싶어요."
우리는 아이들의 치료를 끝내고 방에서 내보냈다.
"보내온 편지를 보고 싶소" 하고 내가 말했다.
그때 아더의 1살짜리 갓난아기가 방으로 기어왔다. 방글방글 웃으며 알아들을 수 없는 소리를 질렀다. 융단 위에서 반짝이는 유리조각에 흥미가 끌린 모양이었다.

"여보시오!" 나는 문 옆에 선 경관에게 소리쳤다. "붙잡아요!"

경관은 아래를 내려다보고 있었다. 아까부터 줄곧 아기를 보고 있었던 것이다.

그는 몸을 굽혀 아기의 통통한 발을 잡았다.

"안아올리시오!" 나는 경관에게 소리쳤다. "물어뜯지는 않을 테니까!"

경관은 마지못해 아기를 안아올렸다. 마치 병자를 안는 것 같은 태도였다. 불쾌한 표정이 얼굴에 뚜렷이 나타나 있었다. 중절의사의 아기인 것이다.

쥬디스가 유리조각을 구둣발로 밟으며 경찰관에게로 다가가서 아기를 받아안았다. 아기는 경관이 어떻게 느끼는지 알지 못했다. 경관의 반짝이는 단추를 신기한 듯이 만지작거리며 푸른 제복에 침을 흘리고 있었다. 쥬디스가 그 단추에서 떼어놓아 아기는 못마땅한 듯했다.

나는 다른 한 경관이 베티에게 말하는 것을 들었다.

"아시겠습니까! 협박은 언제나 있답니다. 그것을 모두 취급할 수는 없습니다."

"하지만 그들이 불을 질렀을 때 전화를 했어요. 잔디밭에서 저……"

"그건 십자가였습니다."

"알고 있어요!"

베티는 이미 울고 있지 않았다. 그녀는 화가 나 있었다.

"우리는 될 수 있는 한 빨리 달려왔습니다." 경찰관이 말했다. "정말입니다. 가능한 한 빨리 온 겁니다."

쥬디스가 나에게 말했다.

"15분이나 걸렸어요. 유리가 모두 부서지고 그애들이 도망친 뒤였지요."

나는 테이블로 가서 편지를 보았다. 편지는 얌전하게 뜯어져서 차곡차곡 쌓여 있었다. 대부분 손으로 쓴 것이었으나, 타이프로 친 것도 몇 통 있었다. 한결같이 모두 짧았으며, 한 문장으로 씌어 있는 것도 있었다. 어느 편지나 모두 미친 듯한 악의에 차 있었다.

더러운 공산당인 유대인과 검둥이를 편드는 살인자. 너 같은 사람은 아기를 죽인 보복을 받아야 한다. 너는 인간 쓰레기다. 너는 이곳이 독일이라고 생각하는지 모르지만, 그렇지 않다.

서명 없음

우리의 아버지이신 하느님은 '어린아이여, 내 품에 안기라'고 말씀하셨다. 너는 우리의 신 하느님 앞에서 죄를 저질렀다. 모든 일은 신의 손에 의해 옳고 그름이 가려지는 법이다. 신이여, 그 지혜에 흐림이 없기를.

서명 없음

우리 매사추세츠 주의 신을 두려워하는 사람들은 가만히 보고 있지 않겠다. 우리는 너를 네 집에서 쫓아내고, 이 나라에서 쫓아버릴 것이다. 우리 매사추세츠가 살기에 깨끗한 곳이 될 때까지 너희들을 모두 쫓아버리겠다.

서명 없음

우리는 너를 붙잡았다. 너의 친구도 모두 잡아줄 테다. 너희들은 의사라면 무엇이든지 할 수 있다고 생각한다. 너희들은 대형 캐딜락을 몰고 다니면서, 터무니없이 많은 돈을 받으며 환자는 기다리게 하는 법이라고 생각한다. 그러나 너희들은 모두 나쁘다. 반드시 보복을 받으리라.

서명 없음

　너는 아이를 죽이고 싶은가? 네 아이가 살해된다면 어떤 기분일지 생각해 보라.

서명 없음

　임신중절은 신과 인간과 아직 태어나지 않은 갓난아기에 대한 죄이다. 너는 이 땅에서 보복을 받아야 한다. 신은 너를 지옥에서 영원히 태워버릴 것이다.

서명 없음

　중절은 살인보다 더 나쁘다. 갓난아이가 너에게 무엇을 했단 말인가? 생각해 보라. 내 말이 옳다는 것을 알 수 있을 것이다. 네가 감옥에서 말라죽고, 네 가족이 죽기를 기도하겠다.

서명 없음

　맨 마지막 편지는 깨끗한 글씨로 씌어 있었다.

　당신이 겪으시는 재난을 듣고 정말 유감스럽게 생각합니다. 당신 집안식구들은 참으로 고통스러울 것입니다. 나는 다만 당신이 지난해 나에게 해주신 일에 대해 진심으로 감사드리고 있으며, 당신과 당신이 하시는 일을 믿고 있다는 것을 말씀드리고 싶습니다. 당신은 내가 알고 있는 의사들 가운데 가장 훌륭하고 가장 정직한 분입니다. 당신 덕분에 내 인생은 훨씬 밝아졌으며, 남편과 나는 영원히 감사드리고 있습니다. 나는 밤마다 당신을 위해 기도드립니다.
앨리슨 뱅크스 부인

나는 맨 마지막 편지를 얼른 주머니에 집어넣었다. 이 편지를 그대로 내버려두는 것은 현명한 일이 못 된다.
내 등 뒤에서 목소리가 들렸다.
"아니, 누군가 했지요. 당신이었군요?"
나는 뒤돌아보았다. 피터슨이었다.
"아내가 불러서 왔소."
"그렇습니까?"
그는 방을 둘러보았다. 창문의 유리가 모조리 깨졌으므로 밤이 되자 추웠다.
"지독하군요."
"네, 지독합니다."
"정말 심했군." 그는 방 안을 돌아다니며 혼잣말처럼 중얼거렸다. "정말 심했어."
나는 그의 모습을 가만히 지켜보며 섬뜩해짐을 느꼈다. 무거운 장화를 신은 제복의 사나이가 어깨를 우쭐거리며 폐허를 돌아다니는 모습이 머리에 떠올랐다. 그러한 모습은 특별한 것도 아니고, 특별한 때와 장소와 시대에만 볼 수 있는 것도 아니다.
또 한 사나이가 방으로 뛰어들어왔다. 레인코트를 입은 그 사나이는 손에 메모지를 들고 있었다.
"당신은 누구요?"
피터슨이 말했다.
"커티스, '글로브'에서 왔습니다."

"누가 불렀지요?"

피터슨은 방 안을 둘러보았다. 그의 눈길이 나에게서 멎었다. 그가 말했다.

"좋지 않습니다. 이러면 정말 좋지 않습니다."

"믿을 만한 신문사입니다. 이 젊은이는 사실을 정확하게 보도할 겁니다. 거기에 반대할 수는 없겠지요."

피터슨이 말했다.

"이곳은 인구 2백 50만이 사는 도시로, 경찰관이 부족합니다. 불평이나 협박을 호소한다고 해서 일일이 취급하여 조사할 수는 없소. 그러다가는 교통정리도 제대로 할 수 없게 되고 말 거요."

"용의자의 가족이오." 내가 말했다.

나는 신문기자가 아까부터 나를 뚫어지게 바라보고 있는 것을 알아차렸다.

"용의자의 가족이 전화와 편지로 협박당하고 있소. 아내와 어린아이들이. 그녀는 무서워하고 있소. 그러한 그녀가 보호를 요청했는데, 당신들은 무시했던 거요."

"그렇게 말하는 것은 옳지 못합니다."

"그래서 마침내 이처럼 큰 사건이 일어난 겁니다. 십자가를 불사르며 난동을 부렸지요. 나약한 부인이 도움을 청했는데, 당신 부하들은 이곳에 오는 데 15분이나 걸렸소. 여기서 가장 가까운 경찰서까지 얼마나 되지요?"

"그것은 문제가 다르오."

기자는 열심히 쓰고 있었다.

"당신 입장이 나빠지는 겁니다." 나는 말을 계속했다. "이 거리의 많은 시민들이 임신중절을 반대하고 있지만, 좀더 많은 시민들은 어린 불량배에 의한 불법적인 사유재산의 파괴를 반대하고 있단 말이오."

"그들은 불량배가 아니었소."

나는 기자 쪽을 보았다.

"피터슨 부장은 십자가를 불사르고 유리창을 모조리 때려부순 아이들이 불량배가 아니라는 의견을 말했소."

"그런 뜻으로 한 말은 아니오." 피터슨은 당황하며 말했다.

"그는 분명 그렇게 말했습니다." 나는 기자에게 말했다. "또 한 가지 당신에게 말해둘 일이 있소. 어린아이 둘이 사방에 튄 유리조각으로 중상을 입었소. 3살짜리와 5살짜리인데 심한 열상(裂傷)이오."

"나는 그렇게 듣지 않았소." 피터슨이 참견했다. "상처는 겨우……."

"지금 여기에 있는 의사는 나 하나뿐일 겁니다. 아니면 경찰관이 가까스로 구조요청에 응해올 때 의사도 데려 왔소?"

피터슨은 아무 말도 하지 않았다.

"경찰관은 의사를 데리고 왔습니까?" 기자가 물었다.

"아니오."

"의사를 불렀습니까?"

"아니오."

기자는 메모를 적어나갔다.

"기억해 두시오, 벨리 씨." 피터슨이 말했다. "그냥 두지 않겠소."

"조심하시오, 신문기자가 있으니까."

피터슨의 눈이 번쩍 빛났다. 그는 나가려고 했다.

내가 물었다.

"그런데 경찰은 사건의 재발을 막기 위해 어떤 조치를 취하고 있지요?"

피터슨이 걸음을 멈추었다.

"아직 정해지지 않았소."

"이 기자에게 설명해 두어야 할 거요. 참으로 불행한 사건이었으며, 하루 24시간 호위하도록 하겠다고 말이오. 그 점을 분명히 해 두는 편이 좋지 않겠소?"

피터슨이 입술을 일그러뜨렸다. 그러나 나는 그가 그대로 하리라는 걸 알고 있었다. 내가 바란 것은 바로 그 점이었다. 베티의 보호와 경찰에 대한 압력.

8

쥬디스는 아이들을 데리고 집으로 돌아갔다. 나는 남아서 베티가 창문 막는 일을 거들었다. 한 시간 가까이나 걸렸다. 창문을 하나씩 막을 때마다 나는 더욱 화가 치밀었다.

베티의 아이들은 얌전해졌으나 좀처럼 자지 않았다. 다친 데가 아프다느니, 물을 마시고 싶다느니 하며 쉴새없이 아래층으로 내려왔다. 특히 헨리가 자꾸만 다리가 아프다고 하기에 혹시 유리조각을 못 보고 빼지 않은 게 아닐까 확인하기 위해서 붕대를 풀어보았다. 작은 조각이 하나 상처자리에 묻혀 있었다.

나는 마룻바닥에 앉아서 그의 조그마한 발을 집어들었다. 베티는 내가 다시 상처를 씻어내고 있는 동안 울면 안 된다고 헨리에게 타이르고 있었다. 나는 갑자기 피로를 느꼈다. 십자가를 태운 냄새가 아직도 집 안에 남아 있었다. 밤이라 추위가 심해져 깨진 창문 틈으로 바람이 새어들어왔다. 집 안도 밖도 어떻게 손댈 수 없을 만큼 황폐해져 있었다. 다시 본디대로 돌아가려면 여러 날 걸릴 것이다.

모든 것이 완전히 쓸모없는 일이다.

나는 헨리의 발을 치료해 주고 나서 베티가 받은 편지를 다시 읽었다. 읽어가는 동안 또 화가 치밀어올랐다. 어떻게 이런 일을 할 수 있단 말인가? 그들은 무슨 생각을 하는 것일까? 그들은 아무 생각도 하고 있지 않다. 다만 반응을 보이고 있을 뿐이다. 내가 반응을 보이고 있었던 것처럼 모든 사람들이 반응을 보이고 있는 것이다.

나는 갑자기 모든 일을 끝내버리고 싶어졌다. 편지를 쓰지 못하게 하고, 창문을 수리하고, 상처를 낫게 하여 정상적인 생활로 돌아가고 싶어졌다. 지금 곧 그렇게 만들고 싶었다.

그래서 나는 조지 윌슨에게 전화를 걸었다.

윌슨이 말했다. "당신에게서 전화가 오리라고 생각했습니다."

"함께 좀 가주어야겠소."

"어디에요?"

"J D 랜돌에게"

"용건은?"

"개가 짖는 것을 못하게 만들겠소."

"20분 뒤에 와주십시오."

랜돌의 저택으로 가기 위해 우리가 사우드 쇼어를 향해 자동차를 몰고 갈 때 윌슨이 불쑥 물었다.

"어째서 마음이 달라지셨습니까?"

"여러 가지 일로."

"아이들 때문입니까?"

"여러 가지 일이 있었소."

나는 똑같은 말을 되풀이했다.

우리는 한참 동안 잠자코 있었다. 이윽고 그가 말했다.

"일이 어떻게 되는지 아시겠지요? 랜돌 부인과 피터 랜돌을 힐문하는 겁니다."

"알고 있소."
"피터 랜돌과 당신은 사이가 좋은 줄로 생각했는데요······."
"나는 지쳤소."
"의사는 절대로 지치지 않는다고 생각했습니다."
"묘한 말은 하지 마시오."
밤은 꽤 깊어 9시가 가까웠다. 하늘이 캄캄했다.
윌슨이 말했다.
"저택에 닿으면 내가 이야기하겠습니다."
"좋소."
"둘이 이야기하는 건 좋지 않습니다. 혼자서 해야 합니다."
"당신에게 맡기겠소."
윌슨은 싱긋 웃었다.
"당신은 내가 그다지 마음에 들지 않는 모양이군요."
"그렇소."
"그러나 당신은 나를 필요로 하고 있습니다."
"그 말이 맞소."
"그러므로 우리는 서로 이해해야 합니다."
"당신은 일만 하면 되오."

나는 저택이 어디에 있는지 정확하게 기억하지 못했으므로 저택에 가까워지자 자동차의 속력을 늦추었다. 이윽고 저택을 발견하여 입구 쪽으로 꺾어들려다가 그곳에 자동차를 세웠다. 저택 바로 앞 자갈길에 자동차 두 대가 서 있었다. 한 대는 J D 랜돌의 은빛 포르셰였고, 또 한 대는 회색 메르세데스 세단이었다.

"왜 그러십니까?"

나는 라이트를 끄고 자동차를 뒤로 몰았다.

윌슨이 다시 물었다. "뭐가 있습니까?"

내가 말했다. "잘 모르겠소."

"자동차를 저택으로 넣지 않을 생각입니까?"

"그렇소."

나는 도로 반대쪽으로 자동차를 몰고 가 풀숲 뒤에 세웠다. 거기에서는 저택 현관을 통해 있는 찻길과 두 대의 자동차를 똑똑히 볼 수 있었다.

"어째서 들어가지 않습니까?"

"형편이 좋지 않소." 내가 말했다. "저기 메르세데스가 서 있소."

"그래서요?"

"피터 랜돌은 메르세데스를 갖고 있소."

"더욱 좋지요." 윌슨이 말했다. "두 사람을 한자리에 앉혀 놓고 이야기할 수 있으니까."

"안 되오. 피터 랜돌은 자동차를 도난당했다고 나에게 말했소."

"도난?"

"그렇게 말했소."

"언제요?"

"어제."

나는 기억을 더듬었다. 뭔가 마음에 걸리는 일이 있었다. 나는 간신히 그것을 생각해냈다. 내가 랜돌 부인을 찾아갔을 때 차고에 들어 있었던 자동차였다.

나는 자동차문을 열었다.

"따라오시오."

"어디로 가는 겁니까?"

"저 자동차를 자세히 보고 싶소."

우리는 자동차에서 내렸다. 밤공기가 축축하게 젖어 있어 불쾌했다. 나는 걸으면서 주머니를 뒤져 펜라이트를 쥐었다. 나는 어제나 펜라이트를 갖고 다녔다. 인턴 시절의 습관이었다. 나는 펜라이트를 가지고 와서 다행이라고 생각했다.

"아시겠습니까?" 윌슨이 소곤거렸다. "우리가 지금 하고 있는 일은 가택침입입니다."

"알고 있소."

우리는 자갈길에서 부드러운 잔디밭으로 들어가 조그마한 언덕을 넘었다. 저택 아래층에 불이 켜져 있었으나 커튼이 드리워져 안을 들여다볼 수 없었다.

우리는 자동차가 서 있는 곳으로 가서 다시 자갈길에 발을 들여놓았다. 우리의 발소리가 높아진 것 같았다. 나는 메르세데스 곁으로 다가가서 펜라이트를 켰다. 자동차 안은 텅 비었고 뒷좌석에는 아무것도 없었다.

나는 그 자리에 우뚝 서버렸다.

운전석 시트가 피로 물들어 있었다.

"아니, 이거 놀랍군요!" 윌슨이 말했다.

내가 말하려고 할 때 말소리와 문 열리는 소리가 들렸다. 우리는 급히 잔디밭으로 돌아와 찻길 옆 풀숲에 숨었다.

J D 랜돌이 저택에서 나왔다. 피터도 함께 있었다. 그들은 낮은 목소리로 이야기를 나누고 있었다. 나는 '그런 어이없는' 하는 피터의 목소리와 '아무리 조심해도 지나친 법은 없다'는 J D의 말을 들었다. 그러나 그밖에는 아무것도 알아들을 수 없었다. 그들은 자동차가 멈춰 있는 곳을 향해 층계를 내려갔다. 피터가 메르세데스에 올라타고 엔진을 걸었다. J D가 자기를 따라오라고 말하자 피터가 고개를 끄덕였다. 그리고 나서 J D가 은빛 포르셰를 타고 큰길로 향해 나갔다. 큰길로 나오자 그들은 오른쪽으로 꺾여 남쪽으로 향했다.

"따라오시오."

내가 말했다.

우리는 큰길 저쪽에 세워둔 자동차 쪽으로 뛰었다. 두 대의 자동차는 이미 멀리 달려가 엔진 소리만 간신히 들렸으나 해안으로 멀어져 가는 불빛이 보였다.

나는 자동차를 출발시켜 그들을 쫓았다.

윌슨이 주머니에 손을 넣어 뭔가를 꺼냈다.

"뭐요?"

그는 내 눈 앞에 그 물건을 내밀었다. 조그마한 은빛 카메라였다.

"미녹스입니다."

"언제나 카메라를 지니고 있소?"

"그렇습니다."

그가 대답했다.

나는 상당한 거리를 두어 앞차가 알아차리지 못하도록 조심했다. 피터는 J D 바로 뒤를 바싹 따르고 있었다.

5분쯤 달리자 두 대의 자동차는 동남 고속도로 진입로로 들어갔다. 나는 사이를 조금 두고 뒤따랐다.

"알다가도 모르겠군요." 윌슨이 말했다. "아까는 그를 두둔하더니 이번에는 사냥개처럼 그를 뒤쫓는 겁니까?"

"나는 알고 싶소. 그것뿐이오. 다만 알고 싶은 거요."

나는 30분 동안 그들을 뒤쫓았다. 도로는 머슈필드에서 좁아져 3차선이 2차선이 되었다. 자동차는 별로 보이지 않았다. 나는 다시 뒤로 처졌다.

윌슨이 말했다.

"이렇게 하지 않더라도…… 이런 짓을……."

"아니오," 내가 말을 가로막았다. 나는 마음속으로 모든 일을 짜보았다. "피터는 주말에 카렌에게 자동차를 빌려 주었소. J D의 아들

윌리엄이 나에게 말했지요. 카렌은 그 자동차를 썼소. 그런데 거기 피가 묻어 있었소. 그리고 그 자동차는 랜돌 저택 차고에 있었는데, 피터는 도난당했다고 말했단 말이오. 저들은 지금 그 자동차를……."

"처분하려는 것입니다." 윌슨이 말했다.

"그렇소."

"그렇다면 이제 놓치지 않겠습니다."

자동차는 계속 남쪽으로 달려 플리머드를 지나 케이프로 향했다. 근처의 공기가 차갑고 짭짤했다. 지나다니는 자동차들도 거의 없었다.

"잘 되어가고 있습니다." 윌슨이 앞쪽 테일라이트를 보면서 말했다. "될 수 있는 대로 사이를 두십시오."

도로는 한층 더 쓸쓸해지고, 두 대의 자동차는 속력을 더했다. 아마 120킬로는 될 듯했다. 우리는 플리머드로부터 하이아니스를 지나 프로빈스타운으로 향했다. 갑자기 그들의 브레이크 라이트가 켜지더니 차는 오른쪽으로 꺾어들어 해안으로 향했다.

우리는 포장되어 있지 않은 길을 따라갔다. 우리 주위에는 싱싱하지 못한 소나무들이 자라고 있었다. 나는 라이트를 껐다. 바다에서 불어오는 바람이 강하고 차가웠다.

윌슨이 말했다.

"아무도 오지 않는 곳이로군요."

나는 고개를 끄덕였다.

곧 파도 소리가 들려왔다. 나는 자동차를 도로에서 옆으로 몰아세웠다. 우리는 바다를 향해 걸어갔다. 두 대의 자동차가 나란히 서 있었다.

나는 그곳이 어디인지 알 수 있었다. 케이프의 동쪽으로, 모래밭이 바다를 향해 30미터의 언덕을 이루고 있었다. 두 대의 자동차는 바다를 향한 언덕 끝에 세워져 있었다. 랜돌은 포르셰에서 내려 피터와 이야기를 나누었다. 잠시 서로 이야기를 나누더니 이윽고 피터가 그의 자동차로 돌아가 조금만 더 나가면 앞바퀴가 벼랑에서 떨어질 곳까지 자동차를 몰고갔다. 그리고 나서 자동차에서 내려 되돌아왔다.

J D는 그동안 포르셰의 트렁크를 열고 가솔린 통을 꺼냈다. 두 사나이는 힘을 모아 가솔린을 피터의 자동차 안에 모두 뿌렸다.

내 바로 가까이에서 '찰칵' 하는 소리가 들렸다. 윌슨이 작은 카메라를 눈에 대고 사진을 찍고 있었다.

"광선이 모자라오."

"트라이 X입니다." 그는 계속 사진을 찍으며 말했다. "현상과 인화설비만 갖추어져 있으면 문제없습니다. 내게는 설비가 갖추어진 암실이 있지요."

나는 두 대의 자동차 쪽을 보았다. J D가 가솔린 통을 트렁크에 넣었다. 그런 다음 포르셰의 엔진을 걸어 자동차를 돌려 도로 쪽으로 향하게 했다.

"곧 달아날 수 있게 해두는군요. 도무지 빈틈이 없습니다."

윌슨이 말했다.

J D는 피터에게 무언가 말하더니 자동차에서 내려 피터와 나란히 섰다. 그때 성냥불이 반짝 보였다. 순간 메르세데스 내부가 불길에 싸였다.

그들은 얼른 자동차 뒤로 돌아가 온 힘을 다해 자동차를 밀었다. 자동차는 천천히 움직이기 시작하더니 점점 스피드를 더하며 모래언덕을 미끄러져갔다. 그들은 한 걸음 뒤로 물러나서 자동차가 떨어져 가는 것을 내려다보았다. 자동차는 언덕 밑에서 폭발한 모양이었다. 요란한 폭음이 들리고 시뻘건 불길이 번쩍였다.

그들은 급히 자동차로 돌아가 포르셰를 타고 우리 옆을 달려갔다. 윌슨이 말했다.

"어서 오십시오!"

그는 카메라를 들고 언덕 끝으로 달려갔다. 아득한 밑의 물가에서 부서진 메스세데스가 무섭게 불타고 있었다.

윌슨은 사진을 여러 장 찍고 나서 카메라를 집어넣으며 나를 돌아보았다.

그는 자랑스러운 얼굴로 미소짓고 있었다.

"이제는 우리의 것입니다."

9

나는 돌아오는 길에 코하세트에서 고속도로를 벗어났다.

"왜 그러십니까?" 윌슨이 물었다.

"랜돌을 만나러 가겠소."

"지금 말입니까?"

"그렇소."

"정신나가셨습니까? 저것을 보고도 그를 만나겠단 말입니까?"

"나는 아더 리를 자유의 몸으로 하기 위해 나섰던 것이오. 그 결심은 지금도 달라지지 않았소."

"그러나 지금은 안 됩니다. 그것을 본 이상 안 됩니다."

윌슨은 손에 들고 있는 작은 카메라를 두드렸다.

"우리는 당당하게 법정에 나갈 수 있습니다."

"전에도 이야기했지만, 사건을 법정에 내놓지 않도록 해야만 하오."

"그러나 이제는 그럴 필요가 없습니다. 반드시 이길 수 있습니다."

질 리가 없습니다."
나는 머리를 가로저었다. 윌슨이 다급하게 말했다.
"증인을 위협할 수는 있습니다. 증인의 신용을 떨어뜨릴 수도 있습니다. 그러나 사진을 쓸모없게 할 수는 없습니다. 우리는 그 사진을 가지고 있습니다."
"안 되오!"
그는 한숨을 내쉬었다.
"나는 위협적으로 나갈 생각이었습니다. 그들을 위협하여 두려움을 주고, 증거가 없는 데도 가지고 있는 것처럼 행동할 생각이었지요. 그러나 지금은 모든 게 달라졌습니다. 증거가 있습니다. 필요한 것이 모두 갖추어져 있습니다."
"당신이 그들에게 이야기하고 싶지 않다면 내가 하겠소."
"벨리 씨, 당신이 지금 이야기하면 모두 허사가 되고 맙니다."
"소송을 취하하도록 하는 거요."
"그건 무리입니다. 그들은 지금 문책당할 만한 죄를 저질렀습니다. 그들은 그것을 알고 있습니다. 반드시 태도를 굳힐 것입니다."
"그렇다면 우리가 알고 있는 사실을 말하겠소."
"그래도 만일 재판이 열리게 된다면? 그때는 어떻게 되는 겁니까? 우리는 쓸데없이 속만 드러내보인 셈이 됩니다."
"그런 염려는 없을 거요. 재판은 열리지 않을 테니까."
윌슨은 다시 손가락으로 흉터를 목덜미까지 쓸어내렸다.
"어떻게 말입니까? 당신은 이기고 싶지 않습니까?"
"이기고 싶소." 나는 대답했다. "그러나 끝까지 싸우지 않고 이기고 싶소."
"싸움은 피할 수 없습니다. 어떤 방법을 쓰더라도 싸움은 있습니다. 반드시 있습니다."

나는 랜돌 저택까지 오자 찻길로 들어섰다.
"나에게 말해 봐야 소용없소. 그들에게 말해 보시오."
"당신은 잘못을 저지르고 있습니다." 윌슨이 말했다.
"그럴지도 모르오. 하지만 나는 그렇게 생각지 않소."
우리는 층계를 올라가 벨을 눌렀다.

하인이 못마땅한 얼굴로 우리를 거실로 안내했다. 농구 코트만큼 넓은 방으로, 커다란 난로가 있었다. 활활 타오르는 불을 에워싸고 실내옷 차림의 랜돌 부인과 큼직한 브랜디잔을 든 피터와 J D가 앉아 있었다.

하인이 문 한옆에 꼿꼿이 서서 말했다.
"벨리 선생님과 윌슨 씨가 오셨습니다. 약속이 계셨다는 말씀이었습니다."

J D는 우리를 보자 난처한 표정을 지었다. 피터는 앉음새를 고치고 희미한 미소를 떠올렸다. 랜돌 부인은 재미있어하는 것 같았다.
"찾아온 용건이 뭐요?"

J D가 물었다.

나는 윌슨에게 이야기하도록 했다. 그는 머리를 조금 숙여보이고 나서 말했다.
"벨리 씨는 알고 계실 테지요, 랜돌 씨. 나는 조지 윌슨으로 아더리 의사의 변호사입니다."

"좋은 일을 하는구먼." J D는 시계를 흘끔 보았다. "그러나 시간도 이미 12시가 다 되었고, 나는 가족들과 쉬고 있는 중이오. 우리는 법정에서 서로 마주볼 때까지 당신들에게 할 말이 아무것도 없소. 그러니……"

윌슨이 말했다.

"우리는 먼 곳에서 일부러 당신을 만나러 온 것입니다. 케이프에서 여기까지 달려왔습니다."

J D는 눈을 껌벅거리며 표정을 굳혔다. 피터는 웃음을 터뜨리려다가 헛기침을 했다.

랜돌 부인이 물었다.

"케이프에서 무얼 하셨지요?"

"모닥불이 타오르는 것을 보고 왔습니다."

윌슨이 대답했다.

"모닥불?"

"그렇습니다." 윌슨은 J D 쪽을 보았다. "브랜디를 한 잔 마시며 잠깐 이야기를 나누었으면 합니다만……."

피터는 이번에는 웃음을 참지 못했다. J D는 엄한 얼굴로 그를 흘끗 쳐다보더니 잠시 뒤 하인을 불렀다. 그는 브랜디를 두 잔 주문하고 물러가려는 하인에게 말했다.

"작은 잔일세, 하버트. 오래 계시지 않을 테니까."

그리고 나서 랜돌은 부인 쪽을 보았다.

"당신도 그만 자도록 하오."

그녀는 고개를 끄덕이고 방에서 나갔다.

"앉으시오."

"우리는 서 있는 편이 좋습니다."

윌슨이 말했다.

하인이 작은 크리스탈 잔을 두 개 들고 들어왔다. 윌슨은 술잔을 높이 들어올렸다.

"두 분 다 건강하시기를."

"고맙소." J D가 차가운 목소리로 대답했다. "그런데 무슨 이야기요?"

"사소한 법률적인 일입니다. 우리는 당신이 아더 리 의사에 대한 소송을 재고해 주시리라고 생각하고 있습니다."
"재고?"
"그렇습니다. 그렇게 말씀드렸습니다."
"재고할 일은 아무것도 없소."
윌슨은 브랜디를 마셨다.
"아무것도 없다고요?"
"그렇소."
윌슨이 말을 계속했다.
"우리는 부인께서 아더 리 의사가 카렌 랜돌 양에게 중절해 주었다는 말을 들은 게 잘못이었다고 생각합니다. 피터 랜돌 씨가 자동차를 도난당했다고 경찰에 신고한 게 잘못이었던 것처럼 말입니다. 아니, 아직 신고하지 않았습니까?"
"내 아내도 동생도 아무 잘못이 없소."
J D가 말했다.
피터는 헛기침을 하며 시가에 불을 붙였다.
"왜 그러지, 피터?"
J D가 물었다.
"아닙니다. 별로……."
피터는 시가 연기를 내뿜으며 브랜디에 입을 댔다.
J D가 우리 쪽을 향해 말했다.
"당신들이 하고 있는 일은 시간낭비요. 우리는 아무 잘못도 없었소. 따라서 재고할 일도 없소."
윌슨이 조용히 말했다.
"그렇다면 법정에 나가야겠군요."
"그렇지."

랜돌은 고개를 끄덕이면서 말했다.
"그렇게 되면 당신들은 오늘밤의 행동을 설명해야만 할 것입니다."
"그럴 테지. 그러나 우리에게는 하룻밤 내내 체스를 했다는 랜돌 부인의 증언이 있소."
J D는 방 한구석에 있는 체스판을 손가락으로 가리켰다.
"누가 이겼습니까?"
윌슨이 희미한 미소를 보이며 물었다.
"나요."
피터가 처음으로 입을 열며 조금 미소지었다.
"어떤 수(手)로?"
윌슨이 물었다.
"비숍에서 나이트의 12수로."
피터는 또다시 미소지으며 말했다.
"형님의 체스는 형편없거든. 아무리 가르쳐드려도 소용이 없다오."
"피터, 웃고 있을 일이 아니다."
"형님은 지는 태도가 나쁩니다."
"잠자코 있거라, 피터."
갑자기 피터는 웃음을 거두었다. 그는 두 팔을 큰 배 위에서 팔짱끼고 다시는 아무 말도 하지 않았다. J D 랜돌은 잠시 침묵을 지키고 있다가 물었다.
"그밖에 또 뭐가 있소?"

"너무했소." 나는 윌슨에게 말했다. "당신이 잘못한 거요."
"최선을 다했습니다."
"당신은 그를 화나게 했소. 법정에까지 갖고 가지 않을 수 없게 만들었소."

"최선을 다했습니다."

"그처럼 형편없고 볼썽사납게……."

"제발 너무 심하게 말하지 마십시오."

월슨은 흉터를 쓰다듬으면서 말했다.

"그들을 위협할 수가 있었소. 어떻게 될 것인지를 이야기하고, 술집에서 내게 설명한 것처럼 그들에게 말하면 되었을 거요. 사진에 대해 말하면 되었을 거요."

"이야기해 봐야 소용없습니다." 월슨이 대답했다.

"잘되었을지도 모르오."

"틀렸습니다. 그들은 법정에 나갈 결심을 하고 있는 것입니다. 그들은……."

"그렇소. 모두 당신 덕분이오. 자못 자신있는 것처럼 행동하며 하찮은 불량배 같은 말을 쏟아놓고, 브랜디를 달라 하고 …… 난 어이가 없었소."

"그들에게 뭔가 이야기하도록 만들 생각이었던 것입니다." 월슨이 말했다.

"쓸데없는 일이오."

월슨은 어깨를 으쓱했다.

"당신이 무엇을 했는지 이야기해 주겠소. 당신은 재판을 하는 편이 좋기 때문에 그들로 하여금 법정에 나오도록 만들었소. 무대가 필요했던 거지. 솜씨를 보이고 이름을 날려서 수완좋은 변호사라는 말을 듣고 싶은 거요. 당신도 나도 잘 아는 일이지만, 사건이 법정으로 제출되는 날이면 재판결과야 어찌되든 아더 리에게는 치명적인 일이오. 그는 명성을 잃고, 환자를 잃고, 면허까지 잃게 될지 모르오. 그리고 재판을 하게 되면 랜돌 집안도 패배요. 온갖 소문이 다 날 터이니, 집안이름이 더럽혀질 것이오. 그 가운데 꼭 하나

승리를 외치며 기뻐할 사람이 있소."
"누굽니까?"
"당신이오, 윌슨. 재판을 해서 이길 수 있는 것은 당신뿐이오."
"그건 당신의 의견입니다!"
윌슨은 화를 냈다. 내가 그를 화나게 만든 것이다.
"사실이 그렇소."
"J D가 한 말을 들었겠지요? 그는 전혀 말이 통하지 않는 사람입니다."
"말을 알아듣게 할 수도 있었소."
윌슨은 잘라말했다.
"불가능합니다. 그러나 법정에서는 들을 것입니다."
그는 자동차 좌석에 등을 묻고 앞을 지켜보며 오늘 밤 일을 다시 생각해 보는 듯했다.
"당신에게 놀랐습니다, 벨리 씨. 당신은 과학자입니다. 증거를 객관적으로 볼 수 있을 겁니다. 피터 랜돌이 유죄라는 확실한 증거를 쥐었는데 왜 아직도 불만이지요?"
"당신에게는 그가 죄를 저지른 사람처럼 보였소?"
"그건 연극입니다."
"질문에 대답하시오."
"대답했습니다."
"그가 유죄라고 믿는 거로군요."
"그렇습니다." 윌슨이 말했다. "나는 배심원들이 그렇게 믿도록 하겠습니다."
"만약 당신이 잘못 안 것이라면?"
"큰일이지요. 랜돌 부인이 아더 리 의사를 잘못 생각한 게 큰일이었던 것처럼."

"변명을 생각하는군요."

"내가 말입니까?"

그는 머리를 저었다.

"그렇지 않습니다. 오히려 당신이 그렇군요. 당신은 마지막까지 충실한 의사 역할을 연기하고 있습니다. 의사의 전통에 따라 침묵을 지키고 있는 겁니다. 끝에 나쁜 감정이 남지 않도록. 모든 일을 겉치레뿐으로, 실속없는 겉보기만으로, 외교적으로 결말짓고 싶어하는 겁니다."

"그것이 가장 좋은 방법이 아니겠소?" 하고 나는 말했다. "의뢰인에 대해 최선의 일을 해주는 것이 변호사의 임무요."

"변호사의 임무는 재판에 이기는 것입니다."

"아더 리는 사람이오. 그에게는 가족이 있고 목표가 있고 개인적인 욕망과 포부가 있소. 당신이 할 일은 그것을 만족시켜 주는 것이오. 당신 자신의 영광을 위해 커다란 연극을 해내는 것이 아니라."

"벨리 씨, 당신에게 있어 가장 곤란한 점은 세상 다른 의사들과 조금도 다름이 없다는 겁니다. 동료의 한 사람이 더러운 자라는 사실이 믿어지지 않는 것입니다. 당신은 육군 위생병이나 간호사가 재판받게 되기를 원하고 있습니다. 산파가 붙잡혀가도 당신은 상관없습니다. 당신이 죄를 씌우고 싶은 사람은 그런 이들이지요, 의사가 아니라."

"나는 죄지은 사람을 벌하고 싶을 뿐이오. 다른 엉뚱한 사람이 아니오."

"당신은 죄를 저지른 사람이 누구인지 알고 있습니다." 윌슨이 말했다. "다 알고 있습니다."

나는 윌슨을 내려주고 집으로 돌아왔다. 곧 보드카를 넉넉하게 따랐다. 집 안은 조용하게 잠들었으며, 시간은 이미 자정을 넘어 있었다.

나는 보드카를 마시면서 오늘 밤 직접 목격한 일에 대해 생각했다. 윌슨이 말했듯 모든 일이 피터 랜돌에게 불리했다. 그의 자동차에 피가 흠뻑 남아 있었으며, 그는 그 자동차를 태워버렸다. 앞좌석에 뿌린 1갤런의 가솔린이 증거를 없애버렸음은 의심할 여지가 없다. 만일 우리가 자동차를 태우는 현장을 보지 않았다면, 그는 죄를 면할 수 있을 것이다.

그리고 윌슨이 말한 것처럼 모든 사실이 앞뒤가 맞았다. 안젤라와 버블스가 카렌을 보지 못했다고 한 것은 사실이었다. 그녀는 일요일 밤 피터에게 갔던 것이다. 그리고 피터가 실수를 저질렀다. 카렌은 집으로 돌아가다가 출혈이 시작되었다. 그녀는 랜돌 부인에게 이야기했으며, 부인은 자신의 자동차로 그녀를 병원에 데려갔다. 부인은 구급병동의 진단이 경찰을 부를 성질의 것이 아님을 알지 못했다. 한 집안에 대해 나쁜 평판이 나는 것을 막기 위해 그녀가 아는 단 한 사람의 다른 중절의사, 아더 리에게 죄를 씌웠다. 부인이 총을 내뿜어 어이없는 소동이 일어난 것이다.

모든 것이 논리정연했다.

그러나 한 가지 석연치 않은 점이 있었다. 피터 랜돌은 오랜 동안 카렌의 주치의였다. 그는 카렌이 히스테릭한 처녀임을 알고 있었다. 따라서 임신반응을 테스트하지 않았을 리가 없다. 더구나 그는 카렌이 전에 시야장애를 호소했던 사실을 알고 있었다. 임신으로 알기 쉬운 하수체종양의 가능성이 있었다. 그러므로 그는 틀림없이 테스트했을 것이다. 그리고 그는 분명 카렌을 아더 리에게로 보냈다. 어째서였을까? 만일 카렌에게 중절수술을 해줄 생각이었다면 자신이 했을 것이다.

그리고 또 그는 이미 두 번, 아무 탈 없이 그녀에게 중절을 해주었다. 그런데 어째서 그는 세 번째에 실수를, 중대한 실수를 저질렀을까?

'아니다, 앞뒤가 맞지 않는다.' 나는 생각했다.

그리고 나는 문득 피터슨의 말을 생각해 냈다. "당신들 의사는 확실히 단결이 잘되어 있소." 나는 피터슨과 윌슨이 옳았음을 깨달았다. 나는 피터에게 죄가 없음을 믿고 싶었다. 이유 중 한 가지는 그가 의사였기 때문이고, 또 한 가지는 내가 그를 좋아했기 때문이다. 중요한 증거가 있는데도 나는 그의 무죄를 믿고 싶었다.

나는 깊은 숨을 내쉬며 잔에 따른 보드카를 마셨다. 나는 오늘 밤 아주 중대한 사실을 보았다. 범죄의 증거를 본 것이다. 그것은 그냥 지나칠 수가 없는 일이었다. 우연한 일로 처리할 수는 없었다. 나는 그 일에 대해 설명해야만 했다.

그리고 가장 이치에 닿는 설명은 피터 랜돌이 중절을 했다는 바로 그 사실이었다.

(1) 호색표성선종(好色表性腺腫)은 가장 흔한 하수체 종양이다. 성장이 늦고 비교적 악성은 아니지만 신경계를 압박하여 시야장애, 내분비기능장애를 일으키는 일이 있다.

*1 intarct. 유리물이 모세혈관의 내공을 막아 그곳에서의 혈액순환이 잘되지 않아 그 아래 조직이 영양을 받지 못하여 죽는 것.

목요일 10월 13일

1

 나는 비참한 기분으로 눈을 떴다. 함정에 빠져 우리 속에 갇힌 짐승과 같은 기분이었다. 어제 일어난 일이 재미없었으며, 그것을 막을 방법이 없는 것이다. 가장 나쁜 것은 윌슨이 나가떨어지게 만들 방법이 없는 일이었다. 아더 리의 결백을 증명하는 것도 어려운 일이었지만, 피터 랜돌이 결백하다고 증명하기란 불가능에 가까운 일이었다.
 쥬디스는 내 기분을 첫눈에 알아차리고 말했다.
 "기분이 언짢으시군요."
 나는 콧방귀를 뀌고 나서 샤워를 하기 시작했다.
 쥬디스가 물었다.
 "뭘 좀 아셨나요?"
 "응. 윌슨은 피터 랜돌에게 창 끝을 겨누고 있소."
 쥬디스는 웃었다.
 "그 사람좋은 피터에게 말인가요?"

"그렇지, 그 사람좋은 피터에게."
"윌슨은 승산이 있나요?"
"응."
"잘 됐군요."
"아니, 잘된 게 아니오."
나는 샤워를 멈추고 타월을 찾으며 말했다.
"나는 피터가 했다고 믿지 않소."
"아주 마음이 너그러우시군요."
나는 머리를 저었다.
"그렇지 않소. 죄없는 사람을 한 사람 더 희생시켜 봐야 아무것도 해결되지 않소."
"그들로서는 당연히 받아야 할 죄갚음이에요."
"누구?"
"랜돌 집안 말이에요."
"아니, 그건 옳지 않소."
"당신이 그렇게 말씀하시는 건 좋아요. 당신은 얼마든지 이치를 말할 수 있어요. 하지만 나는 사흘 동안 베티와 함께 있었어요."
"괴로운 것은 알고 있소."
"내 말을 하고 있는 게 아니에요. 그녀의 일을 말하는 거예요. 당신은 어젯밤의 일을 잊으셨나요?"
"잊을 리가 있겠소."

사실 어젯밤 일로 말미암아 이런 귀찮은 일이 생긴 것이다. 내가 윌슨을 부르기로 결심했기 때문이다. 쥬디스가 말했다.

"베티는 말할 수 없이 비참해요. 그녀가 그처럼 비참한 꼴을 당하고 있는 것은 랜돌 집안 때문이에요. 그들에게도 비참한 기분을 맛보도록 해주는 게 좋아요. 어떤 심정이 되는지 알게 해주어야 해요."

"하지만 쥬디, 만약 피터에게 죄가 없다면……."

"피터는 퍽 재미있는 사람이에요. 그렇다고 해서 죄가 없다고 말할 수는 없지요."

"죄가 있다고 할 수도 없지."

"나는 이제 누가 유죄라도 상관없어요. 사건을 빨리 끝내 아트를 자유롭게 해주었으면 좋겠어요."

"당신 심정은 알고 있소."

나는 면도를 하면서 내 얼굴을 가만히 들여다보았다. 턱에 살이 붙고 눈이 작아졌으며, 머리카락이 엉성해지기 시작한 아주 평범한 얼굴이다. 아무리 생각해 보아도 달라진 데라고는 없었다. 내가 사흘 동안 사건의 중심에 서서 여러 사람에게 영향을 주는 수수께끼를 쥐고 있었을지도 모른다는 생각을 하자 이상한 기분이 들었다. 나는 그런 존재가 되기에 어울리는 사람이 아니다.

나는 옷을 입고 '오늘은 무엇을 해야 할까' 생각하면서, 나 자신이 과연 사건의 중심에 있었는가 어떤가를 다시 한 번 돌이켜보았다. 묘한 기분이었다. 원 주위를 뱅뱅 돌면서 중요하지도 않은 사실을 들춰내고 있었는지도 모른다. 사건의 핵심에는 아직 손도 대지 못했는지 모른다.

다시 한 번 피터를 구하는 일에 손을 대야 할 것인가?

그렇다, 피터는 분명 구할 만한 가치가 있는 사람이다.

나는 그때 아더를 구하려면 피터 랜돌도 구해야 한다는 것을 깨달았다. 그들은 둘 다 사람이며, 둘 다 의사이며, 둘 다 사회적 지위가 있고, 둘 다 흥미있는 사람으로 관습에 사로잡혀 있지 않았다. 그 두 사람 가운데 한 사람을 선택할 이유는 없었다. 다만 피터는 유머가 풍부했고, 아더는 빈정거리기를 잘 했다. 피터는 뚱뚱하게 살이 쪘고 아더는 여위었다. 그러나 본질적으로는 같았다.
 나는 윗옷을 입고 모든 것을 잊어버리려고 했다. 나는 다행스럽게도 재판관이 아니었다. 재판할 때 뒤엉킨 실을 푸는 건 내가 할 일이 아닌 것이다.
 전화가 울렸다. 나는 전화를 받지 않았다. 몇 초 뒤 쥬디스가 소리쳐 말했다.
 "당신에게 온 전화예요."
 나는 수화기를 집어들었다.
 "여보세요."
 익히 들어온 잘 울리는 목소리가 흘러나왔다.
 "존, 피터요. 점심식사하러 와주었으면 좋겠소만."
 "무슨 일입니까?" 하고 나는 물었다.
 "내 알리바이를 만나주었으면 하오."
 "무슨 뜻이지요?"
 "12시 30분에, 어떻소?" 그가 물었다.
 "가겠습니다." 나는 대답했다.

2

 피터 랜돌은 뉴턴 서쪽의 근대적인 집에 살고 있었다. 집은 작았지만, 아름다운 가구가 갖추어져 있었다. 블류어의 의자, 야콥센의 안락의자, 라하만의 커피 테이블. 한치의 틈도 없는 근대적인 스타일이었다. 그는 마실 것을 들고 나를 맞으러 나왔다.
 "어서 오오."
 그는 앞장서서 거실로 들어갔다.
 "무얼 마시겠소?"

"아무것도 필요없습니다."

"좀 마셔주오. 스카치로 하겠소?"

"언더 록으로."

"앉으시오."

피터는 주방으로 들어갔다. 글라스 속에서 아이스 큐브가 달그락거리는 소리가 들렸다.

"오늘 아침 무얼 했소?"

"아무것도 하지 않았습니다. 그냥 앉아서 생각했습니다."

"무얼 생각했소?"

"모든 것을."

"말하고 싶지 않으면 안해도 좋소."

그는 스카치 잔을 들고 돌아왔다.

"윌슨이 사진 찍은 것을 아십니까?"

"상상은 했소. 그 사나이는 야심가요."

"그렇습니다."

"그는 나에게 혐의를 두고 있지요?"

"그런 것 같습니다."

피터는 가만히 나를 지켜보며 말했다.

"당신은 어떻게 생각하오?"

"어떻게 생각해야 좋을지 모르겠습니다."

"내가 중절을 해왔다는 것을 알고 있소?"

"네" 하고 나는 대답했다.

"그리고 카렌에게 중절을 해줬다는 것도?"

"두 번이나 하셨더군요."

그는 블류어의 의자에 몸을 묻었다. 통통하게 살찐 몸이 의자의 날카롭고 직선적인 선과 대조적으로 보였다.

"세 번이었소, 정확하게는."

"그럼, 당신이……."

"아니, 그렇지는 않소." 피터가 말했다. "마지막 수술은 지난 6월이었소."

"그리고 맨 처음은?"

"그 아이가 15살 때였소."

피터는 한숨을 쉬었다.

"나는 몇 가지 실수를 저질렀소. 그중 하나는 카렌의 뒤치다꺼리를 해주려고 한 것이오. 카렌의 아버지는 그녀를 무시했었소. 그러나 나는…… 그 아이를 좋아했소. 카렌은 사랑스러운 아이였소. 고독하고 머리가 혼란되긴 했지만 귀여운 데가 있었지. 그래서 나는 다른 환자에게 해준 것처럼 그녀의 첫중절을 해주었다오. 놀랐소?"

"아닙니다."

"좋소. 그런데 곤란하게도 카렌은 금방 또 임신했소. 그처럼 어린 나이에 3년 동안 세 번이나. 어리석게도 병적이었소. 그래서 네 번째 아이는 낳아야 한다고 생각했소."

"어째서입니까?"

"그 아이는 분명 임신하기를 바라고 있었기 때문이오. 그래서 계속 임신하곤 했지요. 카렌에게는 사생아의 치욕과 괴로움이 필요했소. 그래서 네 번째는 거절했던 거요."

"확실히 그녀는 임신하고 있었습니까?"

"확실치는 않았소. 당신은 내가 왜 의심했는지 알고 있을 거요. 그 시야장애 문제 때문이오. 누구나 초기 하수체기능장애를 생각하지요. 나는 임신반응을 테스트하고 싶었지만, 카렌이 거절했소. 그 아이의 머릿속에 있는 것은 중절뿐이었으므로 내가 거절하자 화를 냈지요."

"그래서 아트에게 보내셨군요?"
"그렇소." 그는 말했다.
"아트는 했습니까?"
피터는 머리를 크게 내저었다.
"아더 리는 현명하니까 그냥 맡지 않소. 테스트하겠다고 했을 거요. 게다가 그애는 임신 4개월이었소. 아무튼 그애는 그렇게 말했었소. 그러니까 아더 리가 해줄 리 없지요."
"당신도 하지 않았지요?"
나는 다시 물었다.
"하지 않았소. 믿을 수 있소?"
"믿고 싶습니다."
"그런데 믿을 수 없다는 말이오?"
나는 어깨를 으쓱했다.
"당신은 자기 자동차를 불살라 버렸습니다. 자동차 안은 온통 피로 물들어 있었습니다."
"그렇소. 그건 카렌의 피였소."
"왜 그렇게 되었습니까?"
"나는 주말에 자동차를 그녀에게 빌려주었소. 카렌이 중절을 계획했다는 걸 몰랐었소."
"그녀가 당신 자동차로 중절하러 갔다가 피를 쏟으며 돌아왔다는 말입니까? 그런 다음 그녀가 노란색 포르셰로 바꾸어탔다는 겁니까?"
"그렇지 않소. 그러나 좀더 잘 설명해 줄 수 있는 사람이 있소."
피터는 크게 소리쳤다.
"나오구려!"
그는 나에게 미소지어 보였다.

"내 알리바이를 만나 주시오."

랜돌 부인이 긴장한 빛을 보이며 표정이 굳어져서, 그리고 성적인 매력을 풍기면서 방으로 들어왔다. 그녀는 피터 옆자리에 앉았다.

"내 알리바이라오."

피터가 말했다.

나는 물었다.

"일요일 밤의?"

"그렇소."

"조금 당혹해지는군요. 하지만 형편이 좋게 되었습니다." 하고 나는 말했다.

피터는 랜돌 부인의 손을 가볍게 두드리며 큰 몸집을 의자에서 일으켰다.

"글쎄…… 나는 당혹했다고도 형편이 좋아졌다고도 말하지 않겠소."

"일요일 밤 내내 함께 계셨습니까?"

피터는 스카치를 한 잔 더 따랐다.

"그렇소."

"무얼하면서요?"

"무얼 했느냐고? 선서가 필요하다면 말하고 싶지 않군요."

"형님의 아내와 말입니까?" 내가 물었다.

그는 랜돌 부인에게 한쪽 눈을 찡긋해 보였다.

"당신은 형님의 아내요?"

"그런 소문을 들었어요." 그녀가 말했다. "하지만 나는 그렇게 생각지 않아요."

"당신에게 우리 집안의 비밀을 밝힌 셈이로군."

피터가 중얼거렸다.

"분명히 집안일임에 틀림없군요."

"화난 거요?"

"아닙니다, 흥미를 느꼈을 뿐입니다."

"조슈어는 영리하지 못해. 당신도 물론 그걸 알고 있소. 월슨도 알고 있고. 그래서 그 젊은이는 그토록 자신이 있었던 거요. 그런데 불행하게도 조슈어는 이블린과 결혼했다오."

"네, 불행하게도……." 이블린이 말했다.

"우리는 지금 어떻게도 할 수가 없소." 피터가 말을 이었다. "이블린은 나와 결혼하기 위해 형님과 이혼할 수가 없소. 그건 도저히 불가능하오. 그래서 우리는 단념하고 지금의 생활을 계속하고 있는 거요."

"거북하겠군요."

"그렇지도 않소." 피터는 다시 따른 술잔을 들고 자리에 앉으면서 말했다. "조슈어는 일에 아주 열심이오. 밤늦게까지 일하는 때가 적지 않지요. 그리고 이블린은 언제나 클럽이나 사회사업일로 돌아다니고 있소."

"그러다가 그도 알게 되겠지요."

"벌써 알고 있소."

내 표정이 바뀌어졌는지 피터는 얼른 덧붙였다.

"물론 확실히 알고 있는 건 아니오. J D는 무슨 일이든 확실히 알지 못하지요. 그러나 마음속으로는 자신이 충분한 시간을 할애해주지 못하므로 젊은 아내가 어딘지 다른 곳에서 만족을 구하고 있다는 것을 알고 있소."

나는 랜돌 부인에게로 얼굴을 돌렸다.

"당신은 일요일 밤 피터 랜돌 씨와 함께 있었음을 맹세하실 수 있습니까?"

"꼭 맹세해야 하는 거라면 하겠어요." 그녀가 말했다.
"내가 안하더라도 윌슨이 맹세시킬 겁니다. 그는 재판을 원하고 있습니다."
"알고 있어요."
"그런데 당신은 어째서 아더 리를 고소했습니까?"
그녀는 나에게서 얼굴을 돌리고 피터를 바라보았다.
피터가 대신 설명했다.
"나를 감싸려고 한 일이었소."
"당신은 중절해 주는 의사를 아더 리밖에 모르셨습니까?"
"네." 이블린이 대답했다.
"그는 당신의 중절을 했었지요?"
"네, 12월에."
"잘 되었습니까?"
이블린은 의자 속에서 몸을 움직거렸다.
"잘 되었어요, 그런 뜻으로 물으신 거라면."
"그런 뜻으로 물었습니다. 당신은 아더가 당신의 이름을 대지 않으리라는 것을 알았습니까?"
그녀는 머뭇거리며 말했다.
"머리가 혼란스러웠어요. 무섭고…… 나 자신이 무엇을 하고 있는지 전혀 알지 못했어요."
"당신은 아더를 괴롭히고 있습니다."
"알고 있어요. 하지만 그럴 생각은 조금도 없었어요……."
"당신은 그를 구할 수 있습니다."
"어떻게요?"
"고소를 취하하십시오."
피터가 말했다.

"그것이 그렇게 간단하지 않소."
"어째서요?"
"어젯밤 당신의 두 눈으로 직접 보았을 거요. J D는 싸울 각오를 하고 있소. 그는 옳고 그름을 외과의의 눈으로 보지요. 흑이냐 백이냐, 낮이냐 밤이냐는 식으로 확실히 구별하는 거요. 그의 눈에는 회색이라든가 중간색이 없소. 저녁 무렵의 어두컴컴한 상태란 없는 거요."
"아내를 뺏겨도?"
피터는 웃었다.
"그는 당신을 닮았을지도 모르겠군."
이블린이 일어서며 말했다.
"5분 뒤 식사하셔야 해요. 한 잔 더 드시겠어요?"
"네, 주십시오." 나는 피터를 보면서 말했다. "마시고 싶군요."
이블린이 나가자 피터가 말했다.
"당신은 나를 냉혹하고 비정한 짐승으로 보겠지요. 하지만 그렇지 않소. 나는 이제까지 잘못된 짓을 많이 해왔소. 실수도 많이 저질렀지요. 나는 그것을 깨끗이 하고 싶소."
"아무에게도 괴로움을 끼치지 않고 말이지요?"
"그렇소. 불행하게도 형님에게는 아무것도 부탁할 수가 없소. 아내가 아더 리 의사를 고소했으므로 그는 그것을 신성한 사실로서 받아들였소. 그는 물에 빠진 사람이 구명구를 붙잡듯 꽉 움켜쥐고 놓지 않소. 절대로 용서하지 않을 거요."
"그래서요?" 하고 나는 물었다.
"그러나 사실은 남아 있소. 당신이 믿든 믿지 않든 그 중절은 내가 한 게 아니오. 당신은 또 아더 리 의사가 하지 않았다는 것도 알고 있소. 그럼, 이제 누가 남지?"

"모르겠는데요."
"당신은 찾아낼 수 있겠소?"
"나더러 도와달라는 말씀입니까?"
"그렇소." 그가 말했다.

점심식사를 할 때 나는 이블린에게 물었다.
"카렌이 자동차 안에서 당신에게 뭐라고 말했습니까?"
"'그놈이'라고 하더군요. 몇 번이나 되풀이했어요. 그밖에는 아무 말도 없었어요."
"누구를 뜻하는 건지 말하지 않았습니까?"
"네, 안했어요."
"누구를 말하는 건지 짐작가지 않았습니까?"
"네, 전혀 알 수 없지요."
"그밖에 또 무슨 말을 했습니까?"
"'바늘'이라는 말을 했어요. '바늘'이 싫어서 몸에 넣는 것도 싫고 곁에 놓는 것도 싫다고요. '바늘' 말이에요."
"마약에 대한 것일까요?"
"모르겠어요." 이블린이 대답했다.
"당신은 그때 무슨 생각을 했지요?"
"아무 생각도 하지 않았어요. 나는 카렌을 자동차에 태워 병원으로 데려가는데, 그 아이는 내 눈앞에서 다 죽어가고 있었어요. 설마 피터가 했으리라고는 생각지 않았지만, 만일 그가 했다면 어쩌나 걱정이 되었어요. 조슈어가 알게 되리라는 생각이 들어 걱정했어요. 여러 가지 일이 걱정되었었지요."
"그러나 카렌에 대해서는 걱정되지 않았나요?"
"물론 걱정했어요, 카렌에 대해서도."

3

식사는 훌륭했다. 식사가 끝날 무렵 나는 두 사람을 찬찬히 바라보면서 '오늘 이 자리에 오지 않고 그들의 관계를 알지 못했다면 좋았을걸' 하고 생각했다. 나는 알고 싶지 않았고, 그런 생각을 하고 싶지도 않았다.

식사가 끝난 뒤 나는 피터와 커피를 마셨다. 주방에서 이블린이 그릇 씻는 소리가 들렸다. 접시를 닦는 그녀를 상상하기란 어려운 일이지만, 피터와 함께 있는 그녀는 전혀 다르게 행동했다. 그녀를 좋아할 수 있게 되었다.

"생각해보니 당신더러 오늘 와달라고 한 것은 비겁한 일 같군."

피터가 말했다.

나도 동감이었다.

"그렇습니다."

피터는 크게 한숨을 내쉬며 큰 배 위에 넥타이를 똑바로 폈다.

"지금까지 이런 입장에 선 일은 없었는데……."

"어떤 입장입니까?"

"꼼짝할 수 없는 입장."

'그 자신이 불러온 일이다. 잘 알면서 뛰어든 처지다.' 나는 생각했다. 나는 그의 그러한 태도를 나무라려고 했으나 그럴 수가 없었다.

"가장 나쁜 것은 돌이켜 생각해 보아도 다른 태도를 취할 수 없다는 점이오. 이제부터는 앞으로도 똑같은 짓을 계속해야만 하오. 미로 어디에서 길을 잘못 들었는지 도무지 모르겠소. 이브와 이런 관계가 된 게 잘못되었다고 하겠지요. 그러나 틀림없이 또 되풀이할 거요. 카렌과 연관이 된 게 잘못이었다고 하겠지요. 그러나 이것 또한 다시 거듭할 거요. 하나하나 생각해 볼 때 잘못되어 있지는 않소. 다만 그 짜임이……."
나는 말했다.
"J D가 고소를 취하하도록 설득하십시오."
피터는 머리를 가로저었다.
"형님과 나는 무슨 일이든 잘해나간 적이 없소. 내가 기억하고 있는 한 줄곧 그랬지요. 우리는 모든 면에서 다르오. 육체적으로도 다르고, 사고방식도 다르고, 행동도 다르오. 나는 어렸을 때 J D가 내 형이라는 사실이 싫어서 혼자 남몰래 혹 그가 양자가 아니었을까 생각한 일도 있지요. 아마 모르긴 해도 형 역시 나와 똑같은 생각을 했을 거요."
그는 커피를 다 마시고 턱을 가슴에 묻었다.
"이브가 J D에게 고소를 취하하라고 말해보았소. 그러나 너무나 완강해서 그녀로서도 무슨 말을……."
"……아무리 이야기해도 소용이 없었군요?"
"그렇소."
"그녀가 처음에 아더를 지목한 것이 나빴던 겁니다."
"그렇소. 그러나 이미 그렇게 된 일을 어쩌겠소, 이미 끝난 일인데……."
피터는 문까지 나를 배웅했다. 나는 둔한 회색 햇빛을 받으며 내 자동차를 세워둔 곳으로 걸어갔다.
그가 불쑥 말했다.
"지금 당신이 관련맺고 싶지 않다고 생각한다면, 나는 그 심정을 이해할 수 있소."
나는 뒤돌아보았다.
"내가 어떤 태도를 취할 것인지 알았을 텐데요."
"아니, 알지 못하오. 그러나 희망을 갖기는 했지요."

피터가 말했다.

나는 자동차에 올라타자 '이제 무엇을 해야 할까' 생각했다. 아무 생각도 나지 않았다. 다시 한 번 축구선수 앨런을 찾아가 좀더 대화를 생각해 내도록 부탁할까? 스미스 칼리지로 지니를 찾아갈까? 안젤라와 버블스를 찾아가서 무엇인가를 좀더 알아낼까? 그러나 그녀들로부터는 이제 아무것도 알아낼 수 없을 것이다.

나는 주머니에 손을 집어넣어 열쇠를 찾았다. 손에 닿는 것이 있었다. 나는 그것을 꺼냈다.

번쩍거리는 옷을 입은 흑인의 사진이었다. 로먼 존즈였다.

나는 로먼을 까맣게 잊고 있었다. 내 머릿속에서 어느틈에 사라졌던 것이다. 나는 그 얼굴에서 사람을 확인하려고 사진을 뚫어지게 쏘아보았다. 무리한 일이었다. 은빛 옷을 입은 악사가 어깨를 젖히고 일부러 꾸며서 입을 일그러뜨리며 빙긋이 미소짓고 있다. 판에 박힌 포즈였다. 팬들을 위해 만들어진 포즈로, 나에게 아무것도 말해 주지 않았다.

나는 말솜씨가 좋지 않아 아들 존이 언어에 민감한 데 대해 언제나 놀라고 있었다. 존은 혼자 있을 때 장난감을 만지작거리면서 말장난을 한다. 운(韻)을 맞추기도 하고, 자신에게 옛날이야기를 들려주기도 하는 것이다. 존은 귀가 매우 날카로워 언제나 나에게 설명해 달라고 요구했다. 언젠가는 '에크티지어스트[*1]'라는 말을 깨지기 쉬운 물건처럼 조심스럽게, 그러나 완전하게 발음하며 무슨 뜻이냐고 물었다.

그렇기 때문에 존이 내게 와서 "아빠, '중절의'라는 게 뭐예요?" 하고 물었을 때도 나는 그다지 놀라지 않았다.

"왜 묻지?"

"경찰관이 아트 아저씨는 중절의라고 했잖아요? 나쁜 거예요?"
"나쁜 일인 경우도 있지" 하고 나는 대답했다.

존은 내 무릎에 매달려 턱을 무릎에 올려놓았다. 그리고 커다란 갈색 눈으로 나를 올려다보았다. 쥬디스의 눈이다.

"그게 무슨 뜻이지요, 아빠?"
"복잡한 뜻이 있단다."

나는 되도록 시간을 벌려고 하면서 대답했다.
"의사의 종류인가요? 정신과의와 같은?"
"그렇지. 그러나 중절의는 다른 일을 한단다."

나는 그의 몸무게를 느끼면서 무릎 위에 안아올렸다. 한참 자라는 나이여서 제법 무거웠다.

"아기와 관계있는 일이지" 하고 나는 말했다.
"산부인과의처럼?"
"산부인과의…… 그렇지."
"엄마에게서 아기를 꺼냈나요?"
"그런 거지만, 좀 다르단다. 아기는 보통이 아닐 때가 있지. 말을 못하고 태어날 때가 있단다."
"아기는 말을 못하잖아요, 아주 오래 오래." 존은 이의를 말했다.
"그렇구나. 그러나 팔이며 다리가 없이 태어나는 수도 있지. 몸의 모양이 다른 사람과 다를 때도 있어. 그러면 의사가 아기를 더 자라지 못하게 빨리 꺼내는 거란다."
"커지기 전에?"
"그렇지, 커지기 전에."
"나도 빨리 꺼냈나요?"
"아니, 그렇지 않아." 나는 존을 끌어안으며 말했다.

"왜 아기에게 팔이며 다리가 없어요?"
"그런 일이 생긴단다, 잘못되어서."
존은 한 손을 뻗어 손가락을 꼽으면서 바라보았다.
"손이 아주 훌륭하지요?"
"그렇구나."
"하지만 손은 누구에게나 다 있어요."
"누구나 다 있지 않단다."
"내가 알고 있는 사람은 모두 있어요."
"그렇지. 하지만 가끔 손 없이 태어나는 아기가 있단다."
"손이 없으면 어떻게 잡지요?"
"잡을 수가 없지."
"그건 싫어요!" 존은 다시 손을 보고 손가락을 꼽으면서 들여다보았다. "어째서 사람은 손이 있지요?"
"왜냐하면……."
나에게는 너무 어려운 질문이었다.
"뭐지요?"
"왜냐하면 몸 속에는 법칙이 있기 때문이란다."
"법칙이 뭔데요?"
"명령을 주는 것. 몸이 어떻게 자라는가 하는 것을 지시하는 거란다."
"그게 법칙인가요?"
"지시하는 게 많단다. 하나의 계획이지."
"계획?"
존은 무슨 말인지 생각했다.
"너의 조립 세트와 같은 거란다. 너는 그림을 보고 그대로 조립하지 않니? 그게 계획이라는 거야."

존이 이해했는지 어떤지는 알 수 없었다. 그는 내가 말한 것을 생각하고, 그런 다음 나를 다시 보았다.
"엄마에게서 아기를 꺼내면 아기는 어떻게 되지요?"
"없어진단다."
"어디로?"
"그냥 없어지는 거야."
나는 더 이상 설명하고 싶지 않았다.
존이 내 무릎에서 내려가며 물었다.
"아트 아저씨는 정말 중절의인가요?"
"그렇지 않아, 존."
이렇게 말해 두어야 하는 것이다. 그렇지 않으면 나는 그의 유치원 선생으로부터 '중절의 아저씨'에 대한 문의전화를 받게 될 것이다. 그러나 내 기분은 언짢았다.
"아아, 그렇다면 되었어요!"
그리고 존은 뛰어나갔다.

"식사를 안 드시는군요."
쥬디스가 말했다.
나는 음식을 밀어냈다.
"그다지 배가 고프지 않군."
쥬디스는 존을 보며 말했다.
"깨끗이 다 먹어야 한다, 존."
존은 작은 손에 포크를 단단히 움켜쥐고 있었다. 존은 나를 쳐다보며 말했다.
"나도 배고프지 않아요."
"배고플 텐데" 하고 내가 말했다.

"안 고파요. 배고프지 않아요."

테이블 위로 겨우 보일 만큼 작은 딸 데비가 나이프와 포크를 집어던졌다.

"나도 배고프지 않아. 이건 맛이 없어."

"맛있어" 하며 나는 한 입 먹어보여주었다.

아이들은 믿어지지 않는 듯 가만히 나를 지켜보았다. 특히 데비가 나에게서 눈을 떼지 않았다. 아직 3살밖에 안 되었으나 꽤 영리한 아이였다.

"아빠는 우리에게 먹게 하고 싶은 거야."

"맛있다니까." 나는 다시 한 입 먹으면서 말했다.

"맛있는 것처럼 하는 거야."

"그렇지 않아요."

"그럼, 왜 웃지 않아?" 데비가 물었다.

다행히도 이때 존이 먹기 시작했다.

"맛있는데" 하고 나는 배를 슬슬 문지르면서 말했다.

"정말?" 데비가 물었다.

존이 대답했다.

"응, 아주 맛있어."

데비는 음식을 조금 입에 대보고 까다로운 얼굴을 지었다. 음식을 포크로 떠서 입으로 가져가다 옷에 떨어뜨렸다. 그러더니 어른여자처럼 주위사람들에게 짜증을 부렸다. 음식이 맛없다, 이런 건 먹고 싶지 않다고 야무지게 말했다. 쥬디스는 데비를 '영레이디'라고 부르기 시작했다. 참을 수 없다는 증거다. 데비는 뒷걸음질쳐서 나갔다. 존은 음식을 다 먹고 나서 자랑스럽게 빈 접시를 우리에게 내밀어보였다.

아이들이 잠자리에 들 때까지 30분도 더 걸렸다. 나는 부엌에 그대로 남아 있었다. 쥬디스가 돌아와서 물었다.
 "커피 드시겠어요?"
 "주구려."
 쥬디스가 말했다.
 "아이들이 성가시게 굴어서 미안해요. 요즈음 피로해 보여요."
 "우리 모두 지쳐 있소."
 쥬디스는 커피를 따르고 자리에 앉았다.
 "나는 생각하고 있어요. 편지 말이에요. 베티가 받은 편지."
 "편지가 어쨌소?"
 "그 편지에 씌어 있는 내용 말이에요. 기회가 오기를 기다리는 사람들이 몇천 명이나 있어요. 어리석고 사고방식이 낡아빠지고 생각이 좁은……."
 "그게 민주주의라는 거요. 그들이 나라를 움직이고 있지."
 "놀리시는군요."
 "아니, 그렇지 않소. 나는 당신이 무슨 말을 하려는 것인지 아오."
 "나는 무서워요."
 쥬디스는 설탕그릇을 내게로 밀어보냈다.
 "보스턴을 떠나고 싶어요. 그리고 다시는 돌아오고 싶지 않아요."
 "어디에 가나 마찬가지요. 익숙해져야지" 하고 나는 말했다.

나는 서재에서 오래된 텍스트며 잡지기사를 읽으면서 두 시간을 보냈다. 사건의 경과에 대해서도 생각했다. 카렌 랜돌과 슈퍼헤드와 앨런 제너와 버블스와 안젤라를 연결시켜 보려고 했다. 웨스턴이 한 말도 생각해 보았다. 그러나 아무리 해도 생각이 정리되지 않았다.
 쥬디스가 들어왔다.
 "9시예요."

나는 일어나서 윗옷을 입었다.
"나가실 거예요?"
"응."
"어디로?"
"상가에 있는 술집에."
나는 씁쓰레하게 웃으며 말했다.
"무슨 일이 있었나요?"
"모르겠소."

'일렉트릭 그레이프'는 워싱턴 거리에서 벗어나 얼마 지나지 않은 곳에 있었다. 밖에서 보니 큰 창문이 있는 낡은 벽돌건물로 이렇다할 특징이 없었다. 창문에 종이가 가려져 있어 안을 들여다볼 수가 없었다. 종이에는 이렇게 씌어 있었다. '지퍼즈, 밤마다 출연. 고고 걸즈'. 가까이 다가가자 로큰롤 음악이 들려왔다.

목요일 밤 10시. 나다니는 사람이 적은 밤이다. 몇 사람 되지 않는 수병(水兵)들. 매춘부 둘이 몸무게를 한쪽 엉덩이에 두고 허리를 앞으로 내밀고 서 있었다. 소형 스포츠카를 천천히 몰고 있던 매춘부가 나에게 마스카라를 움직여보였다. 나는 건물 안으로 들어갔다.

안은 덥고 끈적끈적하며 야릇한 냄새가 코를 찔렀다. 귀가 멍할 만큼 커다란 소리가 벽을 흔들어 공기를 후텁지근하고 축축하게 만들었다. 귀가 윙윙 울리기 시작했다. 나는 걸음을 멈추고 눈이 어두운 방에 익숙해지기를 기다렸다. 한쪽 벽을 따라 칸막이가 있고 잡목으로 만든 테이블이 놓여 있었다. 다른 한쪽 벽에는 바가 있었다. 밴드스탠드 가까이 마련된 조그마한 댄스플로어에서 두 사람의 수병이 뚱뚱하고 초라한 옷차림의 아가씨들과 춤추고 있었다. 그들을 빼면 가게는 텅 비어 있었다.

무대에서는 지퍼즈가 열연하고 있었다. 모두 다섯 사람이었다. 스틸 기타가 셋, 드럼이 하나, 마이크를 끌어안고 두 다리를 마이크에 얽어맨 자세의 가수 한 사람. 그들은 가게 안에 울려퍼지도록 소리를 내고 있었지만 무언가를 기다리는 듯, 연주하면서 시간을 보내고 있는 것처럼 표정이 묘하게 조용했다.

구 명의 디스코텍 걸이 밴드 양쪽에 있었다. 비키니 차림으로, 한 사람은 몸집이 크고 뚱뚱했으며 다른 한쪽은 늘씬한 몸매의 아름다운 아가씨였다. 살결이 조명을 받아 백묵처럼 새하얬다.

나는 바로 가서 '스카치 언더 록'을 주문했다.

나는 술값을 치르고 그룹을 바라보기 위해 돌아앉았다. 로먼은 기타를 연주하고 있었다. 몸집이 늠름했으며, 나이는 거의 30살쯤 되어 보였다. 검은 머리는 숱이 많고 곱슬곱슬했다. 머리에 바른 기름이 붉은 무대조명을 받아 번쩍였다. 그는 연주하면서 자신의 손가락을 들여다보고 있었다.

"꽤 좋은데" 나는 바텐더에게 말했다.

그는 어깨를 으쓱했다.

"저런 음악을 좋아하십니까?"

"좋아하지. 당신은 싫소?"

"시시합니다." 바텐더가 말했다. "시시해요."

"그럼, 어떤 음악을 좋아하오?"

"오페라요."

바텐더는 곧 대답하고 나서 다른 손님에게로 갔다. 나는 그가 나를 놀리는 것인지 어떤지 알 수가 없었다.

나는 잔을 들고 서 있었다. 지퍼즈가 연주를 끝내자 댄스플로어의 수병이 박수를 쳤다. 그 말고는 아무도 박수를 치지 않았다. 아직도 노래를 부르는 것처럼 몸을 움직이고 있던 가수가 마이크에 얼굴을 대고 수천 명의 손님이 치는 박수에 응답하듯 "감사합니다, 감사합니다" 하고 숨을 헐떡이면서 말했다.
 그런 다음 그는 말했다.
 "이번에 들으실 곡은 '척 베리'가 부른 옛노래입니다."
 그것은 '롱 톨 샐리'였다. 정말 오래된 곡이다. 그것은 척 베리가 아니라, 리틀 리처드가 부른 노래라고 내가 알고 있을 정도로 옛날곡이었다. 내가 아직 결혼하기 전 여자아이들과 떠들어대려고 이런 가게에 드나들던 무렵 유행하던 곡이었다. 흑인이 인권에 대해 귀찮은 말을 하지 않고 그저 음악세계의 사이드쇼였던 시절에 날리던 곡이다. 아직 백인이 할렘의 아폴로 극장에 갈 수 있었던 시대였다.
 옛시대다.
 지퍼즈는 그 노래를 빠른 템포로 커다랗게 연주했다. 쥬디스가 로큰롤을 싫어하는 것은 참으로 유감이다. 나는 줄곧 이 음악을 사랑해왔다. 그러나 우리 세대가 젊었을 무렵에는 그다지 칭찬받지 못했었다. 서투르고 저급한 것으로 여겨졌다. 상류사회 젊은이들은 아직도 레스터 래닌이나 에디 데이비드에게 심취해 있었고, 레너드 번스타인은 아직 트위스트를 익히지 못했었다. 시대는 변한다.
 이윽고 지퍼즈가 무대연주를 끝냈다. 그들은 레코드를 앰프에 걸어놓은 다음 무대에서 내려와 바 쪽으로 왔다. 로먼이 내 쪽으로 걸어오는 것을 보고 나는 그에게로 걸어가 팔을 붙잡았다.
 "한 잔 내겠소."
 그는 놀란 것처럼 나를 쳐다보았다.
 "이유는?"
 "나는 리틀 리처드의 팬이오."
 그의 눈이 내 머리에서부터 발 끝까지 훑어보았다.
 "그만두시오." 그가 말했다.
 "아니, 정말이오."

"보드카" 하며 그는 내 옆에 앉았다.

나는 보드카를 주문했다. 술이 나오자 그는 단숨에 들이켰다.

"한 잔 더 합시다." 그가 말했다. "그 다음 리틀 리처드의 이야기를 합시다."

"좋지요."

로먼은 두 잔째의 보드카를 들고 방 저쪽 끝 테이블로 갔다. 나는 그를 따라갔다. 그의 은빛 옷이 어두컴컴한 홀에서 번쩍거렸다. 우리는 자리에 앉았다. 그는 술잔을 들여다보며 말했다.

"휘장을 보여주시오."

"뭐라고요?"

로먼은 답답한 듯이 나를 보았다.

"배지 말이오. 작은 핀이지요. 배지를 보기 전에는 아무것도 말할 수 없소."

나는 틀림없이 까닭을 모르겠다는 표정을 지었던 모양이다. 그가 말했다.

"어이가 없군. 머리좋은 형사도 다 있구먼."

"나는 형사가 아니오."

"알고 있습니다."

로먼은 술잔을 들고 일어섰다.

"잠깐만! 보여줄 게 있소."

나는 패스포트를 펼쳐 의사면허증을 보여주었다. 어두웠다. 로먼은 몸을 숙이고 면허증을 들여다보았다. 이윽고 그는 빈정거리는 목소리로 말했다.

"농담은 그만두시지."

그는 다시 자리에 앉았다.

"정말이오. 나는 의사요."

"좋습니다, 당신은 의사입니다. 경찰 같은 냄새가 나지만, 당신은 의사입니다. 그러니 이렇게 합시다. 저기 네 사람이 보이지요?"
그는 자기 그룹 쪽을 보고 고개를 끄덕였다.
"만일 무슨 일이 일어나면 저 네 사람이 모두 입을 모아 당신이 의사면허증을 보이고 배지를 보이지 않았다고 증언할 겁니다. 계략에 빠진 게 되지요. 법정에서는 꼼짝 못할 겁니다. 알겠지요?"
"나는 다만 이야기하고 싶을 뿐이오."
"그럼, 듣지요."
로먼은 다시 술을 한 모금 마셨다. 그는 희미하게 미소지었다.
"이야기를 빨리 알아듣는군."
"그래요?" 하고 나는 물었다.
"그렇습니다. 누가 당신에게 이야기했지요?"
그는 똑바로 나를 쏘아보았다.
"연줄이 닿아 있소."
"어떤 연줄이지요?"
"그냥…… 그 방면의 연줄이오."
나는 어깨를 으쓱하며 말했다.
"누가 필요로 하고 있지요?"
"내가."
로먼은 웃었다.
"당신이? 농담은 그만두시오. 당신이 필요할 리가 없지."
"그렇다면 사람을 잘못 보았을지도 모르겠군."
나는 자리에서 일어나 나가려고 했다.
"잠깐만!"
나는 걸음을 멈추었다. 로먼은 테이블에 앉아 술을 들여다보며 손 안에서 잔을 돌리고 있었다.

"앉으시오."

나는 다시 앉았다. 그는 계속 술잔을 들여다보고 있었다.

"아주 좋은 물건이오. 다른 것을 섞지도 않았소. 최고급품이오. 값이 엄청나지만."

"좋소" 하고 내가 말했다.

그는 팔과 손을 자꾸만 긁었다.

"몇 봉지나 필요하지요?"

"열 봉지도 좋고 열다섯 봉지도 좋고, 있는 대로 필요하오."

"당신이 필요로 하는 만큼 있소."

"그럼, 열다섯 봉지. 그러나 먼저 물건을 보고 싶군."

"좋소. 그건 알고 있소. 먼저 보여주지. 아주 좋은 물건이오."

로먼은 은빛 옷 위로 팔을 계속 긁어댔다. 그의 얼굴에 미소가 떠올라 있었다.

"그러나 그전에 한 가지 묻고 싶은 것이 있는데……."

"뭐지요?"

"누가 당신에게 말했지요?"

나는 머뭇거렸다. 조금 뒤 나는 말했다.

"안젤라 허딩이오."

로먼은 의아한 표정을 지었다. 나는 잘못 말했는지 어떤지 알 수가 없었다. 그는 어떻게 할까 하고 생각하는 듯 의자에서 몸을 움직였다. 이윽고 그는 물었다.

"그녀는 당신의 친구요?"

"글쎄……."

"마지막으로 만난 게 언제지요?"

"어제."

로먼은 천천히 고개를 끄덕였다.

"저기요, 문 말이오! 30초 안에 나가지 않으면 몰매를 때리겠어. 알았지? 경찰의 개! 30초야!"
"알았소. 안젤라가 아니라 그녀의 친구였소."
"누구지?"
"카렌 랜돌."
"그런 이름은 들은 일이 없소."
"자네는 그녀를 잘 알 텐데."
로먼은 머리를 가로저었다.
"몰라."
"나는 그렇게 듣고 왔소."
"잘못 말해 준 거요. 그렇지 않아, 전혀!"
나는 주머니에 손을 집어넣고 그의 사진을 꺼냈다.
"이것이 스미드 칼리지의 그녀 방에 있었소."
내가 말릴 틈도 없이 그는 내 손에서 사진을 홱 낚아채어 북북 찢었다.
"어떤 사진이지?" 그는 시치미떼며 말했다. "사진 같은 건 몰라. 나는 그녀를 만난 적도 없으니까."
나는 앉음새를 고쳤다.
로먼은 노여움이 담긴 눈으로 나를 노려보았다.
"나가!"
"나는 살 물건이 있어서 여기 왔소. 손에 넣으면 가지."
"지금 곧 나가! 혼나고 싶지 않거든."
그는 또 팔을 긁었다. 나는 그를 보고 이제 그에게서는 아무것도 알아낼 수가 없다는 것을 알았다. 그는 아무것도 이야기하려 들지 않았으며, 말을 시킬 방법도 없었다.
나는 안경을 테이블에 놓고 일어섰다.

"그런가. 그런데 어디서 치오펜타르를 구할 수 있는지 아오?"
그의 눈이 한순간 크게 뜨여졌다. 그가 물었다.
"뭐라고?"
"치오펜타르."
"들은 적도 없어. 빨리 나가! 바에 있는 사람들이 싸움을 벌여 크게 다치기 전에!"

나는 밖으로 나왔다. 추웠다. 가랑비가 또 내리기 시작했다. 나는 워싱턴 거리 로큰롤 술집, 스트립 바, 수상쩍은 집들의 반짝이는 네온사인을 바라보았다. 나는 30초쯤 기다렸다가 다시 가게로 들어갔다.

내 안경은 아직도 테이블 위에 있었다. 나는 안경을 집어들고 밖으로 나올 때 방 안을 둘러보았다.

로먼이 가게 구석에서 공중전화를 걸고 있었다.

나는 그것을 알고 싶었던 것이다.

4

그 거리의 변두리 모퉁이에 셀프서비스의 지저분한 식당이 있었다. 햄버거가 20센트였다. 밖은 커다란 유리창문으로 되어 있었다. 먹으면서 계속 지껄여대고 있는 몇 명의 10대 아이들과 구두까지 닿는 너덜너덜한 외투를 걸친 부랑자들이 눈에 띄었다. 한쪽에서는 세 수병이 '정복'한 여자에 대해서 이야기하는 건지, 다음 정복작전을 계획하는 것인지 서로 등을 두드리며 웃고 있었다. 가게 안쪽에 전화가 있었다.

나는 메모리얼로 전화하여 하몬드를 불러달라고 부탁했다. 그는 구급병동에 있었으므로 접수구에서 그리로 전화를 돌려주었다.

"노튼, 존 벨리일세."
"무슨 일이 생겼습니까?"
"알고 싶은 것이 있는데 기록실에서 조사를 좀 해주었으면 하네."
"당신은 운이 좋군요," 노튼이 말했다. "오늘밤에는 바쁜 일이 없는 모양입니다. 부상자가 둘, 술에 취해 싸움질한 것이 2건 있을 뿐이니까요. 그밖에는 일이 없답니다. 뭐가 필요하지요?"
내가 말했다.
"좀 받아쓰게. 로먼 존즈, 흑인, 24, 5살. 그가 병원에 실려왔던 일이 있는지 어떤지, 그 뒤 진료를 받았는지 하는 것들을 알고 싶네. 날짜도 알고 싶네."
"좋습니다. 로먼 존즈, 병원에 왔는가, 치료를 받았는가, 이것뿐이지요? 곧 알아보겠습니다."
"고맙네."
"또 전화걸겠습니까?"
"아니, 나중에 구급병동으로 들르겠네."
나는 나중에 들르겠다고 말했으나 어이없는 일이 일어나고 말았다.

나는 전화를 끊자 배고픔을 느껴 핫도그와 커피를 시켰다. 이런 가게에서 햄버거를 먹어서는 안 된다. 첫째, 말고기며 토끼고기며 내장과 그밖에 갈아서 쓸 수 있는 고기라면 뭐든지 다 쓰고 있기 때문이다. 둘째, 이런 가게에는 1개사단의 군대에 질병을 퍼뜨릴 만큼 많은 병균이 있다. 선모충병을 예로 들어도 보스턴은 전국 평균 6배나 되는 감염율을 가지고 있다. 무슨 일이든 주의가 지나쳐 못 쓰는 법은 없다.

내 친구 가운데 세균학이 전문인 사나이가 있는데, 그는 병원 연구실에서 환자로부터 채취한 세균을 배양하며 하루를 보낸다. 요즈음에는 너무 신경질이 지나쳐 거의 밖에서 식사를 하지 않는다.

'조제프'나 '록 오버'에도 가지 않는다. 스테이크는 잘 구어져 있지 않으면 절대로 입에 대지 않는다. 정말 걱정을 하고 있는 것이다. 나는 그와 식사하러 간 적이 있었는데, 식사가 끝날 때까지 계속 마음을 죄고 있어 자꾸만 세균들이 줄지어 나타나는 혈액배양접시를 상상하고 있는 듯이 생각되었다. 음식을 씹을 때마다 세균들이 눈에 비치는 것이다. 포도상구균, 연쇄상구균, 그램 음성균. 그의 인생은 비참하다고 할 수밖에 없다.

아무튼 핫도그 쪽이 안전하다. 완전히 마음놓을 수는 없지만 얼마쯤은 안전하다. 그리하여 나는 핫도그와 커피를 들고 서서 먹는 카운터로 갔다. 나는 창문으로 큰길을 지나가는 사람들을 내다보았다.

로먼이 마음에 떠올랐다.

나는 그가 한 말이 마음에 들지 않았다. 분명 그는 나에게 마약을 팔 생각이었다. 아마 강한 마약일 것이다. 마리화나라면 쉽게 손에 넣을 수가 있다. LSD는 이미 샌더스가 제조를 중단했지만, 그 구성 요소인 리젤그 산(酸)은 이탈리아에서 대량 생산되므로 대학의 학생이 화학 연구실에서 시약과 플라스코만 훔쳐내면 언제든지 LSD로 바꿀 수가 있다. 프시로치빈이나 DMF는 좀더 쉽게 만들 수 있다.[*2]

아마도 로먼이 흥정하던 것은 아편이나 모르핀이나 헤로인이었을 것이다. 사건이 한층 더 복잡해진 셈이다. 특히 안젤라 허딩과 카렌 랜돌의 이름을 들었을 때 나타낸 그의 반응을 돌이켜보면 그렇게 생각지 않을 수 없다. 어떤 관련이 있는지 모르지만, 어쩐지 곧 그 수수께끼가 밝혀질 것 같은 생각이 들었다.

나는 핫도그를 다 먹고 나서 커피를 마셨다. 그리고 창문으로 밖을 내다보다가 급히 지나가는 로먼을 보았다. 그는 나를 보지 못했다. 뭔가 마음에 걸리는 듯 긴장된 표정으로 곧장 앞을 보며 걷고 있었다.

나는 남은 커피를 마저 마시고 나서 곧 그를 뒤쫓았다.

5

나는 한길 반쯤의 거리를 두고 로먼의 뒤를 쫓았다. 그는 혼잡한 사람들을 헤치고 걸음을 서둘렀다. 그는 스튜어트 거리 건너편을 눈으로 쫓았다. 그는 거기서 왼쪽으로 꼬부라져 고속도로로 향했다. 나는 계속 뒤쫓았다. 스튜어트 거리의 이 근처는 거의 사람 왕래가 없었다. 나는 뒤돌아서서 담배에 불을 붙였다. 레인코트의 깃을 세우면서 '모자를 쓰고 왔더라면 좋았을 걸' 하고 생각했다. 만일 그가 어깨 너머로 뒤돌아보면 나를 발견할 것이 틀림없다.

로먼은 한참 걷다가 다시 왼쪽으로 돌았다. 크게 한 바퀴 돌아 다시 제자리로 나온 것이다. 나로서는 어찌된 까닭인지 알 수가 없었지만, 한층 더 주의하여 행동했다. 그는 뭔가 두려워하는 듯 조급하게 걷고 있었다.

우리는 허비 거리를 걷고 있었다. 중국 음식점이 두 집 있었다. 나는 그 가운데 한 집 앞에서 걸음을 멈추고 진열장의 메뉴를 들여다보았다. 로먼은 뒤돌아보지 않았다. 그는 한길을 하나 더 걸어가 오른쪽으로 꺾어들었다.

나는 그 뒤를 쫓았다.

보스턴 코몬즈의 남부. 거리의 성격이 완전히 달라졌다. 코몬즈를 따라 트리몬트 거리에는 우아한 가게와 일류극장이 늘어서 있다. 워싱턴 거리는 한 구역쯤 떨어져 있어 조금 품위가 떨어진다. 술집이 여러 곳 있고, 매춘부들과 섹스 영화관이 있다. 거기에서 한 구역쯤 더 가면 거리는 한층 더 떠들썩해진다. 중국 음식점이 있는 구역을 지나자 그 앞은 의료품 도매상가였다.
 우리가 지금 있는 곳은 바로 그곳이었다.
 가게들은 모두 어두웠다. 두루마리 옷감이 여러 개씩 진열장에 세워져 있었다. 트럭을 대놓고 물건을 싣고 내리는 커다란 접이문이 달려 있었다. 작은 잡화점이 몇 집. 진열장에 합창단 소녀들의 양말, 구식 군복, 가발 등 의상이 늘어놓인 연극용 소도구 가게가 한 집. 공이 서로 부딪는 부드러운 소리가 들리는 지하 당구장이 한 집.
 큰길은 축축하고 어두웠다. 우리 말고는 아무도 없었다. 로먼은 한 구역을 급히 걸어가더니 멈춰섰다.
 나는 입구에 몸을 숨기고 기다렸다. 그는 얼른 뒤돌아보고 다시 걷기 시작했다. 나는 곧 그 뒤를 따랐다.
 그는 몇 번이나 걸음을 멈추고 뒤돌아보며 확인했다. 자동차 한 대가 젖은 길에 타이어 소리를 내면서 지나갔다. 로먼은 어두운 그늘로 뛰어들었다가 자동차가 지나가자 다시 모습을 나타냈다. 확실히 그는 뭔가를 두려워하고 있었다.
 나는 아마 한 15분쯤 그를 뒤쫓았을 것이다. 경계하고 있는 건지 그냥 시간을 보내고 있는 건지, 나로서는 알 수가 없었다. 그는 가끔 걸음을 멈추고 손에 들고 있는 무언가를 보았다. 시계인지도 모른다. 그러나 다른 것인지도 모른다. 확실한 것은 알 수 없었다.
 어느틈에 그는 옆길을 따라가면서 코몬즈와 주의사당을 한 바퀴 빙 돌아 북쪽으로 향했다. 비콘 힐을 향해 가고 있음을 알기까지는 한참이 걸렸다.
 또 10분이 지났다. 나는 주의를 게을리하여 그를 놓치고 말았다. 그가 급히 모퉁이를 돌자 나는 바로 뒤따라 돌았는데, 이미 그의 모습이 보이지 않았다. 큰길에는 사람 그림자 하나 없었다. 나는 걸음을 멈추고 발소리에 귀를 기울여보았으나 아무 소리도 들리지 않았다. 나는 걱정이 되어 좀더 앞으로 걸어나갔다.

그때, 바로 그때 그 일이 일어났다.

무겁고 젖어서 차디찬 무엇인가가 내 머리를 내리쳤다. 나는 이마에 차갑고 예리한 아픔을 느꼈다. 그리고 배에 센 주먹이 한 대 날아들어왔다. 나는 길 위에 쓰러졌다. 세상이 빙글빙글 돌아가기 시작했다. 나는 외침 소리와 발소리를 들었다. 이윽고 아무것도 들리지 않게 되었다.

6

모든 것이 일그러져 보이는 꿈처럼 이상한 광경이었다. 건물들은 모두 시커멓고 아주 높았으며, 당장에라도 내 위로 허물어질 것처럼 보였다. 건물은 끝없이 높아가는 것 같았다. 나는 추위를 느꼈다. 몸이 흠뻑 젖었으며 비가 얼굴을 때렸다. 길에서 얼굴을 들어보니 주위가 온통 시뻘갰다.

나는 한쪽 팔꿈치를 짚고 몸을 일으켰다. 피가 레인코트 위로 뚝뚝 떨어졌다. 나는 피로 빨갛게 물든 길을 멍하니 내려다보았다. 굉장한 피였다. 내 피일까?

나는 뱃속이 메스꺼워 길 위에 토했다. 눈앞이 어질어질하니 빙빙 돌면서, 한참 동안은 초록빛이 되었다.

나는 겨우 무릎으로 짚고 몸을 일으켰다.

멀리서 사이렌 소리가 들려왔다. 아득히 먼 곳이었으나 차츰 가까이 다가오고 있었다. 나는 비틀거리면서 일어나 모퉁이에 세워둔 자동차에 기대섰다. 나는 자신이 지금 어디에 있는지 알지 못했다. 한 길은 어둡고 쥐죽은 듯 조용했다. 나는 피투성이 길을 물끄러미 내려다보며 어떻게 해야 할 것인지 생각했다.

사이렌 소리가 가까이 다가왔다.

나는 발끝이 걸려 자꾸만 비틀거리면서도 모퉁이를 돌아가 숨쉬기 위해 멈춰섰다. 사이렌 소리가 아주 가까워져서 파란 불빛이 지금까지 내가 쓰러져 있던 큰길을 비추었다.

나는 다시 뛰었다. 얼마나 뛰었는지 알 수 없었다. 내가 어디에 있는지도 알 수 없었다. 나는 오로지 계속 달려 택시를 발견했다. 엔진을 건 채 택시 승강장에 서 있었다.

"가장 가까운 병원으로 데려다 주시오."

그는 내 얼굴을 보았다.

"안 되겠소." 그가 말했다.

나는 택시에 올라타려고 했다.

"태울 수 없소!"

운전수는 문을 쾅 닫고 나를 그대로 남겨둔 채 달려가 버렸다.

멀리서 또 사이렌 소리가 들렸다.

머리가 빙빙 돌았다. 나는 웅크리고 앉아 현기증이 가라앉기를 기다렸다. 또 구역질이 났다. 아직도 피가 얼굴 어디에선지 뚝뚝 떨어지고 있었다. 작고 빨간 방울이 토한 것 속에 섞여 있었다.

비가 계속 내렸다. 나는 추위로 떨고 있었던 덕분에 의식을 잃지 않을 수 있었다. 나는 일어나 걸음을 내디디려고 했다. 나는 워싱턴 거리 남쪽 어디엔가 있었다. 가까이 있는 도로표지에 '칼리 플레이스'라고 씌어 있었다. 처음 듣는 이름의 거리였다. 나는 비틀거리면서 가끔 걸음을 멈추었다가 다시 걷기 시작했다.

나는 걸어가는 방향이 잘못되어 있지 않기를 바랐다. 혈액을 잃어 가고 있다는 것은 알고 있었지만, 얼마쯤이나 잃었는지는 알지 못했다. 몇 걸음 옮길 때마다 걸음을 멈추고, 세워놓은 자동차에 기대서서 숨을 쉬어야만 했다.

눈이 어지러워 앞이 보이지 않았다.

나는 발끝이 걸려 넘어졌다. 허물어지듯 길바닥에 주저앉자 무릎이 땅에 닿아 심한 통증이 온몸을 달렸다. 순간 아픔 때문에 머릿속이 또렷해져서 다시 일어설 수가 있었다. 구두가 흠뻑 젖어 소리가 났다. 옷은 땀과 비로 무거워졌다.

나는 구두 소리에 주의를 집중하며 한 걸음씩 걸었다. 저만큼 앞쪽에 불빛이 보였다.

한 발자국씩, 한 발자국씩.

나는 그곳에 멈춰서 있는 파란 자동차에 기대어 숨을 내쉬었다.

"그래, 그러면 돼."

누군가가 나를 안아 올리고 있었다. 나는 자동차에서 내려지고 있는 중이었다. 내 한쪽 팔이 누군가의 어깨에 걸쳐졌고, 그리고 나는 걷고 있었다.

정면에 밝은 불빛이 보였다. 표시등이었다. '구급병동'. 파란 불빛으로 쓴 글씨였다. 문 앞에 간호사가 서 있었다.

"천천히, 조심해야 돼."

내 머리는 목 위에서 건들건들했다. 나는 말을 하려고 했으나 입속이 바싹 말라 있었다. 목이 몹시 마르고 추웠다. 나는 나를 안고 있는 사람을 보았다. 머리가 벗어지고 반백의 턱수염을 기른 노인이었다. 나는 그에게 괴로움을 주지 않으려고 꼿꼿이 서려고 했으나 무릎이 말을 듣지 않고 덜덜 떨렸다.

"정신차리시오, 걱정할 것 없소."

그의 목소리는 나에게 기운을 돋구어주려는 듯 야단치는 것 같았다. 간호사가 나와서 구급병동 문 옆의 불빛에 모습을 보이더니 나를 보자 뛰어 되돌아갔다. 인턴 둘이 나와 내 팔을 붙잡았다. 그들은 힘이 셌다. 내 몸을 번쩍 들어올려 발끝이 가까스로 물웅덩이에 닿았다. 머리가 앞으로 수그러져 목 뒤에 닿는 비가 차가웠다. 대머리 노인이 뛰어가서 문을 열었다.

그들은 나를 안으로 운반했다. 안은 따뜻했다. 그들은 나를 테이블에 눕히고 옷을 벗기려고 했으나 비와 피로 몸에 착 달라붙어 가위로 베어내야만 했다. 꽤 힘든 일이어서 시간이 오래 걸렸다. 나는 얼굴 위의 불빛이 눈부셔서 눈을 감고 있었다.

"교차시험을 해야겠군." 한 인턴이 말했다. "그리고 2호실에 봉합 준비를 해주시오."

그들은 내 머리를 살피고 있었다. 나는 손과 거즈가 피부에 단단히 눌려지는 것을 느꼈다. 앞이마 부분은 감각이 없고 싸늘했다. 내 옷은 완전히 벗겨졌다. 그들은 내 몸을 마른 타월로 닦고 모포로 싸 다른 운반차로 옮겼다. 운반차가 복도를 나아가기 시작했다. 눈을 뜨자 대머리 노인이 걱정스러운 듯이 나를 내려다보고 있었다.

"어디서 발견했지요?" 한 인턴이 물었다.

"자동차에 기대서 있었습니다. 처음에는 주정꾼이 정신을 잃은 줄 알았지요. 몸이 절반쯤 도로로 나와 있어 차에 치이기라도 하면 안 되겠다 싶어 자동차를 세우고서 옮겨보려고 했지요. 가까이 다가가 보니 훌륭한 옷차림인데 피투성이가 되어 있지 않겠습니까. 무슨 일이 있었는지는 모르지만, 꽤 중상인 것 같아 이리로 데려왔습니다."

"어떻게 된 것 같습니까?"

인턴이 물었다.

"매를 맞았나 보군요."

노인이 말했다.

"지갑을 가지고 있지 않군." 인턴이 말했다. "택시 요금을 내지 않았나 본데……."

"괜찮습니다." 대머리 노인이 말했다.

"틀림없이 내라고 말하겠습니다."

"아니, 괜찮습니다." 택시 운전수가 되풀이 말했다. "그럼, 나는 가보겠습니다."

"접수처에 이름을 말해 주시오." 인턴이 말했다.

그러나 사나이는 이미 거기에 없었다.

그들은 나를 파란 타일이 깔린 방으로 옮겼다. 내 머리 위에 외과용 라이트가 켜졌다. 여러 얼굴이 나를 들여다보았다. 그들은 고무장갑을 끼고 거즈 마스크를 했다.

"출혈을 중지시켜야지. 그 다음에는 뢴트겐."

인턴이 나를 보았다.

"정신이 들었소?"

나는 고개를 끄덕여보이며 말을 하려고 했다.

"말하지 마시오. 턱을 다쳤을지도 모르니까. 이마의 상처를 치료한 다음 조사하겠소."

간호사가 내 얼굴을 씻었다. 처음에는 강한 비눗물이었다. 스펀지가 피로 물들었다.

"이번에는 알코올이에요." 그녀가 말했다. "조금 따끔할지도 몰라요."

인턴들은 상처를 보면서 서로 이야기를 나누었다.

"오른쪽 관자놀이에 6센티미터의 표재성(表在性) 열상이라고 해두어야겠군."

나는 거의 알코올을 느끼지 못했다. 차갑고 조금 쓰라렸으나, 그뿐이었다.

인턴은 파침기에 구부러진 봉합침을 넣었다. 간호사가 뒤로 물러나고 대신 인턴이 내 머리 위에 몸을 굽혔다. 나는 아프리라고 생각했으나 이마를 찌르는 것을 희미하게 느꼈을 뿐이다. 봉합하던 인턴이 말했다.

"예리한 상처군, 마치 외과수술을 한 것 같이."

"나이프인가?"

"그럴지도 모르지만, 아니겠지."

간호사가 내 팔에 구혈대를 감고 피를 채혈했다.

인턴이 봉합을 계속하면서 말했다.

"파상풍 예방주사를 놓아야겠어. 그런 다음에 페니실린을 주사하겠소."

그는 나를 보았다.

"예스면 눈을 한 번 감고 노면 두 번 감으시오. 당신은 페니실린 알레르기요?"

나는 눈을 두 번 감았다.

"틀림없겠지요?"

나는 눈을 한 번 감았다.

"됐습니다."

인턴은 다시 봉합을 시작했다. 간호사가 주사를 두 번 놓았다. 다른 한 인턴은 아무 말도 하지 않고 내 몸을 살펴보았다.

그리고 나서 나는 또 정신을 잃었던 모양이다. 눈을 떠보니 커다란 뢴트겐 기계가 내 머리 위에 있었다. 누군가가 초조한 목소리로 "가만가만히, 가만히 해" 하고 말했다.

나는 다시 정신을 잃었다.

나는 다른 방에서 눈을 떴다. 그 방은 밝은 녹색으로 칠해져 있었다. 인턴들이 아직 젖은 뢴트겐 사진을 불빛에 비춰보며 이야기를 나누었다. 그런 다음 한 사람은 가버리고 또 한 사람이 내 곁으로 다가

왔다. 그가 말했다.
"이상은 없는 것 같습니다. 이가 흔들릴지 모르지만, 골절은 아무 데도 없는 듯하오."
나는 머릿속이 또렷해졌다. 질문을 할 수 있을 정도로 분명해졌다.
"방사선 전문의가 필름을 보았나?"
그들의 얼굴빛이 달라졌다. 내가 무슨 말을 했는지 알아들었던 것이다. 두개골 뢴트겐 사진은 해독하기가 어려워 경험을 쌓은 눈이 필요했다. 그러나 그들은 내가 어째서 그런 질문을 할 수 있는지 알지 못했다.
"방사선 전문의는 지금 없습니다."
"어디에 있지?"
"커피를 마시러 갔습니다."
"불러오게" 하고 나는 말했다.
입은 메말라 딱딱하고 턱이 아팠다. 뺨에 손을 대보니 크게 부어서 심한 통증이 느껴졌다. 그들이 골절을 걱정한 것도 당연한 일이었다.
"내 크리트는 어떻던가?" 하고 내가 물었다.
"무엇 말입니까?"
혀가 잘 안 돌아가 발음이 똑똑지 못했으므로 그들은 내 말을 잘 못 알아들은 듯했다.
"내 헤마트크리트는 어떻더냐고 물었네."
그들은 서로 얼굴을 마주보고 나서 한 사람이 대답했다.
"40입니다."
"물 좀 주겠나?"
그들 가운데 한 사람이 물을 가지러 갔다. 남은 한 사람은 마치 내가 사람이었음을 처음 알아차린 것처럼 신기한 얼굴로 나를 쳐다보았다.
"당신은 의사입니까?"
"아닐세. 박식한 피그미 족이지."
그는 난처해 했다. 그는 수첩을 꺼내며 물었다.
"이 병원에 입원하신 일이 있습니까?"
"없네. 지금도 입원한 게 아닐세."
"당신은 열상으로 실려와서……."
"열상 정도가 뭐 그리 대단하단 말인가? 거울을 가져다주게."
"거울이라고요?"
나는 한숨을 크게 쉬었다.
"자네의 봉합솜씨가 어느 정도인지 보고 싶네."
"당신이 의사라면……."
"거울을 가져오게!"
놀라운 속도로 거울과 한 잔의 물이 눈 앞에 나타났다. 나는 먼저 물을 서둘러 마셨다. 기막힌 맛이었다.
"천천히 마십시오."
"크리트가 40이라면 염려없네. 알고 있을 텐데?"
나는 거울을 들고 이마의 상처를 살펴보았다. 인턴들에게 화를 낸 덕분에 나는 몸의 아픔을 잊어버렸다. 이마의 상처는 볼 만한 것이었다. 한쪽 눈썹에서부터 귀를 향해 곡선을 그으며 베어져 있었다. 그들은 스무 바늘쯤 꿰매놓았다.
"내가 여기 실려온 뒤 시간이 얼마나 지났나?"
"한 시간쯤 되었습니다."
"지나치리만큼 공손한 말은 쓰지 말게. 다시 한 번 헤마트크리트를 해주게. 내출혈이 있는지 알고 싶으니까."
"맥박은 겨우 75이며, 피붓빛은……."

"어서 계속하게!" 내가 말했다.

그들은 다시 혈액표본을 채취했다. 인턴은 주사기에 5cc의 혈액을 빨아올렸다.

"무얼 할 생각인가?" 내가 말했다. "헤마트크리트일세."

그는 무안한 듯이 머리를 숙이고 얼른 나갔다. 구급병동 사람들의 질이 나빠졌다. 크리트에는 혈액이 조금만 있으면 되는 것이다. 손끝에 묻은 피 한 방울이면 되는 것이다.

"내 이름은 존 벨리일세. 링컨의 병리의지."

나는 또 한 사람의 인턴에게 말했다.

"네."

"기록하지는 말게나."

"네."

그는 수첩을 옆에 놓았다.

"나는 입원한 게 아닐세. 기록에 남길 필요는 없네."

"그러나 강도에게 습격을……."

"강도가 아니었네. 발끝이 걸려 넘어졌지. 그뿐일세. 바보 같은 실수를 저지른 거네."

"몸의 타박상 증상으로 보면……."

"내 증상이 교과서와 다르다 해도 내가 알 바 아닐세. 내가 한 말에 틀림이 없네."

"하지만……."

"그만두게! 여러 말 할 것 없어."

나는 그를 쳐다보았다. 흰 가운 군데군데 피가 묻어 있었다. 내 피일 것이다.

"명찰을 달지 않았군." 내가 말했다.

"네, 달지 않았습니다."

"달도록 하게. 환자는 누구와 이야기하는 건지 알고 싶어하니까."
그는 깊이 숨을 내쉬고 나서 말했다.
"저는 4학년 학생입니다."
"뭐라고?"
"저는……."
"알겠나? 일이란 분명히 해두어야 하네."
나는 화를 낸 것을 고맙게 생각했다. 그 덕분에 기운이 난 것이다.
"자네로서는 구급병동에 한 달 나와 있는 것이 좋은 경험일지 모르지만, 내 쪽에서는 조금도 고맙지 않네. 하몬드를 부르게."
"누굽니까?"
"하몬드, 담당 레지던트일세."
"네, 알았습니다."
그는 방에서 나가려고 했다. 나는 그에게 너무 심하게 대했음을 깨달았다. 그는 아직 학생이었으며, 좋은 청년인 듯했다. 나는 물었다.
"그런데, 자네가 봉합했나?"
그는 야단맞을 줄로 알았는지 얼른 대답하지 못했다.
"네, 그렇습니다."
"잘되어 있네."
"고맙습니다." 그는 조금 웃으며 대답했다.
"봉합하기 전에 상처를 살펴보았나?"
"네…… 살펴보았습니다."
"어떤 인상이었나?"
"기막히게 훌륭한 솜씨로 벤 것이었습니다. 면도날로 벤 것 같았습니다."
나는 미소지었다.
"아니면 메스일까?"

"무슨 뜻입니까?"
"자네는 오늘 밤 생각지도 못했던 좋은 경험을 했네. 자, 어서 하몬드를 불러주게."

혼자 있게 되자 나는 또 아픔을 느꼈다. 복부가 가장 심했다. 볼링공을 삼킨 것처럼 아팠다. 나는 몸을 뒤채어 방향을 바꾸었다. 조금 편해졌다. 한참 뒤 하몬드가 4학년 학생과 함께 들어왔다.
하몬드가 물었다.
"아니, 어떻게 된 겁니까?"
"노튼, 바쁜가?"
"당신이 온 것도 몰랐군요. 만일 알았더라면……."
"괜찮네. 젊은이들이 잘해주었으니까."
"어떻게 된 겁니까?"
"사고를 당했네."
"운이 좋았군요." 그는 상처 위로 얼굴을 가까이 하고 보면서 말했다. "옆머리를 베였는데 정신없이 달린 모양이지요. 그러나 크리트에는 나와 있지 않습니다."
"배가 아프군." 내가 말했다.
"그럴 테지요. 기분은 어떻습니까?"
"아주 나쁘네."
"머리가 아픈가요?"
"조금. 많이 좋아졌네."
"졸립지는 않습니까? 구역질은?"
"그만하게, 노튼!"
"거기 누우십시오."
하몬드는 펜라이트를 꺼내 내 눈동자를 살펴보더니 검안경으로 안

저(眼底)를 들여다보았다. 그리고 팔과 다리의 반사신경을 시험했다.

"어떤가?" 나는 물었다. "아무렇지도 않겠지?"

"아직 혈종이 있을지도 모릅니다."

"없을걸."

"당신은 여기에 24시간 있어야만 합니다." 하몬드가 말했다.

"농담 말게."

나는 한 눈을 찡긋해 보이며 몸을 일으켰다. 복부에 통증을 느꼈다.

"좀 도와주게."

"하지만 옷이……."

"알고 있어. 갈기갈기 찢겼다네. 흰 가운을 주게나."

"흰 가운을? 어째서?"

"다른 사람들이 실려올 때 곁에 있고 싶네."

내가 대답했다.

"다른 사람들?"

"기다려보면 알 걸세."

4학년 학생이 가운의 치수를 묻기에 나는 대답했다. 그가 흰 가운을 가지러 가려고 했을 때 하몬드가 그의 팔을 잡았다.

"잠깐만." 하몬드는 나를 쳐다보며 말했다. "조건이 하나 있습니다."

"노튼, 부탁일세, 혈종은 없어. 경막하혈종이라면 어차피 몇 주일 내지 몇 달 안에는 나타나지 않아. 자네도 알잖나?"

"경막외혈종이 있을지도 모르지요."

하몬드가 말했다.

"두개골 뢴트겐 사진에는 골절이 없었네."

경막외혈종이란 골절에 의해 일어나는 혈관 파열로, 머릿속에 혈액이 괴는 현상이다. 혈액이 머릿속에 괴면 뇌를 압박하여 죽음을 부를 수 있다.

"그건 당신이 하는 말이지요. 아직 방사선 전문의가 조사하지 않았습니다."

"노튼, 부탁일세. 자네는 80살 된 할머니에게 이야기하고 있는 게 아니잖나."

"가운은 내주지요. 그 대신 하룻밤 여기에 있겠다고 승낙해야겠습니다."

"입원은 하지 않네."

"구급병동에만 있으면 됩니다."

나는 씁쓰레하게 미소지었다.

"알았네. 여기 있겠네."

4학년 학생은 가운을 가지러 나갔다. 하몬드는 잠시 멍하니 서 있더니 머리를 내저었다.

"누구에게 맞았지요?"

"이제 알게 될 걸세."

"당신은 인턴에게 몹시 겁을 준 모양이더군요."

"겁줄 생각은 없었네. 하지만 그들의 태도가 너무 무관심하더군."

"오늘 밤의 방사선 전문의는 해리슨입니다. 믿을 수 없는 사나이지요."

"그런 건 난 모르네."

"하지만 그를 알고 있겠지요?"

"물론 알지."

가운을 가져 와서 나는 입었다. 묘한 감촉이었다. 나는 오랫동안 가운을 입지 않았다. 옛날에는 가운을 자랑스럽게 생각했었다. 그러나 지금은 천이 딱딱하게 느껴져서 감촉이 좋지 않았다.
 그들이 내 구두를 찾아왔다. 젖은데다 피투성이였다. 나는 구두를 닦아서 신었다. 몸에 힘이 없고 피로를 느꼈으나 참고 있어야 했다. 모든 일이 오늘밤이면 끝난다. 나는 그렇게 확신하고 있었다.
 나는 커피를 마시고 샌드위치를 먹었다. 신문지를 씹는 것처럼 맛이 없었지만, 뭔가 먹어야 한다고 생각했다. 하몬드는 내 곁을 떠나지 않았다.
 "생각난 김에 말하겠는데, 당신이 부탁한 로먼 존즈를 찾아보았습니다" 하고 그가 말했다.
 "그래서?"
 "꼭 한 번 진료를 받았더군요. GU[1]였습니다. 신장결석 같았기 때문에 오줌분석을 했더군요."
 "그래서?"
 "혈뇨가 나왔습니다. 유핵(有核)의 적혈구였지요."
 "그런가."
 흔히 있는 일이다. 환자가 하복부의 심한 통증과 오줌 양이 적은 것을 호소해 오는 일이 가끔 있다. 대개의 경우 신장결석으로, 다섯 가지 심한 고통의 증상 가운데 하나이다. 진단이 결정되면 곧 모르핀이 주어진다. 그러나 그것을 증명하려면 오줌을 채취하여 혈액이 섞여 있나 조사해야만 한다. 신장결석은 요도에 약간의 출혈을 가져다 주는 것이 보통이다.
 모르핀 상용자들은 가끔 비교적 간단히 모르핀을 구할 수 있는 신장결석 환자인 것처럼 보이게 한다. 교묘한 자는 그 증상을 잘 알고 있어 교묘하게 재현해 보인다. 그리고 오줌의 표본을 요구받으면 화장실에 들어가 표본을 받은 뒤 손가락으로 찔러 약간의 피를 흘려넣는다.

그 중에는 뻔뻔스러운 자도 있다. 자신의 피를 쓰지 않고 동물의 피, 이를테면 닭의 피 같은 것을 쓴다. 닭의 적혈구에는 핵이 있고, 사람의 피에는 없다는 차이가 있다. 따라서 신장결석 환자로부터 유핵의 적혈구가 발견되었다면 그가 거짓말하고 있는 증거로서 그는 마약 상습자임에 틀림없다.

"주사바늘 흔적이 있는지 어떤지 조사했나?"

"조사하지 않았더군요. 의사가 증거를 내보이자 나가버렸는데, 그 뒤로 나타나지 않았습니다."

"그렇다면 아마 마약 상용자겠군."

"그렇지요. 잘은 모르지만 아마 틀림없을 겁니다."

음식이 들어가자 기분이 조금 좋아졌다. 나는 피로와 통증을 느끼면서 일어섰다. 쥬디스에게 전화를 걸어 지금 메모리얼의 구급병동에 있는데, 별다른 일은 없으니 걱정하지 말라고 일렀다. 매를 맞고 다쳤다는 말은 하지 않았다. 집에 돌아가면 그녀가 화를 낼 것은 알고 있었지만, 지금 그녀에게 자극을 주고 싶지 않았다.

나는 고통스러움을 얼굴에 나타내지 않으려고 애쓰며 하몬드와 복도를 걸어갔다. 그는 몇 번이나 기분이 어떠냐고 물었고, 나는 그때마다 좋다고 대답했다. 사실은 기분이 좋지 않았다. 속이 메스껍고 구역질이 올라왔으며, 서 있기만 해도 머리가 훨씬 더 아팠다. 그러나 가장 괴로운 것은 피로였다. 나는 몹시 피로해 있었다.

우리는 구급병동 환자 출입구로 걸어갔다. 막다른 곳에 벽이 없는 차고처럼 되어 있어 구급차가 뒷걸음질쳐 와서 환자를 내려놓는 것이다. 발을 디디면 열리는 자동식 회전문 저쪽은 병실이었다. 우리는 건물 밖으로 나와 찬 밤공기를 들이마셨다. 아직도 비가 내리고 안개가 자욱했으나 차가운 공기가 상쾌했다.

하몬드가 말했다.

"얼굴빛이 창백하군요."
"괜찮네."
"내출혈이 있는지 어떤지 아직 조사하지 못했는데……."
"괜찮다니까."
"기분이 좋지 않거든 말하십시오. 억지로 참지 말고."
"참지 않네. 염려 말게."

우리는 그곳에서 기다리고 있었다. 이따금 자동차가 젖은 길에 타이어 소리를 내면서 지나갈 뿐, 그밖에는 아무 소리도 들리지 않았다.

"뭐가 일어난단 말입니까?" 하몬드가 말했다.
"아직 모르네. 그러나 흑인 한 사람과 젊은 여자 한 사람이 실려올 거라고 생각하네."
"로먼 존즈입니까? 그가 관계되어 있습니까?"
"그렇게 생각하네."

사실 나는 나를 이렇게 만든 건 틀림없이 로먼 존즈일 거라고 생각했다. 나는 사건이 일어나기 직전에 무슨 일이 있었는지 정확하게 기억할 수가 없었다. 기억하지 못한다 해도 이상할 건 없다. 뇌진탕 증세에 으레 따르기 마련인 15분 전까지 거슬러올라가는 역행성 기억 상실에 걸리지는 않았지만, 기억이 혼란되어 있었다.

틀림없이 로먼이었을 것이다. 그밖에는 생각할 사람이 없다. 로먼은 비콘 힐을 향하고 있었다. 그 이유는 한 가지밖에 생각할 수 없다.

우리는 아직도 기다려야만 했다.
"기분이 어떻습니까?"
"자네는 똑같은 말만 묻는군. 몇 번을 물어도 나는 아무렇지 않다고 대답할 걸세."

"피로가 눈에 보입니다."

"피곤해. 1주일 동안 줄곧 지쳤으니까."

"그게 아닙니다. 당신은 졸음을 느끼고 있는 겁니다."

"좀 잠자코 있어주게" 하고 내가 말했다.

나는 시계를 보았다. 매를 맞고 나서 거의 두 시간이 지났다. 많은 시간이 지나갔다. 지나칠 정도로 충분한 시간이었다.

나는 뭔가 잘못된 게 아닐까 걱정되기 시작했다.

바로 그때 경찰차 한 대가 요란하게 사이렌을 울리며 파란 불빛을 껐다켰다하면서 모퉁이를 돌아왔다. 바로 뒤를 이어 구급차가 따르고 세 번째 자동차가 그 뒤를 쫓았다. 구급차가 뒷걸음질로 들어오자 세 번째 자동차에서 제복 차림이 아닌 사나이가 두 사람 뛰어내렸다. 신문기자였다. 신문기자는 눈초리만 보아도 알 수 있다. 한 사람은 카메라를 들고 있었다.

"사진은 안 되오!" 내가 말했다.

구급차의 문이 열리고 들것에 실린 사나이가 들려나왔다. 옷이 맨 처음 눈에 비쳤다. 거대한 기계에 말려들어간 것처럼 옷의 몸통과 윗몸 부분이 옆으로 찢겨져 있었다. 그리고 구급병동 입구의 차가운 형광등 불빛을 받아 그 얼굴이 눈에 들어왔다. 나는 그 얼굴을 보았다. 로먼 존즈였다. 두개골 오른쪽이 바람빠진 축구공처럼 쑥 들어가고, 입술은 거무스름한 보랏빛이었다.

플래시가 터졌다.

입구에서는 하몬드가 일을 시작하고 있었다. 그의 동작은 재빨랐다. 왼손으로 손목을 잡고 가슴에 귀를 댄 채 오른손을 경동맥에 댔다. 한꺼번에 세 가지 동작을 해치우는 것이다. 그런 다음 몸을 일으켜 말없이 가슴을 누르기 시작했다. 한쪽 손을 벌려 가슴에 대고 한쪽 팔이 붙은 겨드랑이쯤에서 또 다른 한쪽 손을 벌려 날카롭고 세며 리드미컬하게 눌렀다.

"마취의를 불러야겠군." 그가 말했다. "그리고 외과 레지던트를 데려오게. 알라민 1천 배의 용액이 필요하네. 산소흡입. 양압(陽壓). 가세!"

우리는 환자를 구급병동으로 데리고 가서 작은 처치실로 옮겼다. 하몬드는 여전히 리듬을 깨지 않고 심장 마사지를 계속했다. 우리가 방으로 들어가자 외과 레지던트가 기다리고 있었다.

"심장 정지인가?"

"그렇네." 하몬드가 대답했다. "호흡이 끊겼어. 맥박이 들리지 않아."

외과 레지던트는 치수가 8인 장갑이 들어 있는 종이주머니를 집어 들었다. 그는 간호원이 주머니를 열어주기를 기다리지 않고 자신이 직접 그 속에서 장갑을 꺼내 손에 꼈다. 그는 그동안 죽은 듯이 움직이지 않는 로먼 존즈의 몸에서 한 번도 눈을 떼지 않았다.

외과 레지던트는 장갑 속에서 손가락을 접었다폈다하며 말했다.

"절개하지."

하몬드는 가슴을 계속 누르면서 고개를 끄덕였다. 별효과가 없는 것 같았다. 로먼의 입술과 혀는 한층 더 검게 되어 있었다. 피부, 특히 얼굴과 귀의 피부에 얼룩덜룩하니 시커먼 반점이 생겼다. 산소 마스크가 씌워졌다.

"얼마나 할까요?"

간호사가 물었다.

"7리터."

외과 레지던트가 대답했다.

그의 손에 메스가 건네졌다. 이미 갈기갈기 찢어진 로먼의 옷가지가 가슴에서 잡아벗겨져 있었다. 바지를 입은 채였지만, 아무도 마음에 두지 않았다. 외과의가 오른손으로 메스를 단단히 쥐고 집게손가락을 칼날에 댄 채 무표정하게 앞으로 걸어나갔다.
"시작!"
그는 왼쪽 늑골 위를 비스듬히 절개했다. 깊이 절개했기 때문에 출혈이 있었으나 그는 상관하지 않았다. 하얗게 번쩍이는 늑골이 드러나고, 그 사이로 메스가 깊이 파고들었다. 그러고 나서 개흉기(開胸器)가 퍼지더니 늑골 부러지는 소리가 들렸다. 절개된 부분에서 오므라진 것처럼 보이는 로먼의 폐와 맥은 뛰지 않았지만 벌레를 담은 주머니처럼 꿈틀거리는 퍼런 심장이 보였다.

외과의는 가슴에 손을 집어넣고 마사지를 시작했다. 훌륭한 솜씨였다. 우선 새끼손가락을 움직인 다음 집게손가락까지 네 개의 손가락으로 움켜쥐고 심장에서 혈액을 밀어냈다. 그는 손가락으로 세게 움켜쥐고 리듬을 맞추기 위해 목소리를 내고 있었다.

누군가가 혈압계를 대자 하몬드가 눈금을 읽으려고 펌프를 눌렀다. 그는 얼마 동안 바늘을 지켜본 다음 말했다.
"제로일세."
"세동(細動)을 일으키고 있군." 외과 레지던트가 심장을 움켜쥔 채 말했다. "에피네프린은 없네. 기다리세."
마사지는 계속되었다. 로먼의 얼굴빛이 더욱 시커매졌다.
"약해졌군. 5천 배를 5cc."
주사기가 준비되었다. 외과의는 그것을 심장에 직접 찌르고 맛사지를 계속했다.

또 몇 분이 지났다. 나는 마사지되고 있는 심장을 지켜보았다. 그리고 인공호흡에 의해 리드미컬하게 부풀어오르는 폐를 지켜보았다. 그러나 환자는 살아나지 않았다. 마침내 모든 것이 정지되었다. 외과의가 말했다.

"이것뿐일세. 더 이상 어쩔 수 없어."

그는 가슴에서 손을 떼고 로먼 존즈를 내려다보며 장갑을 벗었다. 그리고 가슴과 팔의 열상과 움푹 꺼진 두개골을 살펴보았다.

"아마 제1차 호흡정지일 걸세. 머리를 세게 맞았군."

그는 하몬드를 돌아보았다.

"사망진단서를 써주겠나?"

"그러지." 하몬드가 대답했다.

간호사가 방으로 뛰어들어왔다.

"하몬드 선생님, 조겐센 선생님께서 부르십니다. 출혈 쇼크 환자인 젊은 여자가 와 있습니다."

복도로 나가 맨 먼저 얼굴을 마주한 것은 피터슨이었다. 그는 무엇을 해야 좋을지 모르는 태도로 서 있었다. 그는 나를 보자 갑자기 미소띤 얼굴을 보이며 소매를 붙잡았다.

"벨리 씨……."

"나중에 봅시다."

나는 딱 잘라 말하고 하몬드와 간호사를 따라 다른 처치실로 갔다. 젊은 여자가 창백한 얼굴로 누워 있었다. 손목에 붕대가 감겨 있었다. 의식은 있었지만 아주 희미했고 머리를 앞뒤로 움직이며 신음 소리를 냈다.

인턴인 조겐센이 그녀 위로 몸을 굽히고 있었다. 그는 하몬드에게 말했다.

"자살입니다. 손목을 잘랐군요. 출혈을 막고 지금 수혈을 할 참입니다."

조겐센은 정맥주사를 하기 위해 혈관을 찾고 있었다. 다리의 혈관을 찾고 있었다. 그는 주사바늘을 찔러넣으면서 말을 이었다.

"교차시험을 했습니다. 혈액은행에서 혈액이 와 있습니다. 적어도 2병은 필요할 겁니다. 헤마트크리트는 정상이지만, 그런 건 아무 의미도 없지요."
"어째서 다리에 하지?"
하몬드가 고개를 끄덕이면서 물었다.
"손목을 붕대로 감았기 때문에 팔을 건드리고 싶지 않습니다."
나는 앞으로 걸어나갔다. 그녀는 안젤라 허딩이었다. 지금의 그녀는 아름답다고 할 수 없었다. 얼굴빛이 백지장 같았으며, 입 가장자리는 잿빛이 되어 있었다.
"자네는 어떻게 생각하나?" 하몬드는 조겐센에게 물었다.
"살아날 겁니다. 아무 잘못도 일어나지 않는다면 말입니다."
하몬드는 붕대를 감은 손목을 살펴보았다.
"벤 상처가 있나?"
"네, 양쪽에 있습니다만 봉합했습니다."
나는 손을 지켜보았다. 손가락은 진한 갈색이 되어 있었다. 하몬드가 나를 돌아다보았다.
"당신이 이야기하던 그 여자입니까?"
"그렇네." 나는 대답했다. "안젤라 허딩일세."
"담배를 많이 피우는 모양이군요." 하몬드가 말했다.
"다시 한 번 잘 보게."
하몬드는 한쪽 손을 집어들고 갈색으로 물든 손 끝을 냄새맡았다.
"이건 담배가 아니군."
"바로 보았네."
"그렇다면······."
나는 고개를 끄덕였다.
"그렇지."

"……간호사군."

"맞았네."

갈색으로 물든 것은 소독제로 쓰여지는 요드팅크였다. 황갈색 액체로, 피부에 닿으면 물드는 것이다. 절개를 하기 전에 소독제로 쓰이며, 또 특수한 주사를 할 때에도 사용된다.

"모르겠군요." 하몬드가 말했다.

나는 그녀의 손을 잡아 내밀었다. 엄지손가락 등과 안쪽에 피가 나올 정도로 깊지는 않았으나 희미하게 벤 상처가 나 있었다.

"이것을 어떻게 생각하나?"

"시험해 본 거겠지요."

손목을 잘라 자살하는 경우 칼이 예리한가 어떤가를 시험하기 위해서, 또는 얼마쯤 아픔을 느끼는지 시험해 보기 위해 한두 번 손을 베어보는 것은 신기한 일이 아니다.

"그렇지 않네." 내가 말했다.

"그럼, 뭐지요?"

"칼부림한 사람을 진찰한 적이 있나?"

하몬드는 고개를 저었다. 본 일이 없는 것도 당연했다. 병리의만이 갖고 있는 경험이니까. 손에 난 작은 상처는 칼을 휘두르며 싸운 증거였다. 칼을 피하기 위해 손을 들어 막다가 작은 상처를 입는 것이다.

"이것이 바로 그 상처란 말입니까?"

"그렇지."

"그녀가 나이프를 휘둘렀다는 말입니까?"

"그렇지."

"무슨 까닭으로?"

"나중에 이야기하겠네."

나는 로먼 존즈에게로 돌아갔다. 그는 아직도 그 방에 있었다. 피터슨과 또 한 사나이가 있었다. 그 사나이가 존즈의 눈을 살펴보고 있었다.

피터슨이 말했다.

"벨리 씨, 당신은 언제나 엉뚱한 때에 나타나는군요."

"당신도 마찬가지요."

"그렇군요. 하지만 나는 이게 일이랍니다."

그는 방에 있던 또 한 사나이를 가리키며 고개를 끄덕였다.

"전에 당신이 너무 걱정하기에 이번에는 의사를 데리고 왔습니다. 경찰의지요. 이것은 검시관이 다룰 사건입니다. 아시겠지요?"

"알고 있습니다."

"로먼 존즈라는 사나이로, 패스포트를 보고 알았지요."

"어디서 그를 발견했습니까?"

"큰길에 쓰러져 있었지요. 비콘 힐의 조용한 큰길에. 머리를 심하게 맞았더군요. 머리서부터 거꾸로 떨어진 모양입니다. 아파트 2층 유리창이 깨졌더군요. 안젤라 허딩이라는 아가씨의 방이었습니다. 그녀도 지금 여기에 와 있지요."

"알고 있습니다."

"오늘밤에는 여러 가지를 아시는군요."

나는 대꾸하지 않았다. 머리의 통증이 심해져서 쑤시고 온 몸에 피로를 느꼈다. 나는 침대에 누워 언제까지나 자고 싶었다. 그러나 너무 괴로워 잠을 이룰 수 없을 것 같았다. 가슴이 답답하고 속이 메슥거리기 시작했다.

나는 로먼 존즈의 시체 위로 몸을 숙였다. 누군가가 옷을 벗겨놓아 몸과 팔에 난 깊이 베인 상처가 여러 개 보였다. 다리는 손대지 않은 채였다.

경찰의가 몸을 일으켜 피터슨을 보며 말했다.
"지금으로서는 정확한 사인(死因)을 말할 수가 없겠군요."
그는 턱으로 가슴에 더 많이 난 상처를 가리켰다.
"상처가 많이 헤쳐져 있습니다. 그러나 머리를 세게 부딪친 모양입니다. 창문으로 떨어졌다고 했지요?"
"우리는 그렇게 생각합니다." 피터슨이 나를 보면서 대답했다.
"기록을 작성해야겠군요." 의사가 말했다. "패스포트를 이리 주시오."
피터슨은 그에게 로먼 존즈의 패스포트를 건네주었다. 의사는 방 한쪽 게시판에 쓰기 시작했다. 나는 계속 시체를 지켜보고 있었다. 특히 머리에 흥미를 느꼈다. 나는 머리의 움푹 꺼진 부분을 손으로 만져보았다. 피터슨이 물었다.
"뭘 하는 겁니까?"
"시체를 살펴보고 있습니다."
"누구의 허가로?"
나는 한숨을 내쉬었다.
"누구의 허가가 필요하지요?"
그는 얼른 대답하지 못했다.
나는 의사 쪽을 보며 말했다.
"시체 겉부분을 검진할 수 있도록 허가해 주기 바랍니다."
그는 패스포트를 조사하며 메모하고 있었는데, 틀림없이 내 말을 들었을 것이다.
"시체는 사법해부를 할 것이오!"
피터슨이 말했다.
내가 다시 말했다.
"허가를 바라오."

"허가할 수 없소."

그때 의사가 말했다.

"무슨 말을 하는 거요, 잭?"

피터슨은 경찰의에게서 나에게로 눈길을 옮겼다가 다시 그에게로 옮겼다.

"좋습니다, 검사하시오. 그러나 현상(現狀)을 다치면 안 됩니다."

나는 머리에 나타난 상처를 살펴보았다. 컵 모양으로 움푹 패어진 사람 주먹만한 크기였으나, 주먹으로 만들어진 상처는 아니었다. 상당히 센 힘으로 휘두른 몽둥이나 파이프 끝이 만들어낸 상처였다. 잘 주의해 보니, 피투성이 두개골에 작은 갈색 나무부스러기가 몇 개 박혀 있었다. 나는 그런 부스러기에 손대지 않았다.

"이 머리의 상처는 창문에서 떨어져 생겼다고요?"

"그렇습니다." 피터슨이 대답했다. "왜 묻지요?"

"그냥 물어보았을 뿐입니다."

"어째서요?"

"몸에 난 상처는 어떻습니까?" 나는 다시 물었다.

"방 안에서 입은 거겠지요. 그녀, 안젤라 허딩과 다투었음에 틀림없소. 그 방에는 피투성이 요리용 나이프가 있었어요. 그녀가 틀림없이 로먼을 뒤쫓았을 겁니다. 아무튼 창문에서 떨어졌거나 떨어뜨린 겁니다. 그리고 이 상처가 치명상이 되었지요."

그는 말을 끊고 나를 보았다.

"그래요?" 하고 나는 말했다.

"그밖에 할 말은 없소."

나는 고개를 끄덕이며 방에서 나와 바늘과 주사기를 가지고 되돌아왔다. 나는 시체 위로 몸을 굽히고 경동맥을 더듬어 목에 바늘을 찔렀다. 지금 팔의 혈관을 건드릴 수는 없는 것이었다.

"무엇을 하는 거지요?"

"혈액을 채취합니다."

나는 주사바늘을 빼어 푸르스름한 빛을 띤 피를 몇 밀리미터 채취했다.

"무엇 때문에?"

"독이 돌았는지 알고 싶어서요."

그것은 순간적으로 내 머리에 떠오른 대답이었다.

"독?"

"그렇습니다."

"어째서 그런 생각을 하지요?"

"그냥 육감입니다."

나는 주사기를 주머니에 넣고 방을 나오려고 했다. 피터슨이 나를 지켜보며 말했다.

"잠깐만!"

나는 걸음을 멈추었다.

"한두 가지 묻고 싶은 것이 있습니다."

"나에게 말입니까?"

"우리의 생각은 이렇습니다." 피터슨이 설명했다. "이 남자와 안젤라 허딩이 다투었다, 그리고 존즈가 떨어지자 여자는 자살을 기도했다."

"그 이야기는 아까 들었습니다."

"그런데 꼭 한 가지 문제가 있습니다. 존즈는 몸집이 큰 사나이오. 190파운드 내지 200파운드는 될 겁니다. 그런데 안젤라 허딩처럼 몸집이 작은 아가씨가 그를 떨어뜨렸다고 생각할 수 있겠습니까?"

"떨어졌는지도 모르지요."

"여자를 거들어준 자가 있었을지도 모릅니다."
"그럴지도 모르지요."
피터슨은 내 얼굴의 상처를 덮고 있는 붕대를 가만히 지켜보았다.
"오늘 저녁에 무슨 일이 있었습니까?"
"있었습니다."
"무슨 일이었습니까?"
"젖은 길에서 넘어졌답니다."
"그럼, 찰과상이겠군요."
"그렇지 않습니다. 시에서 자랑하는 주차 미터에 머리를 부딪친 거지요. 열상입니다."
"톱니모양으로 들쭉날쭉한 열상입니까?"
"천만에요. 아주 깨끗한 상처지요."
"로먼 존즈와 같은 것입니까?"
"글쎄요."
"존즈를 만난 적이 있습니까?"
"있습니다."
"언제?"
"오늘 저녁, 약 3시간 전에."
"그거 참, 재미있군요."
"잘 생각해 보시오. 행운을 빌겠습니다."
"나는 당신을 구속하여 심문할 수가 있습니다."
"할 수 있겠지요. 그러나 용의가 무엇이지요?"
그는 어깨를 으쓱했다.
"종범(從犯)이오. 어떤 용의라도 좋소."
"그럼, 나는 곧 당신을 고소할 겁니다. 당신이 어쩔 줄 몰라 쩔쩔매는 사이에 당신으로부터 2백만 달러를 빼앗을 거요."

"심문했을 뿐인데?"

"그렇지요." 나는 말했다. "의사의 신용을 떨어뜨렸기 때문이오. 의사의 신용은 그의 생명이오. 아무리 작은 의혹이라도 실질적 손해를 주게 마련입니다. 경제적인 손해를 말이오. 내가 법정에서 손해를 증명하는 것은 문제없는 일입니다."

"아더 리는 그런 태도를 취하지 않았소."

나는 미소지었다.

"내기할까요?"

내가 방에서 나오려고 하자 피터슨이 다시 물었다.

"당신은 몸무게가 얼마나 됩니까?"

"180파운드요. 8년 전이나 마찬가지요."

"8년 전?"

"그렇습니다. 내가 경찰관이었던 때였지요."

나는 머리가 거대한 기계 속에 들어가 센 힘으로 죄어드는 것처럼 느꼈다. 머릿속이 쿡쿡 쑤시고, 무엇인가가 치받쳐오르는 것 같았다. 복도를 걷다가 갑자기 구역질이 났다. 얼른 화장실로 들어가 샌드위치와 커피를 토해냈다. 나는 기운이 빠져나가는 것을 느끼고 식은땀이 흘렀다. 그러나 한참 가만히 있으니 기분이 나아졌다. 나는 하몬드에게로 돌아갔다.

"기분이 어떻습니까?"

"똑같은 말밖에 할 줄 모르나?"

"얼굴빛이 아주 처참하군요. 당장 토할 것만 같습니다."

"그렇지 않네."

나는 존즈의 혈액이 들어 있는 주사기를 주머니에서 꺼내 침대 옆 테이블에 놓았다. 그리고 새로운 주사기를 집어들며 물었다.

"생쥐 한 마리를 찾아다 줄 수 없겠나?"
"생쥐?"
"그래, 생쥐."
하몬드는 묘한 표정을 지었다.
"코클란의 연구실에 쥐가 있지요. 방에 아무도 없을 겁니다."
"생쥐가 필요하네."
"찾아보지요" 하고 그가 말했다.

우리는 지하실로 향했다. 가는 도중 간호사가 하몬드를 불러세우고 안젤라 허딩의 부모에게 연락했다고 보고했다. 하몬드는 그들이 도착하거나 그녀가 의식을 되찾거든 알려달라고 말했다.

우리는 지하실로 내려가 철관 밑을 지날 적마다 키를 낮추며 미로 같은 복도를 걸어갔다. 겨우 동물을 가두어둔 곳으로 왔다. 대학과 관련있는 큰 병원이 거의 다 그렇듯 메모리얼도 연구용 시설을 갖추고 있어 많은 동물이 실험에 쓰여지고 있었다. 우리는 개짖는 소리며 새의 날갯짓 소리를 들으면서 이 방에서 저 방으로 빠져나갔다. 이윽고 우리는 '작은 동물'이라고 씌어진 방에 이르렀다. 하몬드가 문을 밀어 열었다.

그 방은 바닥에서부터 천장까지 쥐와 생쥐로 가득차 있었다. 지독한 냄새가 코를 찔렀다. 젊은 의사에게는 낯익은 냄새였다. 간장병환자의 숨결은 '페토르헤파티커스(간장의 악취)'라고 알려진 기묘한 냄새를 지니고 있다. 그 냄새는 방안 가득한 생쥐 냄새와 아주 비슷했다.

우리는 생쥐 한 마리를 골라잡았다. 하몬드가 꼬리를 잡아 우리에서 꺼냈다. 생쥐는 몸부림치며 하몬드의 손을 물어뜯으려고 했으나 잘 되지 않았다. 하몬드는 생쥐를 테이블에 놓고 머리 바로 뒤 부드러운 부분을 잡아눌렀다.

"무얼 하려는 겁니까?"

나는 주사기를 꺼내 로먼 존즈의 시체에서 채취한 혈액을 주사했다. 하몬드는 생쥐를 유리항아리에 떨어뜨렸다.

생쥐는 오랫동안 항아리 속을 빙글빙글 돌았다.

"무엇을 조사하는 겁니까?" 하몬드가 물었다.

"모를 테지. 자네는 병리의가 아니니까. 생쥐실험에 대해 들은 적이 있나?"

"없는데요."

"옛날부터 해왔다네. 옛날에는 생물실험이라면 이것밖에 없었다더군."

"생물실험? 무엇의 생물실험이란 말입니까?"

"모르핀."

생쥐는 아직도 원을 그리며 계속 뛰어다녔다. 그러다가 이윽고 동작이 늦어지더니 근육을 긴장시키며 꼬리를 똑바로 세웠다.

나는 말했다.

"확실해."

"모르핀입니까?"

"그렇네."

현재는 나로르핀 같은 간단한 실험이 있지만, 죽은 사람에게는 생쥐실험이 효과적이라고 알려져 있다.

"그는 마약 상습자였군요?"

"그렇다네."

"그럼, 그 젊은 여자도?"

"그건 이제부터 알게 되겠지" 하고 나는 말했다.

우리가 방으로 돌아가자 그녀는 의식을 되찾고 있었는데, 3단위[(2)]의 혈액을 수혈하여 피로가 심해서 눈이 흐리멍덩해 보였다. 그러나 그녀보다 내가 더 피로했다. 나는 극도의 피로 때문에 몸 전체에 힘이 없고 오로지 잠만 쏟아져왔다.
"혈압이 65에서 100으로 올랐습니다."
방에 있던 간호사가 말했다.
내가 말했다.
"알았소."
나는 피로를 참고 그녀의 곁으로 다가가 가볍게 손을 두드렸다.
"기분이 어떻소, 안젤라?"
그녀의 목소리는 힘이 없었다.
"안 좋아요."
"이제 걱정할 것 없소."
"실패했어요." 그녀는 공허한 목소리로 말했다.
"어떤 의미지?"
눈물 한 방울이 그녀의 뺨을 타고 흘렀다.
"실패했어요. 그뿐이에요. 했는데 실패했어요."
"이제 걱정없소."
"그래요. 실패한 거예요."
"우리는 당신과 이야기하고 싶소, 안젤라."
그녀는 얼굴을 돌려버렸다.
"그냥 내버려두세요."
"안젤라, 이건 무척 중요한 일이오."
"의사란 모두 똑같군요. 어째서 나를 가만히 내버려두지 않지요? 상관하지 말고 내버려두세요. 부탁이에요. 그래서 했어요. 상관하지 말고 내버려두어 주기를 바랐기 때문에요."
"경찰관이 당신을 발견했다더군."
그녀는 잠긴 목소리로 웃었다.

"의사나 경찰은 모두 마찬가지예요."
"안젤라, 우리는 당신의 도움이 필요하오."
"싫어요!"
그녀는 붕대를 감은 손목을 올려 들여다보았다.
"싫어요! 절대로 싫어요."
"그럼, 하는 수 없지."
나는 하몬드를 향해 말했다.
"나로르핀을 가져다주게."
그녀는 틀림없이 내 말을 들었을 텐데 반응을 보이지 않았다.
"얼마쯤 가져올까요?"
"10밀리그램" 하고 나는 말했다. "꼭 적당한 양이지."
안젤라는 희미하게 몸을 떨었으나 아무 말도 하지 않았다.
"괜찮겠소, 안젤라?"
안젤라는 나를 올려다보았다. 그녀의 눈은 분노로 불탔으며 무언가를 원하고 있는 듯했다. 그녀는 내 말의 의미를 알고 있었던 것이다. 그녀가 물었다.
"뭐라고 했지요?"
"나로르핀을 10밀리그램 주사해도 괜찮겠느냐고 했소."
"좋아요. 무엇을 주사해도 괜찮아요. 아무래도 좋아요."
나로르핀은 모르핀의 길항질(拮抗質)[4]이었다. 만일 그녀가 마약 상습자라면, 순식간에 금단 증상에 빠지고, 단위가 높은 경우에는 눈 깜짝할 사이에 생명을 잃을 것이 틀림없다.

간호사가 들어왔다. 그녀는 내가 누구인지 몰라 망설이는 것 같았으나 얼굴에 나타내지는 않았다.
"밖에 허딩 부인이 와 계십니다. 경찰관이 불렀답니다."

"좋소, 내가 만나지."

나는 복도로 나갔다. 한 여자와 한 남자가 진정되지 않는 모습으로 서 있었다. 남자는 키가 컸다. 그는 허둥지둥 옷을 입었는지 양말과 옷이 서로 맞지 않았다. 여자는 얼굴이 잘생겼는데, 이마를 찡그리고 있었다. 나는 그녀의 얼굴을 보자, 만난 일이 없을 텐데도 어디선지 본 것 같은 기분에 사로잡혔다. 그녀의 얼굴 어딘가에 아무래도 처음 만난 사람으로 생각되지 않는 무언가가 있었다.

"벨리입니다."

"톰 허딩입니다."

남자가 손을 내밀어 으스러질 정도로 힘차게 내 손을 잡았다.

"그리고 안사람입니다."

"잘 부탁해요."

나는 그들을 보았다. 누가 보든 새벽 4시에 병원 구급병동으로 불려나와, 딸이 손목을 베었다는 사실을 듣고 놀라는 호인다운 50대 사람들이었다.

허딩 씨는 헛기침을 하고 말했다.

"무슨 일이 있었는지 간호사가 가르쳐주었습니다. 안젤라가 한 일에 대해서 말입니다."

"따님은 염려하실 것 없습니다" 하고 내가 말했다.

"그애를 만날 수 있을까요?" 허딩 부인이 물었다.

"지금은 안 됩니다. 아직 테스트하고 있는 중이니까요."

"그럼, 아직 확실히……."

"아닙니다. 누구에게나 다 하는 테스트입니다."

톰 허딩은 고개를 끄덕였다.

"나는 아내에게 걱정할 것 없다고 말했습니다. 안젤라는 이 병원 간호사니까 병원에 맡겨두면 된다고 말입니다."

"물론이지요. 가능한 조치는 모두 취하고 있습니다."
"딸아이는 정말 무사한가요?"
허딩 부인이 다시 물었다.
"네, 걱정없습니다."
그녀는 남편에게 말했다.
"릴랜드에게 전화해서 오지 않아도 된다고 말씀하세요."
"아마 틀림없이 이미 떠났을 거요."
"하지만 걸어보세요."
허딩 부인이 조심스럽게 말했다.
"접수구에 전화가 있습니다."
내가 말했다.
톰 허딩은 전화를 걸려고 갔다. 나는 허딩 부인에게 물었다.
"단골의사를 부르셨습니까?"
"아니에요. 나의 오빠예요. 그는 의사인데, 안젤라가 어렸을 때부터 무척 귀여워해 주었답니다. 오빠……."
"릴랜드 웨스턴 씨지요?"
나는 그녀의 얼굴에 낯익은 데가 있다고 생각했던 것을 떠올리면서 말했다.
"네, 아세요?"
"전부터 잘 아는 사이입니다."
그녀가 무슨 말인지 하려고 했을 때 하몬드가 나로르핀과 주사기를 가지고 돌아왔다.
"정말 이것을……."
하몬드가 말했다.
"노튼, 허딩 부인일세."
나는 그의 질문을 못 들은 척하며 말했다.

"주임 레지던트인 노튼 하몬드입니다."

"잘 부탁드리겠어요."

허딩 부인은 희미하게 고개를 끄덕였으나 눈 속에 갑자기 경계하는 빛이 떠올랐다.

"따님은 걱정없습니다."

하몬드가 말했다.

"네, 마음놓았어요."

그러나 그녀의 목소리는 아주 차갑게 들렸다.

우리는 부인에게 인사하고 안젤라에게로 돌아왔다.

우리가 복도를 걷고 있을 때 하몬드가 물었다.

"당신은 자신이 무엇을 하고 있는지 알고 있겠지요?"

"알고 있네."

나는 물을 마시는 곳에서 걸음을 멈추고 컵에 물을 채웠다. 나는 그 물을 다 마시고 또다시 컵에 물을 가득 담았다. 두통이 심해졌고 참을 수 없이 잠이 쏟아졌다.

그러나 나는 아무 말도 하지 않았다. 만일 하몬드가 이런 상태를 알아차리면, 그가 어떻게 할지 잘 알고 있었기 때문이다. 나는 되풀이 말했다.

"나는 내가 무엇을 하는지 알고 있네."

"알고 있지 않으면 곤란합니다. 뭔가 잘못이 일어나면 내 책임이거든요. 내가 주임 레지던트니까요."

"물론 알지. 염려 말게."

"누구라도 걱정할 겁니다. 이것을 10밀리그램 주사하면 저 아가씨는 금방 싸늘해지고 말 테니까요."

"걱정하지 말라니까."

"죽는단 말입니다. 처음부터 10밀리그램을 주사하지 말고 2밀리그램부터 시작하십시오. 20분이 지나도 변화가 없거든 다시 5밀리그램으로 늘리고……."
"알고 있네. 그러나 2밀리그램으로는 그녀를 죽일 수 없네."
하몬드는 나를 지켜보며 물었다.
"정신이 돈 게 아닙니까?"
"그럴 리가 있나. 멀쩡하네."
우리는 안젤라의 방으로 들어갔다. 그녀는 몸을 움직여 돌아눕더니 우리에게서 얼굴을 돌렸다. 나는 하몬드에게서 나로르핀을 받아 주사기와 함께 침대 바로 곁에 있는 테이블에 올려놓았다. 그녀가 레벨을 읽도록 하기 위해서였다.

그리고 나서 나는 침대를 한 바퀴 돌아 그녀의 등 뒤로 다가갔다.
나는 그녀의 몸 너머로 손을 뻗쳐 앰플과 주사기를 집어들었다. 그리고 재빨리 주사기에 컵에 담긴 물을 넣었다.
"돌아누워요, 안젤라."
그녀는 돌아눕더니 팔을 내밀었다. 하몬드는 어이가 없어 꼼짝도 하지 않았다. 나는 그녀의 팔에 지혈대를 감고 혈관이 나타날 때까지 비볐다. 그런 다음 주사바늘을 찌르고 주사기에 담긴 것을 밀어냈다. 그녀는 말없이 나를 지켜보았다.
이윽고 그 일이 끝나 나는 몸을 일으키며 말했다.
"끝났소."
그녀는 나를 보았다. 그런 다음 하몬드를 보고 다시 또 나를 쳐다보았다.
"곧 시작되겠지" 하고 나는 말했다.
"얼마를 주사했지요?"
"충분한 분량을."

"10밀리그램? 10밀리그램을 주사했나요?"

그녀는 조바심치기 시작했다. 나는 그녀를 안심시키려는 듯 팔을 가볍게 두드렸다.

"걱정할 것 없소, 안젤라."

"20이었나요?"

"아니, 그렇지 않소. 단 2밀리그램, 2밀리그램이었소."

"2밀리그램이라고요?"

"안젤라를 죽일 분량은 못되지." 나는 침착하게 말했다.

그녀는 신음소리를 내며 우리에게서 얼굴을 돌려버렸다.

"실망했소?"

"무얼 하시려는 거지요?" 그녀가 물었다.

"그 대답은 당신이 더 잘 알 텐데?"

"하지만 2밀리그램이라는 건……."

"증상이 나타나기에 꼭 알맞은 분량이지. 식은땀과 경련과 심한 통증, 금단 증상이 시작되는 거요."

"너무하군요!"

"안젤라를 죽일 만한 분량은 아니오. 당신도 그걸 잘 알고 있지 않소."

"너무하군요. 나는 이리로 데려다달라는 말 같은 건 하지 않았어요."

"하지만 여기 와 있잖소, 안젤라. 그리고 혈관에 나로르핀이 주사되어 있소. 대단한 분량은 아니지만 충분하지."

안젤라는 땀을 흘리기 시작했다. 그녀가 말했다.

"막아 주세요."

"모르핀을 써도 좋소."

"막아 주세요, 부탁이에요, 싫어요!"

"그럼, 말해요. 카렌에 대한 것을."
"먼저 막아 주세요."
"안 돼!"
하몬드는 더 이상 볼 수 없었던지 침대로 가까이 가려 했다. 나는 그를 뒤로 밀어냈다.
"말하오, 안젤라."
"나는 아무것도 몰라요."
"그럼, 증상이 시작될 때까지 기다려야겠군. 당신은 고통으로 소리를 지르면서 이야기해야 할 거요, 안젤라."
베개가 땀으로 흠뻑 젖었다.
"난 몰라요. 정말 몰라요."
"어서 말하오, 안젤라."
"난 아무것도 몰라요!"
그녀는 몸을 떨기 시작했다. 처음에는 희미하게, 그러다가 참을 수 없는 듯 몸 전체가 떨렸다.
"시작되었소, 안젤라."
안젤라는 이를 악물었다.
"괜찮아요."
"좀더 심해질 거요, 안젤라."
"막아 주세요…… 막아 주세요…… 막아 주세요……."
나는 모르핀 앰플을 꺼내 그녀의 눈앞에 있는 테이블에 올려놓았다.
"어서 말하오."
안젤라는 더욱 심하게 떨어 몸 전체에 경련이 일어나기 시작했다. 침대가 무섭게 흔들렸다. 만일 내가 그녀 스스로 암시에 걸려 있다는 것을, 나로르핀은 한 방울도 주사하지 않았다는 것을 몰랐다면, 아마 그녀를 가엾게 생각했을 것이다.
"안젤라!"
"말하겠어요." 그녀는 거친 숨결을 내뱉으면서 말했다. "내가 했어요. 하지 않을 수가 없었어요."
"어째서?"
"위험해졌으니까요. 병원에서 눈치를 챘어요."
"외과에서 훔쳤나?"
"네…… 많지는 않았어요. 아주 조금이었어요…… 하지만 충분했어요……."
"언제부터였소?"
"3년…… 4년 전일지도 몰라요……."
"그리고 무슨 일이 있었소?"
"로먼이 임상(臨床)에서 훔쳤어요…… 로먼 존즈가."
"언제?"
"지난주였어요."
"그래서?"
"눈치챈 거예요. 모두를 조사하기 시작했어요……."
"그래서 훔치는 것을 그만두어야 했던 거로군?"
"네……."
"안젤라는 어떻게 했지?"
"로먼에게서 사려고 했어요."
"그래서?"
"그는 돈을 내라고 하더군요, 아주 많이."
"누가 중절을 제의했지?"
"로먼이에요."
"돈을 만들기 위해서였소?"

"네."

"그는 얼마를 내라고 했소?"

나는 이미 그 대답을 알고 있었다.

그녀가 대답했다.

"3백 달러."

"그래서 당신이 중절을 해주었군?"

"네…… 맞아요…… 맞아요……."

"누가 마취했소?"

"로먼이 했어요. 문제없어요. 티오펜타르로."

"그리고 카렌은 죽었소?"

"돌아갈 때는 아무렇지도 않았어요. ……내 침대에서 했어요…… 모든 것이 다 …… 잘되었어요. 모든 일이…… 내 침대에서……."

"그러나 그녀는 얼마 안 있어 죽었소."

"네…… 부탁이에요, 주사해 주세요!"

"놓아주지" 하고 나는 말했다.

나는 주사기에 다시 한 번 물을 넣고 안개처럼 물이 뿜어져나올 때까지 공기를 밀어낸 다음 정맥에 주사했다. 그녀는 곧 진정되었다. 호흡이 느려지고 잠잠해졌다.

"안젤라……." 나는 다시 말했다. "당신이 정말 중절했소?"

"네."

"카렌은 그 때문에 죽었군?"

안젤라는 힘없는 목소리로 대답했다.

"네."

나는 그녀의 팔을 가볍게 두드렸다.

"됐소. 마음 푹 놓고 쉬도록 하오."

우리는 복도로 나갔다. 톰 허딩은 담배를 붙여문 채 이리저리 복도를 서성거리면서 아내와 함께 우리를 기다리고 있었다.
"안젤라는 무사합니까? 테스트는……"
"걱정없습니다. 완전히 회복될 겁니다."
"이제 마음놓았습니다."
톰 허딩의 어깨가 힘없이 축 늘어졌다.
"그렇겠지요."
노튼 하몬드가 내게 눈짓했다. 나는 그 눈길을 피했다. 나는 심한 통증을 느끼고 있었다. 두통이 점점 더 심해져 이따금 눈 앞이 흐릿해졌다. 오른쪽 눈이 왼쪽 눈보다 훨씬 더 심한 것 같았다. 그러나 누군가가 그들에게 이야기해 주어야 할 일이었다. 나는 말했다.
"허딩 씨, 따님은 경찰과 관련된 사건에 관계되어 있습니다."
그는 믿어지지 않는다는 눈길로 나를 보았다. 이윽고 그의 표정이 일그러지며 내 말을 인정했다. 그것은 마치 처음부터 알고 있었던 것 같은 태도였다. 그는 나직이 말했다.
"마약이군."
"그렇습니다."
나는 고통을 더 이상 견딜 수 없게 되었다.
"우리는 몰랐습니다. 만약 알았더라면……"
"하지만 좀 이상하다는 생각은 들었어요." 허딩 부인이 말했다.
"우리는 안젤라를 말릴 수가 없었답니다. 그 아이는 고집이 센데다 말할 수 없이 제멋대로여서 자기가 하는 일에 자신을 갖고 있었어요. 어릴 때부터 자신을 믿고 있었지요."

"끝났군요. 이것으로 끝났습니다."
하몬드는 얼굴의 땀을 소매로 닦아냈다.

"그래, 끝났네."

하몬드가 바로 내 곁에 있었는데도 아득히 먼 곳에 있는 것처럼 생각되었다. 그의 목소리가 갑자기 희미해지더니 아무 의미도 없게 되었다. 내 주위의 모든 일들이 아무 의미가 없어졌다. 사람들이 조그맣게 꺼져가는 듯싶었다. 머리가 깨질 것처럼 심하게 아팠다. 나는 걸음을 멈추고 쉬어야만 했다.

"왜 그러십니까?"

"아무것도 아니네. 좀 지친 걸세."

하몬드는 고개를 끄덕였다.

"어떻습니까? 이것으로 모두 끝났습니다. 기쁘시죠?"

"자네는 기쁜가?"

우리는 의사들의 검토실에 들어갔다. 의자 두 개와 테이블 하나밖에 없는 작은 방이었다. 벽에 출혈 쇼크, 폐부종, 화상, 좌상 등 위급환자의 처치를 자세히 기록한 차트가 걸려 있었다. 우리는 자리에 앉았다. 나는 담배에 불을 붙였다. 라이터를 켰을 때 왼손에 힘이 빠진 것처럼 느껴졌다.

하몬드는 한참 동안 차트를 지켜보고 있었다. 우리는 둘 다 말이 없었다. 이윽고 하몬드가 물었다.

"마시겠습니까?"

"좋지."

나는 금방이라도 토할 것 같아 불쾌해서 견딜 수가 없었다. 술을 마시면 불쾌한 기분이 좀 가라앉을지도 모른다. 어쩌면 한층 불쾌감이 더할지도 모르지만.

그는 로커를 열고 안에 손을 집어넣어 플라스크를 꺼냈다.

"보드카입니다. 냄새가 없지요. 급한 환자에게 좋습니다."

그는 플라스크를 열어 한 모금 마시고 나에게로 돌렸다.

내가 마시고 있을 때 하몬드가 말했다.
"놀랐는데요. 이런 일인 줄은 생각지 못했습니다. 정말 놀랐습니다."
"그럴 테지."
나는 플라스크를 그에게 돌려주었다.
"아주 좋은 아가씨였는데……."
"그래, 맞네."
"그 속임수 말입니다. 당신은 물로 그녀를 금단 증상에 끌어넣은 뒤 물로 다시 빠져나오게 했지요."
"어째서인지 알겠나?"
"네. 그녀는 당신을 믿었기 때문입니다."
"그렇지. 그녀는 나를 믿었네."
나는 차트를 올려다보고 자궁외임신의 진단과 처치에 대한 응급치료법을 설명한 부분을 읽기 시작했다. 월경불순과 오른쪽 아랫부분의 통증에 대해 씌어 있는 곳까지 흐릿하게 오자 글자가 보이기 시작했다.
"존."
나는 좀처럼 대답할 수가 없었다. 그의 말을 듣는 데 긴 시간이 걸린 듯했다. 나는 졸려 머리활동이 둔해져 몸이 마음먹은 대로 움직여주지 않았다.
"존."
"왜 그러나?"
내 목소리는 무덤 속의 울림처럼 텅 비어 있었다. 걱정없다, 없다, 없다……
"얼굴빛이 굉장히 나쁘군요."
"걱정없네……."

나는 그 말이 꿈 속에서처럼 되풀이되는 것을 들었다. 걱정없네, 없네, 없네……
"화내지 마십시오."
"화나지 않았어."
나는 눈을 감았다. 눈까풀이 무거워 뜨고 있을 수가 없었다. 윗눈까풀이 무거워 아랫눈까풀에 붙어서 떨어지지 않았다.
"나는 행복하네."
"행복하다고요?"
"뭐라고 했나?"
"당신은 행복합니까?"
"아니야."
나는 의미없는 말을 하고 있었다. 아무 의미도 없었다. 그의 목소리가 알아들을 수 없는 갓난아기의 말처럼 들렸다.
"아닐세." 나는 말했다. "나는 화 같은 거 내지 않았네."
"존."
"나를 존이라고 부르지 말게."
"당신 이름입니다."
하몬드는 일어나서 천천히 움직이기 시작했다. 나는 그가 움직이는 것을 보고 있다가 심한 피로감을 느꼈다. 그는 주머니에 손을 넣어 라이트를 꺼내 내 얼굴을 비추었다. 나는 얼굴을 돌렸다. 불빛이 눈부시고 눈이 아팠다. 특히 오른쪽 눈이.
"나를 보십시오."
그 커다란 목소리는 명령하는 것 같았다. 훈련계 상사(上士)의 목소리다. 퉁명스러워서 물어뜯을 것 같았다.
"그만두게" 하고 나는 말했다.
힘센 손가락이 내 머리를 누르고 라이트가 눈 속을 비췄다.

"그만두게, 노튼!"
"가만히 있어야 합니다."
"제발 그만두라니까!"
나는 눈을 감았다. 지쳐 있었다. 너무나 피로했다. 백만 년이라도 자고 싶었다. 잠은 아름다운 것이다. 파도가 사막을 씻고 아름답게 천천히 소리내며 모든 것을 깨끗이 하는 대양과 같았다.
"나는 괜찮아, 노튼. 다만 화가 났을 뿐일세."
"존, 가만히 계십시오."
존, 가만히 계십시오.
존, 가만히 계십시오.
존, 가만히 계십시오.
존, 가만히 계십시오.
"노튼, 뭘 하는 건가?"
"잠자코 계십시오." 그가 말했다.
잠자코 잠자코.
그는 작은 고무 해머를 꺼냈다. 그리고 내 무릎을 때렸다. 내 다리가 아래위로 흔들렸다. 그것이 나를 속상하게 만들고 조바심나게 했다. 나는 자고 싶었다. 깊은 잠에 빠지고 싶었다.
"노튼, 자네는 바보일세."
"잠자코 계시라니까요. 당신도 별 수 없는 바보로군요."
당신도 당신도.
그 낱말이 내 머릿속에서 메아리쳤다. 당신도 어떻다고? 나는 생각했다. 그리고 나서 고무처럼 부드러운 손가락이 내 눈에 가까이 오더니 눈을 감게 했다. 잠이 나에게 살그머니 다가왔다.
"나는 지쳤네."
"알고 있습니다. 눈에 보이는군요."

"나는 보이지 않네. 아무것도 보이지 않아."

아무것도.

보이지 않아.

나는 눈을 뜨려고 했다.

"커피, 커피를 마시고 싶군."

"안 됩니다." 그가 말했다.

"나에게 태아를 주게."

그리고 나서 나는 어째서 그런 말을 했을까 생각했다. 아무 의미도 없었다. 의미가 있는지 없는지…… 너무 혼란스러웠다. 모든 게 혼란되어 있었다. 오른쪽 눈이 아팠다. 두통은 오른쪽 눈 바로 뒤였다. 해머를 든 난쟁이가 안구 뒤를 내리치는 것 같았다.

"난쟁이다!" 내가 말했다.

"뭐라고요?"

"난쟁이일세." 내가 설명했다.

분명한 일이었다. 그가 알지 못하는 건 어리석다. 너무나 분명한 일이었다. 사물을 분별할 수 있는 사람이 당연한 말을 한 것이다. 노튼은 모른 체하고 게임을 하려고 했다.

"존." 노튼이 다시 말했다. "백에서부터 거꾸로 세어보십시오. 백에서 일곱씩 빼나가는 겁니다. 할 수 있겠죠?"

나는 한참 동안 잠자코 있었다. 쉽지 않았다. 내 머릿속에 하얀 종이가 한 장 보이고 그 위에 연필이 놓여 있다. 백에서 일곱을 뺀다. 선을 긋고 뺄셈을 하는 것이다.

"93."

"좋습니다. 계속해 보십시오."

이번에는 한층 더 어려웠다.

새로운 종이로 시작하기 전에 낡은 종이를 찢어버려야만 했다. 그

낡은 종이를 찢어버릴 때 무엇이 씌어 있었는지 그만 잊고 말았다. 복잡하다. 머리가 혼란되어 있었다.
"계속하십시오, 93에서……."
"93에서 7을 뺀다."
나는 한참 생각했다.
"85. 아니, 86일세."
"그 다음."
"79."
"맞았습니다."
"73. 아니지, 74. 아니, 그렇지 않아. 잠깐만 기다리게."
나는 종이를 찢으려고 했으나 이번에는 쉽게 되지 않았다. 종이를 찢는 것은 굉장한 일이었다. 매우 힘든 일이었다. 머리가 혼란되어 있는 것이다. 한 가지 일에 생각을 집중하는 것은 굉장한 일이었다.
"87."
"아닙니다."
"85."
"오늘이 며칠이지요?"
"며칠?"
어쩌면 이처럼 어리석은 질문을 한단 말인가. 노튼은 오늘 어리석은 질문만 하고 있다.
오늘이 며칠이냐고?
"오늘이지." 내가 대답했다.
"몇 월 며칠이지요?"
"몇 월 며칠?"
"그렇습니다. 몇 월 며칠이지요?"
"5월일세." 하고 나는 말했다. "지금은 5월의 며칠이다."

"존, 당신은 지금 어디에 있지요?"

나는 가운을 내려다보면서 대답했다.

"병원에 있네."

나는 가까스로 눈을 희미하게 조금 떴다. 눈까풀이 무겁고 머리가 빙빙 돌고 불빛이 눈부셨기 때문이다. 나는 '그가 아무 말도 하지 말고 잠들게 해주었으면' 하고 생각했다.

나는 졸렸다. 푹 잘 필요가 있었다. 나는 지칠 대로 지쳐 있었다.

"어느 병원이지요?"

"병원."

"병원 이름이 뭡니까?"

"그건……."

나는 뭔가 말하려다가 무슨 말을 하려고 했는지 생각해 낼 수가 없었다. 두통이 더욱 심해졌다. 오른쪽 눈이 쿡쿡 쑤셨다. 오른쪽 이마가 쿡쿡 쑤셨다. 매맞고 있는 것 같은 두통이었다.

"왼손을 들어보시오, 존."

"뭐라고?"

"왼손을 들어보시오, 존."

나는 그의 말이 들렸다. 그의 말이 들렸다. 그러나 어리석은 일이었다. 이런 말에 유의하는 사람은 없다. 아무도 유의할 리가 없다.

"뭐라고?"

내가 그 다음으로 느낀 건 머리 오른쪽이 떨린다는 것이었다. 기묘하게 떨렸다. 나는 눈을 뜨고 한 젊은 여자를 보았다. 그녀는 아름다웠지만, 나에게 이상한 짓을 하고 있었다.

솜같이 부드러운 갈색의 것이 내 머리에서 떨어지고 있었다. 흔들흔들 흔들리며 떨어지고 있었다.

노튼이 지켜보며 뭐라고 큰 소리로 말했으나, 그 말을 알아들을 수가 없었다.

깊은 잠에 빠진 것처럼 모든 것이 아주 이상했다. 부드러운 것 다음에는 비누거품이었다.

그리고 면도칼. 나는 면도칼을 지켜보았다. 그리고 비누거품을 지켜보다가 문득 토하고 싶어져서 아무 예고도 없이 그 부근에 잔뜩 토했다.

노튼이 말하고 있었다.

"서둘러야겠군. 갑시다!"

그리고 그들은 드릴을 가지고 왔다.

나는 눈을 뜨고 있을 수가 없었다.

간신히 드릴이 눈에 들어오자 또 구역질이 났다.

내가 마지막으로 한 말은 '내 머리에 구멍을 뚫지 마라'였다.

나는 그 말을 아주 또박또박 천천히 확실하게 말했다.

나는 그렇게 생각한다.

(1) Genito-urinary. 비뇨기과.
(2) 1리터 반.
(3) 실제로는 동질이다. 단위가 낮을 때는 모르핀과 같은 효과를 나타내지만, 마약 상습자에게 대량 투여하면 금단 증상을 나타낸다.

*1 ecdysiast. H.L. 멘켄이 만들어낸 말로, 스트립댄서라는 뜻.
*2 (NAL 서점 편집자주) 여느 선구(先驅) 물질로부터의 리젤그산 제틸아민(LSD)의 세 단계 합성과정은 원고에서 삭제되어 있음.

금요일·토요일·일요일 10월 14일·15일·16일

1

누군가가 내 머리를 잘라버리려다가 실패한 듯한 기분이었다. 나는 잠에서 깨어나자 초인종을 눌러 간호사를 불러서 모르핀을 좀더 갖다 달라고 말했다. 그녀는 미소를 띠면서 귀찮게 구는 환자를 다룰 때처럼 "드릴 수 없어요"라고 말했다. 나는 그녀에게 지옥에라도 가버리라고 소리쳤다. 그녀는 그 말이 못마땅한 모양이었으며, 나도 그녀가 그다지 마음에 들지 않았다. 나는 손을 뻗쳐 머리를 감은 붕대를 만져보고 한두 마디 잔소리를 했다. 그녀는 그것도 마음에 들지 않았던지 방에서 나갔다. 그리고 곧 노튼 하몬드가 들어왔다.

"자네는 솜씨 좋은 이발사로군그래!"

나는 머리를 만지면서 말했다.

"제법 잘 깎았다고 생각합니다만."

"구멍이 몇 개던가?"

"셋. 오른쪽 머리 꼭대기에 있습니다. 상당량의 혈액을 꺼냈지요.

기억나십니까?"

"아니."

"당신은 졸음이 와서 자꾸만 횡설수설하더니 토하고, 한쪽 눈동자가 열려 있었습니다. 우리는 뢴트겐을 기다리지 못하고, 곧 구멍을 열어보았지요."

"그랬었군. 언제쯤 여기서 나갈 수 있겠나?"

"사흘이나 나흘쯤 걸릴 겁니다."

"농담 말게. 사흘이나 나흘?"

하몬드가 대답했다.

"경막외혈종은 마음놓을 수가 없으니까요. 휴양해야지, 곤란합니다."

"내가 정할 수 없겠나?"

"흔히들 말하지요? 의사가 가장 질이 좋지 않은 환자라고 말입니다."

"모르핀을 좀더 주게."

"안 됩니다."

"더본."

"안 됩니다."

"아스피린은?"

그가 말했다.

"괜찮겠지요. 아스피린을 드리겠습니다."

"진짜 아스피린인가? 사탕알은 아니겠지?"

"말조심하십시오. 그렇지 않으면 신경과의를 부를 테니까요."

"불러보게."

그는 빙그레 미소짓더니 밖으로 나갔다.

나는 또 얼마 동안 잠을 잤다. 그런 뒤 쥬디스가 만나러 왔다. 그녀는 한참 동안 나의 행동이 마음에 들지 않는 듯한 태도를 보였으나, 그 때문에 언제까지나 이러니저러니하지는 않았다. 나는 내가 나빴던 게 아니었음을 설명했다. 그녀는 나에게 터무니없는 바보라면서 키스해 주었다.

그 다음 경찰관이 왔다. 나는 그들이 나갈 때까지 잠자는 척했다.

저녁 무렵쯤 간호사가 신문을 가지고 왔으므로 나는 아더의 소식이 있는지 찾았다. 아무것도 나와 있지 않았다. 안젤라 허딩과 로먼 존즈에 대한 밉살스러운 기사가 몇 가지 나와 있을 뿐, 그밖에는 아무것도 없었다.

쥬디스가 저녁 면회시간에 또 찾아와서 베티와 아이들은 잘 있으며, 아더는 내일 석방될 거라고 말했다. 나는 기막히게 반가운 소식이라고 말했으나 그녀는 다만 빙긋 웃을 뿐이었다.

병원에 있으니까 시간개념이 없어진다. 하루가 다음날에 겹쳐져 하루의 일과는 체온검사, 식사, 의사의 회진, 또다시 체온검사, 식사, 회진, 그것만이 전부였다. 샌더슨이 찾아왔고, 프리츠와 다른 몇몇 동료들이 찾아왔다. 그리고 경찰관이 왔다. 이번에는 자는 체하고 있을 수가 없었다. 나는 알고 있는 일을 모조리 이야기했다. 그들은 모두 귀기울여 들으며 메모했다. 이틀째 되는 날 저녁이 가까워지자 나는 퍽 기분이 나아졌다.

체력이 회복되어 머릿속이 또렷해졌으며, 잠자는 시간이 훨씬 적어졌다.

나는 하몬드에게 그 사실을 이야기했다. 그러나 그는 다만 씁쓰레한 미소를 지을 뿐 하루만 더 기다리라고 말했다.

오후에 아더 리가 나를 만나러 왔다. 언제나처럼 빈정거리는 미소를 띠고 있었으나, 피로한 빛이 뚜렷했다. 그리고 나이를 많이 먹은 것 같았다.
"아트! 그래, 석방되어 나온 기분이 어떤가?"
"좋네."
그는 침대 발치에서 나를 보며 머리를 저었다.
"많이 아픈가?"
"이젠 아프지 않네."
"이 지경으로 만들어 미안하군."
"괜찮네. 좋은 경험이었어. 나의 첫 경막외혈종일세."

나는 잠시 아무 말도 하지 않았다. 그에게 묻고 싶은 게 한 가지 있었다. 나는 많은 일에 대해 생각해 보고 어리석은 잘못을 저지른 데 대해 후회하고 있었다. 가장 큰 잘못은 그날 밤 아더의 집으로 신문기자를 불러들인 일이었다. 그것은 아주 좋지 않았다. 그러나 그밖에도 좋지 않은 일이 있었다. 그러므로 나는 그에게 물어보고 싶었다.

그러나 나는 다른 말을 했다.
"경찰에서는 이미 모든 것을 완전히 조사했겠지?"
아더는 고개를 끄덕여 보이며 말했다.
"로먼 존즈는 안젤라에게 마약을 공급해 왔다더군. 그는 안젤라에게 카렌의 중절을 해주도록 했네. 그것이 실패하여, 그리고 자네가 그 사실을 알아냈기 때문에 그는 안젤라의 집으로 찾아갔지. 모르긴 해도 아마 그녀를 죽이기 위해서였을 걸세. 그는 자네에게 뒤를 밟게 하여 자네를 잡았네. 그런 다음 그녀의 아파트로 가서 면도칼을 들고 쫓아다녔지. 바로 그것으로 자네 이마에 상처를 냈다네."
"그럴듯하군."
"안젤라는 요리용 칼로 그와 다투었네. 그에게 약간의 상처를 입혔지. 존즈는 면도칼을, 안젤라는 요리용 칼을 휘둘렀으니 참으로 볼

만했을 걸세. 마침내 그녀가 의자로 그를 때리고 창문에서 떨어뜨렸다더군."
"그녀가 그렇게 말했나?"
"그럴 테지."
나는 고개를 끄덕였다.
우리는 잠시 얼굴을 마주보고 있었다.
"나는 자네의 도움을 고맙게 생각하고 있네." 아더가 말했다. "신세가 많았네."
"필요하다면 언제라도 도움이 되겠네. 정말 도움이 되었나?"
그는 빙그레 웃었다.
"지금 이처럼 석방되어 있잖나!"
"내 말은 그런 뜻이 아닐세." 내가 말했다.
아더는 어깨를 으쓱하며 침대 끝에 걸터앉았다.
"세상 소문은 자네 탓이 아닐세. 게다가 나는 이 도시가 싫어졌다네. 생활을 바꾸고 싶었지."
"어디로 가려나?"
"캘리포니아로 돌아가겠네. 로스앤젤레스에 가서 살고 싶네. 영화배우는 아기를 맡길 걸세."
"영화배우는 아기를 갖지 않네. 그들이 갖는 것은 에이전트일세."
아더는 미소지었다. 언제나 보여주는 그의 미소였다. 상대방의 말이 재미있고, 그 경우에 꼭 맞는 임기응변의 대답을 생각해 냈을 때 보여주는 스스로 즐기고 있는 미소였다. 그는 입을 열려다가 다시 생각에 잠기며 바닥을 유심히 내려다보았다. 미소가 멎었다.
내가 물었다.
"병원에 갔었나?"
"그만두러 갔었네. 운송회사에 부탁하고 오는 길일세."

"언제 떠나지?"

"다음 주일."

"그렇게 빨리?"

그는 또 어깨를 으쓱했다.

"단 하루도 여기 더 있고 싶지 않네."

"그렇겠지. 여기 있고 싶은 마음이 없겠지."

그 뒤에 일어난 일은 모두 내 분노의 결과였다. 입에 담는 것만으로도 뒷맛이 좋지 않은 사건이었으니 거기서 손을 끊었어야 했다. 관계를 계속 가질 필요는 조금도 없었다. 손을 끊고 깨끗이 잊어버릴 수 있었던 것이다.

쥬디스는 아더를 위해 송별 파티를 갖고 싶어했다. 그러나 나는 그가 마음내켜하지 않을 테니 그만두는 편이 좋다고 말했다.

그것도 나로 하여금 화나게 했다.

병원에서 지낸 지 사흘째 되는 날 나는 하몬드를 물고늘어져 마침내 퇴원허락을 받아냈다. 모르긴 해도 틀림없이 간호사들도 그에게 불평을 말했을 것이다. 아무튼 나는 오후 3시 10분에 퇴원하기로 되어 쥬디스가 집에서 옷가지를 가져와서 입히고 나를 자동차에 태워 집으로 데리고 갔다. 집에 가는 도중 쥬디스에게 말했다.

"다음 모퉁이에서 오른쪽으로 돌구려, 쥬디."

"왜요?"

"들렀다 가야 할 곳이 있소."

"존······."

"괜찮소. 잠깐 들르는 것뿐이니까."

그녀는 싫은 얼굴을 했으나 다음 모퉁이에서 오른쪽으로 돌았다. 나는 그녀에게 비콘 힐을 가로질러 안젤라 허딩의 아파트가 있는 거리로 가게 했다. 그녀 아파트 앞에 경찰차가 멈춰서 있었다. 나는 자동차에서 내려 2층으로 올라갔다. 경관 한 사람이 문 밖에 서 있었다.

"맬로리 연구실의 벨리 의사요." 나는 사무적인 투로 말했다. "혈액표본은 아직 안 되었소?"

경관은 묘한 표정을 지었다.

"혈액표본?"

"그렇소. 방에서 혈액을 떠내는 거요. 건조해진 표본을 감정하는 거지요. 알겠소?"

경관은 머리를 가로저었다. 모르는 것이다. 나는 다시 말했다.

"라제어 의사가 걱정하고 있소. 확인하고 오라는 부탁을 받았소."

"그런 것은 아무도 모릅니다." 경찰관이 대답했다. "어제 의사가 몇 분 오셨습니다만, 그분들과 다릅니까?"

"다르오. 그들은 피부과 사람들이오."

"그럼, 직접 확인해 보십시오." 경관은 나를 위해 문을 열어주었다. "아무것도 손대지 마십시오. 지문을 채취하고 있으니까요."

나는 방 안으로 들어갔다. 말할 수 없이 난잡했다. 가구가 뒤집히고 안락의자며 테이블에 피가 튀어 있었다. 세 사나이가 유리에 묻은 지문을 채취하고 있었다. 가루를 뿌리고, 그 가루를 털어버린 다음 사진으로 지문을 찍는 것이다. 한 사람이 나를 보았다.

"무슨 일이지요?"

"의자는……."

"그거요." 사나이는 엄지손가락을 구부려 구석의 의자를 가리켰다. "그러나 만지지는 마시오."

나는 방구석으로 가서 의자를 내려다보았다. 그다지 무거워 보이지는 않았다. 부엌에서 쓰는 싸구려 나무의자로 눈에 띄는 것도 아니었다. 그러나 단단하게 생겼으며, 다리 하나에 피가 묻어 있었다.

나는 세 사나이를 돌아보았다.

"이 의자는 끝났소?"

"그렇소. 참 묘한 일도 다 있군요. 이 방에는 수없이 많은 지문들이 있소. 별별사람의 지문이 다 있습니다. 이것을 모두 감정하려면 몇 해가 걸릴지도 모를 정도지요. 그런데 지문을 채취할 수 없는 것이 두 가지 있소. 그 의자와 문 바깥쪽 손잡이오."

"어떻게 된 거지요?"

사나이는 어깨를 으쓱했다.

"깨끗이 닦아냈답니다."

"닦아냈다고요?"

"그렇소. 누군가가 의자와 문손잡이를 깨끗이 닦아냈소. 그렇게밖에 달리 생각할 수 없소. 묘한 일이지요. 다른 것은 모두 닦이지 않은 채 그냥 있소. 그 여자가 손목을 벤 나이프도 그냥 있고."

나는 고개를 끄덕였다.

"혈액감식반은 아직 오지 않았소?"

"왔소. 왔다가 갔소."

"그렇군. 전화를 걸어도 괜찮겠소? 연구소에 확인하고 싶은데……."

그는 어깨를 으쓱해 보였다.

"괜찮고말고요."

나는 전화기 쪽으로 가서 기상대의 다이얼을 돌렸다. 상대편의 목소리가 들려오기 시작했을 때 나는 말했다.

"라제어 선생을 부탁하오."

"……맑게 갠 날씨에 기온이 낮으며, 오후에는 구름이 끼겠습니다……."

"프레드인가? 존 벨리일세. 지금 아파트에 와 있네."

"……한때 소나기가 내리는……."
"벌써 표본을 채취했다는데 정말 아직 도착하지 않았나?"
"……내일도 활짝 갠 맑은 날씨로, 기온은 한층 더 내려가……."
"그런가? 알았네. 그럼, 나중에 보세."
"……서풍이 약하게……."
나는 수화기를 내려놓고 세 사나이 쪽을 보며 말했다.
"고맙소."
"끝났소?"

내가 방에서 나올 때 아무도 나에게 주의를 기울이지 않았다. 나에 대해서는 마음에 두고 있지도 않는 것이었다. 그들은 자기들에게 주어진 일을 하고 있을 뿐이었다. 그들은 이같은 일을 지금까지 수십 차례나 해왔다. 그것은 판에 박힌 일이었다.

후기——월요일 10월 17일

 월요일이 되었다. 나는 기분이 좋지 않았다. 오전 내내 커피를 마시고 담배를 피우고 입 속의 언짢은 기분을 맛보면서 지냈다. 나는 자신에게 지금 이대로 사건에서 손을 떼어도 아무도 뭐라 하지 않으리라 계속해서 타일렀다. 이제 다 끝난 일이다. 나는 아더를 구할 수 없었으며, 무엇도 전과 같이 되돌려놓을 수가 없었던 것이다. 일을 한층 더 귀찮게 만들었을 뿐이다.
 게다가 어떤 일도 반드시 웨스턴의 잘못일 수는 없었다. 나는 누군가에게 죄를 묻고 싶었으나 그에게 뒤집어씌울 수는 없었다. 그리고 그는 노인이었다.
 시간낭비다. 나는 커피를 마시며 몇 번이나 자신에게 타일렀다.
 그래도 나는 가만히 있을 수가 없었다.
 정오 조금 전 나는 자동차를 몰고 맬로리 빌딩으로 가서 웨스턴의 방에 들어갔다. 그는 슬라이드를 현미경에 걸고 관찰한 결과를 작은 데스크 레코더에 취입하고 있었다. 내가 들어가자 그는 하던 일을 멈추고 손을 쉬었다.

"여어, 존, 무슨 일인가?"
"기분이 좀 어떻습니까?"
"나 말인가?"
그는 웃었다.
"아주 좋다네. 자네는 어떤가?"
그는 내 머리에 감긴 붕대를 보며 고개를 끄덕였다.
"무슨 일이 있었는지는 들어서 알고 있네."
"나는 걱정없습니다."
나는 그의 손을 보았다. 그의 손은 테이블 밑으로 들어가 무릎 위에 놓여 있었다. 그는 내가 들어가자 곧 손을 감추었던 것이다. 나는 다시 말했다.
"많이 아픕니까?"
"뭐가?"
"당신의 손 말입니다."
그는 무슨 말인지 모르겠다는 표정을 짓고 나를 쳐다보았다. 아무튼 그는 그렇게 보이려고 애썼다. 그러나 헛일이었다. 나는 그의 손을 고갯짓으로 가리키며 끄덕여 보였다. 그는 손을 테이블 밑에서 꺼냈다. 왼손가락 두 개에 붕대가 감겨져 있었다. 그래서 그는 내가 들어가자 손을 곧 감추었던 것이다. 나는 물었다.
"많이 다치신 모양이지요?"
"으음, 그만 실수를 했네. 부엌일을 돕다가 양파를 썰 때 베었지. 아주 얇게 벤 상처인데, 좋지 않군. 몇십 년이나 칼을 써왔으면서 바보 같은 실수를 했다고 자꾸 놀린다네."
"손수 붕대를 감으셨습니까?"
"그렇지. 아주 조금 베었을 뿐이니까."
나는 책상을 사이에 두고 그와 마주앉아 그가 주의깊게 지켜보는 것을 의식하면서 담배에 불을 붙였다. 그리고 천장을 향해 담배연기를 뿜어올렸다. 그는 전혀 표정을 바꾸지 않았고, 내가 이야기를 꺼내지 못하도록 하려고 애썼다. 그것은 그에게 있어 당연한 권리였다. 내가 그였어도 틀림없이 같은 태도를 취했을 것이다.

"뭔가 나에게 볼일이 있어서 왔나?"

그가 물었다.

"그렇습니다."

순간 우리는 서로의 얼굴을 빤히 지켜보았다. 이윽고 웨스턴이 현미경을 한옆으로 밀어놓고 레코더의 스위치를 뺐다.

"카렌 랜돌의 병리진단에 대해서 말인가? 자네가 마음쓰더라는 말을 들었네."

"네, 퍽 마음에 걸렸습니다."

내가 대답했다.

"누군가 다른 사람에게 보이고 싶은가? 샌더슨에게?"

"이제는 됐습니다. 이젠 아무래도 좋습니다. 아무튼 법적으로는 끝난 일이니까요."

"자네 말이 옳겠지."

우리는 또 얼굴을 마주보았다. 오랜 침묵이 흘렀다. 나는 어떻게 말을 꺼내야 좋을지 몰랐으나 답답하고 괴로운 침묵에 견딜 수가 없었다. 이윽고 나는 입을 열었다.

"그 의자는 깨끗이 닦여 있더군요. 당신은 그 사실을 아셨습니까?"

순간 그는 난처한 표정을 지었다. 나는 그가 모른 체하지 않을까 생각했다. 그러나 그렇지는 않았다. 그는 솔직하게 고개를 끄덕였다.

"알고 있네. 그 아이가 나에게 닦았다고 말하더군."

"그리고 문손잡이도?"

"그렇다네. 문손잡이도 닦았다고 하더군."
"당신은 언제 그곳에 가셨습니까?"
그는 깊이 한숨을 내쉬며 말했다.
"꽤 늦은 시각이었네. 연구실에서 늦게까지 일하고 집으로 돌아가는 길이었지. 안젤라의 아파트에 들러 그 아이를 보고 갈까 하는 생각이 들었네. 가끔 들르곤 했다네. 잠깐 들러서 어떻게 지내고 있나 보곤 했지."
"그녀의 마약 중독을 치료하고 계셨습니까?"
"내가 약을 가져다주었느냐고 묻는 건가?"
"치료하고 계셨느냐고 말씀드렸습니다."
"아닐세. 내가 치료하기에는 이미 벅차다는 걸 알았네. 물론 치료해 줄까 생각은 했었지만 나로서 어떻게 할 수가 없었지. 오히려 사태를 더 나쁘게 만들지도 모르는 일이었으니까. 치료받도록 하라고 권하기는 했지만, 그러나……."
웨스턴은 어깨를 으쓱해 보였다.
"그래서 그냥 가끔 그녀를 찾아보곤 하셨군요."
"괴로워하고 있어 힘이 되어 주고 싶었네. 내가 할 수 있는 일은 그것뿐이었네."
"그런데 목요일 밤에는?"
"내가 갔을 때 그는 이미 와 있었네. 서로 다투어 외치는 소리가 들리기에 문을 열고 뛰어 들어가보니, 그가 면도칼을 쥐고 그 아이를 쫓아다니는 참이었네. 그 아이는 요리용 칼을 휘두르며 저항하고 있었지. 빵을 자를 때 쓰는 길다란 칼이었네. 그는 그 아이가 증인이기 때문에 죽이려고 한 걸세. 그는 몇 번이나 낮은 목소리로 되풀이해서 말하고 있었네, '네가 증인이야' 하고. 그 뒤 무슨 일이 일어났는지는 잘 기억하고 있지 않네. 나는 오래 전부터 안젤라를 귀여워해왔지. 그 사나이는 참을 수 없는 말을 내뱉으며 면도칼을 높이 쳐들고 나에게 맞서왔네. 끔찍한 얼굴이었다네. 그때 안젤라가 칼로 찌른 걸세. 그의 옷이……."
"그래서 당신은 의자를 집어들었군요?"
"그렇지 않아. 나는 뒤로 물러섰네. 그는 안젤라에게 다가갔네. 나에게서 떨어져 그 아이에게로 향한 걸세. 그때……내가 의자를 집어든 걸세."
나는 그의 손가락을 가리켰다.
"그 상처는?"
"기억이 없네. 그가 찌른 모양일세. 집에 돌아와보니 옷소매가 잘려나갔더군. 하지만 나는 기억에 없네."
"의자를 손에 집어든 다음……."
"그가 쓰러졌지. 의식을 잃었네. 그냥 쓰러진 걸세."
"그런 뒤 어떻게 했습니까?"
"안젤라는 나를 걱정했네. 나더러 얼른 집에 돌아가라고 하더군, 뒷일은 자기가 어떻게든 처리하겠다고 하면서. 그녀는 내가 사건에 말려들면 큰일이라고 생각한 걸세. 그래서 나는……."
"나오셨군요?"
웨스턴은 자기 손을 들여다보며 말했다.
"그렇다네."
"당신이 방에서 나왔을 때 로먼은 이미 죽었던가요?"
"그건 잘 모르네. 그는 창문 옆에 쓰러져 있었네. 안젤라가 그를 떨어뜨리고 나서 지문을 닦은 모양이더군. 그러나 그것도 확실한 건 아닐세. 확실한 건 알지 못하네."
나는 그의 얼굴을 보았다. 피부에 새겨진 깊은 주름과 허옇게 센 머리칼을 보자 그가 어떤 교수였는지, 그가 얼마나 우리에게 용기를 북돋아주고 격려해 주었는지, 내가 얼마나 그를 존경했는지, 목요일 오후가 되면 레지던트들을 가까운 바로 데리고 가서 어떤 이야기를 들려주었는지, 해마다 그의 생일에는 인턴이며 레지던트들이 큼직한 생일 케이크를 들고 와서 모두 한자리에 모여 얼마나 즐겁게 먹었는지…… 이런 모든 일들이 되살아났다. 모든 기억——농담, 우스갯소리, 즐거웠던 일, 괴로웠던 일, 질문과 설명, 해부실에서 보낸 긴 시간 등 갖가지 일들이 생생하게 되살아났다.

"이제 알겠나?" 그는 서글픈 미소를 떠올리며 말했다. "사실은 그렇게 된 거라네."

방안에 바람이 불지는 않았지만 나는 두 손으로 얼굴을 가리고 담배에 불을 붙였다. 섬세한 식물이 자라고 있는 온실 속처럼 덥고 답답했다.

웨스턴은 아무것도 묻지 않았다. 질문할 필요가 없었던 것이다.

"당신은 유죄가 되지 않을 겁니다" 하고 나는 말했다. "정당방위였으니까요."

"그렇겠지." 그는 느릿느릿 말했다. "유죄가 되지 않을 걸세."

밖으로 나오자 싸늘한 가을햇살이 매사추세츠 거리의 벌거숭이 가로수 나뭇가지에 쏟아져내리고 있었다. 내가 맬로리 빌딩 층계를 내려올 때 구급차가 내 앞을 지나 보스턴 시립병원의 구급병동 출입구 쪽으로 달려갔다. 나는 구급차가 내 앞을 지나칠 때 산소 마스크를 입에 대고 침대에 누워 있는 사람의 얼굴을 언뜻 볼 수 있었다. 얼굴 생김까지는 볼 수 없었다. 남자인지 여자인지조차도 알 수 없었다.

여러 명의 사람들이 큰길에서 걸음을 멈추고 구급차가 지나가는 것을 지켜보았다. 그 표정에 나타난 것으로는 그들의 관심이 호기심인지 동정인지 알 수 없었다. 그러나 그들은 모두 걸음을 멈추고 서서 저마다 생각을 하고 있었다. 실려가는 사람은 대체 누구일까? 무슨 병을 어떻게 앓는 것일까? 뒷날 다시 병원문을 나설 수 있을까? ……그들이 생각하고 있었던 것은 그런 문제들이었으리라. 그들은 그 질문에 대한 답을 알 수 없었지만, 나는 알 수 있었다. 구급차는 라이트를 밝게 번쩍이고 있었지만 사이렌을 울리지는 않았다. 그리고 특별히 속력을 내어 달리는 것도 아니었다. 환자의 증상이 아주 심한 건 아닌 모양이다. 아니면 이미 죽어 있는 것이리라. 그 어느 쪽인지는 알 수 없었다.

순간 나는 구급병동으로 가서 환자가 어떤 사람이며, 앞으로의 전망은 어떤지 하는 것들을 알고 싶은 호기심이 걷잡을 수 없이 솟아났다. 그것이 의무인 것처럼 생각되기까지했다.

그러나 나는 가지 않았다.

나는 자동차를 세워둔 곳으로 가서 차에 올라타고 집으로 돌아왔다. 되도록 구급차에 대한 것을 잊으려고 애썼다. 날마다 몇백만이나 되는 구급차가 병원으로 밀어닥치고 몇백만이나 되는 사람들이 실려온다. 어느 틈엔지 나는 구급차를 잊고 있었다. 그리고 마음이 차분해졌다.

부기

I 식료품점 병리의

병리의가 하는 일 중 하나는 신속하게 보고, 본 것을 정확하게 말하는 것이다. 잘 기록된 병리보고는 읽는 이에게 병리의가 본 바를 정확하게 전달해 준다. 이렇게 하기 위해 많은 병리의들은 환부(患部)의 장기(臟器)를 식료품처럼 기술한다. 그 때문에 '식료품점 병리의'라는 이름이 붙여졌다.

이 습관을 좋지 않게 생각하는 병리의들은 레스토랑의 메뉴를 읽는 듯한 병리보고를 경멸한다. 그러나 이 방법은 아주 편리하고 실용적이기 때문에 거의 모든 병리의들이 채택하고 있다.

이리하여 포도 젤리의 핏덩어리(혈괴), 치킨 기름덩이의 핏덩어리가 생겨난다. 무르익은 로즈베리(나무딸기) 점막과 딸기 담낭이 콜레스테롤의 존재를 나타내준다. 울혈성(鬱血性) 심장쇠약의 니크즈크 간장이며, 스위스 치즈의 자궁내막 과형성(過形成)도 있다.

암과 같이 달갑지 않은 것도 오트밀 폐암이라는 식으로 불리는 경우가 있다.

Ⅱ 경찰관과 의사

 의사는 거의 다 경찰관에 대해 불신감을 갖고 그들과 관련되는 것을 피하려 한다. 그 이유 가운데 하나는 다음과 같다.
 어느 날 밤 제너럴 병원의 우수한 레지던트가 경찰관이 데리고 온 술주정꾼을 진찰하기 위해 자다가 일으켜 깨워졌다. 병 중에는 당뇨병성 혼수처럼 술에 잔뜩 취한 상태와 비슷한 증상을 보이는 것이 있어 내뱉는 숨결에 이따금 알코올 냄새가 섞이는 경우가 있다. 따라서 경찰관이 진찰을 요구한 것은 수속을 밟기 위해서였다. 그 사나이는 진찰 결과 건강체임이 인정되어 유치장으로 보내졌다.
 그는 그날 밤에 죽었다. 검시해부 결과 비장이 파열되었음이 발견되었다. 가족들은 오진이라 하여 레지던트를 고소했다. 경찰은 의사에게 죄를 씌우려고 가족들을 편들었다. 재판결과 의사의 태만은 인정되었으나 손해배상은 성립되지 않았다.
 그 뒤 이 의사는 버지니아 주에서 개업하려고 면허를 얻는 데 굉장히 애를 먹었다. 이 일은 죽을 때까지 그를 따라다닐 것이다.
 그가 진찰할 때 팽창되거나 또는 파열된 비장을 보지 못했을 수도 있다 하더라도 증상의 성질과 의사의 뛰어난 능력을 고려할 때 거의 생각할 수 없는 일이다. 병원 의사들의 결론에 따르면, 그 사나이는 아마 진찰이 끝난 뒤 경찰관에게 복부를 호되게 걷어채였을 거라고 말했다.
 물론 어느 쪽에도 증거는 없다. 그러나 이런 사건이 가끔 일어나기 때문에 의사들은 당연한 듯이 경찰관을 믿지 않는 것이다.

Ⅲ 전장과 이발관 표시기둥

역사가 시작된 이래 외과수술과 전쟁은 밀접한 관계가 있다. 오늘날에도 의사들 가운데 전쟁터로 보내지는 것을 싫어하지 않는 것은 젊은 외과의들이다. 왜냐하면 외과의와 외과수술은 역사적으로 싸움터에서 발달하고 성장해 왔기 때문이다.

초기 외과의는 의사가 아니라 이발사였다. 그들의 외과의학은 원시적인 것으로 절단, 사혈(瀉血), 상처의 치료가 대부분을 차지했다. 이발사는 큰 전쟁이 벌어지고 있는 동안 군대에 있으면서 차츰 그들의 기술을 단련해 갔다. 그러나 그들은 마취약이 없어서 고생했다. 1890년까지 마취약이라면 환자의 잇새에 물려지는 총알이나 위 속에 부어넣는 위스키가 고작이었다. 외과의는 언제나 다른 의사들로부터 무시당했다. 다른 의사들은 환자를 손끝으로 치료하는 것을 천하게 여겨 경멸했으며 고상하고 지적인 치료를 베푸는 데 자만을 느끼고 있었다. 이러한 태도는 지금도 얼마쯤 남아 있다.

그런데 외과의는 물론 이발사가 아니며 또 이발사가 외과의일 수도 없다. 그러나 이발사들은 그들이 옛날에 하던 일의 상징을 보존하고 있다. 빨강과 흰색의 줄무늬기둥이 그것인데, 싸움터에서 피에 물든 흰 붕대를 나타내주는 것이다.

현대의 외과의는 이제 머리를 깎지 않지만, 군대에는 따라간다. 전쟁은 그들에게 외상, 창상, 좌상, 화상을 다룰 수 있는 풍부한 기회를 준다. 전쟁은 또한 기술의 혁신을 재촉한다. 요즈음 일반적으로 행해지고 있는 성형외과 기술의 대부분은 제2차세계대전 중에 발달된 것이다.

이러한 사실이 외과의를 군국주의자나 비평화주의자로 만들지는 않는다. 그러나 그들 기술의 역사적 배경이 다른 의사와 다르다는 인상을 그들에게 주는 것만은 사실이다.

IV 생략

 의사는 생략하기를 좋아한다. 의사처럼 많은 생략을 쓰는 직업은 모르긴 해도 아마 없을 것이다. 생략은 시간절약이라는 중요한 작용을 하지만, 그 밖의 목적도 있는 것 같다. 생략은 암호이며, 비밀 문자이며, 의학사회의 신비로운 상징이다.
 이를테면――'LBCD에 의한 PMI가 MCS로부터 2센티미터 옆인 제5 ICS에 있었다'――외부사람에게 있어 이처럼 뜻모를 문장은 없을 것이다.
 X는 생략할 때 늘 사용되므로 의학에서는 알파벳 중 가장 중요한 글자이다. 그 사용방법은 폴리오왁찐 접종 3회를 나타내는 'Polio×3'과 같이 알기 쉬운 것에서부터 시체수용소를 'X병동'이라고 부르는 아주 완곡한 표현까지 있다. 그밖에도 많은 예가 있다. dx는 diagnosis(진단), px는 prognosis(예후), rx는 therapy(요법), sx는 symptoms(병상), hx는 history(병력), mx는 metastases(전이), fx는 fractures(골절) 등이다.
 글자의 생략은 특히 심장의학에서 많이 쓰여지고 있어, 심장상태를 나타내는 LVH, RVF, AS, MR 등의 말이 많으나 다른 분야에도 그들만이 쓰는 생략이 있다.
 때로는 전부 다 쓰고 싶지 않기 때문에 생략을 쓰는 경우도 있다. 어떤 환자의 차트이든 법정에서 사용될지도 모르는 법적 문서이기 때문에 의사는 말 선택에 주의해야 한다. 그 때문에 특수한 용어며 많은 생략이 생겨난 것이다. 이를테면 환자는 바보가 아니라 '착란' 또는 '혼란'되어 있는 것이며, 환자는 거짓말하는 게 아니라 '담합'하는 것이며, 환자는 어리석은 게 아니라 '완만'한 것이다. 꾀병을 앓는 환자를 퇴원시킬 때 외과의들끼리 즐겨 쓰는 말은 SAH(Ship his ass out of here)로, 그의 엉덩이를 내보내버리라는 뜻이다.

그리고 소아과에는 좀더 색다른 생략으로 FLK라는 것이 있다. 'Funny looking kid'——이상한 상태의 어린이라는 뜻이다.

V 흰 가운

의사가 흰 가운을 입는 것은 누구나 다 알고 있지만, 어째서 입는지는 아무도 모른다. 의사 자신도 모른다. 확실히 흰 가운은 뚜렷하게 눈에 띄지만 특별히 도움이 되는 것은 아니다. 전통적인 것도 아니다.

이를테면 루이 14세의 궁정에서는 모든 의사들이 검정옷을 입고 있었다. 길고 까만 가운으로 지금의 하얀 가운이 그렇듯 그 무렵에는 얼른 눈에 띄었으며 위엄을 갖춘 차림으로 생각되었다. 흰 가운에 대한 현대의 해석은 살균과 청결을 강조한다. 청결한 색이기 때문에 의사는 흰 가운을 입는다.

똑같은 이유로 병원은 하얗게 칠해져 있다. 이 해석은 아주 타당한 것 같지만, 내리 36시간 동안 근무하며 흰 가운을 입은 채 다시 잠을 자다 여남은 명의 환자를 다룬 인턴이 후줄근한 모습으로 나타나면 고개를 갸웃하고 싶어진다.

흰 가운은 주름투성인데다 더러워져 있어, 세균이 수없이 묻어 있을 게 틀림없기 때문이다.

외과의는 이 해석을 무시한다. 무균상태의 전형적인 축도(縮圖)는 수술실이다. 그러나 수술실이 하얗게 칠해져 있는 일은 절대로 없으며, 외과의들도 흰 수술복을 입지 않는다.

그들의 수술복은 초록색이나 파란색, 때로는 회색이다.

그러므로 의사의 흰 가운은 단순한 제복으로, 해군의 푸른색이나 육군의 초록색 군복과 마찬가지로 색에는 이렇다할 의미가 없다고 보아야 할 것이다. 단지 색뿐만 아니라 흰 가운 따위에 유의하지 않는 사람들이 생각하는 것보다도 훨씬 많은 점에서 군복을 닮았다.

의사의 제복은 그 전문분야뿐만 아니라 계급도 나타내준다. 의사는 병동에 들어가 그곳에 있는 모든 사람의 계급을 알아맞출 수가 있다. 누가 레지던트이고 누가 인턴이며, 누가 학생이고 누가 조수인지 말할 수가 있다.

그는 군인이 팔에 단 계급장과 견장으로 계급을 구별해 내듯 작은 실마리로서 알아내는 것이다. 다시 말해서 청진기를 가지고 있는가 어떤가, 주머니에 수첩을 하나 가지고 있는가 두 개 가지고 있는가, 파일 모서리를 클립으로 눌렀는가, 검은 주머니를 들고 있는가 하는 것 등으로. 이 방법은 의사의 전문분야를 알아내는 일에까지도 넓힐 수가 있다. 이를테면 신경과의는 가운 왼쪽 레벨에 핀을 서너 개 찌른 것으로 곧 알 수 있다.

Ⅵ 임신중절에 대한 논의

임신중절에 대해서는 보통 여섯 가지의 찬성설과 여섯 가지의 반대설이 있다.

우선 찬성설은 법률과 인류학을 고려에 넣고 있다. 많은 사회가 부모에게 죄악감 없이, 그리고 사회의 도덕적 기반을 깨뜨리는 일 없이 임신중절과 유아살해를 일상적인 일로 행하고 있음은 예를 들어 증명할 수 있다. 보통 그 예는 아프리카의 피그미나 칼라하리의 부시먼같이 험한 환경에 사는 미개사회에서 찾을 수 있다.

반대설 : 서구사회에는 피그미나 동양인과 공통되는 점이 거의 없으며, 그들에게는 정당하게 받아들여지는 일이 서구에서는 그렇지 못하다고 주장한다.

법률적인 찬성론은 이 일과 연관되어 있다. 현대의 임신중절에 관한 법률은 처음부터 존재해 있었던 게 아니라, 여러 사례에 대응하여 수세기에 걸쳐 변천되어 온 것이다. 임신중절 지지자는 현대 법률은 전제적이고 어리석으며 적절치 않다고 주장한다. 그들은 과거가 아니라 현대의 많은 사람들과 기술을 정확히 반영하는 법적인 제도를 요구한다.

반대설은 옛날의 법률이 반드시 나쁘지만은 않으며, 올바른 생각 없이 그것을 바꾸거나 고치면 이미 불안정한 세계에 불안과 동요를 더한다고 지적한다. 좀더 단순한 반대설은 중절이 위법이라는 사실만으로도 중절에 반대한다. 최근에는 사려깊은 많은 의사들이 이 입장을 취함으로써 스스로 만족하고 있었다. 그러나 현재 임신중절은 많은 방면에서 논의되고 있어, 이처럼 단순한 견해는 지지할 수 없다.

제2의 찬성설은 임신중절을 산아제한의 한 가지 방법으로서 채택하고 있다. 그들은 중절을 산아제한의 아주 효과적인 방법으로서 필요하다고 하며 헝가리, 체코슬로바키아 등지에서 성공한 사례를 지적하고 있다.

그들은 수태(受胎)를 방지하는 일과 아직 완전히 자랄 가능성이 없는 태아의 성장을 막는 일 사이에 본질적인 차이를 두지 않는다. 그들은 또한 월경주기법과 피임약 사이에도 뜻하는 바가 같으므로 그 차이를 인정하지 않는다. 간단히 말하자면 찬성설은 '문제는 사고방식이다'라고 주장한다.

찬성하지 않는 자는 임신의 방지와 중절 사이에 선을 긋는다. 그들은 일단 수태가 되면 태아는 살 권리가 있으므로 죽일 수 없다고 믿는다. 이 견해는 인습적인 산아제한 제도에 찬성하는 많은 사람들의 지지를 얻고 있다. 이 사람들에게는 만약 산아제한이 실패했을 경우——일정한 비율의 실패 케이스가 있다——어떻게 하겠는가 하는 것이 매우 귀찮은 문제이다.

제3의 찬성설은 사회적·정신적 요소를 고려한다. 이에는 여러 가지 형태가 있다.

첫째, 어머니의 육체적·정신적 건강은 언제나 아직 태어나지 않은 아기의 그것보다 중요시되어야 한다고 말한다. 어머니와 이미 존재하고 있는 그녀의 가족들은 감정적으로나 경제적으로 아기가 하나 더 태어남으로써 고생할지도 모른다. 그러므로 그러한 경우에는 태어나는 것을 방지해야 한다고 말한다.

둘째, 바라지 않는 아기를 이 세상에 내보내는 것은 부도덕한 일이며, 죄악이라고 말한다. 날로 복잡해져 가는 우리 사회에서 어린이를 올바르게 기르기 위해서는 교육에 대한 어머니의 주의력과 아버지의 경제적 지지가 필요하므로 시간과 경제적 능력이 필요한 작업이다. 만일 가족이 이러한 능력이 없다면 아기에 대한 중대한 죄악을 범하는 일이 된다. 가장 극단적인 예는 결혼하지 않은 어머니의 경우로, 그녀들은 대부분 감정적으로나 경제적으로 아기를 기를 준비가 되어 있지 않다. 이 설에 대한 반론은 그다지 확실치 않다. 어머니가 무의식중에 수태를 바라는 경우가 있다는 설, 모성본능에서 아기를 낳는다고 주장하는 설, '바라지 않은 아기는 단 한 사람도 태어난 일이 없다'고 여지없이 나무라는 설이 있다. 또는 일단 아기가 태어나면 일이 해결되기 마련이라는 설——아기가 태어나면 가족은 심정이 달라져 귀여워한다는 설이다.

제4의 찬성설은 여자는 어떤 사정에서든 아기를 갖고 싶지 않을 때는 낳을 필요가 없다고 말한다. 임신중절을 요구하는 것은 선거권과 마찬가지로 모든 여자에게 주어져야 할 권리라고 생각한다. 이것은 매우 흥미있는 논의지만, 그 지지자들 대부분이 세계는 여성에 대한 동정을 기대할 수 없는 남성에 의해 지배되고 있다는 편집적인 감정을 가끔 말하기 때문에 유효성이 빈약해지고 있다.

이 설에 반대하는 사람들은, 만일 상대가 바라지 않는다면 대개 현대의 자유로운 여성들은 임신하지 않을 거라고 지적한다. 갖가지 산아제한 방법과 도구가 여성을 위해 준비되어 있기 때문이다. 그들은 또 임신중절은 산아제한을 대신하는 방법이 못 된다고 믿고 있다. 산아제한이 실패한 경우와 실수하여 임신했을 경우——이를테면 폭력에 의한 경우 등은 이 범주에서 다루기가 어렵다.

제5의 찬성설은 임신중절은 안전하고 쉽고 간단하며 비용이 싸기 때문에 합법적인 것으로 하는 일에 반대할 이유가 없다고 말한다.

이에 반대하는 이들은 임신중절이 정도가 낮다 하더라도 생명의 위험이 따른다고 말한다. 이 반대설에 불리하게도 현재 병원에서 행해지는 중절은 병원에서 출산하는 경우의 6분의 1 내지 10분의 1의 위험밖에 없다. 다시 말해서 태아를 출산할 때까지 태내에 두는 것보다 중절하는 편이 안전한 것이다.

제6의 찬성설은 가장 새롭고 가장 의욕적이다. 이 설은 갈레트 허딩에 의해 맨 처음 주장되어, 이 문제의 결정적인 핵심——'임신중절은 살인인가' 하는 점을 찌르고 있다. 허딩은 살인이 아니라고 주장한다. 태아는 태어난 뒤에야 인간이 된다고 그는 말한다. 태아는 정보(情報) 유전물질인 DNA에서 파생된 모자이크에 지나지 않는다고 본 것이다. 정보 그 자체는 가치가 없다고 그는 지적한다. 그것은 청사진과 같은 것이다. 빌딩의 청사진은 가치가 없으며, 빌딩만이 가치가 있고 의미가 있다. 청사진은 몇 장이든 쉽게 만들 수 있으므로 찢어버려도 크게 손해가 없지만 빌딩은 신중하게 고려하지 않고 파괴할 수 없다.

 이것은 그의 주장을 간단하게 요약한 것이다. 허딩은 인류학자지만 생물학자로서도 경험을 쌓아 견해가 독특하다. 이 주장은 '한 개인이 언제 인간이 되는가' 하는 문제를 '인간이란 무엇인가' 하는 식으로 생각하는 데 흥미가 있다. 청사진과 빌딩의 비유로 되돌아가자. 청사진은 크기와 형태가 대강의 구조를 분명히 하고 있지만 빌딩이 뉴욕에 지어질 것인지 서울에 지어질 것인지, 빈민가에 지어질 것인지 고급주택지에 지어질 것인지, 효과적으로 사용될 것인지 황폐해지고 말 것인지 나타내주지 않는다. 허딩은 이처럼 비유함으로써 뒷다리로 걷고 큰 두뇌를 가졌으며 엄지손가락을 다른 손가락과 마주보게 할 수 있는 동물로 인간을 정의하고 있을 뿐만 아니라, 이 속에 그런 인간을 사회생활에 적합한 기능을 갖춘 하나의 단위로 만들기 위한 어머니의 배려와 교육을 포함시키고 있다. 이 주장에 반대하는 자들은 DNA란 아주 특이한 존재인데도 허딩은 이것을 정보의 독특함이 아닌 복사로 보고 있다고 말한다. 같은 어머니와 아버지 사이에서 태어난 어린이가 모두 똑같지는 않다. 그러므로 DNA는 '논유니크'한 것이 아니다.

 허딩은 이 의견에 대해 우리는 이미 완전한 우연에 의해 정자와 난자의 가능성을 갖는 DNA 결합의 몇 가지를 선택하여 성숙하도록 허용하고 있다고 대답한다. 그는, 여성은 보통 난소에 3만 개의 난자를 갖고 있으나 배란기에는 그 가운데 조금밖에 소용되지 못한다고 지적한다. 다른 난자들은 중절이 행해진 것처럼 완전히 괴멸된다. 그가 말하는 것처럼 괴멸된 그 하나가 베토벤을 능가하는 인간이 되었을지도 모르는 일이다.

허딩의 주장은 아직도 새롭고 난해하다. 그러나 이것은 의심할 여지도 없이 임신중절에 찬성하든 반대하든 많은 새 의견의 선구가 되어 앞으로 더욱 미묘한 과학적 근거를 바탕으로 논란을 거듭할 것이다. 이것은 하나의 세포 속에서 행해지는 분자기구를 근거로 하여 윤리관을 정당화해야 하는 현대 인류에 대한 비판의 한 종류이다.

이밖에도 여러 가지 설이 있는데, 논리가 뚜렷하지 않은 것이 많아 채택할 정도도 못 된다. 병원을 임신중절공장으로 만들기 위한 경비에 대한 논의도 있다. 피임약 필이 등장하기 전에 나돌았던 논의가 마찬가지로, 속박에서 풀려난 자유사상을 문제삼는 근거가 빈약한 논의도 있다. 또 어떤 일에서든 자유로워지는 것은 선(善)이라고 정의해야 한다는 엘리트주의자의 논의도 있다. 이러한 견해들을 고찰하는 것은 헛된 일이다. 이런 설들은 대부분 사려가 모자라며, 극단으로 치닫기 쉬운 사람들에 의해 주장되고 있다.

Ⅶ 의학의 윤리

현대의학에는 의료를 행하는 데 네 가지 큰 윤리문제가 있다. 그중 하나는 임신중절이다. 또 하나는 불치병을 앓는 환자에게 죽음을 주는 안락사이다. 셋째는 될 수 있는 한 많은 사람들에게 의료를 베풀어야 한다는 의사의 사회적 책임에 대한 것이다. 넷째는 죽음의 정의에 관한 것이다.

이 문제들이 모두 새로운 것이라는 점이 흥미롭다. 이것들은 현대의 과학발달에서 생겨난 것으로 윤리적·법률적 문제이다.

이를테면 병원에서 행해지는 임신중절은 사망률이 이를 뽑는 것과 거의 같아서, 비교적 값싸고 안전한 방법이라고 볼 수 있다. 이것은 언제나 사실이라고 할 수는 없지만, 현대적 관념에 따르면 사실이라 해도 좋을 것이다. 그러므로 우리는 그와 같이 대처해야 한다. 이전에는 안락사가 그다지 중대한 문제가 아니었다. 의사가 보조수단을 조금밖에 갖고 있지 못하고 인공호흡 장치며 전해질 밸런스의 지식이 없었을 무렵에는 불치병환자는 곧 죽는 것이 보통이다. 지금의 의학은 비록 치료할 수는 없어도 인간을 일정 기간 동안 명목만이라도 살려둘 수 있는 것이다. 따라서 의사는 생명을 유지하는 요법을 써야 할 것인지 어떤지, 써야 한다면 얼마만큼이나 끌고 가야 할 것인지 결정해야만 한다. 이것을 곤란한 문제로 생각하는 것은 전통적으로 의사란 온갖 방법을 다 써서 될 수 있는 한 환자를 오래 살려두어야 한다고 여겼기 때문이다. 지금은 그러한 사고방식의 윤리성, 그리고 인간성까지도 문제가 되어야 한다.

이 문제에는 여러 가지 대답을 생각할 수 있다. 불치병을 앓는 환자는 생명을 유지하기 위한 요법을 거부할 권리를 갖고 있는지 어떤지. 몇 주일이나 몇 개월에 걸쳐 고통을 맛보아야 하는 환자는 간단하고 고통 없는 죽음을 요구할 권리를 갖고 있는지 어떤지. 의사의 손에 모든 것을 맡긴 환자에게 그 자신의 생과 사를 결정할 최종적인 권리가 남아 있는지 어떤지. 현대적인 해석에 따른 사회적 책임——개인에 대한 책임이 아니라 공동생활체에 대한 책임이 의학에서는 오히려 새로운 문제가 되고 있다. 전에는 가난한 환자는 너그러운 의사가 치료해 주지 않는 한 전혀 치료받을 수 없었다. 그러나 지금 의료는 특별한 사람에게만 주어지는 것이 아니라 하나의 권리라는 의식이 퍼져가고 있다. 또 전에는 자선의 대상이었던 환자가 지금은 건강보험이나 의료센터에 의해 치료를 받을 수 있다. 오늘날 의사는 자신의 역할을 그의 치료를 요구하는 환자의 문제로서가 아니라, 공동 사회 생활 모든 사람들의 문제로 다시 생각하게 되었다. 이 문제와 관련하여 예방의학 문제가 중요시되고 있다.

죽음의 정의가 문제되는 것은 단 한 가지 경우뿐이다. 장기이식이 그런 예이다. 외과의가 죽은 사람의 어떤 부분을 살아 있는 자에게 이식하는 기술이 발달하자 인간의 죽음이 언제 확실해지는가 하는 문제가 중요하게 논의되어 왔다. 이식시킬 장기를 죽은 사람에게서 될 수 있는 한 빨리 떼어내야 하기 때문이다. 낡고 유치한 식별법——맥박이 뛰지 않는다, 숨을 쉬지 않는다 따위——은 EKG(심전도)에 움직임이 없다, EEG(뇌파)가 평탄하다는 등의 식별법으로 대체되었으나 문제는 아직도 해결되지 못했다. 앞으로도 오랜 세월에 걸쳐 해결되지 못할 것이다.

또 한 가지 의학 윤리를 포함한 문제로서 의사와 제약회사에 관한 문제가 있다. 이 문제는 지금 환자와 의사, 정부와 제약회사를 포함한 네 입장이 서로 태그 매치(두 사람씩 편을 짜서 하는 레슬링)로 다투고 있다. 중요한 쟁점이 무엇인지, 그리고 어떤 결과가 나올지는 아직 분명치 않다.

의학도 마이클 크라이튼

 제프리 허드슨(마이클 크라이튼)은 이 《긴급할 때는》으로 화려하게 데뷔한다. 1969년 미국 미스터리 작가 클럽상을 수상한 뒤, 제프리 허드슨, 존 랭, 존 크리스토퍼, 존 노먼 등의 펜네임으로 이미 20여 권에 이르는 장편 소설을 발표하여 일류급 엔터테이너로서의 역량을 미국뿐 아니라 널리 전세계에 알린다.

 그가 의학 지식을 충분히 구사한 작품은 《긴급할 때는》《안드로메다 병원체》외에 《Drug of Choice》와 《The Terminal Man》 등이 있다. 특히 중세를 무대로 한 범죄 내지는 미스터리소설을 썼고 영화제작에도 손을 댈 만큼 다재다능하다. 따라서 이 정도의 작가 경력이 있으면 크라이튼을 의학도로서 취급할 이유가 없다.

 《긴급할 때는》에서는 병리의 존 벨리에게 아내로부터 전화가 걸려오는 것을 시작으로 미묘한 미스터리 사건 속으로 독자들을 불러들인다.

 친구인 중국인 산부인과 의사 아더 리가 불법적인 임신중절수술 때문에 체포되었다는 것이다. 깊은 밤, 보스턴 시의 긴급 병동에 운반

된 뒤, 다량의 출혈 때문에 사망한 심장외과 의사로 유명한 J D 랜돌의 딸 카렌이 죽기 직전 리의 이름을 어머니에게 말한 것이다. 리가 불법으로 임신중절수술을 한 것은 사실이지만, 그것은 의사의 양심에 관한 문제였다. 그러나 이 사건에 대하여 리는 잘못이 없다. 존은 리의 말을 믿는다. 그의 결백을 증명하기 위하여 존은 사건의 진상 조사에 착수한다. 병리학, 해부학, 임상의학…… 의학을 자기의 무기로 하고, 우정이라는 투구를 몸에 걸치면서……. 그러나 사건을 해명하려고 노력하는 그에게 여러 가지 장애가 나타난다. 의사로서의 윤리, 인종차별 문제를 포함하여 사건은 예상할 수 없는 결론으로 치닫는다.

에세이 《Five Patients》는 5장으로 나눈 장마다의 첫머리에 한 사람씩 환자가 등장한다. 무대는 모두 매사추세츠 종합병원. 외래에서 병실로 옮겨진 그 환자들은 병명이 정해질 때까지 점차 변해가는 용태, 여러 종류의 검사, 의사들의 토론 등이 배경이 된다. 병원 안의 풍경이나 인물과 함께 생생하게 묘사된다.

자칫하면 생경하고 난해하게 되기 쉬운 현대 의학도 일반 독자에게 되도록 이해가 가도록 용의주도한 노력이 이루어지고 있다. 그 하나하나의 에피소드는 그대로 좋은 단편 미스터리소설다운 느낌이 있다. 의사라면 누구나 알겠지만 병명이 결정되기까지의 의학적 작업이라는 것은 때로는 미스터리소설의 수수께끼와 같은 재미가 있기 때문이다.

장마다의 후반은 전혀 톤을 바꾸어 의학에세이가 된다. 이것이 그가 가장 말하고 싶었던 점이며 특히 노력을 기울인 부분이다. 맨 먼저 의학과 병원이 점차 발달해 가는 대충의 역사, 이어서 값이 오르는 의료비 문제, 마취와 수혈의 도움을 받는 외래수술의 진보, 컴퓨터와 TV를 도입한 진단법——특히 원격 진단의 가능성, 그리고 마지막에 병원에서의 의학 교육의 실태와 비판 등이다.
 이 책의 첫머리에 크라이튼은 이렇게 썼다.

 이것은 한 의학도가 큰 병원 안을 돌아다니면서 이방, 저방을 들여다보고 이 사람 저 사람과 이야기를 나누고, 관찰하고 그 의의를 되도록 해명하려 했던 개성이 강한 관찰 기록, 이른바 극단적으로 선택한 개인적인 책이라고 하겠다.

의사들이 단결하여 서로 권리를 지키고 서로 옹호하는 미국 의사회나 인턴 및 레지던트를 괴롭히는 불유쾌한 교수도 등장하여 신랄한 비판을 받는다. 또한 해마다 높아지는 의료비와 사회보험제도의 문제점 분석이나 건의책도 나온다.
 이 책이 놀라운 이유는 첫째로 이것이 크라이튼이 의학부 재학중에 쓴 점이다. 이 책을 쓰기 위해 그만한 공부를 했는가, 아니면 그의 왕성한 향학열이 바탕이 되어 이 작품이 만들어졌는가, 그것은 아무튼 좋다. 한 의학도가 단순히 의학의 만물박사에 머물지 않고 그 사회성——사회 속에 살며 그것에 커다란 영향을 미치고 있는 '의학'이라는 괴물을 각성한 눈으로 바라보고 있다.
 그 배후에는 한 사람의 크라이튼뿐 아니라 이만큼 우수한 의학생을 해마다 만들어내고 키울 수 있는 미국 의학 교육의 풍부한 토양이 있다. 이것이 우리에게 한없는 동경의 마음을 불러일으킨다.
 이 작품 중에서 크라이튼은 자기가 배운 의학지식과 밤낮 없이 접촉하고 있는 의사의 사회적 모습을 엮어 넣으면서 그의 재능이라고 할 교묘한 스토리텔링 솜씨를 충분히 발휘하여 일류급 오락 작품을 만들어 냈다.